양기화의 Book 소리
-유럽 여행

양기화의 Book 소리
-유럽 여행

양기화 지음

이담북스

들어가는 글

　누리망 신문 라포르시안에서 주간으로 연재하던 독후감들을 엮어 『양기화의 BOOK 소리』라는 제명의 책을 연작으로 세상에 내놓았다. 2011년 10월 4일에 발행한 창간호에서 시작하여 2017년 3월 13일까지 모두 5년 5개월여에 걸쳐서 284편의 독후감을 독자들과 함께하였다. 그 가운데 52편씩 순차적으로 골라서 책으로 엮는 작업을 4차례에 걸쳐 마무리했다. 『양기화의 BOOK 소리(2020년)』, 『아내가 고른 양기화의 BOOK 소리(2021년)』, 『독자가 고른 양기화의 BOOK 소리(2022년)』 그리고 『양기화의 BOOK 소리-외전(2023년)』 등이었다.

　『양기화의 BOOK 소리-외전』으로 마무리했던 것을 『양기화의 BOOK 소리-유럽 여행』 편으로 이어가게 되었다. 이 책은 필자가 근무하던 건강보험심사평가원에서 격월간으로 발행하는 사보, 「건강을 지키는 사람들」에 연재했던 「아내와 함께 가는 인문학 여행」에서 비롯되었다. 책 읽기를 좋아하고 여행을 자주 해온 것을 정리해보자는 권유가 있었다. 2016년 7월부터 시작한 연재는 2017년 11월까지 이어졌다. 그런데 2018년 1월호가 나왔을 때 연재되던 글이 빠졌다는 사실을 알게 되었다. 마감 전에 원고를 보냈는데 무슨 일인가 싶었는데, 편집위원회에서 그렇게 결정했다는 설명이었다. 사전통보도 없었다. 독자들의 반응도 나쁘지 않았다는 소문도 있었기 때문에 황당할 수밖에 없었다.

이담북스에서 여행과 책 읽기를 결합한 책을 『양기화의 BOOK 소리』 연작으로 이어갈 기회를 마련해주어 그때의 아쉬움을 달랠 수 있게 되었다. 사실 「건강을 지키는 사람들」에서 「아내와 함께 가는 인문학 여행」을 연재하면서 다녀온 여행지에 연관이 있는 책들의 목록을 만들어 읽어나가고 있었다. 그렇게 만들어둔 목록 가운데 가보지 못한 장소는 여행할 기회를 만들고, 읽어보지 못한 책은 읽어 독후감을 써두기도 했다.

아내와 함께 가는 해외여행은 회갑이 되던 2014년 베트남과 캄보디아를 연결하는 여행으로 시작했다. 2024년 봄에 발칸반도의 9개 나라를 연결하는 여행까지 20번 다녀왔다. 모두 59개국에 196개 도시 혹은 마을에서 머물렀다. 방문한 장소는 그보다도 훨씬 많아 헤아려보지 못했다. 그러다 보니 여행지와 연관이 있는 책들의 목록도 늘어나서 유럽 여행 편과 세계 여행 편으로 나누어 보려 한다. 여행과 책을 함께 이야기하려다 보니 이야기가 길어지게 되어 52편씩 묶었던 『양기화의 BOOK 소리』 연작과는 달리 26편으로 줄였다. 글의 순서는 「건강을 지키는 사람들」의 연재 순서와는 달리 여행을 다녀온 순서에 따라 다시 배열하였다. 연재했던 글은 게재된 날짜를 적었고, 새로 쓴 글은 초고를 쓴 날짜를 적었다.

프랑스 철학자 미셸 옹프레는 『철학자의 여행법』에서 '풍요로운 상상을 제공해 주는 책과 종이를 찬양할 필요가 있다'라고 하였다. 여행에 대한 욕망은 현실과 지나치게 비슷하게 요약되어 있는 이런저런 사진들보다 문학적인, 혹은 시적인 환상을 통해 더 커질 수 있다는 것이다. 그래서 도서관에서 여행을 시작한다고 했다. 책을 읽다 보면 그곳에 가 보아야겠다는 욕망이 조금씩 부풀어 오른다. 그리하여 목적지를 정하고 여행하기로 결정한 다음에는 여행에 필요한 정보를 얻기 위하여 책을 더 읽게 된다. 준비하는 만큼 여행이 풍성해지기 때문이다.

　　미셸 옹프레는 책 읽기에서 여행이 시작된다고 했지만, 여행이 책 읽기를 끌어내기도 한다. 특히 책의 무대가 되는 장소를 여행하고서 그 책을 읽으면 이야기의 흐름을 따라가는 것이 수월해질 뿐 아니라 책의 내용을 이해하는 데도 크게 도움이 된다. 그래서 '여행은 몸으로 하는 책 읽기, 독서는 앉아서 하는 여행'이라고 할 수 있다.

　　여행과 책 읽기를 어떻게 다루는가도 저자에 따라서 다양하다. 타이완의 언론인이자 출판인 잔훙스는 『여행과 책』에서 음식에 관한 책을 읽고 관련된 여행 이야기를 담았다. 책 읽기가 여행을 불러온 것이다. 그럼에도 불구하고 "여행과 독서는 상당히 미묘한 관계다. 독서는 여행을 떠나기 아주 오래전 시작된다. 심지어 우리가 미처 깨닫기도 전에 이미 시작되어 있는 경우도 있다. (…) 독서는 여행이 끝났다고 해서 함께 끝나는 것이 아니다. 단언하건대, 여행지에 관한 독서는 여행을 끝마친 후 본격적으로 시작된다. 여행지에 관해 여행 전에 읽는 것은 상상에 지나지 않고 여행하면서 읽는 것은 새 발의 피라고 할 수 있다."라고 했다.

여행작가 김남희는『여행할 때, 책』에서 '여행을 가기 전의 준비를 그 나라 작가들의 소설을 찾아 읽는 일부터 시작한다.'라고 했다. 그리고 여행에 앞서 들고 갈 책을 고른다고도 했다. 필자 역시 여행을 떠나기에 앞서 여행지에서 읽을 책을 구입한다. 여행사를 통해서 하는 여행이기 때문에 굳이 여행지에 대한 정보를 담은 책을 고르지는 않는다. 여행지에 대한 정보라 함은 교통, 숙소, 볼거리 등을 담은 통상적인 여행 안내서를 말한다. 여행지의 역사나 문화, 예술에 관한 책은 챙기는 경우가 많다. 공항에서 비행기를 기다리면서 혹은 여행지를 이동하는 차 안에서 보내는 무료한 시간에 읽고 생각할 그런 책이면 충분하다.

여행을 마치면 여행지에 관한 필자 나름의 인문학적인 내용을 중심으로 여행 기록을 정리한다. 여행사의 단체여행은 여행지에 머무는 시간이 길지 않아서 모든 것을 다 볼 수는 없으므로 미주알고주알 챙기지는 못하지만 보지 못해 아쉬움이 남았던 장소에 관한 이야기까지는 담아낸다. 하지만 피에르 바야르가『여행하지 않은 곳에 대해 말하는 법』에서 이야기한 정도는 아니다. 바야르는 이 책에서 마르코 폴로의『동방견문록』이 중국을 비롯한 아시아에 대한 중세 유럽 사람들의 관심을 촉발해 낸 중요한 자료라는 점을 강조한다. 그럼에도 불구하고 마르코 폴로가 정말 중국에 가보지 않았을 것이라는 의혹을 부정하지 않는다.

바야르는 동방견문록의 마르코 폴로나 80일간의 세계 일주를 쓴 쥘 베른이 풍부한 상상력만을 바탕으로 여행지에 관한 세부 사항을 손금 보듯 그려낼 수는 없었을 것이라고 단언한다. 결국 왕성한 정보수집력과 독서를 통하여 얻은 타인의 여행을 자신들의 개인 추억으로 재구성할 수 있었을 것이라고 한다.

여행과 책 읽기를 결합한 이야기를 담은 책들은 대부분 여행보다는 책 읽기에 무게를 두는 것과는 달리 필자는 『양기화의 BOOK 소리-유럽 여행』편에서 여행 이야기에 무게를 두었다.

스무 번에 이르는 해외여행을 함께하고, 여행하면서 같은 책을 읽고, 여행을 다녀온 뒤에 쓴 여행기를 읽어준 아내에게 특별한 감사의 마음을 전한다.

2024년 9월

책의 도시 군포에서

양기화

목차

바르셀로나(스페인)

누구를 위한 전쟁이었는가?

조지 오웰 지음, 『카탈루냐 찬가』(민음사, 2001년)

바르셀로나는 2014년 아내와 함께 간 두 번째 해외여행으로 스페인-포르투갈-모로코를 돌아보는 여정을 시작한 도시이다. 인천을 떠난 비행기는 카타르 도하의 하마드 국제공항에서 3시간 기다려 바르셀로나행 비행기로 환승했다. 비행기에 탑승하고 보니 창가 좌석을 배정받았다. 필자는 비행기를 탈 때, 보통은 왕래가 편한 복도 쪽 좌석을 선호한다. 그런데 이때는 지중해를 내려다볼 수 있는 좋은 기회를 얻어 감사하지 않을 수 없었다.

비행기가 출발하고서는 한참 동안 E.H. 카의 『역사란 무엇인가』를 읽었다. 그러다가 창밖을 내다보고서 눈을 의심하지 않을 수 없었다. 그리고는 휴대전화에 '온 세상이 온통 파랗다. 이따금 흘러가는 구름이 마치 바다에 떠 있는 유빙 같다. 그 사이로 손톱만 한 배가 긴 꼬리를 끌고 지나간다.'라고 그 순간의 느낌을 적었다. 그리스의 섬 여행기를 담은 맹지나의 『그리스 블루스』의 표지처럼 파란색이 펼쳐지는데, 하늘과 바다가 구분되지 않는다. 아니 하늘보다 바다가 더 파랗다. 사진의 위쪽 끝에 있는 수평선 위로 보이는 하늘이 오히려 창백해 보인다.

그래서 맹지나는 "두꺼운 유화물감으로 여러 번 칠한 것 같은 미르토스의 바닷물은 파도가 밀려왔다 돌아갈 때 모래사장에 진하게 푸른 자국을 남겼다. 분명 한 방울도 남기지 않고 다 가지고 돌아갈 텐데 잔상이 무척이나 짙다."라고 적었는지 모르겠다. 그녀처럼 감성적이지 못한 필자의 느낌으로도 그 바다에 손을 담그면 파랗게 물들 것만 같다.

드디어 바르셀로나에 가까워지고 비행기가 기수를 낮추는 품새가 마치 바다로 뛰어드는 것 같아 절로 마음이 졸아들었다. 바르셀로나의 엘프라트 국제공항이 바닷가에서 멀지 않기 때문이다. 활주로에 내린 비행기가 탑승구에 닿고, 긴 회랑을 따라서 입국장으로 향했다. 공항 곳곳에 영어와 스페인어 그리고 생소한 언어로 된 안내표지가 붙어 있다. 카탈루냐어일 것으로 짐작했다. 필자가 스페인을 여행할 무렵 카탈루냐는 스페인으로부터 독립하려는 움직임이 커지고 있었다. 카탈루냐주는 2014년 11월 9일 비공식적인 주민투표를 강행했고, 그 결과는 81%의 주민이 독립을 찬성하는 것으로 나타났다. 바르셀로나 시를 돌아보는 동안 시내의 모든 집은 주정부의 깃발 에스텔라다를 걸고 있어 독립에 대한 이곳 사람들의 강한 열망이 느껴졌다. 실제로 카탈루냐는 2017년 10월 27일 카탈루냐 공화국으로 독립을 공식적으로 선포하기도 했지만, 스페인 정부의 압박에 굴복하고 말았다.

위탁수하물로 맡긴 가방이 늦게 나와 공연히 애를 태웠다. 유럽 전역에서는 하루 천만 개의 가방이 주인과 함께 여행을 하지 못한다고 한다. 생각해 보니 짐가방이 나와 함께 여행지에 혹은 집에 도착하지 못한 경우가 몇 차례 있었는데, 모두 유럽을 다녀올 때였다. 바르셀로나는 가우디에 정통한 주영은 해설사가 안내를 맡았다. 우리가 스페인에 도착하기 전까지는 가끔 비가 내리면서 기온이 떨어져 가을 분위기가 나기 시작했다는데, 우리가 도착할 무렵부터는 낮 기온이 갑자기 30도 가까이 오르고 있었다.

스페인에 도착한 첫날 일정은 람블라스 거리를 걷고, 가우디의 작품이라는 성가족 성당과 구엘 공원을 구경하는 것이 전부다. 바르셀로나에는 미술관만 해도 국립 카탈루냐 미술관, 바르셀로나 피카소 미술관 그리고 바르셀로나 호안 미로 재단이 있고, 모데르니스모 루트도 있어 구경할 것이 많다. 그런데 네 시경에 도착한 바르셀로나를 해지기 전까지 구경하는 것이 끝이라고 하니 아쉬울 수밖에 없었다.

성가족 성당으로 가는 길에 람블라스 거리를 구경했다. 바르셀로나에서 가장 번화한 람블라스 거리는 관광객들이 넘쳐 걷기도 힘들었다. 스페인 건축을 공부한 김희곤 교수는 "람블라스 거리를 걸어보지 못한 사람은 바르셀로나의 낭만을 느끼지 못한 사람이며, 세상 끝으로 향하는 길을 걸어보지 못한 사람이다."라고 했다. 도시의 모퉁이에서 정신적 위기를 드러내며 살아가는 영혼들이 다른 영혼들과 걸으며 고뇌를 청소하는 곳이 바로 길과 광장이라면, 람블라스 거리가 바로 그런 곳이라고 했다. 하지만 이날 거리를 메우고 있는 사람들은 대부분 나처럼 호기심 가득한 눈으로 이곳저곳을 두리번거리는 모양새로 보아 관광객 같았다.

람블라스 거리를 걷다 보니 조지 오웰의 소설 『카탈루냐 찬가』에 나오는 장소를 찾게 된다. 1939년에 시작된 스페인 내전을 배경으로 한 소설이다. 어니스트 헤밍웨이의 『누구를 위하여 종은 울리나?』 역시 스페인 내전을 배경으로 하지만 비교되는 점이 많다. 같은 사건을 배경으로 하더라도 작가의 시선에 따라 전혀 다른 느낌을 이야기하게 된다.

『카탈루냐 찬가』는 조지 오웰이 직접 전투에 참여한 경험을 서술하는 형식이며, 『누구를 위하여 종은 울리나?』는 작가의 분신인 주인공 조던이 반국수주의 유격대의 협조를 받아 국수주의(fascist) 군대를 저지하기 위한 후방교란 작전을 수행하는 과정을 그리고 있다. 지역적으로도 『카탈루냐 찬가』는 바르셀로나를 기점으로 마드리드와 중간쯤에 해당하는 사라고사에서 국수주의 군과 전투하는 장면과 바르셀로나 안에서 인민정부와 통일노동자당이 분열하여 서로 싸우는 과정까지 그려냈다. 반면 『누구를 위하여 종은 울리나?』에서 조던은 라그랑하를 거쳐 세고비아를 점령하려는 골츠 장군의 작전을 지원하러 투입된다. 마드리드와 세고비아 사이의 과다라마산맥에 있는 다리를 폭파하는 임무를 수행하면서 지역의 반 국수주의 유격대의 입장과 고민을 담고 있다.

스페인 내전은 1936년 2월 총선에서 승리하여 의회를 장악한 인민전선이 스페인사회주의노동자당, 좌파 공화파, 스페인 공산당 등과 연합하여 토지개혁을 포함한 개혁 정책들을 강하게 밀어붙이자, 지주, 자본가, 로마 가톨릭교회의 불만이 고조되었던 것이 단초가 되었다. 정부의 식민지정책에 불만을 품은 프랑코 장군이 1936년 7월 17일 모로코에서 반란을 일으켜 마누엘 아사냐가 이끄는 좌파 인민전선 정부를 공격했다. 내용은 스페인 영토 안에서 일어난 내전이었지만, 전투는 국제전의 양상을 보였다. 소련과 서방의 각국에서 모여든 의용군인 국제 여단이 반국수주의 진영인 인민전선에 가담하였다. 그리고 나치 독일과 이탈리아 무솔리니의 국수주의 정권과 살라자르가 집권하고 있던 포르투갈이 프랑코의 반란군을 지원했다.

좌파 인민전선 정부와 프랑코의 반란군 모두 피아 구분이 안 될 정도로 복잡하게 얽혀있기 때문에 전쟁을 수행하는 과정이 이해되지 않는 대목들이 많다. 오웰이 소속된 의용군의 무장은 물론 군수지원을 보면 도대체 전쟁을 치르는 부대가 맞나 싶을 정도이다. 『누구를 위하여 종은 울리나?』의 조던이 집시 점에서 죽을 운명임을 알면서도 다리 폭파 임무를 포기하지 않는 것이 명분 때문이었던 것처럼, 조지 오웰 역시 스페인 내전에 참여한 이유 역시 명분 때문이었던 것으로 보인다. "나는 스페인에 처음 왔을 때, 그리고 그 후 얼마 동안도, 정치적 상황에는 관심이 없었을 뿐만 아니라 알지도 못했다"라면서, 그런데도 왜 의용군에 입대해서 싸우느냐고 묻는다면, "국수주의와 싸우기 위하여, 그리고 공동의 품위를 위하여"라고 답할 것이라고 고백한다.

남의 나라 전쟁터에 뛰어든 조지 오웰이 아내와 함께였던 것도 이상하다. 아내와 함께 바르셀로나에 도착한 조지 오웰은 의용군에 입대하였다. 사라고사 전선에 투입되어 전투를 수행하는 한편, 후방인 바르셀로나로 휴가를 나와 아내와 만나기도 하였다. 물론 나중에는 바르셀로나에서 연합 세력이 분열되어 서로 총부리를 겨누고 시가전을 벌이는 극적인 상황에 몰리면서 아내와 함께 쫓기는 신세가 된다. 그렇다고 오웰의 아내 역시 전투에 직접 참여하거나 후방지원에 나선 것 같지는 않았다.

바르셀로나에서의 시가전은 람블라스 거리를 중심으로 정부군이 통일노동자당을 포함한 무정부주의자들을 제압하러 나서면서 시작하였다. 적을 앞에 두고 후방에서 같은 편이 분열하여 시가전을 벌였으니 인민정부가 그 전쟁에서 이기는 것이 더 이상했을 것이다. 결국 프랑코의 국수주의 군대가 승리를 거두었다. 마드리드에서도 인민정부는 노동자계급들이 자발적으로 무장을 해서 국수주의 군대에 대항하다가 패퇴하는 것을 무기력하게 지켜보는 사이에 전쟁은 끝나고 말았다. 적전분열이 얼마나 무서운 것인지는 병서에 다 나와 있는 것 아니었던가?

람블라스 거리를 짧게 구경한 다음 성가족 대성당으로 이동했다. 현지 해설사의 도움으로 입장을 준비하면서 주영은 해설사의 설명을 들었다. 성가족 대성당은 보통 수난의 파사드가 있는 서문으로 입장을 한다고 들었는데, 우리는 가우디가 생전에 지은 탄생의 파사드를 통하여 입장을 했다.

여전히 공사가 진행 중인 성가족 대성당은 1882년 건축가 비야르가 맡아 시공했지만, 발주처인 성 요셉 영성회와의 마찰 때문에 지하 제실도 마무리하지 못하고 중단됐다. 결국 성가족 대성당 건설공사는 1883년 11월 약관 31세의 가우디에게 맡겨졌다. 성 요셉 영성회 회원들 앞에서 성당 건축에 관한 자신의 계획을 설명하는 자리에 나타난 가우디는 고작해야 버섯모양의 탑들이 하늘을 향하여 삐죽삐죽 솟아있는, 투박한 밑그림 한 장을 내놓은 것이 전부였다. 하지만 "성당의 평면과 구조를 설명하는 그는 마치 31살 예수가 복음을 전하듯이 구체적인 확신에 차 있었다."라고 김희곤 교수는 전한다.

성가족 대성당은 모금을 통해 건축비를 마련하고 있어 진척이 지지부진했다. 1909년이 돼서야 재개된 공사 역시 재정 상황이 발목을 잡았다. 1910년 파리순수예술협회 전시회를 성공적으로 마친 가우디는 류머티즘과 통증, 고열, 발진에 더해 브루셀라병으로 무너져 사경을 헤매기도 했다. 기적적으로 건강을 회복하고 1918년부터는 건축 현장을 지키면서 오로지 성가족 대성당의 건축에만 몰입했다. 1926년 6월 7일 오후 친구를 만나러 외출한 가우디가 전차에 치여 죽음을 맞을 때까지.

남루한 작업복에 피투성이인 채로 쓰러진 가우디는 우여곡절 끝에 병원으로 옮겨졌지만, 행려병자로 오인돼 적극적인 치료를 받지 못하고 결국은 사흘 뒤에 죽음을 맞았다. 생전에 가우디를 괴롭히던 성당 건축비는 오늘날 이곳을 찾는 수많은 관광객이 내는 입장료 수입만으로도 해결하고도 남아, 오히려 입장객을 제한하고 있다. 2014년 성당을 찾았을 때 나와 아내는 각각 2만 5천 원 정도의 입장료를 냈으니 성가족 대성당의 건립에 일조한 셈이다.

성가족 대성당을 살펴보면, 마요르카 거리에 면한 남쪽 정면에는 다섯 개의 복도와 연결되는 다섯 개의 입구를 내고, 동서 측면의 입구에도 다섯 개의 복도와 연결되는 세 개의 입구가 있다. 타원형의 북쪽 제단 외벽은 지하 제실의 외벽과 이어지므로 입구가 없다.

동, 서, 남의 정문에는 각각 4개의 탑을 설치하여 12사도를 나타냈고, 십자가의 교차점인 건물 중앙의 둥근 지붕 주위에도 역시 마태오, 마르코, 루카, 요한 등 네 명의 복음사가를 나타내는 4개의 탑이 세워지고 있다. 북쪽 후원 부분에는 중간 높이로 제단 상부에 성모 마리아께 바치는 탑이 들어서고 중앙 돔의 상부 정상에는 예수 그리스도에게 바쳐질 17m 높이의 십자가와 천창이 들어선다.

동문에 있는 탄생의 파사드는 예수 탄생, 유년기, 청년기를 상징하는 조각들로 장식돼 있다. 가브리엘 대천사가 마리아를 찾아오는 수태고지 장면, 마구간에서 탄생하는 예수의 모습, 동방박사와 목동의 경배 장면 등이 섬세하게 조각돼 있다. 탄생의 파사드는 가우디 생전에 공사가 진행돼 가장 가우디답다. 오랜 세월의 흐름이 새겨진 듯 거무스름하게 퇴색한 화강암의 색조가 오히려 정겹게 느껴진다.

대성당에 들어서면 내부에 우뚝 세워진 기둥들은 위쪽으로 가지들을 내뻗고 있어, 마치 울창한 숲속에 서있는 나무를 연상케 한다. 숲에서 나무가 내는 피톤치드가 치유의 효과를 나타내듯 성당에 들어서면 정신이 절로 맑아질 것만 같다.

대성당의 내부 공간은 영광의 파사드로부터 수난의 파사드로 이어지는 벽에 설치된 수많은 창문과 채색 유리를 통해 들어오는 자연광을 최대한 이용해 밝히고 있다. 제단 앞에 걸린 화려한 천개 아래로 예수상이 매달려 있는데, 천개의 위에는 밀이 자라고 아래로는 포도 넝쿨이 걸려 있다. 예수의 살과 피를 의미하는 빵과 포도주를 상징한다.

서쪽에 있는 수난의 파사드는 탄생의 파사드와는 전혀 다른 분위기다. 예수와 성모, 천사, 12사제를 싣고 하늘로 떠나는 거대한 노아의 방주를 연상케 하는 수난의 파사드 벽면의 조각은 가우디 사후에 조각가 수비라치가 조성하고 있다. 예수의 수난과 죽음을 안타깝게 바라보는 인간의 마음을 현대적 조각으로 빚어냈다는 것이다.

가우디 본인 역시 생전에 성당을 완공할 수 없다는 사실을 잘 알고 있었던 듯 "내가 성당을 완성하지 못하는 것은 아쉽지 않다. 난 늙을 테지만 내 뒤를 다른 사람들이 이어갈 것이다. 작품의 정신은 항상 지켜야 하는 것이지만 그것은 작품과 함께 살아가는 세대의 것이다."라는 말 그대로다. 주영은 해설사의 꼼꼼한 설명에 빠져들다 보니 어느새 성가족 대성당 구경이 끝났다. 수난의 파사드 근처에서는 비계가 놓여있고, 이날도 가우디의 후예들이 그의 유지를 이어 성당을 짓고 있는 모습이 반갑다.

다음 일정은 구엘 공원이다. 성가족성당에서 구엘 공원으로 가는 길에 역시 가우디의 작품인 카사 바트요와 카사 밀라가 있는 그라시아 거리를 지난다. 바르셀로나의 대표적인 쇼핑거리인 그라시아 거리에 있는 카사 바트요와 카사 밀라는 한 구간 정도 떨어져 비켜서서 마주 보는 형국이다. 일정이 빠듯해서 직접 방문할 수는 없다고 했는데, 카사 바트요 앞에서 차가 신호에 걸려 대기하는 행운을 얻었다. 덕분에 외관은 물론 집안을 돌아보는 관광객들까지 가늠할 수 있었다.

구엘 공원은 1898년 미국과의 전쟁에서 패배한 스페인이 세계 대국의 날개를 접고 좌절의 수렁에 빠질 무렵에 조성됐다. 대외무역이 차단되면서 경제가 기울어가는 시점에 주택단지 조성에 투자하기로 작정한 구엘의 사업구상에 따라 건설이 시작됐다. 구엘은 몬타냐 벨라다에 있는 농장을 사들여 최고급 주택단지를 지어 신흥 재벌에게 분양할 계획이었다. 가우디가 현장을 돌아보았을 때 해발 200여m에 달하는 산등성이의 굴곡이 너무 심해 집을 짓기에 어려운 지형이었지만, 축대를 쌓고 산을 절개하는 대신 자연을 살리기로 했다. 김희곤 교수는 이렇게 설명했다. "우선 등고선을 따라 산허리에 오솔길을 뚫었다. 움푹 들어간 곳은 메우지 않고 그 위에 다리를 놓거나 건물을 세워 옥상을 평평한 마당으로 편입했다. 기복이 심하고 바위와 동굴이 많은 지형을 살려내기 위해 홍예 구조를 개발했다. (…) 각각의 수준에 따라 길을 내고 대지를 구획 정리한 가우디는 소나무를 비롯한 각종 수목과 자생식물을 심어 원래의 숲을 복구했다. 그 다음 대지의 중심 계곡에 도리스식 신전으로 묘사되는 실내 시장을 만들었다."

공원의 입구에 서자, 계단 위에 올라앉은 기둥들이 마치 신전처럼 보인다. 밑에서 볼 때 신전처럼 보였던 구조물은 86개의 기둥을 세운 광장이다. 기둥들은 화반 위로 구름 모양의 천장을 받치고 있는데, 오목오목하게 생긴 천장은 깨진 쪽매로 덮여있고, 중앙에는 동그란 휘장처럼 생긴 예쁜 문양을 담고 있다. 가우디가 구엘 공원에 쪽매를 붙인 기법을 트렌카디스 기법이라고 한다. 원색의 타일을 바닥에 떨어뜨려서 깨진 조각으로 숨은그림찾기 하듯 다시 붙이는 기술로 사실성의 해체를 의미한다.

건축가 최준석은 가우디의 건축과 클림트의 그림에는 공통점이 있다고 했다. "가우디의 건축에서 종종 볼 수 있는 자유분방한 쪽매맞춤 조각들은 클림트의 그림에서 볼 수 있는 비잔티움풍의 색채 파편들과 비슷하다. 정교한 금은세공을 막 거친 듯한 비잔티움의 세밀한 조각들이 만들어 낸 한 폭의 모자이크 작품을 연상케 한다. 하지만 무엇보다도 둘 사이를 이어주는 공통점은 유려한 관능미다. 말하자면 육체의 욕망을 벗어나 정신의 완성으로 다가서려는 궁극의 에로티시즘이다."

최준석이 말하는 유려한 관능미는 지중해를 향한 쪽에 서있는 광장의 기둥머리를 장식하고 있는 기둥 처마들이 만들어 내는 곡선에서 실감할 수 있다. 계단을 돌아 아고라 위쪽으로 펼쳐지는 마당에 들어서면 멀리 지중해가 열려 있고, 마당 끝에는 유선형의 의자가 이어진다. 의자에 앉아보면 마치 내 엉덩이를 재서 만든 것처럼 꼭 맞아 그렇게 편할 수 없다. 가우디가 남긴 위대한 건축 작품들을 돌아보느라 뻣뻣해진 다리를 쉬는 데 아주 그만이다. 늦게 도착한 까닭에 해가 넘어가고 있어 반짝이는 지중해를 배경으로 바르셀로나 시가지를 멀리까지 내다볼 수 없어 아쉬움으로 남는다. 우리 해설사는 이곳이 분양되지 않아 결국은 시에서 인수하여 공원을 만들었다고 설명했다. 공사가 진행되는 도중에 구엘이 죽고, 그 아들이 곧바로 구엘 공원을 팔아버렸다고도 한다. 만약 구엘이 죽지 않았더라면 이곳에 얼마나 많은 집들이 들어설 수 있었는지는 아무도 모를 일이다.

해가 많이 짧아진 탓에 구엘 공원을 나설 무렵에는 벌써 어둑어둑해졌다. 이날 저녁 식사는 바닷가 요트 계류장 근처에 있는 식당에서 스페인 전통음식인 파에야를 먹었다. 우리 입맛을 고려해서 해산물 파에야를 주문했다고 한다. 이날 먹은 파에야는 무쇠 팬에 조리해서 식탁에서 바로 나눠줬기 때문에 따끈해서인지 아내는 만족한다고 했지만, 감칠 맛이 없이 밋밋한 느낌이 남아서였을까? 나는 실망했다.

　무쇠 볶음냄비에서 조리하는 스페인 전통음식 파에야는 우리네 비빔밥처럼 대중적인 음식으로 잔치마당에서 흔히 볼 수 있다. 언젠가 전주에서 열린 학회에서 커다란 통에다 재료를 쏟아 넣고 만든 비빔밥을 먹은 기억이 있다. 스페인에서도 파에야는 여러 사람을 위해서 조리하기도 하는데, 1992년 발렌시아에서는 십만 명을 위한 파에야를 만들어 기네스북에 올랐다고 한다.

　식사 중에 아코디언 연주자가 등장해서 우리에게 익숙한 『베사메 무쵸』, 『푸니쿨리푸니쿨라』 등을 연주했다. 정작 우리 일행은 간간이 박수는 쳤지만, 사례금을 주는 사람은 없었다. 사실 한국에서 왔다는 것을 알았으면 『아리랑』 한 곡 정도는 연주할 수 없었을까? 넘쳐나는 관광객으로 엄청난 관광 수입을 올리는 스페인 사람들이 정작 관광객을 배려하는 마음은 그리 애면글면하지는 않은 것 같았다. 대체로 1차 산업이 큰 비중을 차지하는 스페인의 국민들 입장에서는 일상을 불편하게 만드는 관광객들이 없어도 먹고 사는 데 불편함이 없다는 생각을 할 수도 있겠다. (2024년 8월 1일)

이베리아반도에 남은 이슬람문화의 꽃, 그라나다

워싱턴 어빙 지음, 『알람브라』(더스타일, 2013년)

2014년 아내와 함께 가는 두 번째 해외 여행지로 스페인-포르투갈-모로코를 골랐다. 이 여행의 의미는 '문명의 접촉'에 두었다. 이베리아반도는 이슬람 문명과 기독교 문명이 충돌했던 대표적 공간이다. 아놀드 토인비가 『역사의 연구』에서 이야기한 문명의 공간적 접촉이 어떤 결과를 낳았는지 확인할 수 있는 여행지이다. 특히 그라나다에 있는 알람브라 궁전이 대표적이라 할 수 있다.

그라나다는 스페인 여행 3일째에 찾았다. 2일 차 아침에 마드리드에서 멀지 않은 몬세라트를 구경한 다음 1박2일에 걸쳐 무려 14시간을 차로 이동했다. 첫날은 몬세라트에서 발렌시아까지 360여km를 달려 숙소에 들었고, 다음 날에는 발렌시아에서 그라나다까지 490여 km를 달려가야 했다. 계산상으로는 4시간과 5시간이 걸린다고 나오지만, 중간에 여러 차례 쉬어야 했고, 도로 사정까지 겹쳐서 14시간이 걸렸다. 유럽 여행이 처음이라서 그런가 보다 했지만, 좁은 좌석에 갇혀 14시간을 이동한다는 것이 쉬운 일은 아니었다.

그라나다는 1492년 아라곤의 페르난도 2세와 카스티야의 이사벨 1세 여왕의 기독교연합군이 무너뜨린 나스르왕국의 중심지였다. 1238년 그라나다에 들어선 나스르왕국은 711년 코르도바에서 출범한 후우마이야 왕국이 이베리아반도를 지배하기 시작하면서 이어온 이슬람 명맥의 마지막 왕조이다. 나스르왕국의 몰락은 기독교연합군의 레콘키스타(국토회복운동)의 완성을 의미한다.

알람브라 궁전은 그라나다 시내를 굽어보는 언덕 위에 있다. 횃불이 비치면 성벽이 붉게 비친다고 해서 '붉은 성(al-qala, al hamra)'이라는 아랍어에서 유래한 알람브라 궁전은 9세기 무렵 방어용 요새로 시작됐다. 오랫동안 이베리아반도를 지배하던 이슬람의 마지막 나스르왕조의 무함마드 1세와, 유수르 1세, 무함마드 5세에 이르기(1362~1391년)까지 절정기에 있던 이슬람 건축술이 만들어낸 걸작이다. 나스르왕국의 전성기였던 유수르 1세 때는 왕족은 물론, 귀족을 포함하여 2천여 명이 이곳에 살았다고 한다.

알람브라 궁전에는 가장 중심이라 할 나사리에스 궁전을 비롯하여 알카사바 요새, 유수프 3세의 궁전과 정원이 있는 파르탈, 별장인 헤네랄리페, 그리고 스페인의 가톨릭 세력이 이곳을 점령한 다음에 세운 카를로스 5세 궁전 등 다섯 구역을 돌아보았다. 전성기에는 화려했던 건축물들도 전쟁 중에 그리고 전쟁이 끝나면 점령군에 의해 철저하게 파괴되는 것이 보통이다. 그럼에도 불구하고 도시의 한가운데 서 있는 알람브라 궁전이 이 정도로 살아남은 것은 기적이다. 나스르왕국의 마지막 왕 보압딜은 너무나도 소중하고 아름다운 알람브라 궁전이 파괴될 것을 걱정하였다. 그리하여 자기 백성을 죽이지 않는다는 조건에 궁전을 파괴하지 않는다는 조건을 더하여 가톨릭 연합군에 투항했다. 『스페인은 건축이다』에서 "지나치게 아름다운 존재는 손을 많이 타는 법이지만, (알람브라 궁전은) 너무 아름다워서 오히려 파괴할 수 없었다는 표현이 더 정확할 것 같다."라고 한 김희곤 교수의 해석이 옳다.

하지만 기독교연합군의 배려로 살아남은 알람브라 궁전도 세월이 지나 스페인 사회가 혼란에 빠졌을 때 거지와 도둑의 소굴로 전락하고 말았다고 한다. 관리가 소홀해진 탓이다. 알람브라 궁전의 지금 모습을 되찾을 수 있었던 것은 여기 소개하는 책 『알람브라』를 쓴 미국 작가 워싱턴 어빙의 공이 크다. 1820년 이곳에 머물렀던 어빙이 알람브라 궁전의 가치를 재발견하고 당국에 보존을 호소했다. 덕분에 1870년대 들어 국가기념물로 선정되면서 알람브라 궁전이 복구되기 시작했다. 최근에는 알람브라 궁전이 헤네랄리페, 알바이신 언덕과 함께 유네스코 세계유산으로 등재되었다.

알람브라 궁전을 돌아보는 일정은 카를로스 5세 궁전에서 시작했다. 일행을 안내한 조형진 해설사는 "알람브라 궁전의 아름다움을 훼손한 흉물"이라고 잘라 말했다. 이탈리아 건축이론가 만프레도 타푸리 역시 '마치 운석이 알람브라 궁전에 떨어진 것' 같다고 했다지만, 미완성인 이 건물은 스페인 르네상스양식의 걸작으로 스페인 왕실 건축물 가운데 보석이라고 평가된다.

　본격적으로 구경에 나선 나사리에스 궁전에는 메수아르 궁, 코마레스 궁 그리고 사자의 궁이 있다. 제일 먼저 만나는 메수아르 궁은 이스마일 1세와 무함마드 5세가 세워, 왕의 집무실로 쓰던 곳으로 코란을 암송하거나 각료회의를 열던 곳이다. 이곳에는 벽면과 천장에 '돋을새김'으로 정교하게 새겨놓은 이슬람 장식과 처음 만나게 된다. 이슬람 예술가 나스르는 이슬람 장식의 의미를 이렇게 설명했다. "이슬람 예술은…… 신성한 책, 코란에 나타난 대로 하나님의 말씀을 구현시키는 캘리그라피의 형태에 결합하고, 기하와 꽃 패턴을 이용해서 물질을 고상하게 만드는 한 방법이다." 비잔틴과 사사니언 문화에서 유래한 이슬람 장식은 아라베스크, 기하, 캘리그라피로 구성되며, 서로 연관돼 건축의 아름다움과 상징을 극대화시킨다.

　메수아르 궁을 나서면 코마레스 궁전 사이에 있는 황금의 안뜰로 이어진다. 이곳은 술탄이 백성들에게 강연하던 곳이다. 60개의 반원 모양으로 가장자리를 장식한 원반 모양의 낮은 분수가 뜰의 중앙에 놓여있다. 분수의 중심에 놓여있는 화두로부터 졸졸 흘러내리는 물이 원반의 가장자리로 넘쳐서 흘러내린다. 나사리에스 궁전에는 각양각색의 분수를 볼 수 있다. 분수를 흐르는 물은 멀리 시에라네바다 산맥에서 끌어왔다. 만년설이 녹은 물은 다음에 소개할 헤네랄리페 정원을 장식하는 분수를 통과한 다음, 이곳으로 흘러내린다. 이 모든 수리시설이 기계의 도움 없이 지형의 높낮이를 이용한 수압의 차이만으로 물 흐름이 이어지도록 설계되어 있다. 이슬람 문명의 뛰어난 수리 체계를 처음 알게 되었다.

황금의 뜰은 코마레스 궁으로 이어진다. 코마레스 궁은 유수프 1세와 그 아들인 무함마드 5세에 걸쳐 건설되었다. 중앙의 아라야네스 정원 가운데에는 긴 연못이 있고 그 주위에 잘 다듬어진 아라야네스 나무가 서있다. 허브의 일종인 아라야네스는 향수나 보습제의 원료로 쓰이고, 약용으로도 쓰인다. 연못에 코마레스탑이 파란 하늘을 배경으로 비치는 모습을 보면 좌우대칭이라는 이슬람건축의 원칙을 금방 이해할 수 있다. 높이 45m에 달하는 코마레스 탑 아래에는 술탄의 집무실인 코마레스 홀이 있다. 궁전에서 가장 넓은 이곳은 '대사들의 방' 혹은 '황제의 방'이라고 부른다. 기하학적 무늬로 조각된 창문을 통하여 빛을 받아들이고 있으며, 밖에서는 내부에 있는 사람의 그림자조차 확인할 수 없는 구조이다. 이 방의 창문들은 화려한 채색 유리로 장식돼 있었다. 그런데 세월이 흘러 알람브라 궁전의 관리가 소홀해졌을 때 이곳에 흘러들어온 집시들이 모두 뜯어다 팔았다고 한다.

이어서 무함마드 5세가 지은 사자의 궁이다. 사자의 궁은 사자의 안뜰을 중심으로 왕의 방, 아벤세라헤스의 방, 두 자매의 방 등, 왕과 처첩들이 기거하는 방들이 배치돼 있다. 당연히 왕과 가까운 친척 이외의 일반 남자들의 출입이 금지되어 있는 금남의 구역, 하렘이었다. 사자의 안뜰 중앙에는 12마리의 사자가 새겨진 대리석 분수가 있고, 정밀하게 세공된 124개의 대리석 기둥이 뜰을 둘러싸고 있다. 12마리의 사자들이 등을 대고 서있는 모습으로 조각된 대리석 분수는 유대인 12부족의 대표들이 선물한 것이다. 매 시간 사자들이 돌아가면서 입으로 물을 내

뿜어 시간을 알려주는 물시계의 기능을 가지고 있었다. 사자상에서 흘러나온 물들은 사자의 안뜰에 연해 있는 방으로 흘러든다. 흥미로운 점은 그 옛날에 벌써 대리석 기둥의 중간에는 납으로 된 판을 끼워 넣어 지진에도 무너지지 않도록 하는 내진설계를 적용하고 있다는 것이다.

아벤세라헤스의 방과 두 자매의 방에 들어서면 화려한 내부의 장식에 놀라게 된다. 특히 천장의 장식은 그 아름다움을 어떻게 표현할 방법을 찾을 수가 없다. 서로 마주하고 있으면서 비슷한 모습을 한, 두 방의 천장은 미묘한 차이가 있다. 아벤세라헤스의 방 천장이 별 모양에 조금 추상적이라면, 두 자매의 방은 팔각형에 우아하면서도 화려하다는 느낌이 든다. 아벤세라헤스의 방 천장을 장식한 모카라베 양식은 종유석 모양에서 영감을 얻은 복잡한 장식이다.

두 자매의 방을 지나면 린다하라의 망루에서 알바이신 언덕을 조망할 수 있고, 린다하라 안뜰의 출구 앞부분에 조성돼 있는 파르탈 정원을 볼 수 있다. 중앙에 높은 분수대를 배치하고 주변으로는 굵고 쭉 뻗은 나무들이 흩어져 있다. 기하학적으로 구획을 나누고 잘 다듬어진 나무들과 풀들을 심어놓아 느린 걸음으로 산책을 하면 참 좋겠다는 느낌이 든다. 이곳은 고고학적 자료와 건축유물을 바탕으로 20세기 들어 복원된 것이다. 린다하라 망루를 지나면 황제들의 방을 만나게 되는데, 황제들의 침실로 들어가는 대기실 옆방에는 앞서 말한 워싱턴 어빙이 머물면서 『알람브라』를 집필했다고 표시돼 있다.

홀린 듯 해설사의 설명을 들어가며 사진을 찍다가 정신을 차리고 보니 어느새 나사리에스 궁전 밖이었다. 갑자기 구름이 몰려들면서 일진

광풍이 휘몰아치고 멀리서 천둥소리도 들린다. 날씨가 급변하니 안내인도 마음이 급해지는 듯 알카사바로 이동했다. 알카사바는 지금까지 본 카를로스 5세 궁전이나 나사리에스 궁전의 우아한 모습과는 전혀 다르다. 알람브라 궁전이 들어선 언덕에 처음으로 들어선 성채도시라서 아무래도 거칠 수밖에 없었을 것이다. 알카사바에 들어서면 전형적인 중세의 성이 가지는 특징을 갖춘 아르마스 광장이라는 중정을 만난다. 광장은 평시에는 군대의 훈련장으로, 전시에는 군대를 검열하는 장소로 사용됐다. 광장을 기준으로 남쪽과 북쪽의 주거지 형태가 다르게 나타나는데, 복잡하게 구성된 북쪽 주거지는 크기가 서로 다른 집들이 길과 벽으로 나뉘고 있어 초기 왕실 거주지로 추정된다. 반면 남쪽 주거지는 일정하게 배치되어 있는 점으로 보아 창고나 병영이었을 것이다.

검은 구름이 몰려오고 바람이 거칠어지는 상황에서도 서쪽 끝에 서 있는 전망탑에는 올랐다. 전망탑으로 가는 길 양편으로는 벽돌로 된 건물의 기단과 지하 구조만 남아 있다. 이곳에서 볼 수 있는 지하 토굴은 깔때기를 거꾸로 엎어놓은 모양으로 되어 있는데, 죄수를 가두는 감옥이나, 곡식과 소금 그리고 향신료 등을 보관하는 창고로 쓰였다. 이 장소는 2018년 12월부터 2019년 1월 사이에 방영된 TV 연속극『알함브라 궁전의 추억』에 등장한다. 현실 세계와 증강현실이 교차하면서 이야기를 복잡하게 전개하려다 보니 용두사미처럼 마무리가 되고 말아서 아쉬움이 많이 남았던 연속극이었다.

벨라의 탑이라고 부르는 30m 높이의 전망탑은 그림자로 시간을 측정했기 때문에 태양의 탑이라고도 부르기도 한다. 알람브라를 점령한 기독교도들이 탑의 북쪽에 종을 설치한 다음에는 종탑이라고 했다. 이곳에서 울리는 종소리는 저녁에 통행금지를 알리는 등 그라나다의 생활 주기를 결정하는 상징이었다. 알람브라 성이 함락된 1월 2일에는 이곳에서 종을 치는 전통이 내려온다. 특히 결혼 적령기의 처녀가 그날 종을 치면 그해 안에 결혼하게 된다고 전해온다.

벨라의 탑에 올라 그라나다 시가지를 굽어보면서 '드디어 그라나다를 보게 됐구나'라고 생각하는 순간 후드득 비가 떨어진다. 발을 놓을 자리가 보이지 않을 정도로 컴컴해진 계단을 뛰듯이 내려왔지만, 빗줄기는 이미 굵어지고 있었다. 일단 카를로스 5세 궁전으로 이동하여 비를 피했다. 조형진 해설사가 뛰어가 사 온 비옷으로 채비를 마치고 헤네랄리페로 향했다. 아랍어로 '젖과 꿀이 흐른다'라는 뜻을 가진 헤네랄리페는 알람브라 궁전의 여름 별장이다. 일 년 가운데 초여름이 가장 아름답다는 곳이다. 왕가의 농장과 과수원, 방대한 목초지 그리고 건물들로 이루어져 있다. 목초지는 말들의 방목장, 가축 사육장 혹은 술탄의 사냥터였다.

헤네랄리페로 들어가는 출입문은 왕궁이라기보다는 시골농장 같은 분위기이다. 하지만 하마(下馬)의 안뜰을 지나, 수로의 안뜰에 들어서는 순간 탄성이 절로 나온다. 서쪽에 서있는 망루로 향하는 홍예형의 회랑이 양쪽으로 이어진다. 아세키아의 중앙에는 좁고 긴 수로를 따라 물이 흐르고 수로 양편으로 늘어선 분수의 꼭지에서 솟아오르는 물줄기가 포물선을 그리면서 수로에 떨어진다. 수로의 양쪽으로는 잘 다듬어진 나무들이 어우러진 정원이 이어진다.

수로의 안뜰은 본래 서쪽 망루를 제외하고는 높은 벽으로 둘러싸여 아늑하면서도 비밀스러운 전형적인 이슬람 분위기를 조성한다. 하지만 나스르왕조가 멸망한 다음 개조돼, 그라나다를 조망할 수 있는 전망대로 역할이 바뀌었다. 회랑과 망루에서 보면 알람브라 궁전 너머로 그라나다가 펼쳐지는 장관을 볼 수 있다. 수로의 안뜰 끝에는 제왕의 홀이 있다. 모카라베스 장식의 아름다운 주두와 벽감들이 볼만하다.

　불가능한 것을 가능하게 만드는 것이 여행사의 단체여행이라서 서너 시간 만에 알람브라 궁전에서 보아야 할 대표적 유적 다섯 곳을 모두 돌아본 셈이다. 이제 알람브라 궁전의 오늘이 있게 한 워싱턴 어빙의 『알람브라』를 이야기해 보자. 19세기 미국 낭만주의 대표 작가인 워싱턴 어빙은 20대 중반에 쓴 『뉴욕의 역사』로 주목을 받았고, 다시 10년 뒤에 쓴 『스케치북』으로 그는 미국의 대표 작가 반열에 올랐다. 43살이 되던 해 마드리드 주재 미국 공사로 부임한 그는 러시아영사관에서 근무하던 한 친구와 함께 세비야에서 그라나다까지 여행하면서 알람브라 궁전에 머물게 되었다. 소설 『알람브라』의 초반은 작가가 알람브라 궁전에 머물기까지의 이야기로 구성된다. 이어서 그라나다지방에 전해오는 알람브라 궁전 혹은 무어인들의 나스르왕조에 관한 전설을 수록했다.

　읽다 보면 스페인의 풍광과 스페인 사람들의 기질을 잘도 연결했다는 생각을 하게 만드는 대목이 있다. 그의 말대로 이베리아 반도의 자연은 삭막하기가 이를 데 없다. 그럼에도 불구하고 그는 '엄격할 정도로 단순한 듯하지만, 인간의 영혼에 장엄함을 새겨 넣은 듯하다. 그리고 그 땅과 사람들의 기질과 모습 자체에는 무언가 아랍적인 특징이 있다.'라고 묘사했다. 이베리아반도는 무려 800년 가까운 세월 동안 이슬람의 지배를 받아야 했기 때문일 것이다.

어빙이 여행하던 19세기 무렵 스페인의 사회적 분위기는 꽤 어수선했던 모양이다. 노상강도가 날뛰고 있어 무장을 하지 않으면 여행이 어려울 지경이었다. 하지만 어빙은 그런 분위기조차도 여행의 모험적 요소로 인식한 듯하다. 하지만 사람들과 쉽게 어울리는 특유의 성품 덕분에 전해오는 많은 이야기를 들을 수 있었던 것 같다. 그런 여행을 "우리는 진짜 콘트라반디스타들의 스타일로 여행했는데, 거칠든 부드럽든 발견한 모든 것을 받아들였고, 방랑자들처럼 우리가 만나는 모든 사람과 관습에 섞여 들었다. 그것이 에스파냐를 진정으로 여행하는 방식이다." 라고 설명한다.

폴란드 출신의 작가 얀 포토츠키가 쓴 『사라고사에서 발견된 원고』를 읽어보면 스페인에는 괴기한 전설이 많이 전해지는 듯하다. 아마도 오랜 세월에 걸친 이민족의 지배와 그에 대한 두려움 같은 것이 녹아들어 만들어 낸 허황된 이야기가 아닐까 싶다. 어빙이 채록하여 『알람브라』에 담은 기담들 역시 그런 역사적 배경에서 나온 것들로 이해가 된다. 전설 가운데 가장 인기가 많은 주제는 무어인들이 물러가면서 묻어둔 보물에 관한 것이다. 알람브라 왕궁 앞 산책로에 있는 우물에서 물을 길어다 파는 물지게꾼 페드로 힐이 무어인의 소원을 들어주고 보물을 얻었다는 전설은 욕심의 크기가 화를 불러온다는 교훈을 담고 있다.

나스르왕조의 마지막 왕 보압딜이 알람브라 궁전의 보전을 조건으로 항복했다는 것은 언젠가 다시 돌아올 것을 기약한 것은 아니었을까?

무어인들이 떠난 뒤에 쇠락을 거듭하는 알람브라를 바라보는 사람들은 알람브라에 걸맞은 낭만적이고 신비한 전설과 기담을 만들어 입에서 입으로 전했는지도 모른다. 다시 돌아올 날을 위하여 금은보화를 은밀하게 숨겨놓았을 것이라는 합리적인 의심도 했을 것이다. 알람브라의 은밀한 장소에 숨어있는 무어인들의 도움을 받아 마법에 걸린 보물을 찾아내 부자가 되는 꿈을 꾸었을 것이다.

알람브라 궁전은 낮에 보아도 아름다웠는데 달빛이 교교한 밤에 보는 궁전의 모습은 어땠을까? 으스스한 분위기일까? 어빙이 묘사한 알람브라 궁전의 밤 풍경을 보면 신비로울 것이라는 느낌이 절로 든다. "알람브라를 비추는 달빛에는 마법 같은 무언가가 있다. 달빛 속에서 시간의 모든 균열과 틈, 모든 부패의 기미와 풍화의 얼룩은 사라지고, 대리석은 태초의 흰빛을 되찾으며, 길게 줄지어 선 기둥들은 밝게 빛나고 부드러운 광채는 홀들을 밝히며, 이윽고 궁전 전체가 아라비아의 옛이야기에 등장하는 마법의 궁전을 떠올리게 한다."

그런 밤이면 마법 같은 일도 일어나지 않을까 싶다. "자정이 가까워져 사위가 조용해졌을 때 그녀는 다시 홀에 자리 잡고 앉았다. 멀리 알람브라의 감시탑에서 자정을 알리는 종이 울리자, 분수는 다시 요동치면서 부글부글 끓어올랐고 물을 뿜어 올려, 무어 여인의 형상을 다시 일으켜 세웠다. 그녀는 젊고 아름다웠으며, 보석이 화려하게 달린 드레스를 입고 손에는 은색 류트를 들고 있었다." 밤의 알람브라 궁전에서 홀연히 아름다운 여인을 마주하게 되면 어떤 느낌일까?

어빙은 특히 알람브라 궁전과 관련하여 전해오는 전설의 진위를 가리는 데도 나름 애를 썼다. 사자의 안뜰에서 벌어진 아벤세라헤스 가문의 참극을 일으킨 사람이 나스르왕조의 마지막 왕 보압딜이 아니라 그의 아버지 아벤 하산일 것으로 추정한다. 보압딜은 나스르왕조가 세운 찬란한 성이 무너지는 것이 안타까워 페르난도 2세와 협상을 통하여 그라나다를 넘겨 주었다. 그래서 사람들은 언젠가는 그가 돌아올 것으로 기대한 것이 아닌가 싶다. 한편, "그라나다를 차지하고 있던 당시 무어인들은 오늘날 무어인들보다 훨씬 더 쾌활한 사람들이었답니다."라고 적은 대목을 보면, 이슬람 왕조가 몰락한 뒤에도 스페인에 남아 버텨온 무슬림들은 과거의 영화롭던 시절이 다시 올 것이라고 꿈꾸었던 것 같다. 이국적인 것이 더 애틋한 추억을 남기는 듯, 스페인 사람들은 이민족의 지배에 반발하면서도 그에 대한 애틋한 향수 같은 것을 가지고 있는 것은 아닐까? (「건강을 가꾸는 사람들」, 2017년 9/10월호)

론다(스페인)

데자뷰? 언젠가 본 듯한 사랑 방정식

어니스트 헤밍웨이 지음, 『태양은 다시 떠오른다』(민음사, 2012년)

　　스페인-포르투갈-모로코로 이어지는 여행의 4일째 론다를 찾았다. 그라나다의 알람브라 궁전과 코르도바의 메키스타를 본 다음에 론다로 이동했다. 코르도바에서 점심으로 중식을 먹고 론다로 출발했는데 유난히 조는 일행들이 많았다. 조형진 해설사는 낮잠 자는 시간을 따로 주었다. 마치 시에스타를 즐기는 스페인 사람이 된 것처럼. 사실 점심으로 중식을 먹고 나면 유난히 졸리기도 하다. 그래서 중국음식증후군이라는 말도 생겨났는데 중식에 많이 들어있는 글루탐산나트륨(MSG) 때문이라고 설명하기도 한다.

　　론다는 코르도바에서 남쪽으로 167km 떨어져 있어 차로 2시간 10여 분 달려야 한다. 말라가산맥의 해발 723m에 있는 론다는 인구 4만의 작은 마을이다. 론다에 가까워지면서 사방이 완만해 보이는 구릉지대에 올리브나무를 심은 밭이 펼쳐진다. 줄을 잘 맞춰 심은 올리브나무는 모두 기계로 관리하기 때문에 밭에서 농부의 모습을 볼 수 없다. 대부분 스페인 농부는 대단위로 농사를 짓기 때문에 모두 부자라고 한다. 스페인 농부로부터 청혼을 받은 여성은 일단 긍정적으로 받아들이라고 조형진 해설사는 강력하게 추천했다. 살다 마음이 안 맞아도 가톨릭국가라서 이혼이 어렵고 설사 이혼하더라도 재산이 모두 부인 몫이 된단다.

『스페인 소도시 여행』에서 박정은 작가는 "나는 꿈의 도시를 찾아 헤맸다. 그러다 마침내 찾은 곳이 바로 론다다"라고 했다는 릴케의 말을 인용한다. 투우를 좋아했던 어니스트 헤밍웨이 역시 론다를 찬양했다. "론다는 스페인으로 신혼여행을 가거나 혹은 누구와 함께 도망칠 때 꼭 갈 만한 곳이다. (…) 아름다운 짧은 산책길, 좋은 술, 바다 음식, 멋진 호텔이 있다. (…) 산이 둘러서 막은 고원지대에 자리 잡고 있는데, 그 고원은 두 도시를 분리하는 계곡으로 깎여서 강 속으로 급경사를 이루고 있다. 그 고원 아래쪽에는 나귀 떼가 먼지를 일으키며 길을 걸어가고 있는 것이 보인다."

릴케나 헤밍웨이가 왜 론다를 그렇듯이 찬양했는지는 론다에 가봐야 알 수 있다. 시외버스의 종점 부근에 있는 주차장에서 차를 내려 론다의 중심가로 이동했다. 봉쇄수도원과 스페인 최초의 근대투우장을 지나 누에보 다리까지 내려갔다. 이곳에서 일단 자유롭게 구경하기로 했다. 누에보 다리를 건너 전망대로 향하는 일행과 떨어져 다리를 건너기 전 오른편에 있는 파라도르 호텔을 끼고 도는 헤밍웨이 산책로에 들어섰다.

호텔을 끼고 도는 짧은 산책로이지만 세 번쯤은 놀라게 된다. 먼저 협곡 건너편 구시가지가 손에 잡힐 듯해서 협곡이 얼마나 깊겠나 싶었다. 막상 산책로 들어서 철제 난간 너머로 몸을 내밀어 협곡의 바닥을 확인하는 순간 오금이 저리는 느낌이 든다. 깊다. 산책로를 따라가다 절벽에서 내밀어 지은 노대에 올라서면, 협곡의 깊이를 다시 실감하게 된다.

그리고 서쪽으로 펼쳐지는 널따란 분지… 그리고 그 끝에 늘어서 분지를 감싸고 있는 산, 산, 산…… 오후의 따사로운 햇살이 분지에 넘칠 듯 쏟아진다. 헤밍웨이도 그랬을지 모르는 산책길에 앉아 서산에 해가 질 때까지 지켜보고 싶었다. 하지만 약속한 시간 때문에 다시 산책길로 돌아가야 했다. 헤밍웨이도 글을 쓰는 사이에 생각을 정리하기 위해서 이 길을 걸었을 것이다. 타호협곡으로부터 열리는 분지를 내려다보고 있으니 필자의 마음도 따라서 열리는 것 같았다.

호텔 뒤로 짧게 끝나는 산책길은 투우장으로 이어진다. 입구에는 막 앞발을 구르는 모습의 검은색 투우소의 동상이 서있다. 금방이라도 투우장으로 뛰어들어 투우사와 겨룰 기세이다. 스페인어로 코리다 데 토로스(Corrida de Toros)라고 하는 투우는 지중해 지역에서 목축과 농사의 풍요를 기원하기 위하여 신에게 황소를 바치는 의식에서 시작되었다.

고대 크레타섬, 테살리아, 로마 제국에서도 흔히 행해졌지만 14세기에 들어서야 투우에 대한 기록이 나타난다. 18세기 무렵, 직업 투우사가 등장하면서 왕과 귀족들이 말 위에서 창과 칼로 소를 죽이던 투우가 대중을 위한 경기가 되었다. 근대 투우는 론다 출신의 유명한 투우사

프란시스코 로메로에 의하여 체계화되었다. 프란시스코 로메로는 1726년 물레타라고 하는 붉은 망토를 처음으로 사용하면서 땅에서 소와 대결을 시작했다.

직업적 투우사를 말하는 토레로(torero)에는 주역이라 할 마타도르(투우사), 조역인 반데리예로 그리고 보조역인 피카도르 등이 있다. 역할이 다른 만큼 복장도 차이가 있다. 마타도르는 짧은 상의와 조끼, 무릎까지 오고 몸에 꼭 끼며 금·은·비단으로 장식된 바지, 장식이 달린 공단으로 만든 긴 겉옷(manteau), 수놓은 긴 소매 겉옷을 입고 산호색 긴 양말에 굽이 없이 평평한 검정 덧신을 신으며 검은 털이 북실북실한 투우사 이각모자(Montera)를 쓴다. 긴 겉옷은 입장 행진 때에만 입는다.

반데리예로도 마타도르와 비슷한 복장을 하지만 이들의 의상에는 금 장식이 없다. 피카도르는 챙이 넓고 옅은 회색이 감도는 노란색 모자를 쓰고 같은 색 상의에 옅은 노란색의 영양(chamois) 가죽으로 만든 몸에 꼭 끼는 바지를 입는다. 그리고 영양 가죽으로 만든 발목 구두를 신는다.

투우 시합은 소 한 마리마다 3막으로 구성된다. 제1막은 피카도르가, 제2막은 반데리예로가, 제3막은 마타도르가 맡아 진행한다. 먼저 말을 탄 피카도르가 입장하여 소에 접근해서 창을 꽂는다. 피카도르가 탄 말이 소에 받혀서 죽기도 한다. 이어서 반데리예로가 반데리야 혹은 페온이라고 하는 장식이 달린 작살을 소의 어깨에 꽂는다. 그리고 마지막으로 마타도르가 물레타로 소를 유인하면서 윗갈비뼈 사이에 칼을 찔러 넣으면 칼이 척추를 지나 대동맥을 자른다.

소와 맞선 마타도르는 발은 전혀 움직이지 않으면서 돌격해 오는 황소를 향해 긴 겉옷을 바깥쪽으로 천천히 휘두르는 기본동작, 베로니카 자세를 취한다. 마타도르는 이때 황소를 자기 몸에 가까이 붙이면서 우아한 몸동작을 취해야 한다. 마타도르가 소와 겨루는 방식에는 황소와 마타도르가 정지한 자세에서 서로 공격하는 노련한 알 볼라피에를 비롯해 마타도르가 정지한 자세에서 돌진해 오는 소를 공격하는 레시비엔도가 있다. 베로니카, 알 볼라피에 그리고 레시비엔도는 마타도르가 보여주는 투우의 기술이다.

국토회복운동의 기치를 내세웠던 아라곤의 페르디난드 왕과 카스티야의 이사벨 여왕이 론다를 점령해서 무슬림을 추방한 날을 기념해서 5월 20일에 투우를 시작한다고 한다. 하지만 여행 일정이 맞지 않은 탓인지 투우장 안에는 들어가 보지 못하고 투우장 밖에 서 있는 프란시스코 로메로와 소의 동상을 보는 데 그치고 말았다. 어니스트 헤밍웨이는 투우에 관한 수필집『오후의 죽음』에서 "처음으로 투우 구경을 하러 갔을 때, 나는 몸서리를 치게 되리라고 또 아마도 구역질이 나게 되리라고 생각했다."라고 했다. 필자가 투우를 볼 기회가 있었다면 어떤 느낌이 들었을까 궁금해진다.

헤밍웨이는 투우의 매력에 빠져 멕시코와 스페인 등지로 투우를 보러 다녔고, 결국은 투우에 관한 다양한 이야기를 담은 수필집을 써내기에 이르렀다. 헤밍웨이는『오후의 죽음』에서 유명한 투우사들에 관한 이야기는 물론 투우에 관한 모든 것을 두루 섭렵하고 있다.

헤밍웨이처럼 투우의 매력에 빠진 사람들에게는 불행한 일이겠지만, 투우는 대표적인 동물학대 행위로 지목되고 있어 폐지해야 한다는 동물애호단체의 목소리가 날로 높아가고 있다. 스페인의 카탈루냐 지방에서는 공식적으로 투우를 금지하기로 했다. 카탈루냐 지방은 풍요롭기 때문에 사람들이 대체로 소박하다. 그래서 이들에게는 죽음에 대한 딱딱한 상식이나 감정이 전혀 들어갈 틈이 없기 때문에 이런 결정이 내려진 것이라고 헤밍웨이는 설명했다.

반면 카스티야 지방은 대체로 거친 환경 때문에 죽음이 불가피한 현실이란 점을 잘 알고 있다는 것이다. 그래서 그들은 죽음에 대하여 많은 생각을 하게 되었고, 죽음에 대하여 지적인 관심을 가지고 투우장으로 향한다는 것이다. 헤밍웨이는 투우는 운동경기가 아니라 죽음을 다루는 예술이라고 보았다.

론다가 근대 투우의 발상지이며, 헤밍웨이가 론다에 머물면서 작품을 썼다는 인연으로 헤밍웨이의 소설 『태양은 다시 떠오른다』를 읽게 되었다. 이 작품은 고등학교에 다닐 때 읽은 헤밍웨이 전집에서 처음 읽었다. 50년도 넘은 옛날이라서 그때는 어떻게 읽었던지 기억이 남아 있지 않다. 『태양은 다시 떠오른다』는 헤밍웨이가 27살이 되던 해 완성한 첫 장편소설이다. 제1차 세계대전이 끝난 뒤의 유럽 사회에 불어닥친 무기력하고 시대적 불안과 상실감에 빠진 소위 '길 잃은 세대'의 모습을 그렸다는 평가를 받았다. 주요 등장인물은 신문사 특파원으로 파리에 머무는 미국인 제이크 반스, 그와 특별한 관계인 영국인 간호사 브렛, 그녀의 약혼자 마이크 캠벨, 브렛에게 빠져드는 미국인 작가 로버트 콘, 그리고 미국에서 잘나가는 소설가 빌 고턴 등이다.

등장인물들의 관계를 정리해 가는 제1부는 누가 주요 등장인물인지 조금 헷갈린다. 주인공인 반스는 엉뚱하게도 콘이 지내온 삶을 정리하질 않나, 로버트와 그의 약혼자 프랜시스와 함께 놀러 갈 의논을 하지 않나, 심지어는 카페에서 처음 만난 조젯과 함께 친구들을 만나러 갔다가 그곳에서 다른 일행과 함께 온 브렛과 따로 자리를 뜨지 않나. 도무지 등장인물들의 말과 행동들이 쉽게 정리되지 않았다. 그저 목적 없이 순간순간을 즐기는구나 싶었다.

그러다가 제이크와 브렛이 서로를 사랑하는 감정의 편린들이 조금씩 드러나기 시작한다. 그럼에도 불구하고 제이크가 브렛에게 자신의 감정을 강하게 표현하지 못하는 이유는 전쟁 중에 입은 부상으로 성기능이 마비된 때문이다. 게다가 브렛이 그 사실을 알고 있어 거리를 둘 수밖에 없다. 그렇다면 이들은 진정 사랑하는 것은 아닌 모양이다. 현실을 전혀 무시할 수는 없는 노릇일 거다. 그런가 하면 "우리 둘이서 함께 살 수 없을까, 브렛?"이라고 묻는 제이크에게 "안 돼, 난 누구 하고나 쏘다녀서 당신을 배반하고 말 거야. 당신은 견딜 수 없을 거야!"라고 브렛이 답변하는 것을 보면 자신이 남자를 밝히는 탓에 제이크에게 상처를 줄까 봐 두려워하는 것 같다.

등장인물들 사이의 기본적인 역학관계에 대한 설명이 제1부에서 다소 모호하게 전개되다가, 제2부에서는 무대를 스페인으로 옮겨간다. 주요 등장인물들이 모여 팜플로나의 산 페르민 축제를 즐기기로 한 것이다. 제이크와 빌은 먼저 출발해서 부르게테에서 낚시를 즐기다가 팜플로나로 이동하여 일행들과 합류한다. 작가는 산 페르민 축제가 어떻게 진행되는지 마치 동영상으로 보는 것처럼 상세하게 설명한다. 황소들이 울타리에서 풀려나 투우장까지 들어갈 때 사람들이 황소를 피해 달아나는 모습을 중계하듯 전한다. 이런 전통은 팜플로나의 성인인 산 페르민 주교가 스페인에서 선교활동을 하다가 순교한 것과 연관이 있다. 그때 처형자들이 산 페르민 주교를 황소에 매달아 끌고 다닌 데서 유래한 것이다. 『태양은 다시 떠오른다』에서도 등장하는 것처럼 황소에 쫓기다 보면 자칫 황소에 떠받혀 죽는 사고도 생긴다.

브렛은 팜플로나 축제에서 만난 열아홉 살 난 잘나가는 투우사 로메로에게 반하여 사랑의 도피행을 한다. 이 사건이 계기가 되어 이들 일행은 주먹다짐까지 벌인다. 주먹싸움은 페더급 권투선수 생활을 한 로버트의 일방적인 승리로 끝났다. 하지만 브렛이 떠난 뒤 로버트는 공황상태에 빠지고 만다. 투우에 열광하는 스페인 사람들이고 보면 멋쟁이 투우사는 뭇사람들의 관심과 사랑의 대상이 된다. 요즈음으로 치면 젊은이들의 우상이라는 아이돌이라고 할까? 투우를 아주 좋아하는 헤밍웨이는 당연히 이 작품에서 벌어지는 투우 경기를 상세하게 묘사한다. 10년 전에 스페인에 갔으니 투우 경기를 구경했어야 하는 건데 많이 아쉽다.

아무리 사랑에 빠져 눈이 먼다고 해도, 현실은 현실인 거다. 브렛은 서른넷인 자신과 열아홉인 로메로의 미래를 그려볼 수밖에 없었고, 결국은 헤어지기로 한다. 그때 그녀에게 떠오른 사람은 마이크도 아니고 로버트도 아닌 제이크였다. 제이크 역시 전보를 받고 브렛을 찾아 마드리드로 달려가는데… 브렛은 찰나적인 삶을 버리고 규범적인 삶을 선택하게 되는 걸까?

투우장을 떠나 다시 협곡 위에 서있는 파라도르 호텔 앞에 있는 스페인광장으로 돌아왔다. 이제는 누에보 다리를 건너 왼쪽에 있는 협곡에 걸려 있는 다리를 볼 수 있는 전망대로 간다. 협곡 건너편에 늘어선 집들은 모두 하얗다. 론다를 사랑했다는 시인 릴케가 조각가 로댕에게 보낸 편지에 적었다는 "거대한 절벽이 등에 작은 마을을 지고 있고, 뜨거운 열기에 마을은 더 하얘진다."라는 시(詩) 같은 표현이 산마루에 올라앉아 있는 론다의 지형을 떠올리면 그렇게 적절할 수 없다.

누에보 다리는 옛날 아랍인들이 살던 구시가지와 투우장이 있는 신시가지를 가르고 있는 150m 깊이의 타호 협곡에 걸려 있다. 웬만한 여행상품에서 협곡 아래까지 내려가는 경우는 없다고 한다. 그런데 우리는 조형진 해설사가 동행하고 있는 제자에게 가르침을 내리는 길에 묻어 구경하는 행운을 얻었다.

누에보 다리를 건너 오른쪽 첫 번째 골목으로 접어들어 서쪽으로 가다 보면 협곡 아래로 내려가는 좁은 길로 이어지는 입구가 숨어있다. 협곡으로 내려가는 길에 절벽을 자세히 보면 작은 자갈들이 섞여 있는 사력암이다. 아무래도 자갈 사이로 끼어든 흙은 무른 편이라서 빗물에 쉽게 깎여나갔을 것이다. 태초에는 분지를 에워싼 산마루를 흐르던 조그만 개울이 깊이를 더하면서 오늘날 분지 가까이 파 내려간 것이리라.

손을 뻗으면 닿을 것처럼 좁지만 굽어보면 아찔한 느낌이 드는 타호 협곡은 마치 한 조각을 잘라낸 시루떡 같다는 조형진 해설사의 표현이 참 알맞다는 느낌이 들었다. 타호 협곡에는 과달레빈 강이 흐른다고 한다지만 강이라고 하기에 너무 거창하고 그저 개울이라고 하면 딱 좋을 것 같다. 그래도 다리 밑에는 작은 폭포가 떨어지고, 누에보 다리는 그 폭포가 떨어지는 절벽 속의 작은 절벽 위로부터 돌을 쌓아 만든 것이다.

신시가지의 거리에서 누에보 다리를 바라보면 저게 구경거리가 될까 싶지만, 막상 구시가지 쪽에 있는 전망대에 서보면 생각이 달라진다. 깊게 파인 계곡과 네모난 돌을 한 장 한 장 쌓아 올려 다리를 만들어 낸 장인의 땀을 생각하면 역시 경의를 표하지 않을 수 없다. 누에보 다리의 건설공사는 1751년 시작돼 1793년까지 무려 42년이나 걸렸다고 한다.

처음에는 홍예형으로 건설하던 다리가 무너지고 말았다. 결국 협곡 아래에서부터 돌을 쌓아 올리는 방식으로 길이 120m, 높이 98m에 달하는 장대한 모습을 만들어 낼 수 있었다. 조형진 해설사의 말에 따르면 구시가지에 사는 사람들이 신시가지에 있는 투우장에 가는 것이 불편해서 다리를 놓았다고 하는데, 투우장은 1785년에 완공되었다고 하니 생각해 볼 일이다.

협곡바닥에서 다리 밑 폭포를 지나 막다른 곳까지 가보았다. 마침 서쪽으로 해가 기우는 바람에 다리 아래로 그림자가 든 탓도 있겠지만, 공연히 서늘한 느낌이 들어 바로 돌아 나왔다. 한국에 와서 읽은 박정은 작가의 『스페인 소도시 여행』에서 이곳에도 스페인 내전의 아픔이 서려 있다는 것을 알게 되었다.

스페인 내전은 마누엘 아사냐가 이끄는 좌파 인민전선 정부와 프란시스코 프랑코를 중심으로 한 우파 반란군 사이에 있었던 내전이다. 1936년 7월 17일 프랑코 장군이 모로코에서 군사 반란을 일으키면서 시작된 내전은 1939년 4월 1일에 공화파 정부가 마드리드에서 항복하여 프랑코 측의 승리로 끝났다.

내전 기간 동안 양측이 번갈아 가며 론다를 점령했는데, 생포한 적을 실컷 때린 다음 협곡으로 내던져 처형했다는 것이다. 이때 숨진 이들의 원혼이 타호 협곡에 여전히 서려 있어 서늘한 느낌이 들었는지도 모를 일이다.

전쟁은 어디에나 슬프고 무서운 이야기를 남겨 놓는다. 필자가 어린 시절을 보낸 군산에는 시가지 서쪽 끝 외진 곳에 어시장으로 나가는 굴이 있다. 해망동 굴이라고 불렸던 그 굴은 컴컴하고 물이 뚝뚝 떨어지고 있어선지 음산한 느낌이 들어 빨리 걸어서 벗어나곤 했다.

6.25 전쟁 때 퇴각하던 인민군이 그 굴에 사람들을 몰아넣고 죽였다는 이야기를 전해 들은 적이 있었다. 그 이야기가 마음 한편에 남아 공연히 오싹한 기분이 들도록 했는지도 모를 일이다. 론다의 타호 협곡에서 느꼈던 서늘한 느낌도 그런 것이었을까? 그곳에 내려갔을 때는 스페인 내전의 비극을 알기 전이었는데도 말이다.

시가지를 걷다 보면 관광객을 태운 옛날식 무개 마차를 흔히 볼 수 있다. 자동차가 위협적으로 내달리는 대도시에서 마차를 타는 것과는 달리 론다에서 만나는 마차에서는 여유가 느껴진다. 자유여행을 한다면 꼭 타보고 싶기도 하다. 론다 투우장에서 길을 건너 동쪽으로 골목길을 빠져나가면 소코로 광장에 이른다.

광장 한가운데 작은 분수가 있고, 좌우에 사자를 거느리고 있는 남자의 동상이 서있다. 왼쪽 앞발을 들어 반갑다고 인사하는 사자의 앙증맞은 모습이 재미있다. 한국 관광객들이 론다의 명동이라고 부른다는 소코로 광장 주변에는 식당들이 들어서 론다를 구경하느라 지친 관광객들을 유혹한다. 그래도 우리는 누에보 다리 앞에 있는 맥도날드에서 지친 다리를 쉬었다.

이곳에서는 비싸지 않은 가격에 음료를 마시고 화장실을 사용할 수 있다는 조현진 해설사의 세심한 귀띔을 참고로 했다. 스페인 여행에서 화장실 문제로 곤란을 겪은 경우는 한 번도 없었다. 전체 일정을 고려하여 적절하게 휴게소 혹은 화장실이 있는 가게를 이용하도록 일정을 조율했기 때문이다. 전체 일정에 영향을 미칠 수도 있는 세심한 부분까지 챙기던 조형진 해설사의 치밀함이 돋보였다.

아쉬움을 남기고 론다를 떠났다. 단체여행이 아니라면 『스페인 소도시 여행』의 박정은 작가처럼 이곳에서 하룻밤을 자면서 론다 평원 끝에 서 있는 산 너머로 해가 지는 모습도 지켜보고, 은은한 조명을 받아 밤하늘로 떠오르는 누에보 다리를 구경하는 호사를 즐길 수 있었을 것이다. 숙소로 향하는 버스의 창 너머로 보이는 들판은 가을이 늦은 탓에 텅 비어있었다.

하지만 필자의 마음속에는 그 들판 위로 끝없이 펼쳐지는 해바라기밭이 떠오르고 있었다. 여행을 좋아한다는 일본의 젊은이 시호가 사회관계망에서 소개한 『죽기 전에 꼭 가보고 싶은 세계의 절경』에서 무려 69,315개의 '좋아요'를 받아 10위에 올랐다는 스페인 안달루시아지방의 해바라기밭이다. 시호는 그 장관을 이렇게 표현했다. "꽃들이 만개해 절정을 이루는 초여름, 수평선까지 이어진 광활한 언덕에 핀 해바라기들은 마치 노란빛을 띤 바다 같다. 구름 한 점 없는 파란 하늘과 조화를 이루는 아름다운 풍경이 인상적이다."

　해바라기밭은 스페인에서 흔히 만날 수 있지만, 특히 세비야에서 코르도바를 거쳐 말라가에 이르는 안달루시아지방의 해바라기밭을 최고로 친다. 이 지방의 해바라기는 5월 하순부터 꽃을 피우기 시작해서 6월 초부터 7월 초에 이르러 절정을 맞는다.

　이날 저녁에 우리가 묵은 숙소는 안떼께라 지역의 산 중에 있는 라시에라 호텔이었다. 60년 됐다는 4성급 호텔이지만, 스페인 여행의 해설사들은 이곳을 귀곡 산장이라고 부른다고 했다. 주변에 아무것도 없기 때문이다. 그래서인지 이날 호텔에는 우리 일행만 투숙한 듯하다. 호텔에는 안된 이야기지만, 식사도 그렇고 모든 것이 여유가 있어 좋다.

(2024년 8월 18일)

톨레도(스페인)

톨레도의 유대 상인

리온 포이히트방거 지음, 『톨레도의 유대 여인』(지식을만드는지식, 2021년)

      톨레도는 스페인-포르투갈-모로코로 이어지는 여행의 10일째 찾았다. 마드리드의 숙소를 떠나 콘수에그라로 먼저 갔다. 세르반테스의 『돈키호테』에서 돈키호테가 창을 들고 뛰어들었다는 풍차마을이다. 언덕 위에 늘어선 풍차를 구경하다보니 어느새 몰려든 안개에 포위되고 말았다. 안개를 뚫고 콘수에그라를 탈출하여 톨레도로 향했다. 톨레도는 카스티야라만차 자치 지역에 포함되는 톨레도주의 주도이다. 5세기 무렵 서고트족이 이베리아반도를 점령하고 수도로 삼은 뒤로 톨레도는 이베리아반도의 중심이었다.

  8세기 무렵 아라비아반도에서 이주해 온 아랍 사람들이 이베리아반도를 점령하고 수도를 코르도바로 옮겼다. 1085년 국토회복운동으로 톨레도를 수복한 알폰소 6세는 톨레도를 다시 수도로 정하였다. 톨레도는 1561년 펠리페 2세가 수도를 마드리드로 옮길 때까지 카스티야 왕국의 수도였다. 비록 행정수도는 마드리드로 옮겼지만, 종교적으로는 톨레도가 여전히 스페인의 중심이었다. 톨레도 대성당이 스페인의 대주교좌 성당이었기 때문이다.

우리는 타호강이 흐르는 협곡 너머에 있는 성채도시 톨레도를 조망하기에 안성맞춤인 장소에서 차를 내렸다. 자크 아탈리의 『깨어있는 자들의 나라』에서 언급된 장소였을 것이다. 알모라비데 왕조를 무너뜨리고 코르도바에 들어선 알모아데 왕조가 유대인들을 핍박하자, 유대인 마이문 가족은 톨레도로 달아났다. 사흘 밤낮을 숨어서 이동한 끝에 나흘째 여명에 마이문 가족이 도착한 장소가 바로 이곳이었을 것이다. "카시오페이아 별자리가 흐릿해지고 태양의 붉은 빛이 감돌기 시작한 새벽녘에 그들은 타호강 줄기 계곡에 자리 잡은 웅장한 성채 도시 톨레도에 도착했다. 해가 완전히 뜨자 강 건너편에 높다란 성벽과 철통같은 여덟 개의 문이 보였다." 타호강 건너 톨레도 성을 바라본 느낌을 그들은 이렇게 적었다.

로마제국이 무너지고 418년 이베리아반도를 차지한 비시고트 왕국이 톨레도를 수도로 삼은 것은 외적의 침입을 방어하기에는 천혜의 요새였기 때문이었다. 타호강이 흐르는 깊은 협곡이 도시의 3면을 감싸고 있어, 나머지 한 쪽만 집중해서 방어하면 되었다. 이런 지형은 수비하는 데 어느 정도 장점은 있지만, 적이 강할 때는 도망칠 곳이 없다는 것이 단점이다. 타호강 건너에서 톨레도의 성채를 바라보면서 백마강의 낙화암 절벽을 배경으로 도읍을 정했던 백제의 수도 부여가 떠오른다. 그리고 부여성이 당나라와 신라의 연합군에 무너졌을 때, 절벽에서 흩어지듯 떨어져 내렸을 삼천궁녀의 비극도…

엘 그레코는 『톨레도 풍경』을 여기 어디쯤에서 그렸을 것 같다. 다만 시대가 달라서인지 아니면 화폭에 옮기는 과정에서 축약한 까닭인지 차이가 있어 보인다. 『톨레도 풍경』을 보면, 녹색의 언덕 위에 촘촘하게 들어선 회색빛 건물들은 하늘 가득 뒤덮고 있는 검은 구름에 눌려 숨 막힐 듯하지만 의연한 느낌이 든다. 엘 그레코는 대성당과 알카사르 등 톨레도 시가의 건축물과 타호강을 재배치함으로써 톨레도의 풍경을 모사하는 수준에 머물지 않고 톨레도의 정신을 상징적으로 표현한 것이다.

스페인 사람들은 타호강에서 비시고트 왕국의 몰락을 초래한 마지막 왕, 돈 로드리고의 전설을 떠올린다고 한다. 비시고트 왕국은 왕권을 강화하고 귀족들을 견제하기 위하여 귀족들의 자녀를 수도 톨레도에 데려다 놓았다. 그 가운데는 북아프리카 지역을 다스리는 베르베르족 태생의 돈 훌리앙 백작의 딸 마리아도 있었다. 어느 날 타호강에서 목욕하는 마리아를 발견한 돈 로드리고는 음욕이 일어 그녀를 겁탈하고 말았다. 딸로부터 이 사실을 고해 받은 돈 훌리앙 백작은 무어인들을 안내하여 톨레도로 쳐들어왔다. 무어인들에게 몰린 돈 로드리고가 동굴로 숨어들었다가 독사에 물려 죽음으로써 비시고트 왕국이 멸망하게 되었다.

이 이야기는 7개의 로만세로 구성된 「플로린다 다 까바의 신화」로 전해진다. 시장이나 광장, 그리고 축제 때 부르는 로만세는 중세 시대 영웅들의 무훈을 노래하는 중세 무용 찬가에서 비롯된 것이다.

지중해지역원이 엮은『지중해의 신화』에 실려 있는「플로린다 다 까바의 신화」의 일부를 소개하면, "스페인 상실의 불길함이 고개를 들었다. 그것은 한 처녀의 무모함과 그녀에게 굴복해 버린 한 남자 때문이었다. 플로린다는 꽃이 꺾였고, 왕은 벌을 받았다: 그녀는 그가 강제로 그녀를 범했다고 했고 그는 그녀가 원해서 했다고 했다. 만약 그 둘 중에서 누가 죄가 크냐고 묻는다면 사람들은 이야기할 것이다: 남성들은 까바, 여성들은 로드리고라고." 그 옛날이나 지금이나 사람들 생각은 크게 다르지 않은 듯 하다.

다시 차를 타고 타호강을 따라 내려가 톨레도 시가지로 들어갔다. 주차장에서 차를 내려 언덕을 향하는데 코끼리 열차같이 생긴 소코트랜이 올라간다. 소코도베르 광장을 출발해서 알카사르, 타호강, 성벽, 산 후안 데 로스 예레스 수도원, 엘 그레코 박물관, 성당, 대주교궁 등 톨레도의 주요 유적과 시가지는 물론 우리가 처음 버스를 내렸던 장소에서 톨레도의 원경을 감상할 수 있다. 소코트랜을 타고 도는 데 45분이 걸린다고 하니 일정에 쫓기는 우리 일행에게는 그림의 떡이었다. 결국 우리는 가팔라 보이는 언덕을 씩씩하게 걸어 올라 톨레도 대성당을 보러 갔다.

김희곤 교수는『스페인은 건축이다』에서 톨레도 대성당을 이렇게 표현했다. "톨레도의 좁은 미로 같은 길은 나무뿌리처럼 서로 얽혀서 대성당으로 모인다. 모든 길이 대성당을 정점으로 이어지는 톨레도는 하늘과 맞닿은 거대한 가톨릭의 나무다. 톨레도는 중세의 두 가지 무기인 칼과 성경을 품고 있는 산성 도시다. 칼은 알카사르, 성경은 톨레도 대성당이다. 어느 골목에서나 성당의 첨탑을 볼 수 있도록 길과 건물은 좁은 길에 면해 살짝 얼굴만 들이대고는 이내 달아나 버린다."

톨레도 대성당을 찾아가는 길에 소코트랜을 타지 않은 것은 잘한 일이었다. 김희곤 교수는 『스페인은 건축이다』에서 톨레도에 가면 골목골목을 걸으면서 톨레도를 느껴볼 것을 권하였다. 그 이유는 이렇다. "그 도시만의 진실을 알 수 있는 유일한 방법은 도시의 혈관인 길을 걷는 것이다. 길을 걷다 보면 길과 사람들의 영혼이 하나가 되는 순간을 포착한다. 톨레도는 도시 전체가 탁월한 조각품이며 길과 언덕과 강과 성벽과 집과 성당이 조화를 이룬 공간이다. 중세의 숨결이 오늘날까지 살아있는 화석의 도시라는 것을 인식하게 만든다. 전 세계의 어느 민족이든 톨레도의 거리를 걷는 순간 대지와 영혼의 일체감으로 도시의 일부가 되어버린다. 500년 시간을 유람하는 우리의 몸은 타임머신을 타고 중세의 무아지경으로 여행을 떠난다. 중세의 숨결은 오로지 걸음을 통하여 확인하는 문명의 혈관이자 지문이다." 사실 시간에 쫓기는 단체관광에서 김희곤 교수의 주문을 맞추기가 쉽지는 않다. 그래도 톨레도의 골목을 누비다 보면 톨레도가 영화롭던 시절을 조금은 느낄 수 있었다.

구시가지의 어디에서도 볼 수 있는 톨레도 대성당은 서고트 시대의 교회가 있던 장소이다. 300년에 걸친 이슬람 지배 기간에는 회교 사원으로 사용되었다. 1085년 레온-카스티야의 왕 알폰소 6세가 톨레도를 함락시킬 당시 파괴되었다. 1226년 카스티야 왕 페르난도 3세 때 다시 짓기 시작하여 1493년에 완성된 고딕양식의 마지막 건물이다. 하지만 회랑 무데하르 양식이 가미되어 있다.

시의회 광장으로 열려있는 정면으로 세 개의 출입구가 나 있다. 중앙에 용서의 문이, 오른쪽에는 심판의 문이, 그리고 왼쪽에는 지옥의 문이 있다. 용서의 문은 교황의 방문, 왕가의 결혼식 그리고 성체현시대가 빠져나갈 때만 열린다. 제일 오래된 심판의 문은 심판의 날이 왔을 때 열릴 것이므로 사람들이 출입할 수 없다. 심판의 문이나 지옥의 문은 지금까지 열려 본 적이 없다고 하는데 앞으로도 절대 열릴 일이 없을 것 같다.

여행작가 윤정인은 왕궁이나 성의 내부를 보는 것에서 별다른 감흥을 느끼지 못한다고 고백한다. 그들의 화려하고도 고귀했던 일상이 당연한 것이라 여겨졌고, 거창하게 치장한 살롱이라든가 번쩍이는 장신구들, 수많은 식기구가 나란히 놓여 있던 왕궁 식당도 박제된 생물을 보는 것처럼 생명력 없이 느껴졌기 때문이란다. 그럼에도 조형진 해설사는 우리들이 세속적으로 보였는지 보물실로 먼저 이끈다. 톨레도 대성당의 보물실에서 단연 눈길을 끄는 것은 성체현시대(聖體顯示臺)이다.

높이 3m의 성체현시대는 16세기 초 독일의 엔리케 아르페가 7년에 걸쳐 제작했다고 하는데, 이곳 보물실의 백미로 꼽을 만하다. 콜럼버스가 신대륙에서 가져온 18kg의 금과 183kg의 은으로 섬세하게 조각한 260개의 작은 조각상으로 이루어졌는데, 5,600개의 조각을 12,500개의 나사로 조립하였다고 한다. 성체현시대는 매년 부활절이 지난 9주째 목요일에 열리는 성체축일인 코르푸스 크리스티 축제 때, 용서의 문을 나서서 톨레도 시내를 도는 행렬에 모셔진다.

톨레도 대성당을 나와 엘 그레코의 걸작 『오르가스 백작의 장례식』을 보기 위해 산토 토메 교회로 간다. 회색 벽돌담으로 이어지는 골목길을 따라가다 보니 조그만 공터가 나오고 사람들이 흩어져 서성이는 모습이 보인다. 교회에 들어서 보니 좁은 공간에 이내 사람들이 가득 들어찬다. 사람들 뒤편에 서서 조형진 해설사의 그림 설명을 먼저 듣고는 사람들이 빠져나간 다음에 그림 앞으로 다가서 꼼꼼히 살펴본다. 그림은 오르가스 백작의 관 위쪽 벽에 걸려 있다.

『오르가스 백작의 장례식』은 엘 그레코가 산토 토메 교회의 사제 안드레스 누네즈의 요청에 따라 1586년부터 1588년까지 오르가스 백작의 전설을 바탕으로 그린 작품이다. 오르가스 백작 곤잘로 루이스는 생전에 자선을 많이 하였으며, 신앙심도 두터워 산토 토메 교회를 위한 기금을 남기고 1312년 죽었다. 그의 장례식날 스테판 성인과 오거스틴 성인이 하늘에서 내려와 직접 오르가스 백작을 묻었으며, 백작의 무덤에서 '하느님과 두 성인을 잘 모신 보상이니라' 하는 천사의 목소리가 들렸다는 전설이 전해진다.

엘 그레코는 『오르가스 백작의 장례식』에 지상에서의 삶과 하늘에서의 영광을 담기 위하여 그림을 두 부분으로 나누었다. 소용돌이치는 구름으로 구분된 윗부분의 천국은 반추상적으로 구성되어 성자들이 크고 환상적으로 그려진 반면, 아랫부분에 담은 사람들은 형태적 비례가 정상으로 그려졌다. 천상에는 성모와 세례 요한을 좌우로 한 정점에 있는 그리스도가 구름이 갈라진 틈으로 영광을 입은 오르가스 백작을 천국으로 받아들이고 있다.

하늘의 영광을 사도와 순교자 그리고 성서의 여러 왕이 지켜보고 있는데, 엘 그레코는 당시에 살아있던 스페인 왕 필리페 2세도 그 속에 그려 넣었다. 어쩌면 자신을 왕실 화가로 불러주기를 바랐던 마음을 담았던 것은 아닐까싶다. 장례 절차를 지켜보는 사람들 가운데 엘 그레코 자신도 그려져 있다. 왼편에 서 있는 소년은 엘 그레코의 아들 호르헤 마누엘이며, 그의 주머니에 꽂은 손수건에는 화가의 사인과 소년의 생일을 적었다.

이슬람 사원의 폐허에 12세기 무렵 세워진 산토 토메 교회는 오르가스 백작의 후원으로 14세기 초에 다시 건축하였다. 종탑은 톨레도의 특징적인 무데하르 양식의 대표이다. 벽돌로 쌓은 탑에는 말굽 모양의 창문을 내고 있는데 조가비 모양의 장식이 특징적이다.

오르가스 백작이 교회를 위하여 남긴 기금을 후손이 제때 제공하지 않아 교회와 갈등을 빚기도 했다 하지만 엘 그레코의 손끝으로 다시 태어난 오르가스 백작이 교회를 돌보고 있는 것을 보면 역시 사나이의 약속은 소중한 것 같다. 『오르가스 백작의 장례식』을 구경하기 위하여 내는 2.3유로의 입장료가 교회를 유지하는 데 크게 도움이 된다고 한다. 조촐한 규모의 교회이지만 사람들의 관심을 끌고 있는 것은 람브라키 플라카의 말대로 『오르가스 백작의 장례식』이 엘 그레코의 대표작으로 꼽히기 때문일 것이다. 그래서 산토 토메 교회를 찾은 어떤 사람은 '작은 교회, 큰 그림'이라고 느낌을 적기도 했나 보다.

타호강 가에서 톨레도 구시가를 바라보면서 엘 그레코의 『톨레도 풍경』을 이야기한 것처럼 톨레도 하면 엘 그레코가 자연스럽게 따라 나온다. 엘 그레코(1541년~1614년)는 그리스의 크레타섬에서 태어났다. 본명은 도메니코스 테오토코풀로스인데, 스페인으로 올 때 '그리스 사람'이란 뜻의 스페인어 그레코로 개명한 것이다.

그리스에서 비잔틴회화를 배웠고, 1567년 베네치아로 건너가 티치아노, 틴토레토 등을 사사하면서 풍부한 색채 사용을 배웠으며, 코레조의 깊이 있는 명암의 영향을 받아 중심이 되는 부분을 제외하고는 흐릿하게 표현하는 독특한 화풍을 완성하였다. 1577년에 스페인으로 건너왔지만 펠리페 2세의 주목을 받지 못하자 후원자를 찾아 톨레도에 정착하였다.

불행하게도 엘 그레코는 살아서도, 죽어서도 인정을 받지 못하다가 18세기 들어와서야 사람들의 관심을 받기 시작하였고, 그를 기념하기 위하여 유대인 거주지역에 엘 그레코의 집이 마련되었다. 엘 그레코의 작품들은 대부분 산토 도밍고 수도원에 소장되어 있지만, 산타크루소 박물관과 톨레도 대성당의 성구 보관실에서도 만날 수 있다.

2014년 다녀온 스페인, 포르투갈 그리고 모로코를 연결하는 여행에서 가본 톨레도는 오랫동안 깊은 인상을 남겼다. 스페인 여행에서는 특히 이슬람과 기독교의 만남으로 이루어진 독특한 문화에 끌렸고, 이런 현상을 이해하기 위하여 기회가 닿는 대로 책을 읽어왔다. 리온 포이히트방거의 『톨레도의 유대 여인』 역시 그런 책 읽기의 하나였다.

『톨레도의 유대 여인』의 시대적 배경은 1189년에서 1192년까지 진행된 3차 십자군 원정이다. 이베리아반도에서 이슬람과 기독교가 충돌하게 된 것은 아라비아반도에서 이슬람을 창건한 무함마드 사후의 이슬람 세계에 생긴 지배구조의 변화와 관련이 있다. 무함마드가 죽고 처음에는 선출된 칼리프가 무슬림들의 지도자가 되었지만, 이내 세습제를 근간으로 한 우마이야 왕조가 들어서게 되었다. 661년에 성립한 우마이야 왕조도 100년도 채우지 못한 750년에 아바스 왕조에 무너지고 말았다. 아바스 왕조는 우마이야 왕조의 후손을 몰살시켰는데 아브드 알라흐만이 살아남아 모로코를 거쳐 이베리아반도까지 도망쳤고, 757년에 코르도바에서 후(後) 우마이야 왕조를 세웠다. 이들은 이베리아반도와 북아프리카를 지배하면서 지중해 무역을 장악해 이슬람문화를 꽃피웠다.

당시 이베리아반도에는 로마제국이 붕괴할 무렵 진입해 있던 서고트족을 비롯한 게르만 부족들이 지배하고 있었고, 이들의 종교는 기독교였다. 무슬림이 강력한 왕국을 건설하여 이베리아반도를 지배하게 되면서 게르만 부족들은 국토회복운동에 나섰지만, 산발적인 시도가 번번이 무산되었다.

세월이 흐르면서 후(後) 우마이야 왕조도 기울어 결국은 북아프리카의 베르베르족이 가세하여 이베리아반도를 나누어 가지게 되었다. 그리고 이베리아반도의 북쪽에 자리했던 레온, 나바라, 카스티야, 아라곤 등 기독교 왕국들이 힘을 키워 남진하기 시작하였다. 종국에는 1492년 카스티야와 아라곤이 연합하여 그라나다에 남아 있던 마지막 이슬람 왕국 나스르를 멸망시킴으로써 국토회복운동을 마무리할 수 있었다.

『톨레도의 유대 여인』에서는 당시 이베리아반도에 살던 유대인들의 삶을 엿볼 수 있다. 세비야의 무슬림 왕국과의 일전에서 패한 카스티야의 알폰소 왕은 전후 대책으로 세비야의 유대 상인 돈 예후다를 재무장관으로 영입하는 것으로 이야기가 시작된다. 알폰소 왕은 전쟁에 패하여 휴전협정을 맺었음에도 불구하고 복수를 꿈꾸었다. 하지만 돈 예후다는 일단 전쟁을 치를 수 있는 준비가 되어야 한다는 점을 들어 왕과 신경전을 이어간다. 알폰소 왕은 와신상담(臥薪嘗膽)하고 있으나 돈 예후다는 오월동주(鳴越同舟)하라고 권유한 셈이다.

『톨레도의 유대 여인』의 제1부에서 카스티야의 재무장관직을 받아들인 돈 예후다가 알폰소 국왕의 신임을 얻어 재정을 튼실하게 하는 정책을 제안하고 세비야와의 휴전을 지키도록 조언한다. 돈 예후다는 유대인이면서도 유대교를 버리고 이슬람교를 신봉하고 있어 유대인들로부터도 견제를 받는 입장이다. 그럼에도 불구하고 프랑스에서 박해를 받아 추방된 6천 명의 유대인들을 카스티야로 이주시키는 데 성공한다.

제2부에서는 알폰소의 은근한 압력으로 시작한 알폰소와 예후다의 딸 라헬의 7년여에 걸친 사랑 이야기를 다루었다. 처음에는 데면데면했던 알폰소는 자기주장이 강한 예후다의 딸 라헬의 매력에 끌려 첩으로 달라고 요구한다. 평화를 유지하고 유대인들을 보호해야 하는 아버지의 처지를 이해한 라헬이 동의하면서 예후다는 라헬을 알폰소의 별장 갈리아나에 보낸다. 출발이야 어떻든 갈리아나에서 함께 지내기 시작한 알폰소와 라헬은 서로에게 빠져 7년을 행복하게 보낸다.

제3부에서는 알폰소의 기사 본능을 견제하는 데 일조를 하던 알폰소의 왕비 도냐 레오노르는 아버지, 영국의 헨리 왕이 죽음을 맞으면서 십자군 전쟁에 나서야 한다는 당위성을 앞세운다. 하지만 알폰소가 알라르코스에서 무슬림 군대와의 일전에서 처절하게 패하면서 톨레도는 온통 혼란에 빠진다. 영악한 도냐 레오노르는 패전의 책임을 예후다와 라

헬에게 씌워 대중의 분노를 촉발시키고 결과적으로 부녀가 함께 죽임을 당하도록 유도하는 치밀함을 보인다.

전쟁에 나서는 것을 신중하게 고려해야 한다는 측과 이슬람을 축출해야 한다는 명분에 치중하여 준비되지 않은 전쟁을 부추기는 측이 맞선 끝에 명분론 측이 힘을 얻었다. 하지만 전쟁의 결과는 참혹한 패배를 반복하는 것으로 마무리되고 말았다. 기독교 왕국들이 단합된 모습을 보이지 않은 것을 보면 국토회복운동이 일찍 성과를 내지 못한 이유가 어디에 있었는지 알 수도 있을 것 같다.

사랑하는 연인과 믿고 의지하던 재상을 한꺼번에 잃은 뒤에서야 알폰소는 자신의 오만함과 비이성적 행동을 깨닫고 예후다가 생전에 추구했던 개혁 정책을 이어간다. 라헬과 행복한 시간을 함께했던 별궁 갈리아나의 벽에 새겨진 "1온스의 평화가 1톤의 승리보다 더 소중하다." 라는 글귀의 의미를 깨닫게 된 것이다.

책을 읽은 뒤에 느낀 점이지만, 알폰소와 라헬의 사랑 이야기가 상당 부분을 차지하고는 있지만 이야기의 전체를 이끌어가는 것은 '유대 상인 돈 예후다'라는 점을 고려한다면 『톨레도의 유대 상인』이 되어야 하지 않을까 싶다. (2024년 8월 5일)

리스본(포르투갈)

어느 날 갑자기 리스본행 야간열차를 타다

파스칼 메르시어 지음, 『리스본행 야간열차』(들녘, 2014년)

포르투갈의 수도 리스본은 2014년 10월 아내와 함께 간 두 번째 해외여행에서 찾았다. 바르셀로나에서 시작한 여행은 스페인 남동부의 지중해 연안을 훑어가다가 말라가에서 모로코의 탕헤르로 건너가 라바트, 카사블랑카 그리고 페스를 둘러보았다. 말라가로 돌아와서는 세비야를 구경한 다음에 리스본으로 향했다.

세비야에서 리스본으로 향한 것은 여행 9일째인 10월 15일이었다. 10월 15일은 스페인-모로코-포르투갈을 여행하게 만든 중요한 날이었다. 스페인 여행기에서는 그날 아침을 이렇게 적었다. "30년 전 오늘, 아내와 나는 결혼을 했고, 제주로 신혼여행을 떠났다. 아침에 샤워를 하고는 아내를 불러 '30년간 같이 살아줘서 고맙다'라고 말해주었다. 아내는 답례로 날 안아주었다." 벌써 10년 전 일이니, 금년은 결혼 40주년이 되는 해가 된다.

세비야에서 포르투갈의 수도 리스본까지는 경로에 따라서 짧게는 400여km, 돌아가면 460여km이지만 걸리는 시간은 4시간 반 정도이다. 먼 길이라서 어둠이 남아 있는 시간에 세비야의 숙소를 떠났다. 차가 출발하자 조형진 해설사는 포르투갈의 역사를 설명해 주었다. 신석기시대인 기원전 750년경 켈트족이 정착하였고, 이어서 지중해를 건너온 그리스, 페니키아 그리고 카르타고 사람들이 곳곳에 식민지를 건설하였다. 기원전 2세기경에는 카이사르와 아우구스투스가 원정하여 로마제국으로 편입시켰다. 로마제국이 멸망한 뒤에는 5세기 초에 이주한 서고트족이 지배하다가 711년에는 무어족이 세운 알 안달루스에 편입되었다.

11세기 무렵에는 스페인에서 일어난 국토회복운동의 영향으로 무어인을 축출하려는 움직임이 태동하였고, 브르고뉴 백작 돈 아폰수 엔히크가 포르투갈 왕이라 선포하고 국토회복운동의 선두에 섰다. 행운도 뒤따랐다. 1147년 아폰수의 군대가 리스본의 이슬람 요새를 포위하고 있을 때 뜻밖의 지원군이 도착했다. 영국의 다트머스 항을 출항한 200여 척의 제2차 십자군 원정대가 폭풍을 만나 일부 군함이 오포르투에 잠시 정박한 것이다. 프랑크족으로 구성된 십자군 원정대의 지원을 받은 아폰수의 군대가 리스본을 포위했지만 무어인들은 무려 17주를 버티다가 굶어 죽을 지경에 이르러서야 항복했다. 스페인의 레콘키스타가 1492년에 이르러서야 완성된 것에 비하면 포르투갈 사람들은 운이 좋았다.

이렇게 무어인을 쫓아낸 것이 리스본 사람들에게 축복받을 일만은 아니었다. 리스본 공략에 합류한 십자군의 광신적 파괴로 이슬람 사원은 무너졌고, 이슬람 사람들이 정착시킨 과학적인 방식들도 모두 버려졌다. 그리고 인도양에서 이베리아반도에 이르는 광활한 이슬람 제국의 교역 활동에서 리스본이 차지했던 중요한 위치도 사라지고 말았다. 독립왕국을 세웠지만 이웃한 카스티야의 위협과 14세기 유럽 전역을 휩쓴 페스트가 유입되면서 포르투갈 사람들은 살아남기 위해 안간힘을 써야 했다. 농사를 지을 땅이 부족해 굶주릴 수밖에 없었던 그들에게는 눈앞에 펼쳐진 대서양이 유일한 활로였다.

수평선 너머 어디엔가 절벽이 있어 배가 떨어질 것이라는 속설이 떠돌던 시절이었다. 하지만 마르코 폴로의 『동방견문록』은 포르투갈 사람들의 유전자 속에 숨어 있던 '모험정신'을 일깨웠다. 그리스의 지리학자 프톨레마이오스의 『지리학 입문』에는 지구가 둥글다고 묘사되어 있지 않았던가. 유럽에서 육로로 동양으로 가는 길은 장애가 많았기 때문에 바다를 통한 항로의 개척에 성공만 하면 포르투갈로서는 대박을 터트릴 미래지향적 사업이 될 터였다. 이 무렵 스페인은 여전히 국토회복운동에 매달려 있었고, 영국과 프랑스 사이에서는 전쟁이 한창이었다. 유럽의 대항해시대를 열 주인공은 포르투갈일 수밖에 없었다.

어린 시절부터 대서양으로 나가는 꿈을 키운 항해왕 동 엔히크 왕자가 그 선두에 있었다. 왕자는 사그레스 곶에 항해 전문학교를 세웠다. 그리고 장기간 항해가 가능하고, 역풍에도 순항할 수 있도록 조종이 쉽고 가벼운 카라벨선을 개발하여 대항해시대를 본격적으로 열었다. 포르투갈은 엔히크 왕자 시대(1421-1467)에 아프리카의 서해안을 따라 내려간 데 이어, 페르낭 고메스가 아프리카의 기네아 만의 북부에서 황금 해안을 따라, 미나 지방까지 진출했다(1469-1479). 1488년에는 바르톨로메우 디아스는 아프리카 최남단 희망봉에 이르렀다. 그로부터 10년 뒤 바스쿠 다가마는 희망봉을 돌아 케냐에 도착했다. 이곳에서 이슬람 항해가 아마드 이븐 마지드를 만나 인도의 캘리컷으로 가는 항로를 배운 바스쿠 다가마는 인도의 캘리컷에 도착하게 되었다. 실로 백여 년에 걸친 투자 끝에 일궈낸 성과였다. 그 결과는 컸다. 다 가마는 각종 향신료와 수정, 루비 등을 가득 싣고 포르투갈로 돌아올 수 있었다. 동양 항로를 개척하면서 아프리카 해안에서 노예, 금, 다이아몬드를 실어들인 포르투갈은 단숨에 세계 최강 대국으로 떠오른 것이다.

조형진 해설사로부터 포르투갈의 역사, 아니 세계사를 1시간 넘게 듣다 보니 창밖이 밝아온다. 스페인과의 국경을 이루는 강을 건너 포르투갈로 들어간다. 스페인어로는 타호강이라 하고, 포르투갈어로는 테주강이라 한다. 휴대전화의 시계를 보니 세비야의 호텔을 떠난 지 10분밖에 지나지 않았다. 사실은 포르투갈이 스페인보다 1시간이 늦은 시차의 마법 때문이다.

과거 포르투갈의 독재자 이름을 따서 살라자르 다리라고 부르던 테주강의 다리는 카네이션 혁명을 기리기 위하여 '4월 25일 다리'로 이름을 바꾸었다. 1974년 4월 25일, 40년을 넘게 이어진 살라자르 독재 정권에 반발한 좌파 청년 장교들이 군사 반란을 일으켰다. 살라자르 다리를 건너 리스본 시내로 들어오는 군대의 앞을 작은 소녀가 막아섰다. 갑작스러운 소녀의 행동에 놀란 사람들이 손에 땀을 쥐는 순간, 소녀는 카네이션을 내밀었고 군인은 꽃을 받아 총구에 꽂았다. 그러자 시민들도 나서서 군인들에게 카네이션을 달아 주면서 지지를 표시했고, 결국은 피를 흘리지 않고 반정에 성공할 수 있었다.

살라자르 정권 당시 포르투갈의 사회적 분위기는 파스칼 메르시어의 『리스본행 야간열차』에서 읽을 수 있다. 이마누엘 칸트만큼이나 정확하고 자신이 맡고 있는 고전 문헌학 수업에 대한 책임감이 투철한 라이문트 그레고리우스는 우연히 손에 넣은 아마데우 이나시오 드 알메이다 프라두라는 포르투갈 사람이 쓴 『언어의 연금술사』의 서문에 나오는 다음 구절에 끌려 포르투갈의 리스본을 찾아간다.

"우리는 많은 경험 가운데 기껏해야 하나만 이야기한다. 그것조차도 우연히 이야기할 뿐, 그 경험이 지닌 세심함에는 신경 쓰지 않는다. 침묵하고 있는 경험 가운데, 알지 못하는 사이에 우리의 삶에 형태와 색채와 멜로디를 주는 경험들은 숨어 있어 눈에 띄지 않는다. 그러다가 우리가 영혼의 고고학자가 되어 이 보물로 눈을 돌리면, 이들이 얼마나 혼란스러운지 알게 된다."

4월 25일 다리를 건너 리스본 시내로 들어가면서 창밖으로 바라보면서 '리스본시가 파스텔 톤의 도시'라고 하는 표현이 정말 안성맞춤이라고 생각했다. 린과 팀 마틴 부부는 『즐겁지 않으면 인생이 아니다』에서 리스본의 첫인상이 이스탄불과 샌프란시스코를 합친 것 같았다고 했다. 특히 린은 테주강의 유람선에서 바라본 리스본의 느낌을 이렇게 적었다. "빨간색 다리 위로 뜬 햇살을 받아 환하게 빛나는 리스본은 파스텔색의 웨딩케이크처럼 눈부시게 아름다웠다."

린이 리스본을 샌프란시스코에 비유한 것은 아마도 4월 25일 다리가 금문교처럼 사장교인데다가 교각이 빨간 페인트로 칠해졌기 때문일 것이다. 필자 역시 타고 있는 차가 4월 25일 다리를 지나 호시우 광장으로 가는 언덕길을 굽이굽이 돌아서 내려갈 때 샌프란시스코의 꽃길을 떠 올렸다. 리스본은 7개의 구릉 위에 세워진 도시라서 길이 굽이굽이 오르내린다. 봄이 되어 길가에 화분들을 늘어놓으면 샌프란시스코의 꽃길이 오히려 리스본을 부러워할 것만 같았다.

차가 리스본의 명동이라는 호시우 광장에 섰다. 광장 부근의 식당에서 포르투갈의 전통음식 바깔라우를 먹었다. 염장한 대구를 재료로 하는 다양한 형태의 요리 가운데 하나이다. 우리가 먹은 바깔라우는 염장한 대구 살을 부숴 양파, 계란 그리고 감자 등과 잘 으깨서 만들었는데, 살을 부순 탓인지 양념이 잘 배어서 대구 살의 퍼석한 식감을 느낄 수 없었다. 점심을 먹고 꼬메르시우 광장까지 걸어갔다. 호시우 광장에서 꼬메르시우 광장까지 이르는 지역은 1755년 11월 1일 아침 9시 반에 리스본을 강타한 지진으로 폐허가 된 리스본을 재건하면서 건설되었다.

노브르스 거리, 즉 귀족의 길이라 불리는 세 개의 대로가 두 광장을 연결했고, 일곱 개의 직선 도로가 대로들을 가로질렀다. 좁고 구불구불한 옛 리스본의 거리에 익숙한 사람들에게 새로운 도로는 가슴이 뻥 뚫릴 만큼 넓어 보였다고 한다. 그런데 실제로 걸어본 노브르스 거리는 서울의 명동거리보다 좁아 보였고, 이어져 있는 깔끔한 상가들은 한가로워 보였다. 노브르스를 가로지르는 길을 건널 때는 전차가 달려오지 않나 살펴보아야 한다. 건설한 지 100년도 넘었다는 전찻길을 달리는 전차들 가운데는 나무로 된 것도 있다고 했다.

영국 출신 작가 존 버거가 유럽의 여러 장소에서 죽은 사람을 만나 이야기를 듣는 독특한 형식의 단편소설을 묶은 『여기, 우리가 만나는 곳』에 리스본의 전차가 등장한다. 존이 리스본에 갔을 때 죽은 엄마를 만난다. 왜 리스본에서 나를 기다렸냐고 묻는 존에게 엄마는 전차가 다니는 몇 안 되는 도시이기 때문이라고 말한다. 존이 어렸을 적에 엄마와 함께 전차를 즐겨 탔는데, 다리가 불편한 엄마가 힘들어하는데도 불구하고 존은 위층의 맨 앞자리에 앉고 싶어 했다. 앞자리에 앉아 마치 전차를 운전하는 듯한 모습을 엄마에게 보여주는 것을 좋아했다. 『여기, 우리가 만나는 곳』은 특별한 느낌을 준다. 주인공 존이 만나는 사람들은 모두 세상을 떠난 사람들이다. 작가에 따르면 사람이 죽으면 지상에 머물 곳을 선택할 수 있는데, 그냥 아무 장소가 아니라 만남의 장소인 것이다.

답답한 느낌이 들던 노브르스 거리의 끝에 있는 개선문을 지나는 순간, 널따란 코메르시우 광장이 펼쳐진다. 멀리 테주강을 건너 나지막한 언덕을 지나 먼 하늘까지 눈에 거치는 것이 없다. '코메르시우 광장은 아무리 사람들이 많아도 늘 반쯤 빈 듯한 인상을 준다'라는 존 버거의 비유가 그리도 적절할 수가 없다. 광장 중앙에 서 있는 주제 1세의 기마상은 지금이라도 광장을 차고 튀어 나갈 듯하다.

차를 타고 벨렝 지구로 이동했다. 벨렝 지구에서는 벨렝 탑과, 15~16세기 포르투갈의 대항해시대를 기념하는 발견의 탑 그리고 성 제로니모 수도원이 있다.

리스본의 수호성인을 기려 성 빈센트 탑이라고도 부르는 벨렝 탑은 마누엘 1세의 하명으로 1515년 짓기 시작하여 1519년에 완공되었다. 12m 폭에 30m 높이의 벨렝 탑은 테주강 가운데 있는 작은 섬에 세워졌는데, 1755년 리스본을 강타한 대지진의 영향으로 테주강의 흐름이 바뀌면서 섬이 북쪽 강변에 붙게 되었다. 벨렝 탑은 테주강과 대서양의 경계를 표시하는 기준이다.

6각형의 보루와 직사각형의 4층 탑으로 구성되는 벨렝 탑은 리오즈라고 부르는 연한 베이지색의 석회석을 사용하여 포르투갈 특유의 후기 고딕의 마누엘 양식으로 건축되었다. 하부 보루의 난간에는 강 쪽으로 17문의 대포를 거치할 수 있었다. 1580년 스페인과의 전투에서 패한 다음 벨렝 탑은 1830년까지 감옥으로 이용되었다. 이곳 1층에 갇힌 죄수들은 하루 두 차례 밀물이 들어올 때마다 바닷물에 잠기지 않기 위하여 안간힘을 써야 하는 끔찍한 곳이었다.

1940년 6월에 열린 포르투갈 만국박람회 때 건설된 발견의 탑은 15세기와 16세기 발견의 시대를 상징한다. 1943년 6월 철거되었던 것을 엔히크 왕자의 서거 500주년을 기념하기 위하여 확대하여 1960년 1월 완공하였다. 바람을 가득 안은 돛이 펼쳐진 갈리온 선의 선두에는 엔히크 왕자가 서고, 그 뒤로는 동쪽과 서쪽의 경사면을 따라서 각각 16명씩 대탐험 시대를 대표하는 군주, 탐험가, 지도 제작자, 예술가, 과학자 그리고 선교사들을 석회석으로 조각하였다.

북쪽 계단의 측면에 있는 닻의 왼쪽 금속판에 새긴 명판에는 "바다의 길을 발견한 엔히크 왕자께"라고 적혀 있고, 오른쪽에는 "1460년으로부터 1960년까지 엔히크 왕자의 500주년에 월계관을 드립니다"라고 적혀 있다. 인도항로를 개척한 바스쿠 다가마는 동쪽에 있는데, 선두에 있는 엔히크 왕자의 뒤로 두 번째에 위치하고 있고, 처음으로 세계 일주를 한 페르디난드 마젤란은 다섯 번째 위치한다. 서쪽에는 포르투갈의 국민시인 루이스 드 카몽이스가 엔히크 왕자의 뒤로 여섯 번째 위치한다.

발견의 탑 앞에 50미터 직경의 광장은 남아프리카공화국의 선물이다. 베이지색과 검은색 그리고 붉은색의 석회석으로 만든 나침판 방위판과 세계지도가 새겨져 있다. 한국에서 온 사람들은 나침판 방위판보다 포르투갈 선단이 도착한 곳을 표시한 세계지도에 더 관심이 많다. 지도의 동아시아지역을 보면 1514년 마카오, 1541년 일본에 포르투갈 배가 도착했다는 표시가 있다. 그런데 한반도와 일본 사이에 유성 필기구로 독도를 표기하고 한글로 '독도'라고 써넣는 열혈 한국 관광객 때문에 공원 관리인들이 골머리를 앓는다고 했다. 표기를 지워내도 또 누군가 다시 표시해 넣기 때문이다.

바스쿠 다가마의 인도항로 발견으로 포르투갈이 중국을 거쳐 일본에 이르렀던 것도 일본이 임진왜란을 일으키는 데 상당히 기여하였다고 한다. 1557년 포르투갈이 마카오에 정착하면서 중국과 일본을 연결하는 삼각무역이 활기를 띠게 되었다. 포르투갈 상인은 중국에서 비단, 황금, 사향 그리고 도자기를 일본으로 가져갔고, 일본에서 돌아올 때는 은을 가져왔다. 그 무렵 은은 국제적으로 통용되는 화폐였는데, 중국에서는 다른 지역보다 은이 비쌌던 것이다. 포르투갈의 삼각무역이 일본의 발전에 날개를 달아 준 셈이다. 도요토미 히데요시는 이렇게 쌓은 부를 바탕으로 임진왜란을 일으켜 조선 땅을 쑥대밭으로 만들었다. '발견의 탑'에서 포르투갈이 대항해시대를 열었던 것이 우리나라에는 고난의 시작이었음을 새삼 깨닫게 된다.

이곳의 세계지도를 보면 대항해시대의 포르투갈제국은 브라질에서 말레이제도에 이르기까지 광대한 지역을 차지하게 되었다. 포르투갈이 대항해시대를 열었지만, 그 영화가 오래갈 수 없었던 것은 결국은 사람이 문제였을 것이다. 해외의 식민지를 통치하기 위하여 포르투갈에서 해외로 이주하는 사람들이 늘어만 갔다. 1500년에 200만에 달하던 인구는 1586년 무렵에는 절반으로 줄었는데 대부분 아시아로 떠난 사람들 때문이었다. 이들 가운데 포르투갈로 돌아오는 사람은 10분의 1도 되지 못했다. 풍토병에 걸리거나 배가 난파되어 죽은 사람도 있고, 식민지에 눌러앉는 길을 선택한 사람도 있었다. 당시 포르투갈은 돈을 벌어들이는 재미에 빠져 감당할 수 없을 정도로 방대한 식민지를 구축하였던 것이고, 역설적으로 식민지가 독이 되어 스스로 쇠락의 길에 빠지고 말았다. 달이 차면 기운다는 자연의 이치를 깨치지 못했던가?

불편한 마음을 추스르면서 지하도를 건너 제로니모 수도원으로 간다. 길 건너에서 바라보아도 한눈에 들어올까 싶을 거대한 건물이 펼쳐진다. 그리고 지하도에서 올라서는 순간 건물 앞으로 펼쳐지는 널따란 정원에 압도당한다. 후기 고딕의 마누엘 양식으로 지어진 제로니모 수도원은 1501년 1월에 착공하여 100년 뒤에 완공되었다. 포르투갈이 해상무역을 독점하여 호황을 누리던 16세기 초에 유행하던 건축양식으로 산호나 조개 문양으로 장식된 벽면 경계의 마감재며, 밧줄 모양을 새긴 건물의 돌림띠가 독특하다. 창이나 문 위에서 보는 문장을 새긴 방패, 십자가, 항해 도구, 부표 등은 배에서 흔히 보는 장식을 건축에 적용한 것이다. 대항해시대에 이곳은 항해에 나선 사람들의 무사 귀환을 기도하는 곳이기도 했다.

포르투갈을 스페인에 통합시킨 펠리페 3세가 1604년 제로니모 수도원을 왕가의 묘소로 사용하도록 한 이래, 포르투갈 왕실이 나라를 되찾은 다음에도 이곳을 왕실의 묘소로 사용하였다. 아마도 수도원에 부속된 성모성당이 그 장소가 아닐까 싶다. 성모성당에 들어서면 바스쿠 다가마(1468-1523)와 대항해시대에 활동한 포르투갈의 국민시인 루이스 드 카몽이스(1527-1570)의 석관을 볼 수 있다. 성모성당에 들어서면 높다란 천장을 받치고 있는 기둥이 눈길을 끈다. 성당을 지을 무렵 포르투갈에서 흔히 볼 수 있었던 야자수의 모습에서 따온 것이라고 한다.

4월 25일 다리를 건너면서 살라자르의 독재정권을 무너뜨린 카네이션 혁명을 이야기하면서 소개한 파스칼 메르시어의 『리스본행 야간열차』 이야기를 더해본다. 리스본에 머물렀던 시간이 몇 시간에 불과하여 리스본의 속살을 제대로 볼 수 없었던 아쉬움을 채워주는 책 읽기였다. 카네이션 혁명의 싹이 움트던 시절을 살았던 사람들의 복잡한 인간관계를 그려내고 있는 이 작품에서 우정과 남녀관계의 충돌, 의사로서의 사명감과 사회적 윤리의식의 충돌 등, 다양한 주제를 읽을 수 있었다. 600여 쪽에 가까운 긴 내용을 읽어가는 과정은 일종의 그림 조각 맞추기와 보물찾기였다.

책을 읽다가 처음 부딪치는 의문은 바로 일탈이다. 이마누엘 칸트만큼이나 정확하고 자신이 맡고 있는 고전 문헌학 수업에 대한 책임감이 투철한 라이문트 그레고리우스가 지금까지 살아온 스위스의 베른을 떠나 포르투갈의 리스본을 찾아가기로 한 것은 분명 일탈일 것이다. 도올 김용옥이 '여행은 이탈이다'라고 한 것이 다람쥐 쳇바퀴 돌 듯하는 일상에서 떠나 휴식을 취한다는 의미를 담고 있다면 '일탈' 역시 같은 맥락으로 해석할 수 있겠다.

"라이문트 그레고리우스의 삶을 바꾸어놓은 그날은 여느 날과 다름 없이 똑같이 시작됐다."라고 했는데, 출근길 키르헨펠트 다리에서 만난 미지의 포르투갈 여성에 끌려 수업 중에 학생들을 교실에 버려두고 키르헨펠트 다리로 돌아간 것은 그녀를 만날 수 있을 것이라는 기대 때문이었을까? 그녀를 발견하지 못한 그레고리우스가 다리를 떠나 들른 에스파냐 책방에서 아마데우 이나시오 드 알메이다 프라두라는 포르투갈 사람이 쓴 『언어의 연금술사』라는 책을 집어 든다.

책방 주인은 이 책의 서문을 번역해서 그레고리우스에게 들려준다. "우리는 많은 경험 가운데 기껏해야 하나만 이야기한다. 그것조차도 우연히 이야기할 뿐, 그 경험이 지닌 세심함에는 신경 쓰지 않는다. 침묵하고 있는 경험 가운데, 알지 못하는 사이에 우리의 삶에 형태와 색채와 멜로디를 주는 경험들은 숨어 있어 눈에 띄지 않는다. 그러다가 우리가 영혼의 고고학자가 되어 이 보물로 눈을 돌리면, 이들이 얼마나 혼란스러운지 알게 된다." 결국 그레고리우스의 일탈은 우연히 만난 책에서 비롯되었다고 하는 것이 옳겠다. 결국 그레고리우스는 리스본으로 가는 기차편을 알아보고 짐을 싼다. "자기 영혼의 떨림을 따르지 않는 사람은 불행할 수밖에 없다."라는 마르쿠스 아우렐리우스의 『명상록』 한 구절을 인용한 편지 한 장을 교장선생 앞으로 보낸 것이 이상한 상황에 대한 설명의 전부이다.

포르투갈에 도착해서는 모든 것은 우연의 연속이다. 밤 산책길에서 몸집이 큰 남자와 부딪치면서 안경이 부서지고, 다음 날 아침에 본 유혹적인 햇살이 그의 발길을 붙들었다고 했다. "빛나는 광채는 지나간 모든 것을 아주 낯설고 거의 비현실적으로 보이게 했고, 과거의 그림자를 모두 지워버릴 정도로 눈부셨다. 모습을 전혀 알 수 없는 미래를 향해 떠나는 것이 그에게 남은 유일한 길이었다." 기차에서 만난 실우베이라가 연결해 준 마리아니 에사는 그레고리우스가 프라두의 삶을 조명하는 일에 단초를 제공한다. 프라두는 그레고리우스의 바람대로 리스본에 머무는 이유를 만들어준다. 연줄을 타고 만나는 사람들로부터 얻는 정보들을 바탕으로 프라두의 삶의 흔적들이 조금씩 제자리를 찾아간다. 마치 그림 맞추기처럼.

이쯤 해서 두 번째 의문. 프라두는 인기가 많고 존경받는 의사였다고 전한다. 그런데 사람들이 인간 백정이라고 부르던 비밀경찰 후이 루이스 멩지스의 목숨을 구한 다음에는 사람들로부터 기피 대상이 되고 말았다. 사건은 이렇다. 진료소 옆에 쓰러진 멩지스를 사람들이 진료실에 들어다 놓았을 때, 프라두는 잠시 멩지스를 내려다본 다음 곧바로 심폐소생술을 하고 강심제를 투여해서 소생시켰다. 프라두 역시 고문과 살인과 국민에 대한 잔인한 억압의 책임자라고 짐작하는 멩지스를 그냥 죽게 내버려두고 싶은 욕망과 싸워야 했을 것이다. 하지만 그 순간이 지나자 떠오른 의사의 사명을 외면할 수는 없었을 것이다. 그리고는 '배신자'라고 외치는 사람들 앞에 나서서 '나는 의사요'라고 변명하듯 말한다. 그리고 '그자는 살인자요!'라고 외치는 사람들에게 '그는 생명이 있는 사람입니다. 한 인간이에요.'라고 또렷하게 말한다. 대중의 시각에서 보면 프라두는 무고한 사람들을 죽음으로 몰아간 한 인간에 대한 복수이며 앞으로 일어날 무고한 사람들의 죽음을 막을 수 있는 사회적 정의를 방해한 셈이다. 하지만 프라도의 입장에서는 의사로서 구할 수 있는 생명을 포기할 수는 없었을 것이다. 의사로서의 확고한 프라두의 윤리의식을 엿볼 수 있다.

프라두는 대중의 외면을 받게 되면서 저항운동에 몸을 담게 되는데 그 과정에서 생명에 대한 프라두의 일관된 생각을 엿볼 수 있다. 프라두는 학창 시절 절친했던 조르지와 마리아나 에사의 외삼촌 주앙 에사 등과 함께하는 비밀결사에 참여한다. 이 모임은 대단한 기억력을 가진 에스테파니아 에스피노자가 주도하는 문맹자를 위한 학습모임 형태를 가장하고 있다. 어느 날 멩지스의 부하가 이곳에 나타나고 단원 중 한 명이 체포된다. 에스테파니아와 연인관계에 있던 조르지는 그녀를 죽여서 단원 모두를 보호해야 한다고 주장하지만, 프라두는 그녀를 스페인으로 탈출시키는 대안을 마련한다. 조르지의 주장을 읽으면서 마이클 센델의 『정의란 무엇인가』에서 논한 철길에서 일하는 사람을 구하는 문제가 떠오른다. 조르지는 센델이 논한 경우의 수 가운데 사랑하는 연인을 희생시켜서라도 단원들을 구하겠다는 극단적인 선택을 우선 생각한다. 반면 프라두는 위험을 무릅쓰고 그녀를 탈출시키는 대안을 내놓았다. 역시 생명을 중하게 여기는 그의 철학을 다시 확인하는 대목이다.

그레고리우스는 프라두의 행적을 뒤쫓는 과정에서 『언어의 연금술사』 이외에도 그가 남긴 많은 글을 읽게 된다. 그 가운데는 프라두의 스승인 바르톨로메우 신부가 건네준 프라두의 졸업식 연설문이 있다. 라틴어로 쓴 연설문의 제목은 '신의 말씀에 대한 경외와 혐오'이다. 프라두는 "마비시킬 듯한 그들의 잔혹한 군화 소리가 골목에서 울려도, 그들이 고양이나 비겁한 그림자처럼 소리 없이 거리로 숨어들어 번쩍이는 칼날로 등 뒤에서 희생자의 가슴까지 꿰뚫어도…… 설교단에서는 이런 무뢰한을 용서하고 더구나 사랑하라고 요구하는 것은 가장 불합리한 일 가운데 하나다."라며 무능한 교회를 통박하였다. 독재자의 잔혹함에 대한 프라두의 혐오는 아버지에게로 연장되고 있다. 프라두의 아버지는 대법원의 판사였는데, 독재정권의 앞잡이가 되어 범법자들을 감옥으로 보내는 아버지에 대하여 프라두는 깊이 실망하고 있었다.

하지만 아버지는 아들에게 남긴 마지막 편지에서 "넌 나 때문에 의사가 되었지. 네가 내 고통의 그림자 속에서 자라지 않았더라면 어떻게 되었을까? 너에게 빚이 많구나. 내 고통이 여전하고, 내 저항이 이제 무너지는 것은 네 잘못이 아니다."라고 적은 것을 보면 아버지가 판사직을 유지한 것도 나름대로 저항하는 길을 모색한 것이라고 보인다.

프라두가 세상을 떠난 2년 뒤에 그가 남긴 글을 책으로 묶은 것은 같이 살던 누이동생 아드리아나였다. 『언어의 연금술사』라는 제목을 붙인 것은 서문에서 '말은 경험한 것에서 미끄러져 결국 종이 위에는 모순만 가득하게 남는다. 나는 이것을 극복해야 할 단점이라고 오랫동안 믿어왔다.'라고 한 것처럼 프라두가 포르투갈어를 다듬는 글쓰기를 했다는 점을 저자는 넌지시 드러내고 있다. 프라두의 또 다른 누이동생 멜로디는 프라두가 잘못된 단어의 독재와 올바른 단어의 자유, 유치한 말 때문에 생기는 보이지 않는 감옥과 시의 광채에 대하여 말하곤 했기에, 그의 영혼이 언어로 이루어졌다고 믿었다는 것이다. 『언어의 연금술사』에서 다양한 단어의 의미를 정리하고 있다. 예를 들면, "영원한 젊음. 젊은 시절 우리는 우리가 불멸의 존재라고 생각하며 산다. 죽을 운명이라는 인식은 종이로 만든 느슨한 끈처럼 우리를 감싸고 있어 피부에 거의 닿지 않는다."

'여행은 이탈이다'라고 한 도올 김용옥은 새로운 체험의 획득이 없다면 그 이탈은 무의미한 것이라고 했다. 그레고리우스 역시 삶의 궤도에서 이탈해서 리스본으로 가지만, 그곳에서 언어의 의미를 추구한 프라두의 족적을 뒤쫓으면서 삶의 의미를 찾아낸 것일까? 그 과정에서 얻은 현기증의 원인을 규명하기 위하여 베른으로 돌아오지만 언젠가는 리스본을 다시 찾을 것 같다. (2024년 8월 15일)

이스탄불(튀르키예)

신과 자연과 예술이 어우러진 완벽한 작품, 이스탄불

오르한 파묵 지음, 『이스탄불』(민음사, 2008년)

　　미국에서 공부할 때는 주로 차를 빌려서 가족들과 함께 떠나는 일종의 자유여행을 하곤 했지만, 환갑이 지나면서는 주로 여행사 상품을 이용하고 있다. 교통편과 숙소를 따로따로 예약하고 경우에 따라서는 볼거리를 누리망에서 예약해야 하는 수고를 아낄 수 있기 때문이다. 더해서 약속한 시간을 맞추면 차나 비행기로 이동하고 숙소에 들어 쉴 수도 있으니 편리하다. 볼거리를 구경하는 것도 단체로 입장하는 편이 개별 입장하는 것보다 수월하다. 다만 제한된 시간에 정해진 장소만을 볼 수 있다는 것이 단점이다.

　전규태 시인은 『단테처럼 여행하기』에서 여행사 깃발을 따라다니면서 면세점이나 들르고, 명소의 입구에서 고작 기념사진이나 찍어오는 여행은 여행이 아니고 오락이요 낭비라고 잘라 말했다. 하지만 생각하기 나름이 아닐까? 물론 남다른 여행을 경험해 보려면 어느 정도 위험을 감수해야 한다. 하지만 나이가 들면 첫째도 안전이요, 둘째도 안전이다. 굳이 여행사를 통해서 여행하는 이유이다.

오락이나 낭비라고 지청구를 듣는 것이 싫어서, 나름대로 변명거리를 만들었다. 여행지에 대한 역사를 비롯하여 사회, 문화 등 다양한 것들을 미리 공부해서 여행을 통하여 그것들을 확인하려 노력한다는 변명 말이다. 아내와 함께 이런 노력을 같이하고 여행지에 관한 다양한 책 읽기도 덤으로 하고 있으니 감히 '아내와 함께하는 인문학 여행'이라고 해도 되지 않을까 싶다.

건강보험심사평가원의 사보 '건강을 찾는 사람들'에서 연재를 시작한 「아내와 함께하는 인문학 여행」의 첫 번째 이야기를 이스탄불로 정했다. 이스탄불은 2014년에 아내와 함께 가는 세 번째 해외여행 길에 찾았던 도시이다. 굳이 여행안내 업무를 하는 기업 트립 어드바이저(Trip Advisor)의 전문가들이 꼽은 '죽기 전에 가보아야 할 도시 25곳' 가운데 이스탄불이 당당 1위를 했기 때문만은 아니었다. 이스탄불은 근세에 이르기까지 동서 문명이 만나는 접점이었다는 점이 큰 이유였다. 이스탄불이 유럽대륙과 아시아대륙 모두에 걸쳐 있는 것도 이런 점을 상징적으로 보여준다고 하겠다. 보스포루스해협을 사이에 두고 서쪽 구역은 유럽에, 동쪽 구역은 아시아에 속한다. 세상에 이런 도시는 없다.

그리고 이스탄불이야말로 세상에서 가장 오래된 수도이기 때문이기도 하다. 기원전 8세기 혹은 9세기 무렵부터 시작한 로마가 있지만, 476년 게르만의 용병 장군 오도아케르가 로물루스 아우구스툴루스 황제를 폐위시키면서 서로마제국은 멸망했기 때문에 로마는 더 이상 수도가 아니었다. 15세기 중반 들어서 로마가 다시 교황령의 수도로서 번영을 구가하게 되었다고는 하지만, 한나라의 수도로서의 역할은 로마제국의 멸망으로 끝났다.

반면 이스탄불은 기원전 667년경에 비잔티움이라는 이름으로 세워진 이래, 거의 1600년 동안에 걸쳐 여러 나라의 수도였다. 동로마 제국과 비잔틴 제국(330년~1204년, 1261년~1453년)의 수도였고, 제4차 십자군 전쟁 때 콘스탄티노폴리스를 점령한 라틴 제국(1204년~1261년)의 수도이기도 했다. 1453년 오스만제국에 함락되면서 이스탄불(1453년~1922년)로 이름이 바뀌었지만, 역시 오스만제국의 수도가 되었다. 오스만제국이 무너진 1922년 들어선 튀르키예 공화국이 수도를 앙카라로 정하면서 이스탄불의 수도 역할은 끝났다. 그렇기 때문에 이스탄불에는 비잔틴 제국의 기독교 유산과 오스만제국의 이슬람 유산이 공존하고 있다.

튀르키예 여행은 상당히 불안한 가운데 떠났다. 여행을 떠날 무렵 유럽으로 향하는 중동 난민들 문제가 부각되었고, 쿠르드족의 분리 운동이 활발해지면서 튀르키예 국내 분위기가 뒤숭숭해졌기 때문이다. 그럼에도 불구하고 여행사에서 알아서 잘 안내할 것이라는 막연한 믿음 같은 것이 있었다. 하지만 튀르키예를 다녀온 직후에 앙카라역에서 과격분자들이 설치한 폭탄이 터지고, 이어서 튀르키예 국내공항에 포탄이 떨어지는 등의 사건들이 이어지는 바람에 가슴을 쓸어내려야 했다.

이스탄불 구경은 두 차례로 나뉘었다. 튀르키예의 서부를 여행하기에 앞서 한나절 돌아보고, 서부여행에서 돌아와서 하루를 꼬박 돌아보왔다. 사실 1600년 동안에 걸쳐 큰 땅을 지배한 거대한 제국의 수도였던 곳을 달랑 이틀에 구경해야 하니 얼마나 바빴겠는가? 당연히 이스탄불의 속살은커녕, 겉으로 보이는 것들만 슬렁슬렁 구경하고 말았을 것이다. 하지만 여행사에서 마련한 여행상품이니만큼 이스탄불을 대표하는 장소들을 볼 수 있었을 것으로 생각한다.

이스탄불을 돌아본 기억을 되새기려다 보니 젊어서 즐겨 듣던 박스 탑스의 노래 『Trains and boats and planes』가 생각난다. 할 데이비드가 노랫말을 쓰고, 버트 바카라가 곡을 붙인 이 노래는 1965년 바카라가 불러 주목을 받았다. 디온 워윅과 에브리 브라더스, 박스 탑스 등의 녹음도 있다. 그중에서 필자는 박스 탑스의 노래를 즐겨 들었다. 노랫말은 기차와 배 그리고 비행기가 사랑하는 사람을 내게서 멀리 데려갔지만, 다시 돌아올 것이라는 약속대로 여기에서 기다릴 것이라는 내용이다. 물론 노랫말의 의미와는 달리 사랑하는 아내와 함께 비행기를 타고 이스탄불에 와서 시가지 전차도 타고 유람선도 타면서 구경했으니 노랫말과는 사정이 사뭇 다르다. 참, 걸어서 구경한 곳도 있다.

이스탄불 구경은 여행 첫날 히포드럼에서 시작해서 블루 모스크, 톱카프 궁전까지 돌아보았다. 그리고 튀르키예 서부여행을 다녀와서는 아야소피아 박물관을 보고서 탁심 광장으로 가서 이스티클랄 거리를 걸어서 구경하였다. 저녁을 먹은 다음에는 시가지 전차를 타고 갈라타 다리로 이동하여 금각뿔 만의 휘황한 야경을 구경했다. 그리고는 다시 아야소피아 박물관으로 이동하여 오색 분수를 배경으로 블루 모스크와 아야소피아의 환상적인 분위기를 만끽했다. 마지막 날에는 돌마바흐체 궁전을 구경하고, 유람선을 타고서 보스포루스해협을 왕래하면서 해협의 양안 풍경도 구경하였다. 그리고 마지막으로 그랜드 바자르를 구경하였는데, 장보러 온 튀르키예 사람들보다도 외국인들이 더 많아 보였다.

1204년 제4차 십자군 전쟁 당시 예루살렘으로 향하던 라틴 세력이 방향을 틀어 동로마 제국의 수도 콘스탄티노플을 공략하여 라틴 제국을 세웠다. 교황 이노첸시오 3세의 촉구에 따라 신성로마제국을 중심으로 구성된 십자군이 베네치아에 도착했을 때 예상했던 것보다 규모에 미치지 못했다. 따라서 베네치아가 준비한 선박과 전쟁물자가 남아돌게 되었다. 베네치아의 도제 엔리코 단돌로는 베네치아 군이 합류하는 대신 목표를 예루살렘을 장악한 이슬람 세력에서 동로마 제국의 콘스탄티노플로 바꾸었다. 신앙적 동기에서 시작한 십자군이 베네치아의 세속적이고 경제적 욕구를 채우는 것으로 변질된 것이다.

제4차 십자군 전쟁이 끝난 뒤 비잔틴 제국은 니케아 제국, 에페이로스 공국, 트라페주스 제국 등으로 분열되었다. 1261년에는 분열 전의 비잔틴 제국 영토의 대부분을 차지했던 니케아 제국이 라틴 제국을 무너트리고 콘스탄티노플을 탈환했다. 하지만 오스만제국, 세르비아, 불가리아 등의 침입으로 비잔틴 제국의 영토는 축소되어 콘스탄티노플과 펠로폰네소스반도의 일부만이 제국의 영토로 남게 되었다.

오스만제국의 제5대 술탄 바예지드 1세는 보스포루스해협에까지 밀고 올라갔다. 제7대 술탄 메흐메트 2세는 1453년 해협 건너에 있는 콘스탄티노플 공략에 나섰다. 콘스탄티노플은 약 20km 길이의 성벽으로 둘러싸여 있었다. 마르마라해 쪽의 7.5km와 금각뿔 만 쪽의 7km 길이의 성벽은 난공불락의 굳건한 성벽이었다. 다만 북쪽의 육지 방향에 있는 테오도시우스 성벽 5.5km는 두꺼운 성벽과 해자로 감싸여 있을 뿐이라서 취약한 편이었다. 하지만 금각뿔 만의 입구를 쇠사슬로 막아 오스만 해군의 진입을 막을 수 있었다. 메흐메트 2세는 금각뿔 만의 북쪽 언덕에 기름칠한 통나무를 늘어놓고 배를 끌어 올려 금각뿔 만으로 진입시키는 전략을 구사해 돌파구를 마련했다.

메흐메트 2세는 세르비아에서 징용으로 끌어온 5만의 비정규군을 먼저 투입했다가, 오스만제국의 정규군 아나톨리아 군단이 이어 공세에 나섰고, 최종적으로는 술탄의 정예부대 예니체리 군단을 투입하여 함락시킬 수 있었다. 실제로 금각뿔 만에 가보니 밋밋해 보이는 언덕이었지만 배를 끌어올리기는 만만치 않아 보였다. '설마 그런 일이 일어날 수 있겠어?' 하고 안심하고 있던 적의 약점을 찌르는 전술을 구사한 메흐메트 2세의 용병술에 놀라지 않을 수 없었다.

1204년 제4차 십자군 전쟁 때 라틴 제국이 콘스탄티노폴리스를 함락했을 때 도시가 상당한 피해를 입었고, 1453년 오스만제국의 침공 때도 피해를 입었지만, 아야소피아 박물관을 비롯하여 비잔틴 제국을 대표하는 몇몇 건물들은 지금까지도 건재하다. 물론 우상을 숭배하지 않는 이슬람 교리에 따라서 내부의 그림과 장식을 회칠하여 숨기거나 이슬람 장식으로 바꾸어놓은 비운을 겪었다. 오스만제국 시절에는 이스탄불이 외부 세력의 침공을 겪지 않았기 때문에 이슬람 유적들은 대부분 잘 보존되어 있다. 회칠에 덮인 기독교 유물을 복원하자는 이야기도 있지만 회칠한 위에 그려진 이슬람 유물 또한 역사적 가치가 있기에 쉬운 일이

아니다.

전성기의 오스만제국은 1529년과 1639년 두 차례에 걸쳐 오스트리아의 빈을 포위하고 공략할 정도로 유럽인들에게는 무서운 존재였다. 그와 같은 빛나는 역사를 가졌음에도 제1차 세계대전에서는 러시아의 남하를 저지하기 위하여 주축국에 가담하는 바람에 오스만제국은 패전의 멍에를 쓰고 아나톨리아반도를 제외한 광대한 영토를 모두 잃고 말았다.

튀르키예를 방문했을 때 제일 먼저 눈에 띄는 것은 붉은 바탕에 하얀 초승달이 그려진 커다란 국기가 곳곳에서 나부끼고 있는 모습이다. 그랜드 바자르를 찾았을 때는 상점마다 튀르키예 국기를 내걸고 있었다. 그만큼 국민들이 국가에 대한 충성심을 가지고 있는 것 같았다. 태극기 게양을 거부하는 지자체가 있는 우리나라와는 사뭇 다른 모습이다. 국기는 튀르키예 사람들이 열광하는 첫 번째 대상이라고 한다. 아마도 초등학교 시절부터 국기에 대한 시를 암송하는 것으로부터 시작되는지도 모른다. "아, 국기, 영광스러운 국기, 하늘에서 물결치누나!"

이스탄불을 구경하면서 튀르키예 사람들이 과거와 현재 상황에 대하여 어떻게 생각하는지 궁금하지 않을 수 없었다. 물론 튀르키예 사람들을 만나 그들의 생각을 물어보면 좋겠지만, 짧고 빠듯하게 짜인 여행 일정에서 가능한 일은 아니었다. 플로베르는 적어도 6개월은 머물러야 이스탄불의 실체를 깨달을 수 있다고 했다던가? 불가능을 가능한 것으로 만들 수 있는 길은 책에 있다. 그래서 오르한 파묵의 『이스탄불』을 골랐다. '도시 그리고 추억'이라는 부제가 달린 것처럼 『이스탄불』은 복합적인 성격을 가졌다. 파묵은 이스탄불에서 태어나고 자란 개인사를 도시의 변천사와 함께 서술하였다. 개인사로는 어머니와 아버지의 불화, 형과의 갈등 관계 등 여느 사람이라면 감추고 싶은 이야기들을 적나라하게 적었다. 파묵의 개인사에서는 튀르키예 상류층 사람들의 일상을 엿볼 수 있다. "우리 가족, 그러니까 어머니, 아버지, 형, 할머니, 삼촌들, 고모들, 숙모들은 5층짜리 아파트의 각층에서 살았다." 튀르키예 사람들은 오스만제국 시절부터 가족들 모두가 한집에서 사는 전통이 있었다.

또한 이스탄불과 관련된 과거의 책자들, 헌책방에서도 사라져가고 있는 기록들, 자신이 기억하는 것들은 물론, 외국의 유명 인사들이 남긴 이스탄불에 대한 회고 등까지도 망라하여 이스탄불이라는 도시의 변천사를 정리했다. 이러한 기록들에서 튀르키예 사람들의 정체성을 엿볼 수 있다. 파묵이 기억하는 어린 시절의 이스탄불은 흑백사진처럼, 흑과 백 그리고 반쯤 어두운 회색의 장소였다. 파묵이 흑백의 감정으로 이스탄불을 기억하는 이유는 도시가 빈곤, 역사 그리고 아름다운 것을 드러내지 못하고, 낡고, 빛이 바래고, 가치가 하락하고, 방치된 것과 관련이 있다. 몰락한 대제국이 남긴 이스탄불의 역사적 기념물은 박물관에 있는 것처럼 보호받고 자랑스럽게 칭찬받고 전시되는 것이 아니라고 파묵은 생각한다. 타국의 여행가들은 이스탄불의 역사적 기념물들을 보면서 놀라고 부러워하는 모양이지만, 튀르키예 사람들은 오히려 과거의 힘과 부유함이 그 문화와 함께 사라졌고, 오늘날은 과거와 비교할 수 없을 정도로 가난하고, 혼잡스럽다는 것을 떠올린다고 한다.

그래서인지 파묵은 비애(hüzün)라는 감정에 대하여 장황하게 설명한다. 비애의 기본적 원천은 '절망적인 열정(black passion)'으로 간주된다. 레비-스트로스가 『슬픈 열대』에서 삶의 나약함, 서양의 중심부에서 떨어져 있다는 점, 인간관계에서의 신비로운 분위기 등을 나타내기 위하여 사용한 '슬픔(tristesse)'과 느낌은 비슷하지만, 두 단어 사이의 감정의 차이는 분명하다. 이스탄불 비애의 원천은 가난, 패배 그리고 상실감에 있다고 파묵은 설명한다. 그럼에도 불구하고 튀르키예 사람들의 마음 깊은 곳에는 오스만제국의 영광을 다시 되살리려는 희망을 담고 있는 것 같다.

하지만 톱카프 궁전에서는 오스만제국의 전성기 분위기를 전혀 느낄 수 없었다. 관광객들로 붐빈다고는 하지만 그곳은 텅 비어 있는 공간에 불과해서 사람의 기운이 느껴지지 않았다. 사람이 살면서 기운을 불어넣어 줘야 건물에도 생기가 도는 법이다. 이런 느낌은 아야소피아 박물관에서도, 호사의 극치를 다한 돌마바흐체 궁전도 마찬가지였다. 돌마바흐체 궁전에서는 오히려 무너져가는 제국의 몸부림 같은 것이 느껴져 안타까운 마음까지 들었다. 재정이 바닥난 오스만제국은 돌마바흐체 궁전을 건설하면서 독일제국의 도움을 받았다. 그것이 화근이 되어 독일제국에 발목을 잡히는 바람에 제1차 세계대전 당시 주축국의 일원으로 끌려 들어간 것은 아니었을까? 그나마 블루 모스크에서는 남다른 느낌이 들었다. 지금도 무슬림들이 찾아 기도를 드리는 곳이기 때문일 것이다.

보스포루스해협은 파묵에게 유일하게 희망과 힘을 주었다고 했다. 그는 보스포루스에서 노는 즐거움을 이렇게 표현했다. "거대하고, 역사적이고, 방치된 도시 속에 살면서 깊고, 힘차고, 변화무쌍한 바다의 자유와 힘을 당신의 마음속에서 느끼는 것이다. 보스포루스의 급류에서 빠르게 전진하는 여행객은 복잡한 도시의 더러움, 연기, 소음의 한가운데서 바다의 힘이 자신에게 전이되고, 그 모든 군중, 역사, 건물 속에서 여전히 홀로 자유로울 수 있다는 것을 느낀다." 그 이유는 보스포루스해협의 독특한 지형과도 관련이 있다.

7,500년 전 빙하기가 끝나기 전까지 보스포루스는 유럽과 아시아대륙 사이에 있는 깊은 계곡으로 된 땅이었다. 빙하기가 끝나면서 빙하가 녹은 물이 흑해와 에게해 그리고 마르마라해에서 쏟아져 들어오면서 바다가 된 것이다. 보스포루스해협의 바다를 잘 들여다보면 바닷속에 있는 길고 좁은 협곡을 따라 흑해에서 지중해 방향으로 빠르게 흘러가는 바닷물의 흐름을 느낄 수 있다. 반면 보이지 않는 깊은 바닷속에서는 반대 방향으로 움직이는 물의 흐름이 있다. 유라시아대륙에서 흑해로 흘러드는 강물이 섞여 든 흑해의 가벼운 물은 바다의 위쪽을 따라 지중해로 흘러가고 그 자리를 채우기 위하여 지중해의 무거운 바닷물이 흑해 방향으로 흘러가는 것이다.

필자가 찾아갔던 2014년에는 우리나라의 SK건설이 보스포루스해협 아래로 굴을 파서 유럽과 아시아를 연결하는 공사를 진행하고 있었다. 2013년 1월에 공사를 시작한 SK건설은 2016년 12월에 5.4km의 해저터널을 포함하여 총연장 14.6km에 달하는 도로를 완공했다. 개통식에 참석한 에르도안 튀르키예 대통령은 "유라시아 해저터널은 이스탄불 시민들에게 양질의 교통 서비스를 제공함으로써 경제와 사회, 문화, 환경 측면에서 다양한 혜택을 줄 것이다"라고 말했다. 필자가 이스탄불을 방문했을 때만 해도 이스탄불이 변화하고 있다는 느낌이 들었다.

여행작가 이종헌은 보스포루스해협에서 유람선을 타는 일이야말로 이스탄불 관광의 꽃이라고 했다. 아내와 나는 선택 관광상품으로 보스포루스해협에서 유람선을 타는 것으로 튀르키예 여행을 마무리했다. 혹자는 뱃머리에 올라 쏟아지는 바람을 맞으면서 바라보는 해협은 세상의 근심과 아쉬움을 날려버리기에 부족함이 없다고도 했다지만, 양팔을 펼치면 왼손에는 유럽대륙이 그리고 오른손에는 아시아대륙이 붙잡힐 것 같이 좁은 해협에서 세상의 근심 걱정을 날려버릴 수 있을 것 같지는 않다. 아무래도 필자의 포부가 지나치게 큰 모양이다.

세상을 지배한 유럽대륙의 기상과 비상하는 아시아대륙의 생동감을 느껴보라는 권유 역시, 와 닿지 않는다. 유럽이 세상을 지배한 것은 20세기 이후의 백여 년에 불과할 뿐이다. 로마제국도 겨우 지중해를 둘러싼 지역만을 다스린 우물 안의 개구리였을 뿐이었다는 생각이다. 생각해 보면 아시아가 융성할 적에는 유럽에 많은 것을 베풀었지만, 근대에 들어서 유럽이 힘을 얻었을 적에는 세상을 눈 아래 두고 파괴하는 데 골몰했던 것 같다. 심지어는 20세기 들어 짧은 기간 동안 이룩한 발전을 나누어준다는 것을 빌미로 실질적으로는 착취하고 지배하려는 속셈을 숨기고 있었던 것 아닌가? 그러나 지배하고 지배를 당하고 하는 것도 장구한 지구의 역사 속에서 보면 눈 깜빡할 사이에 불과하다. 보스포루스해협을 가르며 달리는 유람선에 몸을 싣고 보니 이 좁은 곳을 둘러싸고 티격태격한 인간의 과거사가 그저 허망하지 싶다.

파묵은 『오르한 파묵 변방에서 중심으로』에 "너무나 허망하고 빠르게 허물어져 가는 (혹은 너무 빠르게 새로워져 가는) 이스탄불의 소멸에 대한 저항의 기록으로 이해할 수 있다."라고 적었다. 오르한 파묵이 『이스탄불』에 담은 이스탄불에 대한 기록은 자신의 방식으로 이스탄불의 쇠락을 진심으로 슬퍼하고 애도하면서, 이스탄불이 사람들의 기억으로부터 사라지지 않도록 보존하려는 시도이다. 이스탄불의 가난한 변두리 마을까지도 사랑하는 그는, "가난한 변두리 마을이나 폐허, 나무, 풀 같은 자연의 우연적인 아름다움을 음미하려면, 그 마을, 즉 폐허로 덮인 그 가난한 곳에서 '이방인'이 되어야 한다."라고 적었다. '불행이란 자신과 도시를 혐오하는 것이다.'라고 표현할 정도로 파묵은 이스탄불을 사랑하고 있다. 존 러스킨이 『건축의 일곱 등불』에서 건축물이 유구한 세월의 흔적으로 마모되기도 하고, 낙엽이나 심지어는 이끼가 덮여 자연과 동화되어 가는 모습에서 존재의 의미가 빛을 발하는 것이기 때문에 기억의 법칙이야말로 건축의 법칙 가운데 으뜸이라고 한 것을 되새겨본다. 돌이켜보면 우리는 이스탄불의 겉모습조차도 제대로 보지 못한 것 같다. 아무래도 언젠가 다시 이스탄불을 찾아보게 될 것 같다. (『건강을 가꾸는 사람들』, 2016년 7/8월호)

모스타르(보스니아)

모스타르의 옛 다리, 스타리 모스트

이보 안드리치 지음, 『드리나 강의 다리』(문학과 지성사, 2005년)

　　보스니아-헤르체고비나의 남부에 있는 모스타르는 2015년과 2024년, 두 차례 찾아갔다. 1992년부터 1995년까지 보스니아 헤르체고비나 공화국에서 일어난 보스니아전쟁 당시 극심한 피해를 본 곳이다. 모스타르는 1452년에 세워졌다고 한다. 하지만 네레트바강 주변의 훔 언덕과 벨레즈 산 사이에는 선사시대부터 사람이 거주해 왔던 흔적이 있다. 또한 로마제국의 영토였다는 증거도 발견되었으며, 고대 후반에 지어진 성당을 계속 사용해 왔지만, 중세의 모스타르에 대해서는 알려진 바가 없다.

　　모스타르라는 이름은 1474년에 처음 공식기록에 등장하는데, 그 이전에는 네보즈사와 신스키 그라드라고 하는 두 마을이 나무다리로 연결되고 있었다. 이 다리는 아드리아해와 광석이 풍부한 중앙 보스니아

지역을 연결하는 무역로를 연결했다. 따라서 전략적으로 중요한 이 다리를 지키는 감시탑이 세워져 있었기 때문에 '다리 파수꾼'이라는 뜻의 '모스타리(mostari)'에서 마을 이름을 따온 것이다. 1468년 오스만제국이 이곳을 점령하면서 '다리에 있는 요새'라는 의미로 쾨프뤼히사라고 부른 적도 있다. 당시만 해도 마을 중심에 15가구가 모여 살고 있었다. 오스만제국이 지배하던 16세기 후반부터 17세기 초까지 수십 년 사이에 모스타르는 괄목할 발전을 이루었다.

모스타르의 상징인 다리 스타리 모스트(Stari Most)는 1557년 안전이 의심되던 나무 현수교를 대체할 튼튼한 다리를 세우라는 오스만제국의 슐레이만 대제의 명으로 짓기 시작하여 9년의 공사 끝에 완공되었다. 전하는 바에 따르면 오스만제국의 위대한 건축가 미마르 시난의 제자 미마르 하이루딘이 설계했다. 1566년에 완공한 스타리 모스트는 1,088개의 하얀색 돌을 사용하여 길이 30m에 폭 5m, 높이 24m의 단일 홍예형의 이슬람양식으로 만들어졌다. 400년이 넘도록 이슬람 제국이 유럽에 남긴 다리들 가운데 가장 아름다운 것으로 평가받았다.

17세기의 유명한 튀르키예 여행가 에브리야 체레비는 "다리는 하늘로 떠오른 무지개처럼 이쪽 절벽에서 저쪽 절벽을 이었다. 알라의 비천한 노예인 나는 열여섯 나라를 여행해 보았지만, 이렇듯 높은 다리를 본 적이 없다. 하늘처럼 까마득히 높은 바위 사이에 펼쳐졌다."라고 적었다.

반면 네레트바강 오른쪽은 오스트리아-헝가리제국이 점령한 1878년을 기점으로 기독교인들이 모여 체계적으로 발전하게 되었다. 네레트바강을 사이에 두고 양안으로 나뉘어 살던 무슬림과 기독교인들은 종교에 관대했던 오스만 시대의 영향으로 서로 교류하며 지냈다. 그뿐만 아니라 보스니아는 유고슬라비아 연방의 요시프 브로즈 티토가 즐겨 인용했던 공존의 모범사례처럼 인종과 종교적 차이에도 불구하고 서로 혼인이 예사롭게 이루어지던 나라였다. 특히 모스타르는 종교 간 통혼율이 전국에서도 아주 높았다. 그런 보스니아에서 동족상잔의 비극이 시작된 것은 티토 사후에 슬로보단 밀로셰비치가 주도한 대세르비아주의 때문이다.

오스만제국이 지배해온 오랜 세월에 견주어보면 알량한 민족주의였다. 모스타르의 가톨릭계 주민과 이슬람계 주민들은 스타리 모스트보다 더 오랜 세월을 다정한 이웃으로 살아왔다. 정교계의 세르비아가 쳐들어왔을 때는 힘을 합하여 격퇴하기도 했다. 그런데 대세르비아의 기치에 대항한 대크로아티아 기치를 내세운 크로아티아가 모스타르의 가톨릭계와 합세하여 이슬람계 주민들을 공격한 것이다.

평소 친하게 지내던 무슬림과 정교 그리고 가톨릭교도들이 서로에게 총구를 겨냥하는 끔찍한 일이 일어난 것은 인종이나 종교적 차이로 설명되기도 한다. 하지만 가톨릭이나 정교, 심지어는 이슬람교까지도 그 뿌리는 유대교로 통하며, 발칸반도에 살고 있는 대부분의 주민은 남슬라브계 사람들이라는 점을 생각하면 그리 쉬운 일은 아니다.

1980년 티토 대통령이 죽은 뒤, 슬로베니아와 크로아티아가 독립을 선언하면서 와해되기 시작한 유고슬라비아연방은 보스니아-헤르체고비나까지 독립하는 것을 두고 볼 수 없었다. 결국 세르비아는 보스니아 내의 세르비아계와 연대하여 무력을 행사하기에 이르렀다. 이에 보스니아와 크로아티아는 힘을 합쳐 세르비아의 침략을 막아냈지만, 그 후에 이번에는 대크로아티아를 내세운 크로아티아가 모스타르에 살고 있는 크로아티아계와 합세하여 무슬림들을 공격한 것이다.

스타리 모스트는 보스니아전쟁이 진행 중이던 1993년 11월 9일 크로아티아 방위 평의회 부대에 의해 파괴되었다. 당시 크로아티아 군대의 장교였던 슬로보단 프랄략크는 다리의 파괴를 명령한 혐의로 구유고슬라비아 국제형사재판소에서 재판을 받았다.

427년을 굳건히 버텨오던 스타리 모스트는 1993년 11월 9일 보스니아 내전의 와중에 60발의 포탄이 떨어져 완전히 부서졌다. 사건 직후 크로아티아 대변인은 다리가 전략적으로 중요했기 때문에 자신들이 고의로 파괴했다고 공표했다. 학술원은 전략적 가치도 없는 다리를 파괴하는 행위는 문화유산을 파괴하는 표본이라고 비난했으며, 안드라스 리들마이어는 '기억의 파괴'라고 규정했다.

크로아티아군을 피해 숨어 있던 무슬림들은 스타리 모스트가 무너졌다는 소식에 다리로 나와 현장을 확인하고 흐느껴 울었다고 한다. 총알이 날아들 수도 있는 위험을 무릅쓰고서 말이다. 스타리 모스트의 상징성은 로버트 베번이 『집단 기억의 파괴』에서 인용한 일흔 살의 보란카 산티츠의 말에서 이해할 수 있다. "저 다리에서 첫 키스를 했지. 머리 위를 비추던 달빛과 별빛이 아직 생생하다오. 저 맑은 강물에 돌멩이를 던지던 기억도…. 그런데 이제 그 모든 게 무너져버리고 말았구려."

'우리는 왜 파괴된 다리의 이미지를 보며 학살당한 사람들의 이미지를 볼 때보다 더 큰 고통을 느끼는가?'라는 질문에 크로아티아 출신 작가 슬라벤카 드라쿨리치는 이렇게 답했다. "다리는 그 아름다움과 우아함을 그대로 간직한 채 개인보다 더 오래 살아남도록 지어졌다. 다리는 영원을 붙잡으려는 시도이며 개개인의 운명을 초월한다. 죽은 여인은 우리 가운데 한 명이지만 다리는 인류 전체다."

이렇듯 스타리 모스트의 상징성은 인종과 종교를 뛰어넘는 것이었다. 전후 모스타르 주민들을 봉합하기 위해서라도 다리를 재건할 필요가 절실했다. 스타리 모스트야말로 종교 간, 민족 간의 화합을 상징한다고 생각했기 때문이다. 1998년 유네스코는 스타리 모스트를 같은 재료와 건축 기술로 원형에 가깝게 복원하기 위한 국제위원회를 구성하였다.

전쟁이 끝나고 유네스코가 중심이 되어 스타리 모스트의 복원이 추진되었다. 세계은행을 비롯하여 아가 칸 문화재단, 세계유산기금 및 유럽 각국에서 참여하여 필요한 재원을 마련하였다. 1997년 나토 평화유지군으로 활동하던 헝가리군의 다이버들은 네레트바강 바닥에서 포격으로 부서져 내린 다리의 조각들을 건져 올렸다.

튀르키예 정부는 기록보관소에서 스타리 모스트의 원설계도를 찾아냈고, 튀르키예의 에르부 건설회사의 시공으로 2001년 6월 7일 재건이 시작되었다. 옛 다리의 부서진 부분은 모스타르 지역에서 나는 바위를 다듬어 채우는 방식으로 모두 1,088개의 돌조각을 짜맞추어 재건이 진행되었고, 준공식은 2004년 7월 23일 열렸다. 준공식에는 세계 10개국의 정상들과 영국의 찰스 왕세자, 빌 클린턴 전 미국 대통령, 코피 아난 전 유엔사무총장 등이 참석했다.

단순히 스타리 모스트가 유네스코 세계문화유산이라는 이유보다는 발칸이 도화선이 되어 벌어진 모든 전쟁의 아픔이 치유되고, 이 조그맣고 아름다운 도시에 영원한 평화가 깃들기를 희망하였기 때문이 아닐까? 재건된 스타리 모스트에는 '잊지 말자 1993 (DON'T FORGET '93)'이라고 새긴 바위가 놓여 있다.

필자가 모스타르를 처음 찾은 것은 2015년 슬로베니아, 크로아티아 그리고 보스니아를 여행할 때였고, 2024년 발칸 9개국을 여행하면서 두 번째로 찾게 되었다.

2015년에는 어두워진 뒤에 모스타르에 도착했는데, 일찍 잠든 덕분인지 깨움전화를 받기도 전인 4시 반에 눈을 떴다. 일찍 일어난 덕분에 무슬림들에게 새벽기도를 알리는 아잔을 들을 수 있었다. 내전의 상흔이 여전히 남아 있는 모스타르에서 듣는 새벽 아잔은 특별한 의미로 다가왔다. 끊어질 듯 이어지는 아잔에는 어떤 마음이 담겨 있을까? 서로에게 총을 겨누어야 했던 슬픈 역사를 안타깝게 생각하는 마음을 담았을까? 전투에서 끔찍하게 죽어간 가족과 친구들의 복수를 다짐하는 것은 설마 아니겠지? 느리게 이어지는 아잔은 모스타르의 허공을 배회하는 원혼들의 귀곡성이 실려 있는 느낌이 드는 것은 나만의 생각일지도 모른다.

2015년 당시 모스타르 구시가로 가는 차를 기다리며 숙소 주변을 돌아보는데, 바로 앞에 있는 건물 2층은 비어있고, 창문도 떨어져 있었다. 총탄 자국이 마마의 흉터처럼 남아 있는 건물도 있다. 내전의 상처가 아물지 않았던 모양이다. 숙소를 출발한 차는 10여 분을 가더니 성당 옆 공터에 일행을 내려주었다. 주변의 총탄 자국이 선명한 아파트와는 달리 갓 도색한 모양으로 산뜻한 모습이었다. 베드로와 바오로의 프란체스코 교회이다. 이 교회는 1866년에 처음 세워졌지만, 1992년 내전 기간에 완전히 파괴되어 2000년에 더 크게 새로 지었다고 한다. 성당을 지나 큰 도로를 건너가면 유대교 회당의 옛터를 만났다. 유대교 회당은 2024년에 갔을 때도 폐허 상태였다.

도로변에는 가게들이 문을 열고 있는데 간혹 폐허로 변한 가게가 방치된 것도 볼 수 있다. 달아나 버린 창을 통해 안을 들여다보면 풀이 무성하게 자라고 있다. 해설사의 말로는 내전의 흔적을 방치해둠으로써 다시는 그와 같은 짓을 하지 않겠다는 다짐을 하고 있는 것이라고 한다.

유대교 회당 터를 지나면 무슬림들의 구시가지에 들어간다. 산이 좋고 숲이 우거진 탓인지 이곳저곳으로 맑은 시냇물이 흘러내리는 소리가 요란하다.

납작납작한 옛날 집들이 늘어선 좁은 길을 따라가다 보면 갑자기 다리가 나타난다. '옛 다리'라는 의미의 '스타리 모스트(Stari Most)'다. 우리가 흔히 보는 다리와는 달리 오르막과 내리막이 이어지는 독특한 모양이다. 요즘에는 교각을 아치형으로 세워도 길을 평탄하게 만드는데, 옛날에는 그런 기술이 없었나 보다. 어떻든 다리의 오르막과 내리막 경사가 만만치 않은 탓에 미끄러지지 말라고 턱을 만들어 놓았다.

다리 끝에 있는 타라탑은 다리를 감시하던 곳인데 지금은 스타리 모스트 박물관으로 쓰고 있다. 보스니아 내전과 스타리 모스트에 관한 자료를 볼 수 있다.

다리를 건너 좁은 골목길 양편으로는 말굽 모양의 철문이 달린 집들이 이어진다. 「알리바바와 40인의 도둑」에 나오는 전형적인 아랍 마을 같다. 길은 모스타르의 중심 브라체 페지카 거리로 이어진다. 기념품 가게들이 늘어서 있다. 이른 시간이었던 터라 가게들이 문을 열지 않아 거리는 적막했다.

우선 눈에 띈 장소는 강가에 있는 식당이다. 마침 문을 열 준비를 하는 남자더러 잠시 들어가 사진을 찍어도 되냐고 물었더니 안 된다고 했다. 장사를 시작하지 않았기 때문일까? 인심 야박하다 투덜대지만, 별 수 없었다. 다행히 1618년 설립된 코스키메흐메트파샤 모스크 입구에 스타리 모스트의 아름다운 모습을 볼 수 있다는 안내문이 눈에 띄었다. 회교 사원 관계자의 호의로 강가로 돌아가 다리를 보는 순간 절로 감탄사가 쏟아진다. 급하게 흐르는 네레트바강 양편으로 굳게 내려진 교각에 기대어 슬쩍 등을 굽힌 듯 걸려 있는 다리가 마치 자연스럽게 만들어진 것처럼 아름답다. 지금 보니 지나가는 사람도 없었나 보다.

9년이 지난 2024년에 모스타르를 방문했을 때는 거리 곳곳에 흩어져 있던 흉물스러운 폐가들은 많이 재건되어 깔끔한 새 건물들이 들어섰다. 그럼에도 불구하고 베드로와 바오로의 프란체스코 교회 가까이에 있는 주차장 입구에 있는 건물벽에 있는 총탄 자국은 옛날 그대로 있었다.

튀르키예 형식의 상가는 예전과는 달리 매우 번잡했다. 낮 시간인데다가 외부에서 몰려온 관광객들이 거리를 가득 메우고 있었다. 코스키메흐메트파샤 모스크를 찾아 2015년에 사진을 찍은 자리에서 다시 사진을 찍으려 했는데 2.5유로 하던 입장료가 무려 6유로로 올랐다. 크로아티아가 통용화폐를 유로화로 바꾼 뒤에 인플레이션이 심해졌다는 이야기가 실감 났다.

모스타르 주민들이 종교적 다양성을 가지고 있음에도 불구하고 오랜 세월을 평화롭게 지내오다가 그야말로 어느 날 갑자기 서로를 학살하는 비극적 사건이 일어난 시대적 배경은 보스니아 출신 작가 이보 안드리치의 소설 『드리나강의 다리』를 통해서 이해할 수 있다. 특히 18세기 후반 어느 가을에 있었던 대홍수를 겪는 과정은 극적이기까지 하다. "자연의 힘과 공통적인 불행의 짐은 모든 사람들로 하여금 한데 뭉치게 했으며 적어도 이날 하룻밤 동안은 종교와 종교를 갈라놓은, 특히 터키인들로부터 라야를 갈라놓은 틈에 다리를 놓았던 것이다." 이렇듯 서로의 차이를 인정하면서도 통하던 이들이 멀어지게 되는 과정을 작가는 담담하게 그려냈다.

이종헌은 『낭만의 길, 야만의 길, 발칸 동유럽 역사 기행』에서 발칸 사람들의 정체성과 수백 년에 걸쳐 평화롭게 공존해 오던 사람들이 대립하여 갈등을 빚는 과정을 이해하는 데 이보 안드리치의 『드리나강의 다리』가 도움이 될 것이라고 하였다. 이보 안드리치야말로 발칸 사람들의 정체성을 밝히는 일이 얼마나 지난한 일인지를 잘 설명한 것 같다. 1892년 가톨릭을 믿는 크로아티아계 부모가 살던 보스니아에서 태어난 이보 안드리치는 보스니아의 비셰그라드에서 유년 시절을 보냈다. 두 살이 채 되기 전에 아버지가 돌아가시면서 비셰그라드의 고모에게 맡겨졌다. 이보 안드리치는 드리나강의 다리 위에서 동네 할아버지로부터 옛날이야기를 듣곤 했는데, 이때 들었던 이야기들은 훗날 안드리치 작품들의 원천이 되었다고 한다.

1924년 외교관으로 일하면서도 오스트리아 그라츠대학교에서 「터키 지배의 영향 하에서 보스니아 정신생활의 발전」이라는 논문으로 역사학 박사 학위를 받았다. 다양한 민족과 종교적 갈등, 문화적 차이가 공존했던 보스니아는 그에게 있어 영원한 연구의 대상이었다. 작품을 통하여 보스니아인들의 역사, 가치관, 문화를 이야기했고, 특히 운명에 관한 보스니아 사람들의 생각을 풀어내는 서사적 힘을 인정받아 1961년 노벨상을 수상하게 되었다.

드리나강은 북서 헤르체고비나를 흐르는 타라강과 피바강이 합류하여 시작된다. 세르비아와 보스니아국경을 따라 흘러서 슬로베니아 북부 알프스에서 시작하는 사바강에 합류하고, 사바강은 도나우강으로 흘러든다. 346km를 흐르는 드리나강은 짙은 녹색을 띠기 때문에 세르비아인들은 질룐까(녹색)라고 부르기도 한다. 산세가 험한 발칸의 계곡을 따라 흐르는 드리나강은 발칸반도에서 가장 아름다운 강 중 하나로 꼽힌다. 서로마와 동로마 제국의 자연적 국경이었던 드리나강은 가톨릭과 동방정교회 세력이 만나는 경계였다. 오스만제국이 발칸을 점령하면서 유입된 이슬람까지 더해지면서 다양한 민족과 종교가 드리나강을 따라서 어우러지게 된 것이다.

소설 『드리나강의 다리』에는 다리 주변에 살고 있는 비셰그라드 사람들은 물론, 외지에서 들어온 사람들이 수도 없이 등장한다. 하지만 다리가 세워지는 과정에서부터 제1차 세계대전 기간 동안에 무너지기까지 무려 340여 년에 걸쳐 다리를 둘러싸고 벌어지는 사건들을 기록하고 있다는 점에서 보면 이 소설의 진정한 주인공은 바로 다리이다. 마을에서 살아가는 사람들의 삶과 이 다리 사이에는 수백 년 동안 이어오는 긴밀한 연대가 있기 때문에 서로 얽혀있는 운명을 따라 떼어서 말할 수가 없었다고 작가는 말한다. 그래서 이 소설은 '다리의 유래와 운명에 관한 이야기인 동시에 세대와 세대를 거듭해 내려오는 마을의 삶과 그 사람들에 관한 이야기'라고 미리 이야기한다. 일종의 향토지(鄕土誌)라고 할까?

소설 속에 나오는 드리나강의 다리는 메흐메드 파샤 소콜로비치 다리다. 보스니아의 작은 마을에서 예니체리로 끌려간 소년이 장성해서 오스만제국의 파샤가 되었다. 그는 강을 사이에 두고 불편한 두 마을이 쉽게 왕래할 수 있도록 다리건설을 명하였고, 필요한 재원을 마련해 주었다. 오스만제국의 궁정 건축가 시난의 설계로 1571년 짓기 시작한 다리는 1577년 완공을 보았다. 1666년, 1875년, 1911년, 1940년, 1950-52년에 각각 중요한 보수공사가 있었으며, 제1차 세계대전 기간에 11개의 아치 가운데 3개가 파괴되었고, 제2차 세계대전 기간에는 5개의 아치가 파괴되었지만 이내 복구되었으며 1992년 보스니아 내전 시 벌어진 비셰그라드 학살 사건에서 많은 보스니아 사람이 세르비아 군에게 참혹하게 죽임을 당한 곳이다. 이 다리는 2007년 유네스코에 의하여 세계문화유산으로 등재되었다.

작가는 다리를 둘러싼 자연환경과 사람들의 삶을 모두 24개로 나누어 풀어냈다. "먼발치에서 바라다보면 하얀 다리의 넓은 아치들 사이로 푸른 드리나강만이 흐르는 것이 아니라 다리 위에 있는 모든 것들과 위로는 남녘의 하늘을 품은 비옥하고 기름진 공간이 흐르는 것처럼 보이는 것 같다." 물론 번역도 참 잘되었다고 생각하는데, 담백하면서도 유려한 문장은 왜 작가가 '발칸의 호메로스'라는 평가를 받는지 알 수 있게 해준다. 드리나강에 세워진 다리가 가지는 다양한 의미 가운데는 전략적인 것도 있다. 다리 가까이에는 마을의 장터가 자리하고, 강둑을 따라서 사라예보로 향한 길이 이어진다. 다리는 사라예보로 향한 길 양 끝을 연결하면서 카사바와 그 주변 마을을 이어주고 있다고 적으면서, '연결'의 의미를 새기고 있다. 그런가 하면 다리와 관련된 전설도 인용하여 신비한 감을 더하기도 한다. 교각이 무너지지 않으려면 쌍둥이 남매를 교각에 묻어야 한다는 전설을 비롯하여 이교도의 침입을 막기 위하여 순교한 이슬람 수도사의 이야기도 있다.

이 마을에 살고 있는 주민들이 민족이나 종교를 떠나서 한마음이 될 수 있음을 보여주는 사건도 있다. 18세기 후반 드리나강의 다리까지도 물에 잠길 정도의 대홍수가 있던 날 밤에 흉흉한 물길에 쫓겨 집을 나온 주민들은 한 번도 물이 닿지 않은 메이단의 꼭대기에 있는 집을 찾았다. 이때 집집마다 모두 문을 활짝 열어 이들을 반갑게 맞아주었다. 자연의 힘과 공통적인 불행의 짐은 터키인들과 기독교인, 유대인들을 한데 뭉치게 했다. 각 종교의 지도자들은 머리를 맞대고 사람들을 구하기 위하여 무엇을 할 것인지를 의논했다.

이런 분위기가 무너진 것은 1808년 세르비아가 혁명의회를 구성하고 오스만제국에 저항하면서부터다. 1813년 오스만제국은 20만의 병력을 동원하여 세르비아의 저항을 제압하였고, 1816년 부분적인 자율권을 부여하였다. 일련의 과정에서 세르비아 내 터키인들이 보스니아로 쫓겨났고 그들은 복수의 기회를 찾게 된 것이 시발점이다. 반란에 가담한 것으로 의심되는 세르비아인들은 드리나강의 다리 위에서 처형되었고, 연고가 없는 시체는 강물에 던졌다.

이렇게 드리나강의 다리 부근에 사는 사람들 사이에 생긴 갈등은 19세기를 기점으로 확산한 것이었고, 특히 오스트리아, 독일, 소련 등 유럽 국가들의 부추김이 커다란 역할을 했던 것으로 보인다. 오스만제국이 물러나면서 보스니아-헤르체고비나는 오스트리아에 합병된 반면 세르비아는 독립을 얻었고, 이 지역에 민족주의가 불꽃처럼 일기 시작했다. 1914년 사라예보에서 세르비아계 청년 가브릴로 프린치프가 오스트리아 황태자 프란츠 페르디난트 대공을 암살한 사건이 계기가 되어 제1차 세계대전이 발발하였다. 전쟁 중에 드리나강의 다리를 두고 오스트리아와 세르비아가 격돌하는 가운데 폭파되어 무너져 내린 것으로 이야기가 마무리된다.

스타리 모스트나 드리나강의 다리가 복구된 것처럼 오래전부터 이 지역에서 오순도순 살아온 다양한 민족들이 서로 돕고 사는 세상이 되었으면 좋겠다. (2024년 7월 18일)

두브로브니크(크로아티아)

아드리아해의 진주, 두브로브니크

윌리엄 셰익스피어 지음, 『십이야』(해누리, 2015년)

두브로브니크를 처음 찾은 것은 2015년이다. 오랫동안 기억의 한 장으로 갈무리되어 가을만 되면 푸른 아드리아해를 배경으로 옹기종기 모여 있는 빨간 지붕들을 떠올리곤 한다. 두브로브니크는 플리트비체와 더불어 발칸 여행의 꽃이다. 여행사들의 발칸 여행상품에서 빠지지 않는 여행지이다. 그런 연유로 2024년에 떠난 발칸 여행에서도 두브로브니크를 다시 찾아가게 되었다. 두 번을 찾아간 두브로브니크였지만 차로 1시간이나 떨어져 있는 네움에서 묵을 수밖에 없어 아쉬웠다. 비싼 숙박비를 아껴야 하는 여행사의 단체여행이니 어쩔 수 없다. 여기에서는 두 번의 두브로브니크 여행을 잘 엮어보려고 한다.

두브로브니크(Dubrovnik)는 참나무숲이라는 뜻의 두브라바(dubrava)에서 유래했다. 하지만 11세기 이전에는 절벽이라는 뜻의 라틴어 라우사

(Lausa)에서 유래한 라구사(Ragusa)라고 불렀다. 그리스 사람들이 와서 살았던 흔적이 발견되기도 했지만, 이곳이 커진 것은 7세기 무렵이다. 인근에 있는 로마 도시 에피다우룸에서 피난 온 사람들이 라베섬에 정착하여 라우스라고 불렀다. 이어서 발칸반도를 따라 내려온 크로아티아 사람들이 육지 쪽에 자리를 잡으면서 두브로브니크라고 불렀다.

2015년 여행에서는 두브로브니크를 돌아보기에 앞서 삭도차를 타고 인근에 있는 스르지 언덕에 올라 도시 전체를 조망했다. 2024년 여행에서는 선택 관광으로 진행되는 스르지 언덕에 오르는 대신 2015년 여행에서 놓쳤던 곳을 돌아보았다. 스르지 언덕 전망대에서 바라보면 멀리 펼쳐지는 아드리아해를 향해 튀어 나갈 듯한 두브로브니크 성의 기상이 느껴진다. 도시의 구획이 잘되어 있는 것은 1667년 4월 6일에 발생한 강력한 지진 때문이다. 지진으로 성벽을 제외한 시가지 전체가 피해를 본 것이다. 살아남은 사람들은 당시의 첨단 유행이던 바로크양식으로 도시를 다시 지었다. 하지만 도시에서 다양한 모습이 사라지고 획일적인 모습만 남은 것은 불행한 일이 아닐 수 없다.

두브로브니크 성의 구경은 필레 문에서 시작한다. 물론 쪽문은 있지만, 필레 문이 성으로 들어가는 유일한 공식 통로이다. 2024년의 여행에서 2015년의 여행과 달라진 점이 하나 있다. 단체여행객들은 차에 두고 성에 들어가기 때문에 별문제가 되지 않겠지만 자유 여행하는 사람에게는 큰 부담이 될 수도 있는 문제가 생겼다. 두브로브니크 시가 2023년부터 여행용 가방을 끌고 성안으로 들어가는 여행객에게 벌금을 물리기로 했다는 것이다.

필레 문을 지나면 바로 파스코야 밀리체비차 광장이다. 광장 오른편, 성 사비오르 교회 앞에 둥근 지붕 형태의 오노프리오 샘이 있어 만남의 장소가 되고 있다. 1438년 이곳에서 12km 떨어진 두브로박스카강에서 물을 끌어들여 두브로브니크에 수도시설을 만들면서 지은 것이다. 16면을 가진 샘에는 다양한 얼굴의 조각상이 붙어 있고, 조각상에 달아놓은 관에서는 언제나 맑은 물이 졸졸 흘러 이곳에 도착한 여행자의 갈증을 풀어준다.

오노프리오 샘에서 동쪽 끝에 있는 루자 광장을 향하여 똑바로 나 있는 도로가 스트라둔(Stradun, 베네치아의 속어로 '큰길'이라는 뜻)이다. 플라차(Placa, 길이라는 뜻의 Platea에서 유래함) 대로라고도 하는 이 길은 원래 육지와 라베 섬 사이에 좁은 해협이 있던 자리이다. 섬에 살던 로마 사람들과 육지 쪽에 살던 크로아티아 사람들은 서로를 의심하고 살았다. 하지만 대외교역이 늘면서 사회경제적으로 두 집단이 밀착되어감에 따라 해협을 메워 길을 만들었고, 1468년에 이르러 대리석으로 포장을 한 것이다.

길에 깔린 대리석 포장은 오랜 세월을 증명이라도 하듯 닳아서 반질반질하다. 얼음처럼 매끄럽고 밝게 빛나며 빛을 반사하고 있어 돌이 아니라 유리 같다. "발걸음 소리가 들리지 않고, 발걸음을 보는 세계 유일한 거리"라는 크로아티아 시인의 비유가 참 절묘하다. 재미있는 것은 스트라둔을 덮고 있는 대리석을 물고기의 뼈대 모양으로 깔았다는 것이다. 직육면체의 작은 대리석들을 도로의 반을 경계로 직각 방향으로 짜맞춘 것이다. 로마 민족과 크로아티아 민족이 서로 손을 잡아 힘을 합치자는 뜻이었을까?

성 사비오르 교회 옆으로 성 프란시스코 수도원이 이어진다. 두 건물 사이에 있는 좁은 골목을 따라가면 1938년에 세운 박물관이 있다. 박물관은 약국과 전시장으로 되어 있는데 옛날 예배드릴 때 사용되던 물건들과 예수상들을 전시하고 있고, 약국은 지금도 영업하고 있다. 1317년 문을 연 작은 형제 약국은 지금도 운영되는 약국 가운데 세계에서 세 번째로 오래된 곳이다. 이 특별한 약국은 수도사는 물론 일반대중도 이용할 수 있어, 수도원의 꾸준한 수입원이 되었을 것이다.

스트라둔을 따라 300여 m를 가면 루자 광장이 있다. 동쪽에는 종탑이 서 있고, 북쪽에는 스폰자 궁전이, 남쪽에는 성 블라이세 성당이 있다. 1715년에 바로크양식으로 건축되어 두브로브니크 성의 수호성인인 성 블라이세에게 헌정되었다. 정면의 가장 높은 곳에는 오른손에 두브로브니크 성을 들고 있는 성 블라이세의 조각상이 서 있다. 그가 들고 있는 두브로브니크 성 조각은 1667년의 지진 이전 모습을 묘사하고 있다는 점에서 매우 중요하다. 성 블라이세 성당은 두 차례의 두브로브니크 방문에서 모두 들어가 보지 못했다.

루자 광장에는 행사가 있을 때 깃발을 내거는 기둥이 서있다. 이 기둥에는 프랑스의 전설적인 기사 롤랑이 조각되어 있어 롤랑의 기둥이라고 부른다. 프랑스 샤를마뉴대제의 12 기사 중 수석 기사인 롤랑은 최고(最古)의 서사시 「롤랑의 노래」에서 주인공으로 등장하는 중세 유럽의 전설적인 기사다. 두브로브니크 사람들에게 롤랑의 기둥이 중요한 이유는 칼을 쥔 손에서 팔꿈치까지의 길이가 51.2cm로 이곳의 표준 길이 단위인 1엘에 해당하기 때문이다.

스트라둔의 왼쪽 끝에 있는 건물이 스폰자 궁전이다. 성안에 있는 건물 대부분이 무너진 1667년의 지진에서도 무사했다. 라구사 공화국 시절에는 세관과 보세창고로 이용되었다. 개별 보세창고의 저울이 걸려 있는 고실의 아치에 다음과 같은 구절이 새겨진 것을 보면, 그 시절에도 계량의 중요성이 강조되었던 것 같다. "FALLERE NOSTRA VETANT; ET FALLI PONDERA: MEQUE PONDERO CVM MERCES: PONDERAT IPSE DEVS (우리의 형법은 속이거나 속음을 당하는 것을 허용하지 않는다. 내가 상품을 계량할 때는 신께서도 함께하신다)" 2024년에 갔을 때는 스폰자 궁전에서 내전의 희생자와 관련된 자료를 전시하는 공간과 미술작품을 전시하는 행사를 볼 수 있었다.

성 블라이세 성당에서 왼쪽 길로 가면, 왼편으로 시청과 렉터 궁전이 이어진다. 2015년에는 시간이 없어 구경하지 못했던 렉터 궁전을 2024년에는 꼭 보기로 했다. 입장료가 20유로나 했지만 미리 작정한 일이라서 주저하지 않고 입장권을 구입했다. 렉터 궁전에는 종교화와 총독 가족들의 그림을 비롯하여 무기류와 감옥 등을 구경할 수 있었다. 특히 내전 당시의 사진들이 전시되어 있어 1991년부터 1999년까지 옛 유고슬라비아 연방의 영토에서 여러 차례에 걸쳐 일어난 유고슬라비아 전쟁의 끔찍한 상황을 어느 정도 실감할 수 있었다.

렉터 궁전을 지나면 대성당이다. 본래 이 자리에는 12~14세기경에 지은 로마네스크 양식의 대성당이 서 있었다. 수많은 조상(彫像)으로 장식되어 화려했던 바실리카양식의 성당은 1667년 대지진에 산산이 부서지고 말았다. 전설에 따르면 로마네스크 양식의 성당은 영국의 사자왕 리처드의 후원으로 지었다고 한다. 3차 십자군 전쟁에 참전했던 리처드왕은 1192년 영국으로 돌아가던 길에 아드리아해에서 폭풍을 만나 조난당했다. 다행히도 두브로브니크 성 앞에 있는 로크룸 섬에 좌초하여 목숨을 건질 수 있었다. 왕은 신의 은혜에 감사드리기 위하여 로크룸 섬에 커다란 교회를 짓고자 했는데, 약삭빠른 두브로브니크 지도자들의 설득에 넘어가 성안에 교회를 짓게 된 것이다. 사자왕과 두브로브니크의 인연은 뒷날 셰익스피어에게 전해져 희극『십이야』의 무대가 되었다. 이런 인연은 지금까지도 이어져 매년 여름에 열리는 두브로브니크 축제 기간에 두브로브니크 성 밖에 있는 로브리예나체 요새에서 『햄릿』이 공연된다. 요새의 분위기가『햄릿』을 표현하기에 아주 적합한 장소이기 때문이다.

두브로브니크 대성당은 아드리아해 연안에서 중요한 유물을 가장 많이 보유하고 있다. 도시의 수호성인 성 블라이세의 머리와 손발의 유골을 비롯하여 수많은 그림을 꼽을 수 있다. 그림 가운데는 13세기 화가 파도바니니가 그린 로마네스크-비잔틴양식『성모자』와 함께 티티아노가 1552년에 그린『성모승천』이 손꼽힌다. 대성당을 성모승천성당이라고 부르는 연유이기도 하다. 2015년에는 두브로브니크 성벽 위를 걷느라 시간이 없어 보지 못했던 대성당을 2024년에는 들어가 보았고, 인근에 있는 정교회도 구경했다.

성모승천 성당의 앞 광장에서 동쪽으로 나 있는 폰테 문을 나서면 옛 항구이다. 항구에는 유람선과 요트 등이 누군가를 기다리며 출발을 준비하고 있다. 두브로브니크의 내항 밖 왼쪽 해안가에는 세계 최초의 검역소가 있다. 라구사 공화국은 대외교역을 통하여 들어온 페르시아 의학에서 급성전염병을 통제할 수 있다고 생각하였다. 급성전염병은 환경이 불결해서 생기는 병이고 일정 기간 동안의 잠복기가 있다는 것을 알게 되었기 때문이다. 따라서 국외에서 들어오는 사람을 일정 기간 격리하고 감시하기 시작했다. 의료 보건 장관 제이콥이 도시의 성벽 밖에 환자들과 외부인들을 위한 거주/격리 시설을 따로 마련하고 환자를 돌볼 것을 제안했다. 1377년 시의회는 이들에 대한 30일간의 격리 조치를 골자로 한 '트렌티노(trentino)'라는 법령을 포고하여 지금 보는 검역소가 설치된 것이다.

성안을 돌아보았으니, 성벽을 거닐어 볼 차례다. 필레 문에서 성벽 위로 올라서 남쪽으로 향하면, 먼저 큰 오노프리오 샘이 있는 파스코야 밀리체비차 광장과 동쪽으로 뻗어나간 스트라둔이 한눈에 들어온다. 마침 오노프리오 샘 옆에서 누군가 카메라를 들어 나를 찍고 있다. 성벽위에서 포즈를 취하고 있는 내가 멋있어 보였나 보다. 조금 더 가면 성밖에 서 있는 로브리예나츠 요새는 '두브로브니크의 지브롤터'라고도한다. 해발 37m에 있는 요새에서는 땅에서 필레 문으로 접근하는 적을 감시할 수 있을 뿐 아니라 두브로브니크 성의 남쪽 바다를 한눈에 감시할 수 있으니 참으로 절묘한 장소가 아닐 수 없다. 요새로 들어가는 두개의 도개교 위에는 "자유는 세상의 모든 보물을 주어도 팔 수 없는 것이다(Non Bene Pro Toto Libertas Venditur Auro)"라고 적혀 있다. 두브로브니크 사람들은 자유의 소중함을 잘 알고 있었다.

가끔 만나는 작은 망루를 제외하고는 성벽 위에서 땡볕을 피할 곳이 없다. 그래도 남쪽으로 가면 파란 아드리아해를 바라보는 것만으로도 시원하다는 느낌이 든다. 아슬아슬한 절벽에 의지한 카페를 구경하면서 카페에 앉아 시원한 음료를 마시는 여유를 즐기는 편이 낫겠다 싶기도 하지만, 성벽을 걸어보지 않으면 두브로브니크를 본 것이 아니라고 하니 참았다. 2015년에는 돈을 내고 성벽 위를 걸었지만 2024년에는 성벽 걷기에 나서지 않은 것은 이미 겪어본 땡볕도 겁나고, 2015년보다 많이 오른 비용도 만만치 않았기 때문이다.

2015년에는 성벽 밖에 있는 부자 찻집에 가보지 못했지만 2024년에는 일부러 찾아갔다. 크로아티아를 우리나라에 부각시킨 여행편성예능 『꽃보다 누나』에서 강조했던 장소였기 때문이다. 부자 찻집이라고 하니 '돈 많은 부자들이 가는 찻집인가?' 싶지만, 사실 부자(buza)는 크로아티아 말로 '구멍'이라는 뜻이다. 왜 부자라는 이름을 붙였는지는 현장에 가보면 알 수 있다. 안타깝게도 2024년에 찾았을 때도 성수기가 아닌 탓인지 문을 닫고 있었다. 이곳에서 꼭 맛을 보아야 한다는 레몬 맥주는 구경도 못 했지만 그래도 흩어져 있는 의자에 앉아 아픈 다리를 쉬어가며 아드리아해의 푸른 바다를 수평선 끝까지 지켜보았다.

북쪽 끝에 있는 민체타 탑은 성곽의 요새 가운데 가장 크다. 네 면으로 된 민체타 탑은 오스만제국의 세력이 커지는 데 대한 불안감 때문에 조성된 것이다. 민체타 탑이 건설되면서 두브로브니크 성은 정복할 수 없는 도시의 상징이 되었다. 성벽의 전체 길이가 2km 남짓했으니 아무래도 성안에는 집들이 빼곡하게 들어찰 수밖에 없었을 것이다. 특히 민체타 탑에서 굽어보는 성안은 온통 붉은 지붕 일색이다. 간혹 무너진 건물의 벽만 서 있는 공터가 눈에 띈다. 1991년 10월 세르비아계가 장악한 유고 연방군과 몬테네그로 예비군이 두브로브니크를 포위하고 3개월간에 걸쳐 퍼부은 포격으로 입은 피해가 아직도 복구되지 못하고 있다.

유고슬라비아 전쟁 당시 세르비아계의 포격이 시작되자 유엔과 서구 세계는 세계의 집단건축 유산에 대한 공격이라며 즉각 대응하였다. 런던 데일리텔레그래프는 "로마로 진격하려는 야만인 무리처럼 연방군은 모든 규제를 벗어던졌다."라는 머리기사로 세르비아를 규탄했다. 세르비아가 두브로브니크를 탐낸 이유는 해안을 확보하여 내륙국 신세를 벗어나려는 데 있다고 했던 것은 역사적으로도 근거가 없는 주장이며, 단순히 테러와 반달리즘에 불과했던 것이라는 평가도 있다.

2015년에는 걸어서 성곽을 돌아본 다음에는 루자 광장에서 일행을 만나 유람선을 탔다. 유람선은 내항을 나서 성벽을 따라가다가 바다 쪽으로 뱃머리를 돌려 성 앞에 있는 로크룸 섬을 돌아오는 항로이다. 로크룸 섬에 내려, 섬 안을 둘러보는 유람선 관광도 있지만 우리는 섬을 한 바퀴 돌아 두브로브니크 성벽을 구경하는 일정을 잡았다. 로크룸 섬의 해안에는 모래사장은 없지만 알몸으로 수영하는 해변이 있다. 두브로브니크의 뜨거운 태양 아래 몸을 태워볼 생각이 있는 분이라면 선택해 볼 만도 하다. 스르지 산에서 바라보는 아드리아 바다는 너무 평온했던 것처럼 로크룸 섬을 도는 유람선도 쾌적했다. 전날 코르출라섬을 다녀오면서 만난 거센 바람과 폭우를 겪어보지 않았더라면, 이런 바다에서 사자왕이 난파선을 타고 표류를 했다는 이야기가 믿어지지 않았을 것이다.

두브로브니크 여행을 정리해 보면 한번 갔던 여행지를 다시 찾았을 때 느낄 수 있는 묘미를 깨닫게 되었다. 2015년에 놓쳤던 것들을 2024년 두 번째 찾아갔을 때 챙길 수 있었다. 성 사비오르 교회와 성 프란체스코 수도원 교회, 렉터 궁전, 성모승천성당, 정교회당 그리고 부자 찻집에 이르기까지… 특히 스르지 언덕에 올라가는 과정이 선택 관광으로 진행되었기 때문에 시간적 여유가 더 많았던 것 같다.

성모승천 교회에서 언급한 셰익스피어의 『십이야』는 필자가 대학 시절 잠시 활동했던 연극동아리가 공연했던 작품이다 보니 인연의 끈이 참으로 기묘하다는 생각이 든다. '십이야'는 크리스마스로부터 12일째인 1월 6일에 열리는 주현절 축제일의 전날 밤을 의미한다. 『십이야』는 1601년의 십이야에 엘리자베스 여왕이 이탈리아의 메디치 집안에서 파견된 오시노 공작을 위하여 마련한 잔치에서 여흥으로 공연하기 위하여 집필되었다고 전한다. 그래서 주인공이 오시노 공작이 되는 것이다. 무대는 사자왕의 난파 사건과 관련된 일리리아 지방, 즉 지금의 두브로브니크 지역이다.

『십이야』는 배가 난파하여 일리리아에 상륙한 쌍둥이 남매 비올라와 세베스티언을 중심으로 펼쳐지는 남녀 4각 관계를 그린 희극이다. 객지에서 살아남기 위하여 남장으로 하고 오시노 공작의 하인으로 들어간 비올라는 오시노 공작의 인품에 반하여 사랑에 빠진다. 하지만 오시노 공작은 아름다운 올리비아 아가씨에게 온통 마음이 쏠려있다. 정작 오시노 공작의 사랑을 전하는 전령으로 나선 비올라를 본 올리비아는 비올라에게 빠진다. 이렇듯 물고 물리는 삼각관계는 상황을 모르는 세베스티언의 등장으로 쉽게 해결된다. 세베스티언을 비올라로 착각한 올리비아가 사랑을 고백하고 세베스티언 역시 그녀의 청혼이 싫지 않았던 것이다. 음양(陰陽)이 조화를 이루지 못하고 꼬리를 물 듯 돌아가던 삼각관계가 세베스티언이 끼어들면서 분열되면서 음양이 안정되는 결과를 이룬 것이다. 셰익스피어가 음양의 조화를 알았을 리는 만무하겠지만, 굳이 설명을 하자면 그렇다.

오시노 공작의 사랑은 올리비아가 세베스티언과의 약혼을 발표하는 바람에 그만 닭 쫓던 개 지붕 쳐다보는 격이 되었다. 그 장면에서 비올라가 사실은 남장 여인이었다는 사실을 알게 된 오시노 공작이 그녀의 사랑을 받아들이는 것은 조금 묘하다. 인품 있는 공작의 사랑이 너무 가벼운 것 아닌가 싶어서이다. 그래도 극의 재미를 더하고 행복한 결말을 보기 위한 설정으로 한바탕의 웃음으로 마무리되면서 공작의 가벼운 사랑도 묻히는 것 같다. 억측일 수도 있지만, 세베스티언이 탔던 배의 선장 안토니오가 일리리아의 오시노 공작과 해전을 벌였다고 하는 것을 보면 비올라와 세베스티언은 베네치아나 제노바의 귀족이 아니었을까 싶다.

올리비아의 집사이자, 덜 떨어져 보이는 맬볼리오를 놀리는 줄거리가 주인공들의 사랑을 돋보이게 하려는 장치로 이해된다. 오르지 못할 나무는 없다고는 하지만, 주인과 짝을 이룰 수 있다고 생각한 집사가 제정신이었나 싶다. 그래서인지 주인공 네 사람보다 맬볼리오를 언급하는 작가들이 더 많은 듯하다. 이언 밀러 교수는 나이가 들어가면서 '복수'를 포기하는 것도 행운이라고 했다. 그는 『십이야』에서 맬볼리오가 고통스러워하며 끈질기게 고뇌하는 장면은 수많은 문학 중 가장 잔인한 복수극의 명장면으로 꼽았다. 맬볼리오의 참사는 올리비아의 시녀 마리아를 제대로 대접하지 않은 데 있다. 술에 취해 광대와 함께 노래를 부르는 올리비아의 숙부 토비 경과 친구 앤드류 경과 함께 어울리던 마리아를 보고, '마리아, 우리 아가씨의 총애를 생각해서라도 이 난폭한 사람들의 일에는 개입하지 말라고. 언젠가는 아가씨의 귀에 들어갈 테니까'라고 경고한 것이 화를 부른 것이다. 여자가 한을 품으면 오뉴월에도 서리가 내린다고 했는데, 맬볼리오는 여자를 잘 몰랐던가 보다. 아니 올리비아에 대한 짝사랑이 상황을 오판하게 만들었나?

세상의 걱정을 걱정하는 프랜시스 오고먼 교수 역시 마리아가 던져 놓은 한 통의 편지에 속아 웃음거리로 전락하게 된 것은 맬볼리오의 부주의함에 기인한다고 보았다. '즉 그는 가짜인 것이 너무나도 명백해 보이는 편지 한 통에 속아 넘어간 것이다. 사소한 오판에서, 즉 불확실한 증거에 대한 우발적인 해석에서 비롯한 서사는 곧 걱정이 작동하는 방식을 상기시킨다.'라고 하였다. 걱정거리는 스스로 만드는 경향이 있다는 점을 지적한다.

『십이야』에서 우리는 선남선녀의 사랑이 제자리를 찾아가는 과정과 그 사이에 끼어든 맬볼리오가 주는 터무니없는 헛물켜기를 통하여 흔쾌한 웃음과 씁쓸한 웃음을 같이 즐길 수 있다. (「건강을 가꾸는 사람들」, 2018년 1/2월호, 미게재문)

베네치아(이탈리아)

세상의 다른 곳(Mundus alter), 베네치아

시오노 나나미 지음, 『바다의 도시 이야기』(한길사, 2002년)

베네치아는 2015년 늦은 가을에 다녀온 발칸 여행의
마지막 여정이었다. 발칸으로 떠난 것은 스페인과 포르투갈을 여행한
뒤에 또 다른 이슬람 문명과 기독교 문명이 충돌한 현장을 보려고 고른
여행지였다. 하지만 아드리아해를 따라가는 여정에서 주로 만난 것은
로마제국과 베네치아 공화국이 남겨 놓은 흔적들이었다. 그래서인지
베네치아에서 여정을 마무리하는 것이 안성맞춤이란 생각이 들었다.

물의 도시, 낭만의 도시, 예술의 도시 등 베네치아를 꾸미는 형용사는
참 다양하다. 베네치아 이야기를 준비하면서 필자는 고심 끝에 철학자
이자 시인인 프란체스코 페트라르카의 '세상의 다른 곳(Mundus alter, 문두
스 알테르)'이라는 비유를 끌어왔다. 정말 베네치아는 세상에는 없는 독
특한 장소이기 때문이다. 베네치아는 문학과 예술 하는 사람들이 꿈에

그리는 도시이기도 하다.

 이탈리아 북부를 흐르는 포강과 피아베강은 베네치아만으로 흘러든다. 베네치아는 만 안쪽의 석호에 흩어져 있는 118개의 섬을 운하와 400여 개의 다리로 이어 조성한 도시이다. 6세기 무렵 아틸라가 이끄는 훈족에게 밀려난 롬바르드족이 쳐들어오자, 본토에 살던 사람들이 베네치아만의 습지에 숨어들기 시작했다. 인구가 늘어나자 아예 도시를 건설하기 시작했다. 섬이라고는 해도 썰물 때 물 위로 드러나는 갯벌에 불과한 지역에 일상생활이 가능한 도시를 건축해야 했다. 베네치아 사람들은 식민지였던 발칸지역에서 실어 온 길이 4m 정도의 통나무를 갯벌에 촘촘히 박아 넣고 그 위에 나무 기단을 얹은 다음에 다시 돌을 얹어 건물을 지었다. 그러니까 일종의 수상가옥인 셈이다. 산타 마리아 델라 살루테 교회를 짓기 위하여 들어간 나무말뚝이 무려 1,106,657개나 되었다고 하니 대단한 역사(役事)가 아닐 수 없다. 그래서 역사가 마린 사누도는 "인간의 의지가 아닌 신의 힘으로" 건설된 도시라고 했나 보다.

 그 베네치아를 보기 위하여 아침 일찍 숙소를 나섰다. 1933년 무솔리니가 건설했다는 자유의 다리를 건너 베네치아 공영주차장에 도착했다. 1846년에 철도가 먼저 개설되었으니 왠지 순서가 뒤바뀐 느낌이다. 차가 베네치아 본섬에 가까워지면 수면 아래 숨어 있던 도시가 물 위로 떠 오르는 느낌이 든다. 주차장에서 만난 현지 해설사의 안내로 본격적인 베네치아 탐험을 시작했다. 주차장 인근의 부두에서 배를 타고 산마르코광장으로 향했다. 배에서 바라보는 베네치아는 그대로 물 위에 떠 있는 도시였다. 일렁이는 파도 때문인지 아니면 떠오르는 아침 해

때문인지 초점이 맞지 않는 사진에는 몽환적인 도시의 느낌이 그대로 담긴다. "방문객들은 처음부터 베네치아를 한눈에 펼쳐진 일대 장관으로 경험한다. 그런 다음 발길이 닿지 않은 물길을 따라 마치 카메라 렌즈의 초점을 맞추듯, 곧바로 도시의 심장부에 다다른다."라고 페트리샤 포르티니 브라운이 『베네치아의 르네상스』에서 묘사한 그대로다.

우리가 처음 찾은 곳은 좁은 골목을 누비고 들어가 만난 작은 광장, 캄포다. 「4계」로 유명한 안토니오 비발디가 태어난 집과 1678년 비발디가 유아세례를 받았다는 산 죠반니 교회가 있는 광장이다. 축구장 반도 안 되는 광장은 사방에 들어선 건물들 때문에 답답한 느낌이 들었다. 다만 광장 복판에 서 있는 작은 나무 한 그루가 숨통을 틔워주는 듯했다. 이런 광장은 물이 귀한 베네치아에서 빗물을 모아 사용하는 치수 체계의 하나이다. 광장과 주변의 건물에 내리는 빗물을 광장 아래 있는 저수조에 모아 허드렛물로 사용한다.

광장을 나와 무지개다리를 몇 개 건너 두칼레궁으로 이동했다. 두칼레궁에 못 미쳐 피리지오니 누오베라 감옥을 만난다. 총독궁의 법원에서 유죄판결을 받은 죄수를 누오베라 감옥으로 이송할 때 이용했다는 탄식의 다리가 걸려 있다. 창문 너머로 바닷물이 찰랑거리는 소리를 들으면 심장이 쫄깃해졌을 것 같다. 그래서 다리를 건너는 죄수들이 탄식을 했대서 탄식의 다리라고 불렀다는데, 그런 사연을 아는지 모르는지 과일을 배달하는 곤돌라의 사공은 무심하게 노를 젓는다.

그런데 엄중한 누오베라 감옥에 갇힌 죄수들 가운데 유일하게 카사노바가 탈옥에 성공했다는 해설사의 설명이 있었다. 카사노바가 누오베라 감옥에 갇힌 이유와 탈옥한 방법에 대하여 이러저러한 소문이 무성하다고 했다. 그런데 카사노바 자신이 성공하기까지의 탈옥 과정을 『카사노바 나의 편력 2; 파리의 지붕 밑에서』에서 설명했다. 물론 과장해서 적어놓았을 수도 있겠지만 본인이 설명한 것이니 진실에 가장 가까운 것이 아닐까 싶다.

카사노바는 1755년 7월 26일 그를 감시하고 있던 베네치아 사법재판소에 체포되었다. 그가 체포된 이유는 밀정 마누치가 재판소에 제출한 보고서에 나와 있는데 혐의가 하나둘이 아니었다. "카사노바는 사회불안을 조성하는 위험인물로서, 친구들을 사취하고 젊은이들을 타락시키고 당국에 반항했으며, 브라가딘 씨와 그의 친구들 같은 훌륭한 귀족들을 파멸시킨 데 만족하지 않고 친구의 아들까지 불행에 빠트렸다"고 되어 있다. 또한 카사노바는 금서들-마술과 강신술에 관한 책들-을 가지고 있었다. 그러나 가장 중요한 죄목-카사노바 자신은 언급하고 있지 않지만-은 그가 프랑스 리옹에서 프리메이슨에 가입했다는 사실이었을 것이다.

카사노바에 의하면 누오베라 감옥은 보안이 형편없었던 것 같다. 카사노바는 간수 로렌초를 구워삶아 다른 방에 수감 되어 있는 죄수와 소통할 수 있었고, 탈옥하는 데 필요한 장비를 주고받을 수도 있었다. 카사노바가 누오베라를 탈옥하는 과정이 흥미진진할 뿐 아니라 베네치아의 수도원에서 생활하는 두 수녀와 애정행각도 재미가 있어 한 번 읽어 볼 만하다.

도제(Doge)라고 하는 베네치아 공화국의 국가원수가 거처한 총독궁은 813년 성 마르코 성당과 함께 건축되었지만 소실되었고, 현재의 건물은 1308년부터 1424년에 걸쳐 지은 고딕양식의 건물이다. 존 러스킨은 '두칼레 궁전에 대한 글은 내 생애 가장 중요한 산물 중의 하나이다'라고 할 만큼 중요한 의미를 부여했다. 영국의 문호 존 러스킨은 『베네치아의 돌』에서 베네치아 지역에 세워진 건물들을 건립 방식에 따라 비잔틴 시대, 고딕 시대, 그리고 르네상스 시대로 분류하고 설명했다. "토르첼로 교회는 심지어 황혼이 깊을 때조차도 조각품과 쪽매 세공들이 지극히 세밀한 부분까지도 자세히 드러난다. 슬픔에 잠긴 사람들에 의해 세워진 교회에 햇빛이 자유롭게 들어오도록 허용되었다는 것을 알고 나면 거기에는 더더욱 우리를 감동시키는 무엇인가가 있을 것이다." 라고 적은 것처럼, 러스킨은 건물의 모양만을 두고 논의한 것이 아니라 그 건물이 자연과 어떻게 조화를 이루는지까지도 살폈다.

2015년 베네치아를 찾았을 때, 필자는 산 마르코 성당의 내부를 구경할 짬을 내지 못했지만, 2018년 큰아이와 함께 이탈리아를 여행하면서 다시 찾아갔을 때는 자유시간을 잘 이용해서 산 마르코 성당의 내부는 물론 성당 옆에 서 있는 산 마르코 종탑에도 올라가 볼 수 있었다. 바다 위에 떠 있는 도시 베네치아를 한눈에 내려다볼 수 있었다. 벽해를 상전으로 바꾸어놓은 베네치아 사람들의 기적에 소름이 돋는다. 다음에 베네치아를 다시 찾을 기회가 있다면 두칼레궁에 들어가 볼 생각이다.

두 번의 베네치아 방문에서는 산 마르코 광장 안에서만 여기저기를 기웃거리고 말았다. 베네치아의 골목길은 미로와 같아서 길을 잃기 쉽다는 이야기를 듣고는 행여 일행을 놓칠까 봐 시도조차 해보지 못했다.

다음번에는 베네치아의 골목길에도 들어가 볼 생각이다. 이 책의 저자 시오노 나나미가 『주홍빛 베네치아』에서 길을 잃지 않는 중요한 방법을 가르쳐 주었기 때문이다. "확실히 베네치아 시가지는 운하도 골목도 미로 형태를 취하고 있었다. 하지만, 베네치아 사람들에게는 미로가 아니다. (…) 베네치아인은 이 미로를 미로가 아니게 하는 방법을 알고 있었다. (…) 다른 사람이 걸어가는 방향을 따라 걸어가면 되기 때문이다"라고.

어떻든 두칼레궁 바로 옆에 있는 산 마르코 성당은 대표적인 비잔틴 양식의 건물이다. 러스킨은 "열주들 사이에 숭고한 빛이 떨어지고 그 중앙으로 천천히 나아갈 때 산 마르코의 거대한 탑은 가지각색의 돌바닥으로부터 스스로 몸을 일으키는 듯하다."라고 적었는데, 아마도 성당 앞으로 열린 널따란 광장 때문에 생긴 느낌이었을 것이다. 산 마르코 성당의 백미는 내부와 외부를 장식하고 있는 쪽매 세공이다. 황금과 청동, 유리를 비롯한 값비싼 광석을 이용하여 약 8,000m²에 달하는 공간을 고딕양식과 비잔틴양식으로 장식한 쪽매 세공은 예수의 삶에 관한 내용을 담았다. 산 마르코 성당에서는 이스탄불에 있어야 할 유물도 있다. 1204년 베네치아의 도제 엔리코 단돌로가 제4차 십자군을 이끌고 비잔틴 제국의 수도 콘스탄티노폴리스에 쳐들어가 약탈해 온 것들이다. 그 대표적인 유물이 산 마르코 성당의 정면 노대에 올려놓은 '콰드리가'라는 이름의 청동제 말 조각상이다. 원래는 그리스의 히오스 섬에 있던 것을 동로마 제국의 테오도시우스 2세 황제가 콘스탄티노폴리스에 있던 전차경기장 히포드럼으로 옮긴 것을 가져왔다. 1797년 나폴레옹군이 베네치아를 함락했을 때는 파리로 옮겨졌다가 1815년에 제자리로 돌아올 수 있었으니, 운명이 기구하다. 무슬림에게 점령된 예루살렘에서 핍박받는 기독교인을 보호하기 위하여 출정해야 할 십자군이 기독교 국가인 비잔틴 제국을 공격했으니, 누구를 위한 십자군이었는지 의문이 아닐 수 없다.

광장 주변을 잠시 구경하고서 그 유명한 곤돌라를 타러 갔다. 광장의 남쪽 열주 안에는 플로리안, 그리고 북쪽 열주 안에는 콰드리라는 유명한 찻집이 있다. 광장 쪽으로 늘어놓은 테이블에 앉아 악단이 연주하는 음악을 들으면서 커피를 즐겨보는 것도 좋다. 베네치아의 속살을 보는 두 가지 방법이 있다. 다리를 건너 좁은 골목들을 누비거나, 곤돌라를 타고 좁은 수로를 따라 가면서 그들이 사는 모습을 보는 방법이 있다. 아마도 베네치아의 속살을 보는 시각이 다를 수 있으니 두 가지를 모두 해보는 것이 좋겠다. 성 마가의 사자가 앉아 있는 원주 가까이 있는 선착장에서 곤돌라를 탔다. 곤돌라를 모는 뱃사공을 곤돌리에라고 한다.

쫙 빠진 몸매의 곤돌리에가 날아갈 듯한 자세로 곤돌라를 몰면서 멋들어진 목소리로 『오 솔레 미오』를 뽑는 모습을 영화에서 본 적이 있다. 1898년에 조반니 카푸로가 노랫말을 짓고 에두아르도 디 카푸아가 작곡한 이 노래는 자연의 아름다움과 애인을 찬양하는 나폴리의 대표 가곡이다. 베네치아의 곤돌리에가 나폴리를 찬양하는 『오 솔레 미오』를 열창하는 모습이 왠지 어색해 보였다. 베네치아의 수로를 오가는 곤돌라를 보니 뚱뚱한 몸매에 배가 가라앉지나 않을까 걱정이 되는 곤돌리에도 있다.

곤돌라 두 대가 비껴갈 수 없을 것만 같은 좁은 수로를 따라가다 보면 번듯한 호텔이 등장하는가 하면, 건물 안에서 내다보는 사람과 눈길이 마주치기도 한다. 공간이 없을 것 같은 건물 사이의 좁은 골목에서 관광객이 '깍꿍'하고 고개를 내밀기도 한다. 그런가 하면 다리 위를 지나던 관광객들이 우리에게 손짓을 하기도 한다. 가끔은 너무 낡아서 사람이 살지 않은 듯한 집도 있는데, 그런 집들은 수로의 물길이 출입문을 위협하는 듯 보였다. 마르셀 프루스트의 『잃어버린 시간을 찾아서』에 이런 대목이 있다. "나의 곤돌라는 소운하를 가고 있었다. 저 동방 도시의 미로를 안내하는 마신의 손처럼, 내가 나아감에 따라서, 멋대로 그은 가느다란 항적으로, 무어풍의 작은 창문이 난, 줄지은 높다란 집들을 양쪽으로 밀어붙이면서, 그 구역 한가운데에 길을 트고 나아가는 듯한 느낌이었다."

베네치아에서의 마지막 일정은 전세 낸 동력선을 타고 그랑 카날을 따라가는 것이다. 그랑 카날 초입의 왼편에는 1630년 흑사병이 들어와 많은 희생자를 냈을 때 건설한 산타 마리아 델라 살루테 성당이 있고, 건너편에는 헤밍웨이가 머물면서 『강 건너 숲속으로』를 집필했다는 그리티 팰리스 호텔이 있다. 그랑 카날을 따라가다 보면 베네치아의 귀족들이 살던 궁전들이 이어지고, 1638년에 세계 최초로 문을 열었다는 카지노도 있다. '집'을 의미하는 이탈리아어 카사(casa)에 '작다'라는 의미의 어미 이노(ino)를 결합한 것이다. 우리나라의 정선에 있는 카지노에서는 일확천금을 노리다가 폐족이 되는 사람들이 적지 않다는데, 카지노는 원래 르네상스 시대 이탈리아 귀족들의 사교용 별관이었다.

어느새 배는 산타 루치아 역까지 갔다가 처음 차에서 내렸던 장소로 돌아갔다. 그랑 카날을 따라 서있는 수많은 건물에 얽힌 이야기들을 현지 해설사에게 들으면서 사진을 찍었지만, 기억이 가물거린다. 그래서 현지 해설사는 가슴으로 베네치아를 느껴보라고 했나 보다. 그만큼 베네치아는 볼 것도 많았고, 생각할 것도 많다. 베네치아에 가는 길이라면 시오노 나나미의 『바다의 도시 이야기』를 들고 가기를 권한다. 베네치아 공화국이 터를 잡을 때부터 공식적으로 멸망할 때까지의 역사를 요약하고 있기 때문이다. 물론 이전부터 베네치아에 사람이 살고 있었지만, 베네치아 공화국은 공식적으로만 따져도 초대 국가원수를 선출한 697년부터 나폴레옹의 프랑스군에 항복한 1797년까지 무려 1100년을 이었던 최장수 도시국가이다. 물론 애매한 점은 있지만 기원전 8세기 혹은 9세기 무렵 시작하여 서기 476년에 멸망한 로마제국을 최장수 국가로 꼽을 수 있겠다. 그리고 베네치아 공화국과 견줄 만한 나라로는 395년~1453년까지 1088년을 이은 비잔틴 제국이 있다. 그리고 기원전 57년~935년까지 992년을 이은 신라(新羅)가 그다음이 된다.

천년의 역사를 정리한다는 것은 결코 쉽지 않은 일이다. 그리고 역사책은 대개 지배자와 주요 인물을 중심으로 한 사건 사고를 나열하는 경우가 많아 금세 읽기를 포기하게 된다. 『바다의 도시 이야기』는 무려 1101쪽에 달하는 만만치 않은 분량에도 불구하고 책을 손에서 놓기가 싫을 정도로 빠져들게 만드는 무엇이 있다. 역사를 전공하지 않은 작가 시오노 나나미의 『바다의 도시 이야기』는 역사를 다룬 교양서와 소설의 사이에 어디 쯤에 위치한다. 또한 그녀에 대한 평가가 엇갈리는 점도 고려해야 한다. 이야기의 완성도를 높이기 위해 사료를 취사선택하였다거나, 사료가 없는 부분은 작가적 상상으로 채웠기 때문에 책을 읽는 사람으로 하여금 역사적 사실을 혼동할 수 있다는 비판이 있다. 그럼에도 불구하고 학술적인 면이 강조되어 흥미를 떨어뜨리는 역사서와는 달리 역사적 사실들을 기억하고 또 역사의 흐름을 전체적으로 파악하는 데 상당한 도움을 얻을 수 있다. 적어도 역사적 사건에 대한 왜곡은 없으며, 지나치게 자세하지도 않고 생략되지도 않은 적절한 상황 묘사가 바로 그녀의 작품만이 가지는 힘이다.

『바다의 도시 이야기』에는 베네치아의 탄생으로부터 동방과 서유럽을 연결하는 지중해 무역을 장악하면서 전성기를 누리던 베네치아의 모습, 그리고 시대적 변화의 흐름을 놓치고 몰락해 가는 베네치아의 모습과 나폴레옹이 이끄는 프랑스군의 침략에 굴복하기까지의 과정을 모두 열다섯 개의 주제로 설명한다. 정치, 경제, 군사, 외교, 사회, 상업, 문화예술, 여성문제에 이르기까지 책읽는 이의 흥미를 끌어낼 만한 주제들이다.

그저 섬이 아니라 바다에 떠 있는 도시였기 때문에 베네치아 사람들은 기본적으로 바다와 친숙할 수밖에 없었다. 그래서 배를 만들고 배를 부리는 기술이 발전하게 되었고 바다를 장악할 수 있었다. 전통적으로 베네치아의 도제는 그리스도 승천일에 열리는 베네치아의 축제에서 개막을 선포한다. 이날 도제는 리도 항구로 나가 준비한 금반지를 바다에 떨어뜨리면서 "너와 결혼한다. 바다여. 영원히 내 것이어라" 하고 말할 정도로 베네치아에 바다는 절대적이었다.

마침 로마제국이 멸망한 뒤 지중해를 장악한 비잔틴 제국은 동방의 페르시아와 맞서고 있었기 때문에 서쪽 바다를 대신해서 지켜줄 세력이 필요했다. 베네치아는 피사, 제노바 등 당시 지중해를 누비던 이탈리아의 해양 국가들을 제치고 비잔틴 제국의 선택을 받았다. 결과적으로 베네치아는 비잔틴 제국에 속하면서도 자주성을 인정받았으며, 제국의 영내에서 자유롭게 상업활동을 할 수 있도록 하는 조약을 맺은 것이다.

베네치아 해군이 지중해를 장악하는 데 경쟁 관계에 있던 피사 출신 갈릴레오 갈릴레이의 공헌이 있었다. 1609년 당시 갈릴레이는 베네치아가 지배하던 파도바대학에 근무하고 있었다. 스파이글라스(망원경)를 입수하게 된 그는 성능을 개선하여 여덟 배 배율의 망원경을 제작하여 베네치아 총독에게 보였고, 그해 말 스무 배 배율의 망원경을 만들어냈다. 망원경을 사용하면 바다에서 맨눈으로 보는 것에 비하여 몇 시간 전에 배를 발견할 수 있었으니, 베네치아 해군에는 막강한 전력에 금상첨화가 아닐 수 없었다. 베네치아는 경쟁 국가보다 상업활동에서 우위를 차지하면서 강력한 힘을 구축하는 계기를 얻었다.

인구 10만 내외의 베네치아는 지중해의 여왕이라는 자리를 지키기 위하여 때로는 전쟁도 불사하였을 뿐 아니라, 같은 기독교 국가의 비난을 무릅쓰면서까지 오스만제국과의 협정을 맺는 등 치밀한 외교전을 전개하였다. 이런 노력에도 불구하고 오스만제국과 에스파냐왕국의 사이에서 위태로운 줄타기를 하던 베네치아 공화국은 동방으로 가는 신항로가 완성되면서 그동안 장악해 온 지중해 무역이 위축되는 것에는 어떻게 해볼 도리가 없었다. 천년을 이어가는 동안 숱한 존립의 위기에서도 오뚝이처럼 다시 일어났던 베네치아도 근세 유럽 사회의 격랑을 피할 수는 없었다. 그나마 나폴레옹에 대한 저항을 포기함에 따라 도시가 파괴되지 않고 남아서 지금도 그 옛날의 베네치아를 볼 수 있는 것이 참 다행이다.

다시 생각해 보면, 배를 타고 베네치아에 들어가면서, 베네치아의 골목을 걸으면서, 곤돌라를 타고 소운하를 지나면서, 그리고 산 마르코 광장을 바라보면서, 순간순간 분위기가 바뀌는 듯한 느낌이 들었다. "이 피조물은 아주 섬세한 여자같이 수시로 변한다. 모든 시각으로 그 아름다움을 인지할 때라야 비로소 확실히 알게 되는 여자같이. 그녀는 기분이 좋거나 때론 우울하다. 그녀는 날씨나 시간에 따라 창백하거나 빨갛거나 회색빛이거나 장밋빛이거나, 차갑거나 따듯하거나 신선하거나 무미건조하다. 그녀는 항상 재미있고 거의 항상 슬프다. 그러나 수천 가지 우아한 기교를 부릴 줄 알며, 늘 행복을 가져다주는 놀라운 일들에 탁월하다."라면서 베네치아를 여인에 비유한 헨리 제임스가 옳았다는 생각이 든다.

처음 베네치아를 찾았을 때는 불과 한나절에 베네치아 돌아보기를 마쳤으니 무엇 하나 제대로 느껴보지 못한 느낌이 남았었다. 다행히 두 번째 방문에서는 첫 번째 방문에서 놓쳤던 점들을 보충할 수 있었지만, 여전히 아쉬움이 많이 남았다. 다음에는 여행사 상품이 아니라 자유여행으로 베네치아를 방문해야 하겠다. 역시 베네치아에서 머물면서 해가 뜰 때와 해가 질 때의 모습, 기회가 된다면 안개 긴 베네치아, 비가 내리는 베네치아를 경험해 보면 참 좋겠다는 생각이다. (「건강을 가꾸는 사람들」, 2017년 1/2월호)

죽음의 수용소에서, 오시비엥침

프리모 레비 지음, 『이것이 인간인가?』(돌베개, 2007년), 『휴전』(돌베개, 2010년)

2016년 8월 말 우여곡절 끝에 동유럽을 여행했다. 여름휴가 때 가려고 예약한 동유럽 여행상품이 모객이 되지 않았다며 취소되었던 것이다. 출발을 20여 일 뒤로 미루어 일정을 새로 잡았지만, 그마저도 취소되었다. 대체상품을 추천받았지만, 꼭 가보고 싶었던 폴란드가 빠져 있었다. 다행히 다른 여행사에서 거의 비슷한 일정으로 떠나는 상품을 발견할 수 있었다. 동유럽 여행상품 가운데 폴란드가 빠지는 경우도 꽤 있는 듯했다. 아우슈비츠 수용소에서 나치가 저지른 처절한 학살의 잔재를 보는 것을 힘들어하는 사람들이 꽤 있다는 것이다. 하지만 아우슈비츠 수용소처럼 중요한 역사의 현장은 꼭 가보아야 한다는 것이 아내와 나의 생각이다.

비행기가 도착한 체코 프라하에서 시작한 동유럽 여행의 첫 여정은 폴란드의 오시비엥침인데 생소한 이름이다. 폴란드어로 오시비엥침이라고 하는 이곳이 독일어로는 우리에게 익숙한 아우슈비츠이다. 제2차세계대전 당시 나치가 강제수용소를 세워 유대인 등을 학살하고, 심지어는 인체실험을 자행한 곳이다. 해 질 무렵 도착한 프라하공항을 떠난 우리 일행은 밤늦게 체코의 브루노에 도착하여 하룻밤을 쉬었다. 다음 날 아침 브루노를 출발하여 오시비엥침에 도착하니 점심때가 다 되었다. 식당으로 향하던 차가 신호대기로 선 장소가 마침 작은 성당이다. 멀지 않은 곳에 있는 수용소에서 수많은 유대인이 죽어가는 동안에 이곳 마을 사람들이 성당에 모여 구원을 기도하는 장면이 아무래도 머릿속에 그려지지 않는다.

오시비엥침 국립박물관은 아우슈비츠 제1수용소가 있던 곳이다. 나치독일은 폴란드왕국의 수도였던 크라쿠프에서 37마일 떨어진 오시비엥침 지역에 모두 3개의 수용소를 운영하였다. 제1수용소는 1940년 5월에, 제2수용소(아우슈비츠-비르케나우)는 1942년 초에, 그리고 제3수용소(아우슈비츠-모노비츠)는 1942년 10월에 세웠다. 제1수용소는 원래 폴란드 육군병영이었다. 나치가 폴란드를 점령한 뒤 폴란드 국민의 반발을 통제하기 위하여 가톨릭 신부 등 폴란드의 사회지도층 인사를 검거하여 이곳에 수용했다. 러시아군 포로들을 수용하면서 이들의 노동력으로 제2수용소를 건립하고 유대인을 수용하기 시작했다. 조직적으로 유대인의 자산을 몰수하려는 치밀한 계획에 따른 것이다. 전쟁 말기에는 군수물자 생산에 필요한 인력을 충원할 필요에 따라 제3수용소를 건립하게 되었다.

제2차 세계대전 종전이 임박하면서 러시아군은 예상보다 빠르게 폴란드로 진주해 들어왔다. 그 바람에 나치는 전대미문의 학살 현장의 증거를 완벽하게 없앨 수 없었다. 규모가 컸던 제2수용소는 나무로 건설되었기 때문에 상당 부분이 불에 타 사라졌지만, 특히 제1수용소는 벽돌로 지어진 건물이라서 대부분 남았다. 1947년 7월2일 폴란드 하원이 '수용소 부지, 시설 영구 보전에 관한 법령'을 통과시킴에 따라 '오시비엥침-브제진카 국립박물관'이 개관하게 되었다. 1999년에는 박물관의 명칭이 현재의 '오시비엥침 소재 아우슈비츠-비르케나우 국립박물관'으로 변경되었다. 박물관의 성격과 역할에 대하여 지금까지도 많은 논란이 이어지고 있지만, 수용소 터와 관련 시설을 보전하고 아우슈비츠에서 자행된 독일 전쟁범죄 관련 증거를 수집하여 학술연구를 진행하며 관련 자료를 공개하고 있다.

입장에 앞서 이곳을 유지하는 데 반감이 있는 무리의 공격을 막기 위해 운용하는 철저한 보안 검색을 통과해야만 했다. 검색을 마친 일행은 '적절하지 않은 모습으로 사진을 찍는다거나 담배를 피우는 일은 없도록 하라'라는 관람 시 주의 사항을 들었다. 한 줄기 연기로 사라진 사람들을 추모하는 공간이라는 점을 마음에 새기라는 뜻이리라. 구름 한 점 없는 하늘이 너무 파랗다. 한줄기 스산한 바람에 떨어지는 낙엽마저 없었다면 이곳이 그토록 끔찍한 범죄의 현장이라는 생각이 들지 않을 것 같다.

오시비엥침 제1수용소에 만든 국립 오시비엥침 박물관의 입구에 걸린 '노동이 자유롭게 하리라(ARBEIT MACHT FREE)'라는 선전 문구가 가

증스럽다는 생각이 들었다. 당시 이 장소에서는 수용소에 도착하는 유대인들을 환영한다는 뜻에서 재소자들로 구성된 악단이 나와 연주를 했다. 수용소를 구경하기 위하여 그 정문에 들어서는데 그 옛날의 재소자악단이 연주하는 환청이 들리는 것 같다. 수용소로 들어가 늘어선 붉은 벽돌 건물들 사이에 서면, 마치 시간이 멈춘 듯 익숙한 풍경이다. 재소자들의 막사에 들어가면 입구에 "역사를 기억하지 못한 자, 그 역사를 다시 살게 될 것이다."라는 스페인 출신의 미국 철학자 조지 산타야나의 말이 적혀 있다. 안에는 나치가 아우슈비츠 수용소를 어떻게 운영하였는지 관련 사진 자료와 증빙 물품들이 전시되어 있다. 자료를 보면 수용소 가까이 선 열차에서 내린 사람들에 대한 입소 절차가 시작된다. 건강 상태 등에 따라서 노동할 수 있는 사람과 그렇지 못한 사람으로 구분하여 노동력이 없는 사람은 가스실로 보내 처형하도록 했다. 어떤 줄에 섰는가에 운명이 갈라질 수 있었다.

윌리엄 이안 밀러는 포로수용소에서 줄을 선택할 때 올바른 위치에 서는 것이자 위기일발의 상황에서 기적적으로 벗어나는 것을 구사일생이라 했다. 하지만 줄을 제대로 섰다 해도 겨우 3개월 정도를 더 사는 것에 불과했다면 별다른 의미가 없어 보인다. 일단 가스실을 피한 사람들은 인근 슐레지엔의 광산이나 제철소, 군수품공장 혹은 농장 등에서 중노동을 견뎌야 했기 때문이다. 최초의 선별에서 살아남는다고 해도 평균 생존 기간이 불과 3개월이었다고 하니 살아도 산 것이 아니었을 것이다. 빵 한 덩이에 썩어가는 재료로 만든 스프 한 그릇 그리고 버터로 구성된 식사는 하루 1500칼로리에 불과했다.

2층으로 올라가는 계단의 턱이 닳고 닳아서 대리석의 속살이 드러나 있다. 위층에는 재소자들이 가져온 식기류, 안경, 신발 등이 방마다 산더미처럼 쌓여있고, 특히 사진 촬영을 금한다는 방에는 희생자들의 머리카락이 다발로 쌓여있다. 무려 2톤이나 된다. 이들의 머리카락으로 카펫을 만들었다는 것이다. 어느 방에는 그들이 가지고 온 가방 등 짐이 쌓여있다. 유대인들이 들고 온 물품들을 재분류하는 곳에는 주로 여성들이 근무하였다. 재소자 여성 모두가 선망하는 근무처였으나 성적 유린이 일상적이었다고 한다. 그런가 하면 24호 동은 수용된 여성들로 운영되던 위안소였다. 나치는 부유한 유대인들의 재산을 조직적으로 강탈하기 위하여 거주지역 부근에 만든 게토에 우선 수용했다가, 새로운 거주지로 이사를 한다는 명분을 내세워 강제수용소로 이송했다. 그래야 귀중품을 처분하지 않고 수용소로 향할 것이라는 사실을 꿰뚫어 본 것이다. 게토에서 무슨 일이 있었는지는 폴란드의 피아니스트 블라디슬라브 스필만의 책 『피아니스트』에 잘 묘사되어 있다.

참고로 게토(Ghetto)라는 용어는 베네치아 유대인들이 1516년 카나레조 지구에 있는 게토라는 작은 섬으로 이주했을 때 처음 사용되었다. 베네치아 말로 '유리 주조소'를 의미하는 게토는, 화재 위험을 줄이고자 무라노섬으로 유리 주조소를 옮기기 전까지 유리 주조 장인들이 모여 살던 마을이었다.

다시 오시비엥침으로 돌아와서 어느 방에는 가스실의 모형과 희생자를 처형할 때 사용했던 사이클론 B가 전시되어 있다. 사이클론 B는 시안화수소(청산가스)를 안정제 등과 함께 규조토에 흡수시킨 것으로 살충

제로 사용되던 것이다. 그런데 여기에서는 사람을 죽이는 독약으로 사용한 것이다. 사람의 목숨이 파리 목숨과 다를 것이 없다는 것이었을까? 깡통에 쓰여 있는 Giftgas라는 단어가 희화적이다. 영어로 읽으면 선물이라는 의미로 읽히지만, 독일어로 독가스라는 뜻이기 때문이다. 사실은 유대인을 가스실에서 처형한 것은 주로 제2수용소에서 이루어졌다. 박물관을 만들면서 이 지역에서 일어난 일을 모아서 전시하려다 보니 이곳에도 모형을 만들게 되었다. 5년 동안 아우슈비츠에서 죽어간 사람들은 모두 130만 명에 달했는데 그 가운데 유대인이 100만 명이었다.

이곳에서 본 가장 마음이 아팠던 전시물은 아이들을 대상으로 인체실험을 했다는 사실이다. 인체실험은 주로 제1수용소에서 이루어졌다. 특히 맹겔레는 쌍둥이실험에 홀려 어린이들을 대상으로 한 인체실험을 했다. '유전적으로 병들고 가치 없는 사람들의 재생산 제한을 목표로 한 사회적 위생 실천'을 주장한 독일 우생학의 거장 페르슈어 박사의 가르침을 받은 맹겔레는 쌍둥이의 비밀을 밝혀 독일이 세계를 지배하는 데 기여하려고 했다. 그는 집시, 쌍둥이, 난쟁이 등등에 대한 모든 것을 기록했고, 나중에는 어린이들을 해부해서 장기를 분석도 했지만, 별 성과는 없었다. 이렇듯 끔찍한 짓을 저지른 맹겔레는 종전 후 수용소에서 탈출하여 고향으로 돌아갔다. 고향에서 잘 지내다가 전범으로 체포될 우려가 높아지자, 남미로 달아나 그곳에서 죽었다. 의사의 본분을 잊고 아우슈비츠에서 인체실험을 주도하는 죽음의 의사로 활동한 사람들에 관한 이야기는 미셸 시메스의 『나쁜 의사들』에서 읽어볼 수 있다. 그들의 연구를 통하여 인류의 건강을 위하여 공헌할 무엇을 찾아냈는지 몰라도 나치 의사들은 '의학계의 수치'이다.

막사를 지나다 보면 막사 벽에 동판이 붙어 있다. 폴란드인 막시밀리안 마리아 콜베 신부를 기념하는 것이다. 수용소에서 탈출한 사람이 발생하면 수용소 당국은 그 대신 한 사람을 아사방(餓死房)에 가두었다. 그런데 아사방에 갇히게 된 어떤 폴란드군 중위가 가족, 특히 딸을 보고 싶다면서 버티고 있다는 사실을 알게 된 콜베 신부가 자진해서 아사방에 들어갔다고 한다. 콜베 신부는 같이 갇혀있는 수용자들을 격려하면서 견디도록 힘을 주었고, 이 소식이 알려지자 온 수용소 사람들이 신부를 위해 기도하는 등 수용소의 중심인물로 떠오르게 되었다. 결국 수용소 당국은 콜베 신부를 독살하고 말았다.

수용소 밖과의 경계선에는 330V의 고압 전류가 흐르는 울타리를 이중으로 쳐 놓았다. 막사들 사이에는 곳곳에 있는 감시탑과 철조망의 높이로 보아 탈주가 쉽지 않았겠다. 오히려 모진 삶을 끊으려는 사람들을 유혹하는 곳이 아니었을까? 그도 아니라면 이곳에 갇힌 그들은 무슨 희망이 있어 죽어가는 순간까지 버텼을까? 어쩌면 "어려운 일을 당했다고 힘을 내지 않으면 너는 힘을 잃고 만다. (잠언 24:10)"라는 성경 말씀에서 힘을 얻었는지도 모른다.

소각로는 수용소 밖에 있었다. 전기 철조망을 벗어나 소각로 건물에 들어서면 벽에 손톱으로 긁은 자국을 재현해 놓았다. 아마도 가스실에서 죽어가는 사람들이 벽을 긁었다는 사실을 전하려는 의도로 보였다. 이곳에 들어오는 사람 가운데 살아서 나간 사람이라고는 시체처리반밖에 없었을 터이니 말이다. 죽은 사람을 태우는 소각로를 바라보는 마음이 착잡하다. 일행들 모두 굳은 표정이고 무거운 발걸음을 겨우 옮긴다. 소각로를 끝으로 참관을 마치고 아우슈비츠를 떠났다. 마음은 무겁지만 그래도 찾아오기를 참 잘했다.

오시비엥침에 있는 죽음의 수용소에서의 처절한 삶을 증언한 많은 책 가운데 이 글을 쓸 무렵에 읽어 기억에도 생생한 프리모 레비의 『이것이 인간인가?』와 『휴전』을 생각해 보았다. 제2차 세계대전이 끝날 무렵 시민 저항군으로 활동을 하다 체포된 유대인 화학자 프리모 레비가 아우슈비츠 제3수용소에 갇혔다가 살아남아 고향으로 돌아오기까지의 과정을 기록한 것이다. 『이것이 인간인가?』가 부나-모노비츠의 노동수용소에서 종전에 이르기까지 어떻게 살아남을 수 있었는가를 기록한 것이라고 하면, 그 속편 격인 『휴전』은 부나-모노비츠에서 고향으로 돌아오기까지의 지난한 과정을 담았다. 호메로스의 작품으로 치면, 『이것이 인간인가?』는 『일리아스』라 할 것이며, 『휴전』은 『오디세이아』에 해당한다.

프리모 레비는 『이것이 인간인가?』의 서문에서 "우리 이야기를 '다른 사람들'에게 들려주고 '다른' 사람들을 거기에 참여시키고자 하는 욕구가 우리를 사로잡았다. 그것은 우리가 자유의 몸이 되기 전부터, 그리고 그 후까지도 우리들 사이에서 다른 기본적인 욕구들과 경합을 벌일 정도로 즉각적이고 강렬한 충동의 성격을 지니게 되었다. 이 책은 이러한 욕구를 충족시키기 위해 쓰였다. 그러니까 무엇보다 먼저 내적 해방을 위해 쓰인 것이다."라고 집필 동기를 설명한다. 그러니까 레비는 수용소에 들어갔을 때부터 일상을 꼼꼼하게 기록했던 모양이다. 살아남는다는 보장도 없는데도 말이다. 프리모 레비처럼 죽음의 수용소에서 살아남았고, 또 그 기록을 잃어버리지 않은 행운을 얻은 사람들은 살아남지 못한 사람들을 위하여 자신들이 무슨 일을 겪었는지 알려야 한다는 의무감 같은 것을 가지고 있었던 모양이다.

당시 수용소 밖에 살던 사람들이 어떤 생각을 하고 있었는지 의문이라고 앞서 적었었다. 프리모 레비는 『이것이 인간인가?』에서 그에 대한 답이 있었다. 수용소에 갇혀있는 사람들도 수용소 밖의 사람들과 접촉이 있었다. 물론 그들 가운데 수용소 사람들을 놀리고 괴롭히려는 사람들도 있었지만 그렇지 않은 사람도 있었다. 레비는 특별한 사람을 만났다. "나는 지금 내가 이렇게 살아 있게 된 것이 로렌초 덕분이라고 생각한다. 물질적인 도움 때문이라기보다는 그의 존재 자체가 나에게 끝없이 상기시켜 준 어떤 가능성 때문이다. 선행을 하는 너무나 자연스럽고 평범한 그의 태도를 보면서 나는 수용소 밖에 아직도 올바른 세상이, 부패하지 않고 야만적이지 않은, 증오와 두려움과는 무관한 세상이 존재할지 모른다고 믿을 수 있었다. 정확히 규정하기 어려운 어떤 것, 선의 희미한 가능성, 하지만 이것이 충분히 생존해야 할 가치가 있는 것이다."

한편 전쟁은 끝났지만 프리모 레비에게 고향으로 돌아가는 길은 수용소 생활보다도 더 힘든 일이었다. 레비와 함께 고향으로 향하던 그리스 사람 모르도 나훔이 "전쟁은 늘 있는 거야"라고 중얼거리는 말을 실감할 수 있다. 귀향도 전쟁이었던 것이다. 요즘 같으면 폴란드 오시비엥침에서 슬로바키아의 브라티슬라바까지 차로 서너 시간이면 갈 수 있다. 그런데 프리모 레비는 무려 열두 배도 더 되는 거리를 빙빙 돌아서

9개월 만에 고향에 돌아갈 수 있었다. 그것도 열차만 이용해서 말이다. 동유럽을 여행하면서 가는 곳마다 철도망이 촘촘하게 깔린 것을 보고 레비가 겪은 일이 이해되기도 했다. 레비의 귀향이 힘들었던 것은 러시아가 제2차 세계대전이 끝난 직후부터 동유럽의 공산화를 위한 밑 작업으로 동유럽과 서유럽 국가들 사이의 국경을 통제하기 시작했기 때문이 아닌가 싶다. 레비는 결국 러시아로 들어가 흑해 방면으로 나가 해상을 통하여 이탈리아로 돌아갈 생각을 하게 되었다. 하지만 그 과정에서 이번에는 러시아군에 억류되었던 것인데, 전쟁 뒤 러시아 당국은 전후 상황을 수습하는 체계가 엉망이었던 모양이다. 오죽했으면 "4년 동안 전쟁을 하고 승리한 러시아의 붉은 군대 (…) 그들은 조금씩, 천천히, 외관상으로는 극도로 무질서하게 귀환하고 있었다."라고 적었을까?

죽음의 수용소에서는 정말 많은 일들이 벌어졌던 모양이다. 사람이 사는 곳이기 때문에 거래가 이루어지고 서로 속이고 속는 일뿐 아니라 비정한 일까지도 비일비재했다고 한다. 절멸수용소에 수감된 사람들은 30~40명 가운데 1명 정도가 살아남았다고 한다. 아우슈비츠에 수감되었다가 살아남은 빅터 프랭클은 생사의 갈림길에서 살아남은 사람들은 신체적으로 건장하거나 정신력이 강한 사람들이 아니었다고 했다. 수감자의 생존 여부는 삶에 대한 개인의 태도에 달렸다는 사실을 발견했다. 어떤 절망적인 상황에서도 미래에 대한 기대와 삶에 대한 의미를 잃지 않았던 사람, 즉 왜 살아야 하는지를 아는 사람들은 어떤 상황도 극복하고 살아남더라는 것이다. 이와 같은 경험으로부터 그는 의미치료(logotherapy)라는 정신요법을 개발하게 되었다. 그는 아우슈비츠에서의 자기 경험을 『죽음의 수용소에서』에 담았다.

테렌스 데프레는 『생존자』에서 인간이 한계상황에 몰리면 얼마나 잔혹해질 수 있는지, 살아남기 위하여 인간성이 어떻게 망가져 가는지를 소개하였다. 그럼에도 불구하고 그는 죽음을 선택함으로써 영웅으로 추앙받는 시대는 끝이 났다고 단언한다. 생존의 의미가 중요해졌다는 것이다. 그리고 생존자란 "인간으로서의 행동 방식을 영위하려는 의지를 잃지 않은 채 공포와 절망을 견디어 낸 사람, 즉 육체뿐만 아니라 '정신'까지도 살아남은 사람"이라고 정의한다. 하지만 여기에 '살아남기 위하여 누군가 타인의 희생을 강요해서는 안 될 것'이라는 단서를 붙여야 하지 않을까? 프리모 레비야말로 행운도 많이 따랐지만, 인간의 도리를 벗어나지 않으면서도 살아남기 위하여 최선을 다하는 모습을 보여준다.

프리모 레비 역시 귀향 후 무형의 위협에 대한 불안감으로 고통받았음을 고백한다. "나만 홀로, 온통 잿빛의, 무감각한 무(無)의 한가운데 있다. 그리고 이제 이것이 무엇을 의미하는지 나는 안다. (…) 내가 다시 라거 안에 있고, 라거 밖에 있는 그 무엇도 진짜가 아니었다는 사실이다. 나머지는, 가족과 꽃이 핀 자연과 집은 짧은 휴가 또는 감각들의 속임수, 곧 꿈이었다." 저자는 외상 후 긴장 장애(Post-traumatic stress disorder; PTSD)를 앓았던 것인데, 당시만 해도 의학적으로 규명되지 못한 정신장애였기 때문에 적절한 치료를 받지 못했을 것이다. 결국 그는 1987년 68세가 되던 해에 스스로 생을 마감했다.

유럽 근대역사를 전공한 뉴욕대학의 토니 주트 교수는 자신의 서평들을 묶은 『재평가』에서 프리모 레비의 삶을 조명하였다. 주트 교수는 스무 달을 아우슈비츠에서 보낸 레비의 삶이 '천연색 영화'였다면 고향으로 돌아온 레비의 삶은 '흑백 영화' 같았다고 했다. 죽음의 수용소에서의 삶을 반드시 세상에 전해야 한다는 의무감이 병적일 정도였다는 것이다. 생존자로서의 레비를 고통스럽게 한 것은 사람들이 레비의 말을 들으려 하지 않았기 때문이다. 수용소에 끌려가지 않은 사람들도 고초를 겪었다는 이유로 아우슈비츠에서 일어날 어떤 일도 알기를 원치 않았던 것이다. 그런 사람들은 '제발 그만하자. 다 끝난 일이다.'라고 말하곤 했다. 심지어 들어도 믿으려 들지 않았다.

생존자의 망상이 레비를 함정에 빠트렸다. '레비는 어째서 살아남아야 했는가? 다른 이들은 타협을 거부했는데 레비는 타협하지 않았는가? 다른 사람들이 레비 대신에 죽지 않았는가?' 하는 질문을 스스로에게 던지기 시작했던 것이다. '살아남았고, 다른 이들이 겪은 절망적인 고초를 전달하지 못했으며 깨어 있는 매 순간 증언과 회상에 전념하지 못했다'라는 죄책감에 시달렸던 것이다. 생존자였던 레비 또한 희생자였던 것이다. (『건강을 가꾸는 사람들』, 2016년 11/12월호)

크라쿠프(폴란드)

크라쿠프 중앙광장에 울려 퍼지는
트럼펫 연주가 중단되는 이유

에릭 P. 켈리 지음, 『크라쿠프의 나팔수』(개암나무, 2007년)

2016년 8월 30일 인천을 떠난 동유럽 여행에 포함된 폴란드 일정은 앞서 소개한 오시비엥침과 크라쿠프만 들어 있었다. 국립박물관으로 운영하는 오시비엥침 제1수용소를 참배한 뒤, 곧바로 크라쿠프로 이동했다. 오시비엥침에서 크라쿠프로 가는 동안 현지 해설사 김 선생은 폴란드의 건국 전설을 시작으로 폴란드의 지형, 근면한 폴란드 사람들의 특성을 설명했다. 폴란드평원에서 많이 나는 감자와 돼지를 주식으로 한다는 이야기, 소시지와 보드카를 폴란드 사람들이 처음 만들었다는 이야기, 보드카를 냉동실에 서너 병씩 넣어 두었다가 빵 한 쪽과 함께 손님을 대접하는 전통 등 폴란드 사람들의 삶으로 이어졌다.

우리나라에 단군신화가 전해져오듯, 폴란드에도 레흐 신화가 전해온다. 천년도 넘은 옛날 비스와(Wisla)강 상류에는 슬라브족이 살고 있었다. 부족의 족장은 레흐(Lech), 체흐(Czech), 루스(Rus)라는 삼 형제를 두었다. 족장이 죽은 뒤 세 형제는 영지를 나누었는데, 각자의 영지가 너무 작아 신천지를 찾아 떠나기로 하였다. 삼 형제는 몇 달을 여행한 끝에 초원의 언덕에 서 있는 커다란 참나무와 그 가지에 앉은 신비로운 흰 독수리를 발견했다. 흰 독수리를 상서로운 징조로 여긴 큰아들 레흐가 나무에 올라 주변을 살펴보았다. 북쪽에는 커다란 호수가 보이고, 동쪽으로는 기름진 평야가 끝없이 이어졌으며, 서쪽에는 목초지가 펼쳐진 끝에 울창한 숲이 있었다.

레흐의 이야기를 들은 체흐는 남쪽으로, 루스는 동쪽으로 향했다. 그리고 레흐는 흰 독수리가 둥지를 틀고 있는 언덕을 중심으로 새로운 정착지를 세웠는데, '그니에즈노(Gniezno)'라 하여 폴란드왕국의 첫 번째 수도가 된다. '새의 둥지'라는 의미의 폴란드어 '그니아즈도(Gniazdo)'에서 가져왔다. 처음에는 레흐의 이름을 따서 '레흐 부족의 나라'로 부르다가 뒤에 북부 슬라브족이 합쳐지면서 생긴 '폴란족'의 이름을 따서 '폴란드'가 되었다. 한편 남쪽으로 내려간 체흐는 체코를 세웠고, 동쪽으로 간 루스는 러시아를 세웠다고 전한다. 폴란드에서는 주변의 경쟁 상대인 러시아나 체코가 동생의 나라라는 일종의 우월감 같은 것을 고취시키기 위한 전설이 아닐까 싶다.

유럽의 초기 인류는 50만 년 전부터 유럽 중앙부에서 살고 있었기 때문에 폴란드 역시 석기시대부터 인류가 거주했을 것이다. 기원전 5,500년 무렵에는 신석기 문명이, 기원전 2,400~2,300년 무렵에는 청동기 문명이 시작되었으며, 철기문화는 기원전 750~700년경 시작되었다.

기원전 400년경에는 라테인 문화의 켈트족이 이주해 들어왔고, 이어서 게르만족이 이주했다가 기원 500년 무렵 게르만족의 대이동 시기에 빠져나갔다. 그리고 인도유럽어 부족에 속하는 발트족이 북동부의 삼림 지역에 정착했다. 지금의 리투아니아와 라트비아 사람들이 이들 부족이다. 그리고 9세기 무렵에는 앞서 적은 폴란드의 시원 전설에 등장하는 슬라브족이 이주해 들어와 지금에 이르고 있다.

이야기를 듣다 보니 벌써 크라쿠프에 이르렀다. 인구 76만 명의 크라쿠프는 폴란드 제2의 도시이다. 도시의 기원이 7세기까지 거슬러 올라갈 정도로 오랜 역사를 가진 도시이다. 피아스트 왕조 시절인 1038년부터 공화정 시절의 지그문트 3세가 수도를 바르샤바로 옮긴 1596년까지 폴란드왕국의 수도였다. 크라쿠프는 전통적으로 폴란드의 학문, 문화, 예술의 중심지였으며 또한 폴란드 경제의 요충지다. 유서 깊은 크라쿠프는 폴란드를 점령한 나치군 사령부가 주둔하고 있어 파괴를 면했다. 덕분에 1978년 도시 전체가 유네스코 세계유산으로 등재되었다.

차에서 내려 해설사를 따라 구시가지로 이동했다. 크라쿠프의 옛 유적은 구시가지 안에 있다. 구시가지는 성벽으로 둘러싸여 있었는데, 플랜티 공원은 구시가지를 '정원 도시'의 개념으로 보존하기 위한 개발계획에 따라 1822~1830년간에 중세의 성벽을 헐어내고, 성벽 밖에 있는 해자를 메워 만들었다. 공원면적은 21,000m²로 길이로는 4km에 달한다. 기념조각과 분수로 장식된 30여 개의 작은 정원이 이어져 전체를 이룬다. 플랜티 공원의 아름다운 산책로를 따라가다 흔적만 남은 성벽을 넘어 성안으로 들어섰다. 성안으로 들어가 지금은 시청사로 사용하

양기화의 Book 소리 - 유럽 여행

는 건물을 지나면 요한 바오로 2세 교황의 스승 아담 스테판 사피에하 대주교가 주석하던 교회를 만난다.

5시에 중앙광장에 이르렀다. 지금은 사라지고 없는 시청 앞에 있던 광장은 가로와 세로가 각각 200m로 4만m²의 크기이다. 해설사에 따르면 벨기에 브뤼셀의 그랑 프라스에 이어 두 번째로 크다고 했는데, 사실이 아닌 듯하다. 게다가 광장 한복판에 커다란 시장건물이 들어서 있어서 진정한 광장으로서의 공간은 협소해 보인다.

광장 귀퉁이에 있는 아달베르트 교회 앞에서는 젊은이들이 모여 음악공연을 하고 있었다. 잠시 쉬면서 그들의 연주를 들었는데 상당한 실력이었다. 광장은 사람들이 모이는 장소이다. 하지만 사람들만 모이는 것은 아니다. 크라쿠프 중앙광장은 비둘기가 많기로 유명하다. 작은 꼬마가 비둘기를 뒤쫓는 모습이 예쁘다. 비눗방울을 날리는 사람이 눈길을 끈다. 바르셀로나의 라플라스 광장에서도 본 적이 있는 풍경이다. 비눗방울을 날리는 사람은 그저 주변에 있는 사람들을 즐겁게 해주기 위한 것 같다. 꼬마 녀석들은 신이 났다. 날아오르는 비눗방울을 뒤쫓는 꼬마도 있고, 비눗방울을 만들어 내는 아저씨가 신기한 듯 쳐다보는 꼬마도 있다. 꼬마들 눈에는 비눗방울 놀이가 신기하기만 한데 어른들은 시큰둥한 이유가 뭘까? 독일 하멜른 지방에 전해오는 동화 「피리 부는 사나이」가 생각난다. 비눗방울을 날리는 아저씨가 어린이들을 꼬이려는 것은 아니겠지?

중앙광장은 1241년 몽골의 침략으로 도시가 파괴된 후, 1257년에 재건되었다. 당시의 중앙광장은 낮은 칸막이로 된 노점과 관리 건물로 채워졌고 주변을 순환하는 도로가 있었다. 지금의 광장 중앙을 차지하고 있는 직물회관은 고미다락과 가면을 새긴 폴란드식 난간으로 장식한 상부구조를 가진 르네상스양식으로 1555년 건축되었다. 직물회관 옆에는 시청 탑이 남아 있다. 광장의 4분의 1을 차지하던 시청 건물은 소실되고 없다.

직물회관은 세계 최초의 백화점이라고 했다. 크라쿠프가 폴란드왕국의 수도였던 만큼 15세기 황금 시절까지 이곳은 국제무역의 중심이었다. 인근 비엘리츠카 광산에서 채굴되는 소금과 동양으로부터 온 향신료, 비단, 가죽 등 다양한 이국적 물건들이 교환되었다. 1층에는 중앙의 통로를 두고 양쪽으로 가게들이 이어져 있고, 가죽제품과 수공예품 등 다양한 기념품들을 팔고 있다. 2층에는 크라쿠프 국립박물관의 직물회관 분관이 있다. 4개의 전시실에는 19세기 폴란드의 그림과 조각 예술품을 전시하고 있다. 짧은 자유시간에, 광장에 흩어져 있는 수많은 볼거리를 자세히 살펴보고 사진을 찍느라 박물관까지 돌아볼 여유가 없었던 것이 아쉽다. 시청 탑에 올라가 보려 했지만, 입장에 필요한 폴란드 화폐를 준비하지 못해 포기하는 등, 준비가 크게 부족한 여행이었다.

시청 탑 반대편 광장의 남동쪽으로는 아달베르트(폴란드어로는 보치에하) 성인을 기리는 성당이 있다. 이 성당의 기단부는 계단을 내려간 땅 밑에 있는데 이는 세월이 흐르면서 광장이 돋워졌기 때문이다. 발굴된 유적을 보면 10세기 말에 지어진 교회는 목조였으며, 11세기에 석조 벽이 더해졌다. 광장바닥을 2-2.6m 사이로 높이면서 새로운 벽을 세우고 서쪽으로 문을 새롭게 냈다. 그리고 바로크양식의 둥근 지붕을 올렸다. 19세기에 교회를 재건하는 과정에서 로마네스크양식의 흔적이 발견되었다. 원래의 입구였던 남쪽의 로마네스크양식의 입구와 계단이 발굴된 것이다.

아달베르트 교회의 용마루에서 이어지는 끝에 용머리를 암시하는 장식을 보았다. 크라쿠프에 전해지는 용의 전설을 소재로 한 장식일 것이다. 옛날 크라쿠프를 돌아 흐르는 비스와강에 용이 살았다. 그런데 사악한 용은 마을의 소녀들을 계속 잡아먹어 주민들을 불안하게 만들었다. 결국 왕이 나서서 용을 죽이는 사람에게 큰 상을 내리겠다고 약속했다. 한 구두 수선공이 나서 양가죽에 송진과 유황을 채워 용에게 먹였다. 가짜 양을 먹고 타는 듯 목이 마르게 된 용은 비스와강에 뛰어들어 물을 들이마셨고, 그 물이 유황과 섞이면서 끓어올라 '뻥!'하고 터지고 말았다. 구두장이는 공주와 결혼하여 행복하게 잘 살았다는 전설이다. 사람들은 구두장이 클라크의 이름을 따서 이 도시의 이름을 크라쿠프라고 하게 되었다는 전설이다. 뒷날 강가에 용의 조각을 세웠는데 용 조각은 불을 내뿜기도 해서 관광객들을 즐겁게 한다.

아달베르트 교회에서 북동쪽으로 있는 성모마리아 성당으로 가다 보면 19세기 폴란드의 가장 위대한 낭만주의 시인 아담 미키에비츠의 동상이 있다. 동상의 발치에 네 개의 은유적 조각이 있다. 시에나 거리를 향한 동쪽에는 조국(Motherland), 북쪽으로는 과학(Science), 직물회관 쪽으로는 용기(Courage), 남쪽 보치에하 성당 쪽으로는 시(Poetry)를 은유한다. 그리고 받침대에는 "아담 미키에비츠에게, 국가가(To Adam Mickiewicz, the Nation)"라고 새겼다. '국가(The Nation)'라는 대목에서 울컥한 느낌이 든다. 우리나라에서는 국가가 혹은 국민이 마음을 모아 기리는 누군가가 있었던가? 1940년 폴란드를 침공한 나치에 의하여 파괴되었던 것을 1946년에 복원하였다. 이 장소는 크라쿠프에서도 유명한 만남의 장소가 되고 있다.

미키에비츠의 동상 건너편에는 성모 대성당이라고 부르는 성모승천 교회가 있다. 이 성당은 이보 오드로바츠 당시 크라쿠프 주교가 주도하여 1221년~1222년에 세웠다. 하지만 몽골의 침공 당시 파괴되었고, 1290~1300년 남아 있는 기초 위에 초기 고딕양식의 교회를 건설하여, 1320년 축성하였다. 카시미르 3세 대왕 시절 부유한 식당 주인 미콜라즈 비에르즈네크의 기부로 1355년 재건이 시작되어 1365년에 교회가 완성되었다. 이때 교회를 길게 늘이고 긴 창문이 추가되었다. 1395년부터 2년에 걸쳐 프라하에서 온 건축가 니콜라스 베르너가 새로운 천장을 올려 본당 건물이 완성되었다. 1442년에는 크라쿠프에서는 전무후무했던 지진이 일어나 본당의 지붕이 무너졌다. 15세기 중반에 부속 예배당이 건설되었고, 이때 북쪽의 탑을 증축하여 도시의 시계탑 역할을 하도록 하였다. 남쪽 탑과 높이가 다른 이유가 여기에 있다. 성당의 제단에서 볼 수 있는 후기 고딕양식의 제단 후면 장식은 15세기 말 비트 스트보스츠가 제작한 걸작품이다.

크라쿠프 성모승천 교회의 교회 탑에서는 매시간 트럼펫을 불어 시간을 알려준다. 그런데 나팔수가 연주하는 구슬픈 가락의 「헤이나 마리아키(Hejnał mariacki)」는 마무리되지 못하고 중간에 끊어진다. 사연인즉, 13세기 몽골군이 침입하였을 때, 한 트럼펫 연주자가 피난을 떠나지 않고 교회의 탑에 올라 트럼펫을 불어 적의 침입을 알렸다. 연주자를 발견한 몽골군이 쏜 화살이 트럼펫을 부는 연주자의 목을 관통하였고, 그 바람에 연주가 중단되었다. 성모승천 교회의 시계탑에서 매시간 트럼 펫을 불어 시간을 알리는 후세의 트럼펫 연주자들은 조국이 처한 위기 를 알리기 위하여 목숨을 바친 용감한 트럼펫 연주자를 기리기 위하여 트럼펫 연주를 중간에 그치고 있다.

에릭 켈리가 1929년에 발표한 『크라쿠프의 트럼펫』은 목숨을 걸고 몽골군의 침입을 알리려 했던 나팔수의 이야기를 실마리로 하여 마법 의 수정을 둘러싼 비밀스러운 이야기를 들려준다. 옛이야기는 연주를 이어가지 못하고 말았지만, 이야기 속의 나팔수는 「헤이나 마리아키」를 끝까지 연주함으로써 적의 음모를 알리는 기지를 발휘한다.

이야기를 읽다 보면 폴란드왕국을 둘러싸고 우크라이나와 멀리 타타 르까지 얽혀 힘을 겨루는 역학관계는 물론 크라쿠프 사람들의 생활 단 면을 엿볼 수 있다. 과거에는 타타르의 침공을 받아 성당이 불타는 피 해를 보았지만, 이야기가 펼쳐지는 시점에는 직물회관에 타타르 상인들 이 몰려들어 교역이 이루어지고 있는 것을 보면 표면상의 평화가 유지 되면서 타타르, 우크라이나 사람들이 왕래하고 있었음을 알겠다.

작가가 소개하기로는 크라쿠프는 동서를 잇는 커다란 국제도시였고, 직물회관에는 카자흐, 루테니아, 독일, 플랑드르, 체코, 슬로바키아, 헝 가리 사람들로 북적였다고 한다. 성모승천 성당의 나팔수가 하는 일은 매시간 나팔을 불어 시간을 알리는 일과 동서남북으로 열려있는 창문 을 통하여 외적의 침입을 감시하는 일, 그리고 도시를 굽어보면서 화재 가 발생하는지 감시하는 일이었다. 크라쿠프에 있는 집들은 앞면만 돌로 되었을 뿐, 목조건물이 많아 지붕에 불티라도 튀면 쉽게 불이 옮겨붙곤 했기 때문이다.

왕국이 멸망한 뒤로 폴란드는 오랫동안 전쟁을 겪기도 하고, 한때는 나라가 사라지기도 했다. 하지만 성모승천 성당의 탑에서 울리는 「헤이나마리아키」는 폴란드 사람들의 가슴 속에 나라에 대한 자긍심을 새겨준다.

잠시 폴란드 역사를 공부하자. 폴란드의 역사는 963년 미에슈코 1세가 개창한 피아스트 왕조에서 시작한다. 그는 크라쿠프와 그니에즈노 지방을 중심으로 나라의 틀을 확립하였다. 로마 가톨릭을 국교로 받아들여 폴란드를 라틴어 문화권에 포함시킨 것은 그의 업적이다. 영토의 확장에도 주력하여 967년에는 발트해 연안에 이르렀다. 미에슈코 1세를 계승한 블레스와프 1세 흐로브리는 비에프시강 상류와 부크강 유역과 산강 상류의 프셰미실 지역까지 영토를 확장했다. 피아스트 왕조는 독일왕국과의 갈등으로 벌어진 내전으로 12세기 초반 여러 개의 소공국으로 분할되었다.

1333년 왕위에 오른 카지미에시 대왕에 의하여 잠시 회복되었지만, 후사가 없던 왕이 죽으면서 피아스트 왕조는 끝났다. 카지미에시 대왕의 위대한 업적 중 하나는 1364년에 크라쿠프 대학을 설립한 일이다. 이 대학은 우수한 공무원 양성을 목적으로 법학에 큰 비중을 두었으며, 폴란드 학문의 중심지가 되었다. 폴란드의 왕위는 헝가리 왕 루드비크에게 넘어갔다. 역시 아들이 없었던 루드비크 왕이 죽은 뒤 왕위는 둘째 딸 야드비가로 넘어갔다. 리투아니아의 왕 요가일라는 가톨릭을 받아들이는 조건으로 야드비가와 결혼을 하고, 리투아니아와 폴란드를 통합하여 왕으로 즉위하면서 1386년 요가일라 왕조가 성립되었다. 요가일라 왕조는 200여 년을 이어가면서 동유럽을 지배했다. 15세기 말 요가일라 왕조는 체코, 헝가리, 폴란드, 리투아니아 등 네 나라의 왕위를 차지하고 있었다. 하지만 각각 독립을 유지하고 있었으며 국가들 사이의 유대관계도 돈독하지는 않았다. 실제로 헝가리가 투르크의 공격을 받을 때도 폴란드는 물론 리투아니아도 지원군을 보내지 않았다.

1573년 이후에는 의회에서 귀족들의 투표로 국왕을 선출하는 일종의 귀족 공화정이 출범하였다. 1587년 국왕으로 선출된 지그문트 3세는 왕권을 강화하여 스웨덴에 맞서고 러시아를 침공해 모스크바에 입성하기에 이르렀다. 1655년 스웨덴왕국이 4만의 병력으로 리투아니아와 폴란드를 공격하여 폴란드-리투아니아 연합을 해체하면서 폴란드는 몰락하기 시작했다. 그 사이 힘을 기른 러시아, 프로이센, 오스트리아왕국은 1772년과 1793년 2차례에 걸쳐 폴란드를 분할했다. 그때 폴란드는 겨우 21만km²의 영토와 370만 인구의 소국으로 전락하고 말았다. 설상가상으로 1795년에 이루어진 3차 분할로 폴란드는 독립을 잃고 123년 동안 러시아, 프로이센, 오스트리아의 지배를 받게 된다.

제1차 세계대전 기간 폴란드는 독일-오스트리아와 러시아 사이에 벌어진 전쟁터였다. 이들은 각자가 통치하던 지역의 폴란드 국민을 징집하여 전투에 내세웠기 때문에 같은 폴란드인끼리 싸우는 상황이 벌어졌다. 그런 상황을 피하려는 폴란드 지도자들의 노력이 결실을 맺어 전쟁의 막바지인 1918년 6월 연합국의 독립 승인을 얻어냈다. 이렇게 시작된 폴란드의 제2공화정이었지만, 나치 독일이 제2차 세계대전 개전과 함께 폴란드를 점령하면서 끝났다. 1945년의 포츠담협정에 따라 폴란드는 지금의 영역을 확보하고 다시 독립을 이루었다. 동쪽의 유전 지역은 소련에 빼앗겼지만, 고도로 발달한 산업기반시설을 갖춘 서쪽 지역을 독일로부터 이양받았다. 전후 소련의 간섭으로 공산주의 정권이 들어섰다. 하지만 1970년 그단스크 조선소 등의 노동자를 중심으로 한 시위가 촉발되면서 공산정권의 동요가 시작되어 1989년 공산당 정권이 물러나고 제3공화국이 출범하였다.

중앙광장을 구경한 다음 변두리에 있는 숙소에 들었다. 다음 날 아침에는 크라쿠프에서 동남쪽으로 15km 떨어진 비엘리치카 소금 광산을 보러 갔다. 폴란드왕국의 돈주머니 역할을 했던 곳이다. 비엘리치카 소금 광산을 구경하고 다시 크라쿠프로 이동하여 버스를 내리고 보니, 비스와강의 언덕에 바벨 성이 서 있다. 바벨 성은 폴란드 피아스트 왕조의 마지막 왕 카시미르 3세(1310년~1370년) 대왕의 명에 따라 처음 지었다. 폴란드에서 가장 큰 성으로 중세, 르네상스 및 바로크 등 유럽의 대표적 건축양식을 볼 수 있다. 크라쿠프 구도시의 남쪽 끝에 있는 바벨 언덕 위에는 지금은 국립박물관으로 사용하는 궁전과 황금색 돔을 얹은 르네상스양식의 지기스문트 예배당이 서 있다. 1595년의 화재로 바벨 성의 북동쪽이 타버렸고, 지기스문트 3세 왕이 재건하였다. 왕은 이탈리아 등에서 최고의 건축과 조각의 장인을 불러들여 성을 지었다. 당연히 세련된 르네상스 건축양식이 적용되었다.

하지만, 1655~1657년, 1702년 스웨덴의 침략과 1794년 러시아의 침입 등으로 성이 황폐화되면서 지금은 상원 계단과 버드 룸에 있는 벽난로만이 남아 있다. 1905년 오스트리아의 프란츠 요셉 황제가 재건을 명하여 복원되었다. 1930년에 설립된 박물관에는 르네상스 시대의 이탈리아 그림을 비롯하여 판화 조각품 등을 보유하고 있다. 그 밖에도 지기스문트 2세 왕의 걸개그림 수집품을 비롯하여 금세공의 공예품, 무기와 갑옷, 도자기 등을 전시하고 있다. 바벨 성 아래에는 드레곤스 댄이라고 하는 지하 동굴이 있다. 250m가 넘는 동굴은 2,500만 년 전에 형성되었는데, 16세기 들어서 발견되었다. 중앙광장에서 소개한 용의 전설이 깃든 곳이기도 하다. 굴은 창고, 사창가 혹은 거주지로 사용되기도 했다. 동굴의 입구에는 거대한 용의 청동상이 있고 간헐적으로 불을 내뿜고 있다.

비엘리치카에서 돌아온 일행은 코페르니쿠스가 수학했다는 폴란드 최초의 야기엘론스키 대학교를 구경했다. 야기엘론스키 대학교의 전신 크라쿠프 대학은 1364년 카시미르 3세 대왕이 설립하였다. 폴란드 최초의 대학이며 중부 유럽에서는 프라하의 카를 대학에 이어 두 번째로 오래되었다. 14세기 중반 카시미르 3세 대왕은 국법을 체계화하고 공정하게 법을 집행할 수 있는 사람을 육성할 고등교육기관이 필요하다고 판단하였다. 교황 우르반 5세로부터 대학설립 허가를 받아낸 그는 비엘리치카의 소금으로 얻은 자금을 투입하여 대학을 설립하였다.

1390년대 들어 브와디스와프 2세 왕과 왕비의 투자로 대학은 정상 궤도에 올라섰다. 왕비는 개인의 보석을 처분하여 203명의 학생을 등록시켰고, 천문학, 법학 및 신학 분야에서 저명한 학자를 모셨다. 특히 수학과 천문학을 독립된 학문으로 만든 유럽 최초의 대학이었다. 이런 분위기에 힘입어 영입된 천문학자 앨버트 부르드스키는 1491년부터 1495년까지 니콜라우스 코페르니쿠스를 가르쳤다. 1817년 폴란드의 요가일라 왕조의 후원을 받으면서 야기엘론스키 대학교로 개명하였고 대학은 부흥을 이룰 수 있었다. 인문학, 법학, 자연 및 사회 과학, 의학 등 15개 학부를 둔 야기엘론스키 대학교는 4천 명의 교수진이 80개 분야의 4만 명이 넘는 학생들을 가르치고 있다.

구시가지에 흩어져 있는 단과대학들을 구경하고는 점심을 먹었다. 지하에 있는 식당은 이전에는 포도주를 저장하던 창고였다고 한다. 감자 스프와 함박스테이크가 맛있었다. 우리가 식사를 한 곳에서 유대인 지구는 그리 멀지 않아서 폴란드 유대인의 힘들었던 삶을 볼 기회였지만, 일정에 포함되지 않아 아쉬웠다. 영국 작가 존 버거의 소설 『여기, 우리가 만나는 곳』에는 크라쿠프의 노비광장에서 11살 때의 선생님을 만나는 장면이 나온다. 노비광장의 가운데에는 노천시장이 있어 도시 변두리의 마을에서 온 여자들이 직접 기른 양상추, 붉은 무, 겨자무, 오이, 햇감자 등 채소를 바구니나 양동이에 넣어 와서 팔고 있다고 했다. 주인공은 선생님에게 크라쿠프의 차르토리스키 미술관에서 본 레오나르도 다빈치의 그림 『담비를 안고 있는 여인』을 모사한 드로잉을 보여준다. '이제 너무 늙었기 때문에 오랫동안 서서 그림을 그리는 건 무리예요'라고 변명을 하면서도 선생님이 항상 자기연민을 혐오했던 것을 기억해 낸다. 자기연민은 많은 지성인들의 나약함이며, 그런 태도를 경계하라는 것이 선생님이 주인공에게 전해준 유일한 도덕적 명제라고 했다. 다시 크라쿠프에 갈 기회가 있다면 이 책을 들고 갈 생각이다. (2024년 7월 18일)

≡ **프라하**(체코)

유럽 마법의 수도, 프라하

구스타프 마이링크 지음, 『골렘』(책세상, 2003년)

　　2016년 가을, 동유럽 여행길에 유럽 마법의 수도라고
하는 프라하를 조금 볼 수 있었다. 그보다 2년 전 발칸 여행길에서는 저
녁에 바츨라프 하벨 공항에 도착하자마자 곧바로 오스트리아 린츠로
이동하는 바람에 프라하의 모습은 구경도 하지 못했다. 그래서 동유럽
여행길에는 프라하 일정을 포함한 상품을 골랐다. 프라하를 속속들이
들여다볼 수는 없겠지만 그래도 프라하만의 분위기를 느낄 수 있기를
기대하면서.

　　발칸 여행길에서도 체코 항공을 이용했던 탓인지 어딘지 모르게 익
숙했다. 인천에서 11시간을 날아간 비행기가 고도를 낮추면서 기장의
안내방송이 나왔다. 처음에는 체코어로 안내방송을 하는데 마치 외계
어처럼 들린다. 그래서인지 이어 나온 영어 안내방송도 귀에서 겉도는

느낌으로 한 구절도 남은 게 없다. 비행기가 활주로에 접근하면서 보니 넓찍한 밭은 이미 추수가 끝난 듯 비어있다. 북쪽이라서 계절이 빠른 것 같았다.

비행기가 승강장으로 이동하는 가운데 스메타나의 교향시『나의 조국』의 2악장「블타바」의 선율이 기내를 가득 채운다. 영어로는 '다뉴브', 독일어로 '몰다우'라고 부르지만, 체코어로는 블타바라고 하는 강이 유장하게 흐르는 모습이 절로 연상된다. 우리 국적기도 인천공항에 도착할 때 우리나라를 상징하는 음악을 들려주면 좋겠다. 『아리랑』과 같이 널리 알려진 노래나 우리 가수들이 불러 요즈음 세계적으로 뜨고 있는 노래도 좋겠지만 안익태가 작곡한『교향적 환상곡 제1번 한국』은 어떨까? 흔히 『한국 환상곡(Korea Fantasy)』이라고 하는 이 연주곡은 나라를 잃고 떠돌던 안익태가 1936년 독일의 베를린에서 작곡하였고, 1938년 아일랜드의 더블린에서 아일랜드 방송교향악단을 안익태 자신이 지휘하여 초연했다. 안익태 자신이 작곡한 애국가와 민요 도라지 등의 선율을 주제로 하여 독일 후기 낭만주의 교향시 형식에 따르고 있다.

네 부분으로 나뉘는 교향곡의 첫 번째 부분은 모든 관현악기가 천지를 진동하듯 울려 퍼지면서 고조선의 개국을 장엄하게 알린다. 이어서 아름다운 조국 강산을 묘사하는 서정적인 선율이 흐르고, 우리네 민요 가락이 섞여 들면서 평화를 사랑하는 순박한 우리 민족의 심성을 노래한다. 사이사이에 섞이는 타령조의 선율은 풍년을 맞은 농민들의 춤사위가 느껴져 어깨춤이 절로 나온다. 비행기가 인천공항의 활주로에 안착하여 탑승장으로 이동하면서 기장의 안내방송 다음에 이 부분을 들려주면 한국 사람들은 가슴이 벅차오를 것이고 외국 사람들은 한국과 한국 사람들의 모습을 떠올리게 되지 않을까 싶다.

맛있는 음식을 우선 먹어 치우는 사람이 있는가 하면 맨 뒤에 먹는 사람이 있다. 배고픔 때문에 허겁지겁 음식을 삼키다 보면 음식의 진짜 맛을 느낄 수 없다는 생각이리라. 배고픔을 채우고 나서 생기는 여유로 진짜 맛을 음미해 가면서 먹을 수 있겠다. 동유럽 여행에서 프라하 일정이 그랬다. 발칸 여행 때처럼 바츨라프 하벨 공항에 도착하자마자 곧바로 폴란드 오시비엥침으로 향했기 때문에 프라하는 마지막 일정으로 볼 수 있었다.

귀국 전날 아침 오스트리아 비엔나를 떠나 정오 무렵 체코국경을 넘었다. 체코에 도착한 뒤로 폴란드-슬로바키아-헝가리-오스트리아 등을 경유하여 다시 체코로 오는 여정에서 여러 곳에서 국경을 넘었지만, 검문을 받기는 처음이었다. 체스키크롬로프에서 고성의 고졸한 분위기를 즐긴 다음 점심을 먹고는 비가 오락가락하는 가운데 중세 유럽풍의 집들이 잘 보존되어 있는 구시가지를 둘러보았다. 체스키크롬로프에서 프라하로 가는 길에도 비가 쏟아지다가 해가 나는 등 변덕이 팥죽 끓듯 하는 날씨였다.

저녁 7시경 프라하에 도착했다. 굴라쉬에 감자를 곁들인 돼지갈비찜이 저녁 메뉴였는데, 돼지고기를 별로 좋아하지 않는 아내는 감자를 곁들인 굴라쉬로 끝이었다. 저녁 식사 뒤에는 일정에 있는 프라하의 야경을 보러 나갔다. 그런데 식당 문을 나설 때도 부슬부슬 내리던 빗줄기가 점점 굵어진다. 7시 이후에 갠다던 구글의 날씨 예보도 별수 없는 모양이다. 빗속을 뚫고 일행이 향한 곳은 매시 정각에 12사도가 행진을 벌인다는 프라하 천문시계 앞이다. 10분 전에 도착한 우리는 8시가 되어 천문시계의 12사도가 행진을 벌이는 모습을 지켜보았다. 하지만 비가 내리는 가운데 너무 어두운 탓에 희미한 움직임만 감지했을 뿐이다. 다음날 낮에 다시 보기로 하고 카를교로 향했다. 역시 조명이 충분하지 못해 다리 난간에 늘어선 성인들의 모습을 알아보기도 힘들다. 컴컴한 데다가 비가 오락가락하기 때문인지 오가는 사람도 별로 없어 으스스한 느낌마저 든다. 다리 아래로 흐르는 블타바강에서 무언가 스멀스멀 올라오는 느낌이다. 아무래도 프라하에 관한 책을 너무 많이 읽었나 보다.

프랑스 작가 실비 제르맹은 "프라하에서 안개는 무슨 냄새가 나고 심지어는 물질적 질감까지 느껴진다. 어떤 저녁이면 안개는 거의 손에 만져질 정도로 단단하고 주황색 물이 들어 있다. 도시에 피어오르는 연기로 안개가 부풀어 오르고 물이 든다."라고 적었다. 제2차 세계대전 기간에 나치가 체코를 점령했을 당시에 학살한 유대인들의 슬픈 사연들이 프라하의 거리 곳곳에 스며들어 있다고 비유한 것이다. 그녀가 말하는 미묘한 존재는 프라하의 유대인 사회에서 오래전부터 전해오는 골렘의 전설에 기반하고 있는 것이리라.

다음 백과사전에서는 성서(「시편」 139 : 16, 형상)와 『탈무드』에서는 태아 상태거나 완성되지 못한 물체를 가리켜 골렘이라고 했다고 설명했다. 골렘이 박해받는 유대인들의 보호자로 인식된 것은 프라하의 랍비인 유다 뢰브 벤 베주렐이 만든 골렘의 전설 때문이다. 랍비 뢰브는 진흙을 빚어 골렘을 만들었다. 게토 지역에 해를 끼치려는 시도를 미연에

방지하는 역할을 부여하여 유대인들을 수호하는 존재가 되었다. 그런데 골렘은 잘 다루지 못하면 오히려 인간에게 해를 끼칠 수도 있다.

골렘에 주목한 작가는 앞서 예를 든 실비 제르맹 이외에도 호르헤 루이스 보르헤스나, 움베르토 에코와 같은 저명한 작가도 있다. 이들에게 영감을 준 것은 골렘의 전설을 토대로 쓴 구스타프 마이링크의 소설『골렘』이다. 소설 속에서 골렘을 설명하는 대목이 있다. "자네가 골렘이라고 부르는, 자네를 찾아왔던 그 사내는 자네의 깊은 정신적 삶을 통해서 불러낸 사자(死者)의 부활을 상징하는 것이네. 지상의 모든 사물은 영원한 상징일 뿐이야." 전설 속의 골렘은 유대인의 수호자로 인식되었지만, 마이링크의 골렘은 게토 지역에 사는 사람들의 물질화된 집단 영혼을 뜻하면서도 화자 자신의 영적 체험을 반영하는 것으로 설정된 것이다.

20세기로 넘어가는 시기를 배경으로 한 소설『골렘』속의 화자는 프라하의 게토 지역에 들어와 살고 있는 보석 세공사 아타나시우스 페르나트이다. 과거에 정신병을 앓고서 기억을 잃었다는 사실을 알게 된 그는 과거의 기억을 되살리려 노력하는 가운데 보험회사 직원의 살인사건에 연루되어 감옥에 들어간다. 감옥에서 풀려나 돌아왔을 때는 살던 곳이 재개발되어 흔적도 없이 사라지고 이웃조차도 찾을 길이 없다. 유일하게 남아 있는 건물에 세를 들어 일을 시작하려는데, 이번에는 화재가 발생하고 건물에서 탈출하는 순간 잠에서 깨어난다. 그런데 잠에서 깨어난 것은 화자이고, 꿈속의 자신이 보석 세공사의 역할을 한 것이다. 꿈에서 깨어난 화자가 사실관계를 찾아 헤맨 끝에 자신이 꿈에서 겪은 일들은 모두 삼십여 년 전에 실제로 있었던 일이다.

화자가 배를 타고 블타바강을 건너 조그만 비탈길 위에 있는 성을 찾아갔을 때, 성안의 대리석 건물 계단에 서 있는 또 다른 아타나시우스와 그가 사랑하는 미리암이 도시를 내려다보고 있는 것을 목격한다. 또 다른 아타나시우스는 거울 속의 나를 보듯 나와 너무나 흡사했다. 이렇게 되면 과연 누가 진정한 아타나시우스인지 헷갈리게 된다. 이야기의 전개를 보면 자아(自我)와 외물(外物)은 본디 하나라고 해석하는 장자의 호접몽(胡蝶夢)과 맥을 같이하는 작품이라는 생각이 들었다.

"고뇌와 희미한 빛줄기 속에서 번뇌하며 / 랍비는 자신의 골렘에서 시선을 떼지 못했다 / 그 프라하의 랍비를 바라보며 / 신이 느꼈을 혼란스러운 감정을 그 누가 말할 수 있으리?"라고 한 보르헤스의 시 「골렘」의 마지막 연을 보면, 시인이 골렘의 전설을 통하여 인간의 창조가 불가사의함을 논하고 있음을 알 수 있다. 움베르토 에코는 『푸코의 진자』에서 "또 다른 골목의 어두운 어귀에 들어섰을 때, (…) 거인이 하나 나타나 우리 앞을 막았다. 무시무시하게 생긴, 표정이 없는 잿빛 거한. (…) 허깨비 같은 거인의 몸은 느릿하고 활기 없는 일호일흡(一呼一吸)에 따라 늘어나기도 하고 줄어들기도 하는 것 같았다."라고 골렘의 존재를 묘사한 바 있다.

필자는 해리 콜린스와 트레버 핀치가 쓴 『골렘』을 읽으면서 '골렘'이란 존재를 처음 알게 되었다. 과학적 연구 결과를 검증하는 과정에서 논란이 되었던 사례들을 소개한 책이다. 우리가 흔히 진실할 것으로 믿고 있는 과학적 연구 성과의 이면에는 정치적 술수와 음모, 조작 등이 일상적으로 일어날 수도 있다는 내용이다. 그래서 저자들은 "과학이란 바로 골렘(Golem)이다."라고 했다. "골렘은 인간의 명령에 따라 할 일을 대신 해주고 위협하는 적으로부터 보호해 주지만, 반면 다루기가 힘들며 위험하다. 제대로 통제를 못 하면 골렘은 엄청난 힘을 마구 휘둘러 주인을 죽음으로 몰아넣을 수 있는 것"이기 때문이다. 사실은 과학이 골렘이 아니라 '과학은 틀림이 없을 것'이라는 맹신이 골렘이라는 사실을 깨닫게 된다.

금세 골렘이 튀어나올 것 같은 으스스한 분위기를 떨치고 숙소로 돌아왔다. 프라하의 야경이 참 좋다는데, 단체여행이라는 한계와 우중충한 날씨 탓에 제대로 구경을 하지 못한 아쉬움이 남는다. 밤늦게까지 걸어 피곤했던 탓인지 골렘이 꿈속에 나타날 여지도 없이 곯아떨어졌다. 이튿날은 동유럽 여행의 마지막 날이다. 숙소를 출발해서 프라하성으로 갔다. 원래는 없던 일정인데 인솔자의 특별한 배려가 있었다. 570m 길이에 130m의 폭으로 무려 7만m²의 면적을 가진 프라하성은 세계에서 가장 큰 옛 성으로 보헤미아의 왕과 신성로마제국의 황제 궁이었으며 지금은 체코공화국 대통령의 거처이기도 하다. 서기 870년 성모의 교회를 처음 세웠고, 10세기 초반에 보헤미아공작 브라티스라우스 1세가 성 게오르게 성당과 성 비투스 성당을 지었다. 12세기 무렵 성 게오르게 성당 옆에 로마네스크양식의 궁전을 지었다. 14세기에는 보헤미아의 왕 카를 4세가 고딕양식의 궁전을 새로 지었는데 1541년 대화재로 소실되었다. 지금의 건물은 르네상스양식으로 지은 합스부르크왕가의 궁전이다.

프라하성에서 다시 차를 타고 시내로 이동한 다음, 시가전차와 지하

철을 바꿔 타면서 카를교까지 갔다. 전날 밤과는 달리 화창한 날씨 때문인지 인파로 넘쳐나고 있었다. 연간 1억 명이 넘는 관광객들이 찾는다는 프라하는 단일도시로는 관광객이 가장 많은 도시다. 길이 621m에 폭이 10m 내외인 카를교는 카를 4세에 의하여 1357년 착공하여 1402년 완공되었다. 처음에는 돌다리 혹은 프라하 다리라고 부르던 것을 1970년부터 카를교라고 부르게 되었다. 카를교는 프라하성과 구시가를 연결하는 주요 통로이다. 다리 양쪽으로는 1683년부터 1714년 사이에 세워진 바로크양식의 석상 30개가 서 있다. 물론 지금 서있는 석상들은 모두 복제품이다. 1965년부터 복제품으로 교체하고 진품은 국립박물관에 소장되어 있다. 석상들 가운데 성 얀 네포무츠키의 석상이 사람들의 사랑을 가장 많이 받고 있다.

'네포무크의 성 요한'이라고 불리는 그는 고해성사의 비밀과 가톨릭 교회법의 권위를 지키기 위해 목숨을 바친 순교자로 가톨릭 성인의 반열에 올랐다. 체코의 국민 수호성인이자, 고해자, 비방받은 사람, 강, 다리, 익사자, 홍수 피해자의 수호성인이다. 그는 보헤미아의 국왕 바츨라프 4세의 부인 소피 왕비의 고해신부였는데, 왕비가 고해한 내용을 말하라는 국왕의 명령을 거부하였다는 이유로 체포되어 혀가 잘리는 등의 고문을 받은 끝에 순교하였고, 시체는 카를교 아래 블타바강으로 던져졌다.

카를교의 조각상들 가운데 유일한 청동상인 얀 네포무츠키의 조각이 가장 먼저 세워졌다. 다리 가운데 구시가 방향으로 왼쪽에 서 있는 그의 입상은 다섯 개의 별이 후광처럼 머리를 두르고 있어 쉽게 알 수 있다. 다섯 개의 별로 후광을 삼은 것은 그의 시체가 던져진 뒤 5개의 별 모양의 빛이 강 위에 떠올라 시신을 찾을 수 있었다는 전설에 따른 것이다. '나는 침묵했다'를 의미하는 라틴어 'tacui'의 알파벳이 다섯 개임을 나타내기도 한다. 좌대에는 성인의 삶을 새긴 2개의 부조가 있다. 오른쪽의 부조에 있는 강에 거꾸로 떨어지는 성인의 모습이 새겨진 부분과 왼쪽 부조에 새겨진 개의 모습이 반질거린다. 두 부분에 손을 대고 소원을 빌면 이루어진다는 전설 때문에 이곳에 오는 대부분의 사람들이 만지기 때문이다. 나 역시 줄을 서서 한참 기다리다가 소원을 빌었다.

정오까지 카를교 주변의 풍광을 즐기다가 구 시청사 쪽으로 이동하였다. 광장 가운데는 얀 후스의 동상이 세워져 있다. 얀 후스는 14세기 말 체코의 기독교 신학자로 영국의 종교개혁가 존 위클리프의 영향을 받아 타락한 교회가 초기 기독교 정신으로 돌아가야 한다고 주장하였다. 특히 교회의 재산권을 박탈하여 청빈한 교회를 만들어야 한다는 그의 주장은 대중의 지지를 얻었다. 이 때문에 1411년 교황 요한 23세는 그를 파문하였다. 1412년 그는 가톨릭교회의 면죄부 판매를 공개적으로 비난하고 나섰다. 결국 1414년 10월 스위스의 콘스탄츠에서 열린 종교회의의 결정에 따라 1415년 7월 6일 화형에 처해졌다. 그의 사후 지지자들이 세력을 규합하여 로마 가톨릭의 박해에 저항하는 반란을 일으켜 1433년까지 치열한 전투를 치렀다. 결국 로마교황청의 승리로 마무리가 되었지만, 후스의 사상은 마틴 루터 등에게 영향을 미쳐 종교개혁의 불씨가 되었다. 구 시청과 틴 성모마리아 성당 사이에 있는 종교개혁 광장에 있는 얀 후스의 동상은 서거 500주년을 맞은 1915년에 세워졌다. 후스의 동상은 생전에 강론하던 틴 성모마리아 성당을 바라보고 있다. 동상의 기단에는 '서로를 사랑하라. 모든 이들 앞에서 진실(혹은 정의)을 부정하지 마라.'라는 그의 말이 체코어로 새겨져 있다.

성당의 입구는 성당 앞에 있는 상가 건물에 숨어 있다. 좁은 앞마당을 지나 들어간 성당 내부는 화려했다. 온통 황금색으로 치장되어 있고 성화들이 걸려 있었다. 성당을 나와 유대교 회당을 찾아 나섰다. 카프카의 상이 서 있는 거리까지 갔다가 모이기로 한 시간에 쫓겨 발길을 돌릴 수밖에 없었다. 이 글을 쓰면서 확인해 보니 카프카의 상은 바로 유대교 회당 앞에 서 있고, 그곳에서 서쪽으로 한 구획만 가면 옛 유대인 묘지가 있었다. 프라하를 구경할 때만 해도 휴대전화로 누리망을 검색하여 길을 찾을 수 있는 수단이 없었기 때문에 유대교 회당과 유대인 묘지의 코 앞까지 가고서도 알아보지 못했다.

이 장소에 꼭 가보고 싶었던 것은 움베르토 에코의 『프라하의 묘지』에 나오는 현장을 직접 보고 싶었기 때문이다. 이야기의 중심에는 「시온 장로들의 의정서」가 있다. 유럽의 반유대인 정서를 자극하기 위한 것으로 보이는 이 문서에는 유대인이 세계 지배를 획책하고 있다는 내용을 담고 있다. 1921년 「런던 타임스」에 의해 허구의 문서임이 밝혀졌음에도 불구하고 나치가 유대인 박해의 근거로 삼았다. 화자인 시모니니가 심야에 찾아간 프라하의 유대인 묘지에 유대교 장로들이 모여 세계 지배에 관한 「시온 장로들의 의정서」를 채택하는 것을 지켜보았다는 것이다. 물론 대낮에 가서 이런 장면을 쉽게 연상할 수는 없을 터이나, 근처까지 가고서도 보지 못한 것은 분명 안타까운 일이다. 에코는 이 작품에서 '거짓말은 어떻게 만들어지는가', 그리고 '어떻게 살아남는가'를 보여주고 싶었다고 말했지만, 한편으로는 '잘못된 편견을 강화하는 데 기여할 수도 있다'라는 비판을 받기도 했다.

약속한 시각에 일행을 만난 1시 5분 전, 구 시청사 앞에 모여 매시 정각을 알리는 천문시계(Pražský orloj, 프라하 오를로이)가 작동하는 모습을 다시 구경했다. 전날 밤에는 컴컴한 가운데 동영상을 찍는다고 제대로 보지 못했다. 하지만 낮에 보는 모습도 실망이었다. 1분도 걸리지 않는 동안 시계 위쪽에 있는 두 개의 문이 열리고 그 안에서 사도들이 나와 지나가는 것이 전부였다. 매시 정각이 되면 위쪽 시계판의 오른쪽에 서있는 해골이 종 줄을 당긴다. 죽음을 의미하는 해골이 종을 쳐 죽음이 다가오고 있음을 사람들에게 깨우쳐 준다. 해골 옆에 있는 기타 치는 인형과 왼쪽에 있는 지팡이 짚은 인형 그리고 거울을 보는 인형들은 각각 탐욕, 욕심, 증오로 찌든 인간을 의미한다. 인형들이 고개를 흔드는 것은 죽음의 순간에 급해진 인간의 모습을 나타낸다. 해골이 종 줄을 당기는 순간 시계판 위에 있는 두 개의 창문이 열리고, 12사도가 지나가며 죽음을 맞는 인간들을 지켜본다. 12사도가 모두 지나가면 황금 수탉이 운다. 이는 새벽이 오고 삶이 시작되는 것을 의미한다.

천문시계가 작동하는 모습도 유명하지만, 그보다도 두 개의 시계판이 더 놀랍다. 아래의 시계판은 가운데 작은 원에 프라하의 도시 마크인 세 개의 탑이 들어 있다. 그 주위로 배열된 열두 개의 작은 원은 황도 12궁이고 다시 그 주위로 배치된 열두 개의 큰 원에 그려진 그림은 절기를 나타낸다. 그림판은 1년에 한 바퀴를 도는데, 12시 방향에 고정된 황금바늘에 걸리는 그림이 그때의 별자리이며 절기에 해당한다. 위쪽에 있는 시계판은 복잡하고 어렵다. 이 시계판은 천동설과 지동설의 원리를 적용하여 해와 달의 움직임을 나타냈는데, 년-월-일-시-분을 나타냈을 뿐 아니라 동지와 하지는 물론 밤낮의 길이까지 알 수 있다. 천문학을 공부하고 라틴어와 기호를 알아야 시계를 볼 수 있었다고 하니 왕과 귀족을 비롯한 지식인 계층을 위한 시계였다. 당연히 아래쪽 시계는 일반대중을 위한 시계였다.

천문시계가 작동하는 것을 구경한 다음 광장을 가로질러 점심을 먹기로 한 식당으로 갔다. 역시 광장은 다양한 사람들이 모이는 공간이다. 모퉁이에서 공중 부양 마술을 하는 사람이 눈길을 끌었다. 신기했다. 점심은 조개비빔밥이었다. 새콤하게 무친 조개가 들어간 비빔밥은 매콤해서이지 오랜 여행에서 오는 피곤함을 달래주었다. 점심 먹고 바로 공항으로 떠났다. 오랜 전통의 보헤미아 분위기를 제대로 느껴보지 못한 탓인지 프라하와 이렇게 작별을 해도 좋은가 하는 생각이 들었다.

프라하를 구경하던 때는 대한항공이 바츨라프 하벨 공항의 지분 44%를 가진 최대 주주였기 때문인지 한국어로 된 표지판을 곳곳에서 볼 수 있어 편안했다. 공항 직원들도 유독 친절하다는 느낌을 받았다. 출입국관리도 친절하고 밝은 느낌이었다. 인사말을 건네면 응대도 잘하고 호기심이 많은지 이것저것 묻기도 한다. 이 무렵에는 출국 신고를 한 뒤에 탑승구 앞에서 휴대 물품에 대한 검색을 다시 했었다. 검색대에 가방을 올렸는데 문제가 있는지 열어보라고 했다. 가방에서 작은 스위스 칼이 나왔다. 순간적으로 놀라는 표정을 지으면서 "Oh! Apple!"

이라고 소리쳤다. 아침에 사과를 깎아 먹고는 위탁 수하물에 넣는다는 것을 깜빡했다고 설명했다. 속으로는 압수당해도 어쩔 수 없다고 생각했다. 그런데 칼을 열어본 보안요원들은 이 정도로는 문제도 되지 않는다면서 돌려준다. 공산국가들의 공무원들이 대체로 경직된 것과는 달리 체코 공항의 공무원들은 여유가 넘쳐나고 있었다.

우비디메 세 즈노부(Uvidíme se znovu; 다시 보자) 프라하! 봐야 할 것이 남아 있으면 언제든 또 갈 기회를 만들기 마련이다. (「건강을 가꾸는 사람들」, 2017년 5/6월호)

윈더미어(영국)

시로 쓴 '잃어버린 시간을 찾아서'

윌리엄 워즈워스 지음, 『서곡』(문학과지성사, 2009년)

2017년 8월 아내와 함께 가는 여덟 번째 해외여행으로 영국과 아일랜드를 다녀왔다. '셰익스피어에게 여행을 묻다'라는 인문학 냄새가 나는 여행상품으로 영국의 브리튼, 스코틀랜드, 북아일랜드 그리고 웨일스 지역과 아일랜드를 8일 동안에 돌아보았다. 정작 여행지 가운데 셰익스피어와 연관이 있는 곳이라고는 그의 생가가 있는 스트래트포드 어폰 에이번, 한 곳에 불과하였다. 그리고 옥스퍼드, 에든버러, 더블린, 코츠월드 등 해리포터와 관련이 있는 곳이 훨씬 더 많아 '해리포터에게 여행을 묻다'라고 해야 할 것 같았다. 사실은 셰익스피어를 비롯하여 윌리엄 워즈워스, 조앤 롤링, 제임스 조이스, 그리고 가즈오 이시구로 등을 떠올릴 만한 장소들을 연결하고 있어 가히 영문학 기행이라고 할 수도 있었다. 물론 1960년에 결성되어 1970년에 해체한 전설적인 록밴드 비틀스가 탄생한 리버풀의 매튜 거리에 있는 주점 캐번(Cavern Club)에도 들어가 보는 일정도 있었다.

영국 일정의 첫째 날 저녁 무렵 리버풀에 도착해서 숙소에서 저녁을 먹고 머지강 변을 걸어 매튜 거리로 향했다. 썰물 때라서인지 수면이 저 아래까지 내려가 있었다. 살짝 덮인 구름 사이로 서편으로 넘어가는 해가 얼굴을 내민다. 구름에 비친 노을이 몽환적인 분위기를 만든다. 리버풀 박물관 근처에 있는 부두에는 여객선 선착장과 아시아 식당들이 들어서 있다. 공터에 있는 놀이기구는 기다란 철제구조물의 양 끝에 있는 탑승 장치에 각각 8명을 태우고 빙글빙글 돌아가는데 구경하는 것만으로도 아찔하다. 그런데 놀이기구에 정신을 팔다 보면 해안 거리에 서 있는 비틀스 단원들의 동상을 놓칠 수도 있다.

어두워질 때까지 해안 거리에서 빈둥거렸던 것은 매튜 거리의 주점들이 후끈 달아오를 시간을 기다렸던 듯하다. 매튜 거리는 해안 거리에서 그리 멀지 않았다. 주점들이 빼곡하게 들어차 있는 좁은 골목에는 주점을 찾는 사람들로 넘쳐나고 있었다. 주점 캐번은 비틀스가 함부르크에서 돌아와 처음 연주를 시작한 곳이다. 주점 캐번이라는 간판을 내건 곳이 하나가 아니어서 헷갈렸는데, 현지 해설사가 우리를 인도한 주점 캐번의 입구 옆에는 존 레넌이 발을 꼰 건방진 자세로 서 있어 이곳이 진짜 같다고 생각했다. 비틀스는 함부르크에서 공연한 지하실에 있는 클럽의 분위기를 살린 공연장을 찾았다고 한다.

실제로 우리가 들어간 지하의 주점 캐번에서 1961년부터 1963년까지 292회 연주를 했다고 한다. 원래의 주점 케번은 1973년 지하철 공사 때문에 문을 닫았다. 그리고 1984년에 원래의 주점 캐번의 벽돌 등을 가져다 재건축한 주점 캐번이 문을 열었다고 한다.

매튜 거리는 자정이 넘어야 분위기가 끓어오른다는데, 고막을 찢을 듯 요란한 연주 소리에 끌려 주점 캐번에 입장했다. 입장료를 따로 받지 않았다. 식탁 위에 맥주 한 잔을 달랑 올려놓고 연주에 열중하고 있는 사람들 모습을 보니 비용 걱정을 할 이유는 없다. 20개 정도의 의자는 벌써 채워져 있었고, 무대 앞에 작은 공간을 제외하고는 빼곡하게 들어선 사람들은 이미 악단의 연주에 몸을 맡기고 있었다.

여성 리드기타, 남성 베이스 기타 그리고 여성 드럼으로 구성된 3인조 악단은 브론디의 『지금은 파도가 높지만(The Tide is High)』 등 필자에게도 익숙한 곡들을 이어 연주하고 있었다. 하지만 입장하고 얼마 되지 않아 일행들이 하나둘 빠져나가는 바람에 필자와 아내 역시 따라나서고 말았다.

언젠가 음악을 좋아하는 작은 아이에게 비틀스의 노래를 아느냐고 물었더니, "당연한 걸 왜 묻느냐?"라는 답이 돌아왔다. 비틀스의 음악은 세대를 뛰어넘는 무엇이 담겨 있는 모양이다. 필자가 비틀스 음악을 처음 들었던 것은 서울로 올라온 1970년대 중반이었다. 밤샘 공부를 같이 한다고 친구 집에 갔다가 비틀스 노래를 처음 들었다. 그날 저녁 비틀스 노래를 듣느라 시험공부는 저만치 밀려나고 말았다. 그때는 「순리대로(Let it be)」, 「당신 손을 잡고 싶어(I wanna hold your hand)」 등에 매료됐었는데…. 나이가 들어서는 「길고 굽이진 길(long and winding road)」을 듣는 경우가 더 많다.

이튿날 아침에 일어났을 때 TV에서는 윔블던 소식을 알리고 있었다. 윔블던 경기가 열리는 동안 혹여 생길지 모르는 강력범죄에 대비해 영국 사회 전체가 아주 긴장하고 있는 느낌을 받았다. 영국 여행 두 번째 날 9시에 리버풀의 숙소를 나서서 호수 지역의 중심에 있는 윈더미어로 향했다. 전날 리버풀로 올 때는 고속도로의 정체가 심해 국도를 타야 했지만, 이날은 시원하게 뚫린 M58 고속도로를 달렸다. 그럼에도 창밖 풍경은 전날과 크게 다르지 않았다. 널따란 밭이 눈길 가는 데까지 펼쳐져 있다. 유럽대륙에서 보는 초원과는 달리, 밭과 밭 사이에는 커다란 나무들이 늘어서 있고 군데군데 숲을 이루고 있었다.

리버풀과 맨체스터를 잇는 이 지역은 산업혁명의 씨앗이 싹튼 곳이다. 이 지역에서 이탄이 많이 생산되었던 것이 이유 중 하나다. 이탄은 우리나라 석탄과는 달리 무른 탓에 갱도를 크게 뚫을 수 없어 50~70cm 크기의 갱도만 뚫을 수 있었고 당연히 어린이를 광부로 쓸 수밖에 없었다. 따라서 이탄을 캐는데 강력한 동력원이 필요했고, 그런 필요를 충족하기 위하여 증기기관이 개발된 것이다.

리버풀에서 출발한 차는 2시간여를 달려 윈더미어에 도착했다. 점심 무렵이었기 때문에 차에서 내려 식당으로 바로 이동했다. 램프라이터라는 식당은 옛 모습을 그대로 간직하고 있었다. 노대에 내놓은 탁자에서 어린 아들과 함께 음료를 마시는 아버지의 모습이 정겹다. 점심 식단은 소고기를 다져 양념한 것에 감자를 얹어 찐 코티지 파이로, 이 지역 전통음식이다.

윈더미어가 속해있는 호수 지역은 영국의 북서부에 있는 컴브리아에 대부분 위치한다. 해발 978m로 영국 내 최고봉인 스카펠 파이크가 있으며, 전체 지역이 해발 914m 이상인 산악지역이다. 1951년 5월 9일에 영국 최초의 국립공원으로 지정된 호수 지역은 동서로 51km, 남북으로는 64km에 달하며, 면적은 2362km²나 된다.

호수 지역에 흩어져 있는 계곡은 200만 년 전에 빙하가 고원에서 흘러내리면서 땅을 깎아 만들어졌기 때문에 대부분 호수의 단면은 U자형이다. 계곡 위 산머리에 평평한 지대가 흩어져 있다. 호수 지역 안에는 윈더미어 호수, 글라스미어 호수를 비롯해 모두 19개의 호수가 있다.

호수 지역은 18세기부터 19세기에 이르는 영국 문학과 밀접하게 연관돼 있다. 토마스 그레이는 1769년 발표한 『거창한 여행(Grand Tour)』에서 이 지역을 소개했다. 그리고 윌리엄 워즈워스야말로 세상 사람들로 하여금 호수 지역에 관심을 갖게 한 대표적 문인이다. 80년의 삶 가운데 60년을 호수 지역에서 살면서 이 고장의 아름다움을 노래한 그는 호수 시인으로 알려졌다. 20세기 초반 피터 래빗을 주인공으로 한 작품으로 유명한 베아트릭스 포터 역시 호수 지역의 힐탑에 있는 농장에 살면서 작품 활동을 했다.

번잡한 도시 리버풀을 떠나 윈더미어에 도착하면서 시간의 흐름이 느려지는 것을 느낄 수 있었다. 알랭 드 보통은 『여행의 기술』에서 런던을 떠나 윈더미어를 여행한 느낌을 이렇게 적었다. "도시의 '떠들썩한 세상'의 차량들 한가운데서 마음이 헛헛하거나 수심에 잠겨 있을 때, 우리 역시 자연을 여행할 때 만났던 이미지들, 냇가의 나무들이나 호숫가에 펼쳐진 수선화들에 의지하며, 그 덕분에 '노여움과 천박한 욕망'의 힘들을 약간은 무디게 할 수 있다."

알랭 드 보통에게 이런 영감을 준 것은 워즈워스의 시 「수선화」였다. 특히 '내가 가끔 안락의자에 누워 / 마음을 비우거나 사색적인 기분에 잠겼을 때 / 수선화들은 그 내면의 눈앞에 번쩍하고 나타난다…… / 그러면 내 마음은 즐거움으로 가득 차 / 수선화와 어울려 춤을 춘다.'라는 마지막 연이 그랬다.

점심을 먹고, 워즈워스의 시작(詩作)에 영감을 준 윈더미어 호수를 보러 갔다. 영국에서 두 번째로 크다는 윈더미어 호수에서 유람선을 타기로 한 것이다. 하지만 배를 타는 곳에는 우리 일행은 물론 중국인들을 비롯해 다양한 지역에서 온 사람들로 바글거렸다. 워즈워스의 영향을 받아 성립한 국민신탁운동이 태동된 윈더미어 지역이 오염되는 모습 같아 안타깝다. 윈더미어를 비롯한 호수 지역이 이처럼 밀려든 사람들로 시끌벅적하게 되리라는 것을 워즈워스나 존 러스킨은 예상이나 했을까?

1844년 워즈워스는 호수지방의 남동부 끄트머리인 켄달까지 들어와 있던 철도노선을 윈더미어 호수까지 연장하려는 계획이 추진된다는 것을 알게 되자, 일간지 「모닝포스트」에 이를 성토하는 글을 실었다. 그는 "푸르른 들판, 맑게 흐르는 강물, 풍요로운 숲, 과수원 등 보통의 전원풍경은 누구에게나 사랑받고 있지만, 이를 넘어선 미의식은 누구나 갖고 있는 것은 아니다. 바위산, 벼랑, 격류 등 정말로 이 호수지방을 두드러지게 하는 숭고한 미를 느낄 수 있는 능력은 하늘이 준 것이 아니라 오랜 시간에 걸쳐 서서히 교양이 몸에 배는 사이에 길러지는 것이다"라고 말했다.

충분히 이해되는 내용이다. 문제는 이어지는 문장이다. 그는 "따라서 배우지 못한 하층계급 사람들이 철도에 의해 현재보다 쉽게 호수지방에 올 수 있다 해도 아무런 실질적 이익도 없다"라고 했다. 배우지 못한 사람들이 어쩌다 한번 호수 지역을 구경하러 왔다고 해도 자연의 숭고함을 제대로 느낄 수 없으니 아예 올 수 없도록 해야 한다는 취지의 차별적인 생각을 돌직구처럼 내뱉은 것이다.

존 러스킨은 한술 더 떴다. 워즈워스를 필두로 한 윈더미어 주민들의 반대로 취소됐던 철도노선 연장 계획이 30년 뒤에 다시 추진되기 시작했다. 이 무렵 대도시에서의 생활에 절망한 나머지 런던을 떠나 호수지방에 머물던 존 러스킨이 반대에 나섰다. "케스윅과 윈더미어의 강가에 어리석은 여행자 무리가 부대에서 내팽개쳐진 석탄처럼 털썩 주저앉아 술 한잔 걸치면서 헬베린의 산을 바라보는 모습은 정말 참을 수 없을 정도다." 워즈워스나 러스킨의 독설을 읽다가 별생각 없이 윈더미어 구경에 나섰던 내 모습을 되돌아보았다. 호숫가에 털썩 주저앉아 소주잔을 기울이거나 소란을 떨지 않은 것이 그나마 다행이다 싶다.

블록홀 국립공원에서 앰블사이드까지 50분 동안 배를 타면서 감상한 호수 주변 풍경은 탄성을 내뱉기도 조심스러울 정도로 아름다웠다. 그저 호수 위에 부는 삽상한 바람을 맞으며 호수에 그림자를 드리우는 언덕과 그 언덕 위에 떠 있는 구름이 얼마나 조화로운가를 마치 워즈워스가 된 것처럼 느껴보려 했다. 선착장을 떠난 배 위에서는 호숫가에 수선화가 피어있는지 가늠할 수는 없었다. 하지만 호숫가에 밋밋하게 솟아오른 언덕 위로 마치 무지개가 걸려 있는 것만 같아 그의 시 「하늘의 무지개를 볼 때마다(My heart leaps up when I behold)」를 암송해 본다. "하늘의 무지개를 볼 때마다 / 내 가슴은 설레느니, / 나 어린 시절에 그러했고 / 다 자란 오늘에도 매한가지, / 쉰 예순에도 그러지 못한다면 / 차라리 죽음이 나으리라. / 어린이는 어른의 아버지 / 바라노니 나의 하루하루가 / 자연의 믿음에 매어지고자."

널따란 호수와 호수를 둘러싸고 있는 밋밋한 언덕은 어릴 적에 살던 시골 동네와 많이 닮았다. 명절에 큰집에 가서 사랑채 마루 끝에 서면 담장 너머로 호수가 펼쳐지는 풍경이 참 좋았다. 한때는 고향 동네의 호숫가에 집을 짓고 한가롭게 글을 쓰며 지내는 꿈을 꾼 적도 있다. 오랜만에 큰집을 찾아갔을 때 그 큰 호수가 메워져 주택단지가 들어서고 호수가 4분의 1도 안 되게 줄어든 것을 발견하고서는 그 꿈을 접고 말았다.

호수에 떠 있는 백조와 오리들의 모습에서 한가함을 느끼다가도 호수 위에 범람하고 있는 놀이배, 널판지 심지어는 수상스키를 타는 사람들을 보면서 워즈워스가 지하에서 통탄할 것 같다는 생각을 해본다. 어떻거나 워즈워스나 러스킨의 영향을 받은 옥타비아 힐, 로버트 헌터, 하드윅 론슬리, 세 사람의 노력으로 1895년 1월 12일 영국의 국민신탁(National Trust)이 발족했다. 국민신탁의 활동이 힘을 얻어가면서 일부 호수와 경관이 뛰어난 곳을 포함해 전체 면적의 4분의 1을 국민신탁이 소유하고 있다. 앞서 소개한 베아트릭스 포터는 작품활동을 통해 얻은 수익으로 호수지역의 땅 1,750만m²를 사서 국민신탁에 유증했다. 물론 윈더미어 지역에는 이미 철도가 들어와 있기는 하지만 그래도 이곳에서 고풍스러운 옛 정취를 느낄 수 있는 것도 국민신탁의 덕분이다.

윈더미어호수를 건넌 배는 그라스미어에 도착했다. 워즈워스와 그의 여동생 도로시가 1799년부터 1808년까지 살았던 도브 코티지가 이곳에 있다. 워즈워스는 이곳에서 평범한 삶이었지만 깊이 사유하는 시간을 가질 수 있었다. 이곳에서 사는 동안 「수선화」, 「하늘의 무지개를 볼 때마다」 등의 명시와 「서곡」의 일부를 썼다.

원래의 일정대로라면 도브 코티지를 밖에서 구경하는 것으로 끝이었다. 하지만 일정에 여유가 생겨 희망하는 사람들은 10파운드를 내고 도브 코티지 내부를 구경할 수 있게 됐다. 그런데 입장료를 내려고 내밀었던 20파운드 지폐가 구권이라서 받지 않는다고 했다. 10년 전 런던 출장길에 쓰고 남은 돈이 80파운드나 되는데, 그 사이에 화폐개혁이 있었던 모양이다. 요즘 환율로 따지면 14만4천원이 휴지조각이 되고 말았다. 망했다.

워즈워스는 평생을 여동생 도로시의 시중을 받으며 지냈다. 심지어는 시작(詩作)까지도 워즈워스가 구술하고 도로시가 받아쓰는 식이었다고 한다. 워즈워스가 도로시의 친구 메리와 결혼해서 이곳에서 살았는데 메리의 여동생 사라까지 같이 사는 대가족이 됐다.

야트막한 언덕의 끝자락에 자리한 아담한 2층 건물의 도브 코티지에는 좁지만, 아늑한 정원도 있고, 뒤곁의 언덕에도 역시 정원을 만들었다. 언덕 중간에는 멀리 그라스미어 호수까지 볼 수 있는 전망 장소가 있다. 건물 안에는 워즈워스 일가가 사용하던 커피기계를 비롯해, 일상 집기는 물론 다양한 유품들이 전시돼 있다. 좁다는 느낌이 들 정도로 아담한 방을 채우고 있는 일상용품들은 그저 소박해 보이는 것들이었다. 방은 커야 하고 번쩍번쩍하는 가구들로 채워야 직성이 풀리는 우리네 속물들도 와보면 좋겠다는 생각이 들었다. 1798년 『서정담시집(Lyrical Ballads)』을 같이 펴낼 정도로 돈독했던 사무엘 테일러 콜리지와의 관계를 보이는 자료들도 다수 볼 수 있다.

계관시인인 워즈워스는 당연히 웨스트민스터 사원에 묻혀야 옳았겠으나 도로시의 반대로 글라스미어의 공동묘지에 있는 가족 묘역에 안장됐다. 도브 코티지를 돌아본 뒤 그리 멀지 않은 곳에 있는 워즈워스의 묘소도 둘러보았다. 묘지 입구에는 사라의 생강빵 만드는 방법을 이어받았다는 집이 있다.

요코가와 세츠코가 쓴 『토토로의 숲을 찾다』와 알랭 드 보통이 쓴 『여행의 기술』을 읽으면서 호수 지역의 풍광이 아름답다는 이야기는 익히 알고 있었다. 막상 가보니 과연 그렇구나, 하는 생각과 실망 같은 것도 있었다. 호수를 둘러싼 야트막한 야산을 흘러내린 곡선이 너무 부드러워 절로 시가 쓰일 것 같다는 생각과 함께, 워즈워스를 비롯하여 국민 신탁 운동을 하는 사람들이 지켜내고자 했던 호수 지역이 이제는 물밀듯이 밀려드는 관광객들 때문에 더 이상 한적하지만은 않더라는 것이다. 물론 필자도 한몫했겠지만 말이다.

그래서 워즈워스의 눈을 통해서 고즈넉했던 호수 지역의 분위기를 되새겨보려고 『서곡』까지 읽게 되었다. 『서곡』에는 윌리엄 워즈워스 삶의 족적까지도 느낄 수 있다고 했기 때문이다. 『서곡』에는 워즈워스가 유년기로부터 프랑스 체류에 이르기까지 자신의 삶을 통해서 느낀 점을 모두 14권의 시에 담았다. 유년기에서부터 시를 썼던 것은 아니고 28살이 되던 해부터 전기적 시를 쓰기 시작해서 평생을 매달렸다. 『서곡』은 그 무렵 유행하던 성장소설에 대응한 일종의 성장시에 해당한다고 하겠다. 그렇다면 시 영역에서의 『잃어버린 시간을 찾아서』가 되는 셈인가?

마들렌 조각이 떨어진 홍차 한 모금에서 유년 시절의 기억을 되살린 프루스트처럼 워즈워스는 청명하고도 평화로운 어느 가을날, 은빛 구름이 떠 있던 하늘에서 쏟아져 내려 풀잎에 반짝이는 햇빛, 그리고 그늘 속에 가려져 또 다른 그늘을 드리우던 숲에 고요함이 감돌 때, 한 골짜기를 떠올렸고, 그 골짜기에 있는 언젠가 본 듯도 한 오두막의 문 앞으로 곧장 가기로 마음먹었다고 노래한다. 그 오두막은 유년 시절 살던 곳이었을 것이다. 주체할 수 없는 상념에 매달리는 시인의 특성에 따라 마음에 떠오르는 자신의 지난날을 기록하게 된 것으로 보인다. 자신이 하게 될 일이 '어떤 영국적 주제도, 밀턴도 노래하지 않고 남겨둔 어떤 오래된 낭만적 이야기를 택하게 되겠지' 하고 예견하면서 말이다.

'골짜기를 휘감아 도는 안개의 은빛 화환, 혹은 공중에 걸린 구름 빛깔로 얼룩진 잔잔한 물의 평원으로부터 순수한 감각의 기쁨을 들이마시며 천지창조만큼이나 오래된 미(美)와의 무의식적 교감'을 느낄 수 있었다고 하니 워즈워스의 타고난 시재(詩才)는 호수 지역의 아름다운 풍광을 더하여 화룡점정 할 수 있었던 것 같다. 자전적 시(詩)라는 한계와 번역되어 재해석된 시라는 제한점으로 인하여 『서곡』에 실린 시들은 『하늘의 무지개를 볼 때마다』에 실린 시와는 다른 느낌으로 다가온다. 그래도 곳곳에 자연의 아름다움을 순수하게 표현한 구절들이 감동을 주기에 충분하다.

『서곡』이 자전적 기록에 머물지 않는 것은 떠올린 기억을 토대로 하여 사유한 결과를 기록한 것이기 때문일 것이다. 그렇기 때문에 시인은 '순전한 과거의 회상'과 '이후의 명상에 의해 변화된 과거' 사이에서 혼란을 겪기도 한 것 같다는 평가도 있다. 어떻든 『서곡』은 세 단계로 구성되었다고 한다. 첫 번째는 정신적 성장의 단계, 두 번째는 무기력과 절망이라는 정신적 위기로 성장 과정이 산산조각 나는 단계, 세 번째는 마침내 시인이 다시금 고결함을 회복하고, 오히려 이전보다 더 발전된 위치에 이르게 되는 단계 등이다. 이런 과정은 워즈워스가 마음의 스승으로 모셨던 밀턴이 '인간에게 이르는 하느님의 길'을 설명한 서사시 『실낙원』에 비교하게 되는 것은 본인 스스로 밀턴의 위대한 전통의 계승자로 자처한 것도 있다고 한다. (2024년 8월 15일)

에든버러(영국)

갈라진 책등 사이에는 어떤 비밀이…

페이지 셀턴 지음, 『회귀본 살인사건』(나무옆 의자, 2018년)

파리8대학 불문학 교수이자 정신분석가인 피에르 바야르 교수는 『여행하지 않은 곳에 대해 말하는 법』이란 책에서 "어떤 곳에 관해 얘기하는 최고의 방법은 바로 자기 집에 머무는 것"이라고 말한다. 집에서 책을 읽고 누리망을 뒤지다 보면, 이야기하고자 하는 장소에 대한 완벽한 답을 구할 수 있으니 바야르 교수의 말이 맞을 수도 있다. 하지만 여행지에 직접 가본 다음에 여행지에 관한 이야기를 정리하다 보면 시야도 넓어지고 찾아낸 자료에 대한 확신도 커지는 것 같다. '백문(百聞)이 불여일견(不如一見)'이란 말이 공연히 나온 것은 아닐 것이다.

앞서 윌리엄 워즈워스의 『서곡』에서 소개한 영국과 아일랜드를 연결하는 여행에서 찾아간 스코틀랜드의 에든버러를 구경한 감상과 관련된 책을 소개하기로 한다. 영국과 아일랜드를 둘러보는 여행의 주제는 '셰익스피어에게 여행을 묻다'였지만, '해리 포터에게 여행을 묻다'가 되어야 할 것 같다. 그렇다면 에든버러에서는 해리 포터 연작을 소개하는 것이 좋겠지만 에든버러의 분위기를 잘 담은 페이지 셸턴의 소설 『희귀본 살인사건』을 소개하려 한다.

여행 두 번째 날 4시 무렵 글라스미어를 떠나 에든버러(Edinburgh)로 향했다. 글라스미어에서 에든버러까지는 버스로 3시간 반이 걸린다. 글라스미어를 떠나 30분 정도 지나면 주변 풍경이 바뀐다. 스코틀랜드 남부 고지대로 진입하는 듯, 도로도 오르막길이고 주변 산세도 조금씩 달라진다. 산동성이가 둥그스름한 것이 우리나라 야산을 닮았다. 스코틀랜드 로우랜드의 산세가 그렇다. 산꼭대기에서 밋밋하게 흘러내리는 초지에는 양 떼와 소 떼가 한가롭게 풀을 뜯고 있다. 소들을 보니 그해 5월에 아프리카의 마사이랜드에서 본 소들과는 달리 통통하니 살집이 좋다. 소도 태어난 땅에 따라서 생김이 다르다는 게 신기하다.

잉글랜드, 스코틀랜드, 웨일스를 품고 있는 브리튼 섬은 꼬리를 앞으로 잔뜩 말고 있는 해마를 닮았다. 해마의 머리에 해당하는 스코틀랜드 지형은 크게 북부의 하이 랜드, 중앙 지대, 남부의 고지대로 구분한다. 중앙 지대와 남부의 고지대를 묶어서 로우 랜드라고도 한다. 하이 랜드와 로우 랜드 사이에는 하이랜드 경계 단층이 있다.

휴게소에서 잠시 쉬고 다시 '자다 깨다'를 반복하다 보니 차는 어느새 에든버러 시내를 달리고 있었다. 에든버러는 1437년부터 스코틀랜드의 수도다. 로마제국 시절 브리튼 섬의 북동부에 살던 고도딘족이 세운 도시로 브리소닉어로 '구릉 위에 세운 요새'라는 의미의 딘 에이든 (Din Eidyn, 에이든 요새)에서 유래했다.

4세기경의 것으로 보이는 웰시어로 쓰인 옛 시 「Y 고도딘(Y Goddodin)」에 "에이든의 높은 장벽"을 노래한 구절이 있다. 딘 에이든이 뒷날, 이 지역에 들어온 앵글족의 한 갈래인 베르니시아에 전해지면서 에딘-버르(Edin-burh), 즉 에드윈 요새로 바뀌었다가 고대 영어에 들어온 것이다. 에든버러는 올드 리키, 엠브라 혹은 엠브로라는 별명으로도 불린다. '묵은 연기'라는 의미의 올드 리키라는 별명은 이 지역의 난방 방식과 관련이 있다. 오래전부터 석탄과 나무를 태워서 난방했는데, 굴뚝에서 나온 연기가 온 도시를 뒤덮고 있었기 때문에 생긴 별명이다.

에든버러는 스코틀랜드에서는 글래스고 다음으로, 영국 전체에서는 일곱 번째로 큰 도시이다. 중세부터 형성된 구시가지는 에든버러성과 홀리루드 궁전을 잇는 로열 마일을 중심으로 발전해 왔다. 에든버러는 금융업과 관광업이 성하다. 에든버러에서 열리는 축제 가운데 매년 8월 열리는 에든버러 페스티벌 프린지가 유명하다. 1999년 참가한 '난타'가 폭발적인 인기를 끌었고, 그 이후에도 '점프' 등 주목받는 작품이 발표됐으며, 2017년에는 우리나라에서만 무려 19개 팀이 참여하는 등 우리에게도 익숙하다.

하늘이 잔뜩 찌푸리더니 차가 숙소에 도착할 무렵 한바탕 비가 쏟아진다. 저녁 식사를 시작할 때만 해도 에든버러 야경을 보러 가는 일정이 취소되는 분위기였다. 하지만 저녁을 먹은 뒤에 구름이 걷히고 있어 야경을 보러 가기로 했다. 일부는 숙소에 남았지만, 구경에 나선 사람들은 엘리펀트 하우스로 향했다. 작가 조앤 롤링이 『해리 포터와 마법사의 돌』을 썼다는 찻집이다. 필자도 미국에서 공부할 적에 나온 이 책을 읽어 보았다. 영국식 영어표현이 익숙하지 않은 탓에 꽤 어려웠는데, 귀국해 서는 번역판을 다시 읽고서야 전체 이야기를 이해할 수 있었다.

해설사는 조앤 롤링이 에든버러에서 일할 때 엘리펀트 하우스의 주 인이 시외에 있는 집으로 가는 차를 기다리는 작가에게 편의를 봐주었 다고 설명했다. 배차 간격이 아주 긴 차를 기다리는 동안 추위를 피할 곳이 필요했다는 것이다. 엘리펀트 하우스의 전면에는 해리 포터가 탄 생한 곳이라고 적혀 있다. 실내에는 조앤 롤링에게 고정적으로 제공한 좌석이라는 표시도 있다. 엘리펀트 하우스에서 존 낙스가 목회했던 세 인트 자일스 교회까지는 걸어갔다.

교회 아래편 로열 마일 거리에는 애덤 스미스의 동상이 서있다. 옛 날 시장이 있던 장소이다. 애덤 스미스의 시선은 언덕 아래 그가 살았 고 죽은 뒤 묻힌 캐논 게이트 방향으로, 상업과 무역의 상징인 리스 항 구, 그리고 바다 건너 그가 태어난 스코틀랜드 피페 주를 향하고 있다. 경제학의 아버지라고 일컫는 애덤 스미스는 고전 경제학의 대표적인 이론가로서 자본주의와 자유무역에 대한 이론의 깊이를 더했다. 1776 년 발표한 저서 『국부론(An Inquiry into the Nature and Causes of the Wealth of Nations)』에서는 국가가 간섭하지 않는 자유 경쟁 상태에서도 '보이지 않 는 손'에 의하여 사회의 질서는 유지되고 발전된다고 주장했다. 그는 시 장경제야말로 모든 사람에게 만족한 결과를 가져올 것이며, 특히 왕이 나 귀족들보다도 보통 사람들에게 도움이 될 것으로 믿었다.

애덤 스미스의 동상 위쪽에 있는 교회가 스코틀랜드 장로교의 총본산이라고 하는 성 자일스 교회다. 에든버러의 수호성인인 성 자일스에게 헌정된 교회이다. 교회의 중심에 있는 4개의 커다란 기둥은 1124년에 세운 것이라고 알려졌다. 1490년 왕관 모양의 등탑이 추가되고 사제석의 천장을 높였다.

교회의 동남쪽 구석에 있는 티슬 예배당은 스코틀랜드에서 가장 오랜 티슬 기사단을 기리는 예배당이다. 제임스 7세 왕이 1687년에 만든 티슬 기사단은 스코틀랜드의 왕과 16명의 기사로 구성됐다. 예배당의 천장은 엉겅퀴 무늬를 새겼고, 기둥에는 백파이프를 연주하는 천사를 조각했다.

성 자일스 교회 앞 광장의 위쪽 길 건너편에는 데이비드 흄의 동상이 있다. 「인간 본성에 관한 논고」의 서문에서 그는 "인간 과학은 유일하게 다른 모든 과학을 뒷받침하는 과학"이라고 주창했다. 이로써 '과학은 오직 경험에 의해 검증될 수 있는 것만을 추구하는 학문'이라고 하는 논리실증주의가 싹트게 된 것이다.

성 자일스 교회를 떠나 과거 천문대가 있던 칼톤 힐로 향했다. 스코틀랜드 국립미술관과 왕립아카데미 뒤로 해서 프린세스 스트리트 정원을 끼고 걸어갔다. 꽤 먼 거리였는데, 게다가 비까지 내렸다. 저녁 먹을 때 비가 내렸는데도 깜박 잊고 우산을 숙소에 놓고 나와 비를 그대로 맞아야 했다. 우산을 살까, 했지만 10분만 지나면 멎을 것이라고 해서 그냥 맞으며 걸었다. 정말 거짓말처럼 비가 멎었다.

어둠에 잠겨가는 정원 멀리, 에든버러 웨이벌리 기차역이 환하게 불을 밝히고 있다. 기차역의 왼쪽으로 고딕양식의 첨탑이 우뚝 솟아있다. 『아이반호』 등의 소설로 유명한 월터 스콧 경 기념탑이다. 작가에게 헌정된 기념탑으로는 쿠바의 아바나에 있는 호세 마르티 기념탑에 이어 세계에서 두 번째로 규모가 크다. 빅토리아 고딕양식으로 지은 기념탑은 61.11m의 높이이며, 나선형으로 된 288개의 좁은 계단을 따라 올라가면 꼭대기에 도달할 수 있다.

에든버러 기차역을 지나면서 빗줄기가 가늘어지더니 칼턴 힐에 도착할 무렵에는 비가 그치고 구름도 엷어졌다. 103m 높이의 칼턴 힐은 에든버러의 중심부에 있는 언덕으로 성 앤드류 하우스를 기반으로 한 스코틀랜드 정부의 본부가 있다. 그 밖에도 스코틀랜드 의회 건물, 홀리루드 궁전 등 중요한 건물들이 있고, 국가 기념탑, 넬슨 기념탑, 두갈드 스튜어트 기념탑, 로버트 번 기념탑, 정치적 순교자 기념탑 등이 있다.

사위가 컴컴하고 시간 여유도 많지 않아 이들 기념탑이 어디에 있는지 눈에 들어오지 않았다. 칼턴 힐에 찾아온 것은 사실 에든버러의 야경과 멀리 북해에 떠 있는 유정의 깜박이는 불빛을 감상하는 것이었다. 그러나 언덕이 높지 않고, 언덕 앞에 불 꺼진 건물이 떡하니 가로막고 있는데다 시내에는 밤을 밝히는 간판이나 조명이 없어 화려한 맛은 없었다. 지금까지 세상을 돌아다니면서 구경한 세계의 도시 야경 가운데 가장 실망스러웠다. 숙소로 돌아온 것은 11시 15분이었다. 영국 여행은 첫날부터 이날까지 매일 저녁 강행군이었다.

세 번째 아침에는 9시에 숙소를 나서 전날 밤에 다녀온 칼턴 힐로 갔다. 에든버러의 구시가지와 북해로 나가는 항구의 모습이 손에 잡힐 듯하다. 이 지역은 1456년 제임스 2세가 에든버러에 하사한 땅으로 당시에는 크락인갈트라고 했다. 이는 옛 웰시어 혹은 옛 영어에서 '작은 숲이 있는 곳'이라는 의미였다. 1591년 남부 리스의 소교구교회의 기록에는 칼드토운(Caldtoun)이라는 이름이 남아 있는데, 이는 추운 동네(cold town)라는 의미로 영어화된 것으로 보인다. 1725년부터는 칼턴, 혹은 칼턴 힐이라는 이름이 등장했다.

이곳에는 앞서 적은 것처럼 수많은 기념비와 건물들이 들어서 그 가운데 일부만 적어 보면, 스코틀랜드 국가기념물은 나폴레옹 전쟁 기간에 죽은 스코틀랜드의 군인과 수부들을 위한 것이다. 1826년 건축을 시작했지만, 예산이 충분하지 않아 1829년부터 공사가 중단된 채로 남아 있다. 그런 이유로 스코틀랜드의 불명예, 에든버러의 불명예, 스코틀랜드의 자부심과 빈곤 그리고 에든버러의 바보짓 등의 별명으로도 부른다.

넬슨 기념비는 1805년 카디즈 항구 인근 해역에서 벌어진 트라팔가 해전에서 프랑스와 스페인 연합함대를 궤멸시킨 해군 제독 호레이쇼 넬슨을 기념하기 위한 것이다. 칼턴 힐에서 가장 높은 해발 171m 언덕에 세워진 32m 높이의 넬슨 기념비는 건축가 로버트 번이 설계한 것으로 넬슨 제독과 밀접한 망원경을 거꾸로 뒤집어 놓은 모습이다. 143계단을 오르면 전망대에 오를 수 있다. 에든버러에 들어오는 배에서는 넬슨 기념비를 가장 먼저 볼 수 있다.

자유시간을 비교적 넉넉하게 얻었지만, 칼턴 힐에 흩어져 있는 기념물을 모두 돌아보기에는 충분하지 않았다. 몇 곳은 훗날 다시 올 기회가 있기를 기대할 따름이다. 칼턴 힐에서 내려오는 산책길의 가로수 사이에서 가시가 많은 나무가 신기해서 물어보니 바로 히스라고 한다.

히스를 보니 브론테 자매들이 떠오른다. 에밀리 브론테의『폭풍의 언덕』, 샬럿 브론테의『제인 에어』, 그리고 앤 브론테의『아그네스 그레이』등에 공통으로 등장하기 때문이다. 그녀들의 작품에 히스가 빠지지 않는 것은 아마도 자매들이 성장한 영국 중부의 작은 도시 하워스의 무어라고 부르는 황무지에 히스가 지천으로 피어있었기 때문일 것이다.

한 대목씩 살펴보면, 『제인 에어』에는 "거센 바람이 휘몰아치며 휩쓸고 지나간, 벌판에 자란 히스 덤불처럼", "바위 옆 히스가 우거진 곳에 누우니 발이 히스에 묻혔다. 차가운 밤공기가 스며들 틈이 없을 만큼 양쪽으로 히스가 높이 솟아있었다"라는 대목이 있다. 심지어『폭풍의 언덕』의 등장인물은 히스에서 이름을 딴 히스클리프이다. 물론 "습지 옆 비탈에서 비석 세 개를 찾아보았다. 금방 눈에 띄었다. 가운데 것은 회색이었고 히스에 반쯤 묻혀 있었다. (…) 히스와 실잔대 사이를 파닥파닥 나는 나방들을 바라보기도 하고, 풀잎을 스치는 부드러운 바람의 숨소리에 귀를 기울이기도 했다"라는 대목도 나온다.『아그네스 그레이』에서도 "'나는 야생화를 좋아하지만, 다른 것들은 한~두 개를 제외하고는 관심이 없어. 너는 어때?', '앵초, 블루벨, 히스'"라는 대목이 있고, 우리나라에 소개되지 않은 앤 브론테의 '와일드펠 홀의 소유주'에서는 "집 뒤로는 그리 크지 않은 황량한 벌판이 있고, 언덕 꼭대기까지 갈색의 히스가 뒤덮여 있다."라는 대목이 나온다.

칼턴 힐에서 내려와 차를 타고 에든버러성으로 이동했다. 칼턴 힐 아래 있는 홀리루드 궁전은 창 너머로 외관만 구경했다. 이곳은 16세기 이래로 스코틀랜드의 왕과 여왕이 살던 궁전으로, 지금은 스코틀랜드에 있는 영국 왕실의 공식 거처다. 엘리자베스 2세는 매년 여름이 시작되면 1주일 동안 이곳에 머문다.

홀리루드 궁전에서 에든버러성까지의 1.61km의 길을 로열 마일 거리라고 한다. 영국이 사용하는 거리의 단위 마일이 여기에서 나왔다. 에든버러성을 찾는 사람들이 너무 많았나 보다. 로열 마일이 성으로 향하는 차들로 가득 차 있어서 차가 움직일 수가 없었다. 결국 내려서 걷기로 했다. 이래저래 많이 걷는 여행이다. 전날 밤에서 보았던 성 자일스 교회를 밝은 날 다시 보았다. 역시 교회 안을 구경할 시간은 없었다. 거리에서 백파이프를 연주하는 거리의 악사를 만났다.

에든버러성에 도착해보니 8월에 열릴 예정이라는 로열 에든버러 밀리터리 타투 준비가 한창이었다. 1950년부터 시작된 이 축제에서는 영국 육군과 영연방국가 및 다른 나라의 의장대와 예술 공연단이 에든버러성에 모여 공연을 한다. 개막공연은 스코틀랜드의 전통 복장인 퀼트를 입은 수백 명의 경기병이 백파이프와 북을 연주하며 행진한다. 매년 20만 명이 관람하는데, 이 해에는 에든버러성 광장에 8,800개 좌석을 만들었다고 한다.

로열 마일 끝에서 좁아진 통로를 건너 성으로 들어간다. 성문 양쪽에는 13세기 말부터 14세기 초까지 이어진 스코틀랜드 독립운동의 두 영웅의 동상에 서 있다. 오른쪽은 영화 『브레이브 하트』의 주인공이기도 한 윌리엄 월레스이며 왼쪽은 스코틀랜드 독립전쟁을 승리로 이끌어 왕위에 오른 로버트 더 브루스의 동상이다.

성문을 지나 조금 더 가면, 아주 오래된 모습이 생생한 성 마가렛 교회가 나타난다. 1130년 무렵 데이비드 1세가 지어 어머니인 성 마가렛 여왕에게 바친 것이다. 성 마가렛은 말콤 3세 왕의 부인이다. 예배당에서는 요즈음도 세례식과 결혼식이 열린다. 그리 넓지 않은 예배당 안쪽에 있는 소박한 채색유리창에는 성 마가렛 여왕의 모습이 새겨져 있다.

성 마가렛 교회를 지나면 크라운 광장이다. 팰리스 야드라고도 하는 광장의 동쪽에는 왕궁이 있고, 남쪽에는 대연회장, 서쪽으로는 앤 여왕 빌딩 그리고 북쪽에는 국립 전쟁기념관으로 둘러싸여 있다. 왕궁은 15세기 중반 제임스 4세 시절 지어 스튜어트왕조의 왕궁으로 사용됐다. 1층에는 지금은 왕의 식당이라고 부르는 레이치 홀과 메리 여왕이 태어난 산실 등을 볼 수 있다. 그리고 1615년에 스코틀랜드 명예의 전당으로 지은 둥근 천장의 왕관실이 있다. 이곳에는 스코틀랜드 왕실의 왕관, 홀 그리고 검을 보관하고 있다. 왕홀은 1540년 교황 알렉산더 6세가 제임스 4세에게 수여한 것인데, 1543년 메리 여왕의 대관식에서 처음 사용됐다.

여기에는 '운명의 돌'도 보관돼 있다. 운명의 돌은 스코틀랜드 왕실의 권위를 나타내는 강력하고 오래된 상징으로 수백 년에 걸쳐 스코틀랜드 왕의 대관식을 지켜왔다. 전설에 따르면 야곱의 사다리를 꿈꿀 때 베고 있던 베개라고 전한다.

왕궁 내부를 구경하고 나니 11시다. 점심 전이기는 하지만 옛날 왕실 다실이었다는 곳에서 애프터눈 티를 즐겼다. 요즘 우리나라에서도 드물지 않게 만날 수 있는 영국식 문화를 본토에서 경험해 본 셈이다. 이곳에서 경험한 애프터눈 티는 3단으로 된 접시에 설탕을 넉넉하게 바른 페이스트리, 몇 종류의 샌드위치, 그리고 다양한 스콘이 놓여 있었다.

애프터눈 티는 1840년경 7대 베드포드 공작의 부인 안나 마리아로부터 시작됐다. 오후 8시에 시작되는 저녁을 기다리는 동안 배고픔을 달래려고 오후 3시 반과 5시 사이에 빵과 버터를 곁들여 차를 마셨던 것이다. 플로라 톰슨이 1941년부터 1943년까지 나눠 발표한 3부작의 자전적 소설 『캔들포드로 날아간 종달새』에서 잘 묘사되어 있다. 옥스포드셔와 버킹엄셔의 시골 마을에서도 "사람이 찾아오면 집주인은 차를 대접했다. 양옆에 분홍색 장미가 그려진 찻잔에 좋은 차를 담고, 얇은 빵에는 버터와 양상추를 얹었으며, 아침에 구운 바삭한 케이크가 곁들여졌다"라는 대목이다.

이른 점심시간이라서인지 차려온 다과를 남겨야 했지만, 다실의 우아한 분위기만큼은 흠뻑 즐길 수 있었다. 애프터눈 티는 가까운 사람들과 차와 음식을 함께하면서 교류하고 생활의 여유를 만끽하는 좋은 문화가 틀림없다. 짧은 시간이었지만 여행을 함께하는 분들과 이런저런 이야기를 나누는 좋은 시간이 됐다.

애프터눈 티를 즐긴 다음에는 성곽의 보루에 올라 에든버러 구시가지의 모습을 두루 구경했다. 에든버러성은 스코틀랜드왕국의 가장 중요한 요새였다. 따라서 14세기의 스코틀랜드 독립전쟁으로부터 1745년 자코바이트의 난에 이르기까지 많은 전투가 치러졌다. 1100년의 역사 가운데 26건의 중요한 포위 공격 때 세계에서 가장 많은 공격을 받은 요새라고 알려졌다.

에든버러성에서 구시가지를 구경하면서 페이지 셸턴이 쓴 『희귀본 살인사건』의 무대가 어디쯤일까, 생각해 보았다. 좋아하는 책에 관한 이야기, 게다가 스코틀랜드가 무대라는 이유였다. '뜯어진 책등'으로 해석될 『The cracked spine』이라는 원제목보다는 『희귀본 살인사건』이라는 우리말 제목이 이야기 줄거리에 잘 맞는다.

필자의 경우 직장을 옮기거나 심지어는 직종을 바꾸는 일도 수월하게 생각하는 편이다. 하지만 미국에서 생전 가보지 못한 스코틀랜드의 에든버러에서 새로 일을 시작한다는 것이 과연 쉬울까 싶다. 제목을 보면 셜록 홈스나 포와르 탐정이 등장해서 범인을 추적하는 그런 줄거리가 연상된다. 하지만 『희귀본 살인사건』은 탐정 근처에도 못 가본 젊은 여성이 사건을 해결한다는 그런 이야기라서 약간 무모하다 싶다.

주인공 딜레이니는 미국 캔자스주의 시골에 있는 농장 출신이다. 캔자스 대학에서 문학과 역사를 전공했는데, 졸업 후에는 전공을 살려 위치타의 박물관에서 근무하게 되었다. 재정문제로 감원해야 하는 박물관 사정으로 일을 그만두는 바람에 새로운 직장을 구해야 하는 상황이다. 누리망에서 에든버러에 있는 깨진 책등이라는 서점에서 낸 구인 광고를 보고 연락했다가 갑자기 취직이 결정되어 근무를 시작한다.

가던 날이 장날이라고 책방 주인의 여동생이 살해되는 사건이 발생한다. 그것도 셰익스피어의 박물관에서나 볼 수 있는 셰익스피어 초판 2절본의 행방과도 관련이 되어 있기 때문에 여러 사람이 범인으로 지목될 수 있는 상황이다. 강력 사건임에도 불구하고 경찰의 역할이 너무 드러나지 않아서 강력 사건을 다룬 다른 소설들과는 맥이 다른 점이 있어 보인다. 하지만 책벌레 딜레이니가 박물관에 근무하면서 몸에 밴 특별한 능력치가 사건 해결에 기여한다는 설정은 그리 나빠 보이지는 않는다.

책을 읽어가면서 사건이 해결되는 과정보다는 딜레이니가 근무하는 깨진 책등이라는 서점을 중심으로 에든버러의 속살을 엿볼 수 있는 점이 더 좋았던 것 같다. 에든버러 여행은 늦게 도착해서 도심을 걷고 다음 날 아침에는 칼턴 힐에 갔다가 차를 타고 로열 마일을 거쳐 에든버러성을 구경한 것이 전부였다. 그러니 에든버러의 속살을 제대로 엿볼 틈도 없었다. 하지만 『희귀본 살인사건』은 스코틀랜드 사람들의 진면목을 엿볼 수 있는 책 읽기였다.

우선 로열 마일을 따라 나 있는 에든버러의 구시가가 '도시 위에 세워진 도시'라는 것도 처음 알았다. 구시가 아래는 지하에 골과 굴들이 미로처럼 엉켜있다고 한다. 여기서 이야기하는 골은 일종의 골목인데 건물과 건물 사이에 있는 아주 좁은 골목을 그렇게 부른다. 그리고 보니 옮긴이가 우리말을 아주 적절하게 끌어다가 에든버러의 분위기를 잘 맞춘 것 같다. 지도를 찾아보니 서점 깨진 책등이 있는 목장시장은 로열 마일의 바로 남쪽에 있는 거리였다. 에든버러는 책들의 수도 같은 곳이라는 표현도 나온다. 시내에만 서점이 50군데나 있다. 하지만 정말 깨진 책등이란 서점이 있는지는 잘 모르겠다. 누리망 검색에서 나오지 않는 것을 보면 작가가 설정한 서점으로 보인다.

딜레이니를 고용한 깨진 책등의 주인 애드윈 매컬리스터는 에든버러의 유서 깊은 가문의 일원이고 다양한 유물을 거래하는 모임, '살코기

시장 묶음'의 일원이다. 일종의 희귀한 물건을 거래하는 비밀결사와 같은 모임 같다. 살인사건의 원인이 된 셰익스피어 2절 초판본은 셰익스피어의 첫 작품집으로 1600년대 초반에 발간된 것으로 약 200부가 남아 있는데, 대부분 박물관에서 소장하고 있을 정도로 희귀본이다. 이 이야기에 등장하는 2절 초판본이 세상에 나오는 과정도 음산한(?) 느낌이 들었다. 유령이 많다는 스코틀랜드라서 가능한 일일까? 어떻든 스코틀랜드와 에든버러의 속살을 엿볼 수 있는 흥미로운 책 읽기였다. 에든버러에서의 짧지만, 인상 깊은 시간을 아쉬워하면서 1시경 글래스고(Glasgow)로 출발했다. (2024년 7월 21일)

더블린(아일랜드)

율리시스, 더블린 시내를 방황하다.

제임스 조이스 지음, 『율리시스』(생각의 나무, 2011년)

아일랜드의 수도 더블린은 2017년 아내와 함께하는 여덟 번째 여행에서 찾았다. 영국과 아일랜드를 연결하는 여행으로 에든버러에서 글래스고를 거쳐 북아일랜드로 건너가 자이언트 코즈웨이와 벨파스트를 구경한 다음 아일랜드로 넘어갔다. 벨파스트 시청을 떠난 버스가 1시간쯤 달렸을까, 문득 정신을 차려보니 창밖의 풍경이 바뀐 듯하다. 영국-아일랜드 국경을 언제 넘어섰는지는 모르겠으나 도로의 길가 쪽 차선이 노랑으로 바뀌어 있다. 가이드의 설명에 따르면 영국에서는 도로의 길가 차선을 하얀색으로 도색하는 데 반해 아일랜드는 노란색으로 도색한다.

창밖으로 보이는 초지의 규모가 영국보다 조금 작고 비탈진 느낌이 든다. 그리고 숲이 많다. 숲에 우거진 나무의 잎들이 거칠게 움직이는 것을 보니 바람이 거센 듯하다. 누군가의 아일랜드 여행기에서 '보리밭에 부는 바람'만 기억에 남는다고 했던가? 아일랜드 독립의 슬픈 역사를 담은 영화 『보리밭을 흔드는 바람』이 기억에 남아 있는 탓이리라. 슬픈 역사가 언제 있었느냐는 듯 천지사방을 뒤덮은 초록이 싱그럽다. 구름이 낮게 깔린 것까지도 친근하게 느껴지는 것은 필자가 자란 시골동네와 닮은 점이 많아서일까?

영어로는 아일랜드(Ireland)이지만 아일랜드어로는 에이레(Éire)라고 한다. 켈트 신화에 나오는 에린(Éirinn)이 바로 이곳이다. 영어 이름인 아일랜드(Ireland) 역시 에이레와 땅을 의미하는 영어 랜드(land)를 합친 것이다. 켈트 신화에 등장하는 에른마스의 딸 가운데 하나인 에리우(고대 아일랜드어: Ériu)를 현대 아일랜드어로 표기한 것이 에이레이며, 에린은 에이레의 여성 격이다.

빙하기가 끝난 뒤에도 해수면이 낮아 유럽대륙과 연결되어 있던 아일랜드섬과 브리튼 섬은 기원전 6000년 무렵 대륙으로부터 분리되었다. 클레어 주에 있는 동굴에서 발굴된 곰의 뼈와 석기 등을 조사한 바에 따르면 아일랜드에 인간이 거주한 기록은 기원전 1만 500년 전까지 거슬러 올라간다. 이들 중석기인들은 기원전 4000년까지도 수렵 혹은 채집으로 생활한 것으로 보인다.

미스 주에 있는 뉴그랜지 유적은 기원전 3200년경 전후의 것으로 보이는 아일랜드식 통로 돌무덤이다. 이를 포함한 신석기 유적을 고찰해 보면 이들이 이베리아반도에서 이주한 것으로 추정된다. 기원전 2000년 무렵 켈트족들이 들어왔는데, 아마도 영국 혹은 대륙의 갈리아 지방에서 왔을 것이다.

프톨레미는 서기 100년 무렵의 아일랜드에는 모두 16개의 왕국이 있다고 기록했다. 7세기 들어 왕권이 분명해지면서 이를 총괄하는 왕이 등장한 것으로 보인다. 브리튼 섬을 지배하던 로마제국은 아일랜드에는 관심을 보이지 않았던 모양이다. 덕분에 그들이 히베르니아라고 부르던 아일랜드의 켈트족은 고유의 문화와 전통을 보존할 수 있었다.

8세기 말 바이킹 세력이 확산할 무렵 아일랜드 역시 그들의 침공 대상이었다. 따라서 아일랜드의 해안 곳곳에 바이킹 마을이 건설됐다. 더블린 역시 852년에 바이킹이 켈트족을 쫓아내고 건설한 도시이다. 서로마제국의 멸망 이후 아일랜드로 옮겨온 많은 성직자와 학자들로 아일랜드의 문예가 흥성하게 됐는데, 바이킹의 침략으로 그 성과의 대부분이 멸실되고 말았다.

1169년 5월 1일 600여 명의 캄브로-노르만 기사단이 오늘날 웩스포드 주의 바노프 스트란드에 상륙한 것이 영국이 아일랜드를 처음 침략한 기록이다. 1171년 영국의 헨리 2세는 아일랜드 서쪽의 코넉스트 왕국과 동남쪽의 랭스터 왕국 사이의 주도권 싸움을 계기로 아일랜드를 침공해 몇몇 아일랜드왕국을 점령했다.

1261년 피닌 맥카시의 켈트족 군대가 카란 전투에서 노르만족을 격파한 것을 시작으로 켈트족의 저항이 격해졌고, 1348년 흑사병이 아일랜드를 휩쓸면서 노르만족의 아일랜드 지배는 약화됐다. 하지만 1542년 영국의 헨리 8세는 아일랜드를 모두 정복하고 아일랜드왕국을 세워 국왕을 겸하였다. 이때부터 영국 성공회와 아일랜드 가톨릭 사이의 갈

등이 시작됐다.

1642년 아일랜드로 이주한 영국인 3천 명이 학살당한 사건을 계기로 올리버 크롬웰은 그보다 더한 복수와 함께 스코틀랜드계의 청교도 켈트족을 대대적으로 이주시켰다. 이들이 북쪽 얼스터 지역에서 원주민을 밀어내고 정착하면서 오늘날 북아일랜드가 영국의 일부로 남는 결과를 낳았다. 1798년 프랑스 혁명의 영향을 받은 아일랜드 사람들은 대규모 독립운동을 시작했지만, 결국 실패하고 영국의 탄압은 더욱 혹독해져 갔다. 결국 1801년에 그레이트 브리튼 및 아일랜드 연합왕국으로 통합되고 말았다.

감자가 아일랜드에 전해진 이후로 아일랜드 사람들은 감자를 주식으로 했다. 경제성을 고려하여 럼퍼라는 품종만을 키우던 것이 화근이 되어 1848년 대규모의 감자 전염병이 퍼지는 바람에 감자를 수확할 수 없었다. 밀이나 고기 수급에는 별문제가 없었지만, 영국인들은 이를 구호품으로 사용하지 않는 바람에 무려 200만 명의 아일랜드 사람들이 굶어 죽었고, 200만 명은 죽음을 피해 미국으로 이민을 떠났다. 대기근이 들기 전에 아일랜드 850만 명이던 인구가 반토막이 나고 말았다.

감자 대기근을 계기로 아일랜드인의 반영 감정은 심각해졌다. 대니얼 오코넬의 민족주의운동, 윌리엄 버틀러 예이츠와 존 밀링턴 싱 등이 주도한 아일랜드 문예부흥 운동이 일어났다. 더불어 20세기 초까지 무장봉기가 수도 없이 있었지만, 모두 진압되다가 아일랜드 공화국군(IRA)을 결성해 조직적으로 독립운동에 나섰다. 결국 1921년 12월, 영국-아일랜드 조약이 체결되어 북아일랜드를 제외한 아일랜드섬의 독립을 얻어냈다.

독립 전후에 일어났던 사건들을 통하여 아일랜드 사람들의 생각을 엿볼 수 있는 좋은 영화가 있다. 우리가 아일랜드를 여행하는 동안 해설사가 보여주었던 『보리밭을 흔드는 바람』이다. 헨리 2세의 아일랜드 침공으로부터 따지면 700년 가까운 긴 세월 영국의 지배를 받아온 아일랜드 사람들의 고통이 무엇인지 그리고 어떤 반응을 보였는지 생각해 볼 수 있다. '계란으로 바위치기'라는 생각을 가진 아일랜드 사람은 애써 영국의 탄압을 무시하며 살았지만, 탄압이 아일랜드 사람들의 근본적인 자존심을 다치게 하는 경우에는 격한 반발로 이어졌다.

영화는 아일랜드의 독립운동 과정과 영국-아일랜드 간에 체결된 정전협정을 두고 아일랜드 독립운동 세력 간에 벌어진 내전까지도 담아내고 있다. 2006년 제59회 칸영화제에서 황금종려상을 받은 이 영화를 보면서 가슴속에 끓어오르는 무엇이 느껴지는 이유는 일제 강점기 우리나라의 사회현상과 닮은 구석이 있기 때문이다.

20세기 영국 지성을 대표한 버트런드 러셀 경은 "영국인들은 아일랜드 땅을 계속 지배하려면 터무니없이 큰 대가를 치러야 한다는 사실을 깨달았던 1921년까지 아일랜드 사람들을 특별한 매력과 신비한 통찰력을 지닌 존재로 여겼다"라고 했다지만, 이 영화를 보면 전혀 그런 느낌이 남지 않는다. 2018년 인기리에 방영되었던 연속극 『미스터 션샤인』에 등장하는 일본인들이 조선을, 그리고 조선인을 보던 시각과 크게 다르지 않았을까 싶다.

고속도로 요금소를 지나 한참을 달리니 두껍던 구름이 벗어지면서 파란 하늘이 조금 드러난다. 더블린이 우리를 환영하는 듯하다. 영국과 아일랜드를 여행하는 다섯 번째 날 더블린을 구경했다. 호텔을 나서면서 보니 구름이 조금 떠 있지만 파란 하늘이 싱그럽다. 바람도 적당해서 맑고 깨끗한 느낌을 준다. 숙소는 더블린 외곽에 있는 공항 근처지만, 더블린 도심을 지하로 관통하는 터널이 있어 항구까지 쉽게 갈 수 있었다. 더블린은 '검고 낮은 곳'이라는 의미의 아일랜드어 '더브 린(Dubh linn)'에서 왔다. 아일랜드어로는 '단단히 다진 땅의 도시'라는 뜻을 가진 '발러 아하 클리어흐(Baile Átha Cliath)'로 부른다.

더블린은 아일랜드의 수도이자 가장 큰 도시이며, 2003년 설문조사에서는 '유럽에서 가장 살기 좋은 수도'로 뽑혔다. 더블린은 10세기 무렵 침공한 바이킹 세력의 정착지로 설립돼 노르만족이 침공을 시작한 1169년까지 바이킹이 지배했다. 헨리 2세의 아일랜드 정복에 이어 존왕은 1204년 더블린성을 쌓아 방어선을 공고히 했다. 18세기 들어 양모와 아마 무역을 주도하면서 번성해 인구가 13만을 넘어서 대영제국에서 2번째, 유럽 전체에서 5번째 큰 도시가 됐다. 도심을 관통하는 리피 강을 경계로 남북으로 나뉘는데, 북쪽은 노동자들이, 남쪽은 중산층이 많이 살고 있다.

볼거리가 많은 더블린에 하루를 오롯하게 배치한 일정으로도 일부밖에 볼 수 없어 아쉬웠다. 한창 유행하고 있다는 '한 달 살기' 일정으로 방문해서 차근차근 구경하면 좋겠다. 더블린 구경은 성 패트릭 교회에서 시작했다. 43m의 첨탑을 가진 성 패트릭 교회는 아일랜드 국교회 가운데 가장 크다.

성 패트릭 교회는 그리 넓지 않은 데 반하여 구경 온 사람들로 넘쳐 나는 바람에 움직이는 것도 만만치 않았다. 자료에 따르면 교회 바닥과 바깥에 있는 묘지에 500명이 넘는 유골이 모셔져 있다고 한다. 교회에서 제일 먼저 찾은 곳은 『걸리버 여행기』로 친숙한 조나단 스위프트와 그의 배우자 스텔라의 묘역이었다. 그는 1713년부터 1745년까지 이 교회의 의장을 지냈다.

제단 쪽으로 가다 보면 성가대석이 나온다. 성 패트릭 교회는 1742년 헨델이 작곡한 『메시아』가 초연된 곳이기도 하다. 우리와도 인연이 있다. 작곡가 안익태 선생이 더블린에 머물면서 헨델의 『메시아』에서 영감을 받아 『한국 환상곡(Korea Fantasy)』을 작곡했고, 1938년 2월 20일 더블린 가이어티 극장에서 아일랜드 방송교향악단을 지휘해 초연했다. 일부에서는 더블린 게이트 극장에서 초연됐다고 잘못 알려져 있다.

성 패트릭 교회를 떠난 일행은 세인트 제임스 게이트 브루어리 거리에 있는 기네스 창고로 이동했다. 공장 중앙에 있는 커다란 공간에 있는 7층 유리 건물이었다. 이 공간을 기네스 맥주로 채운다면 1400만 파운드가 들어간다고 한다. 건물에 올라가다 보면 미국의 뉴욕에 있는 엠파이어스테이트 빌딩을 연상하는데, 같은 건축가의 작품이라고 했다.

1층에서는 맥주를 만드는 데 들어가는 물, 보리, 홉 및 효모 등 4가지 성분에 대한 설명과 양조장을 설립한 아서 기네스를 소개한다. 기네스 흑맥주의 비밀은 보리를 껍질째로 213도까지 가열하는 데 있단다. 1층에서부터 에스컬레이터를 타고 한 층씩 올라가면서 발효과정, 완성된 맥주를 담는 통을 제작하는 과정을 비롯해 차량, 배, 비행기 등 맥주를 실어내던 교통수단의 모형들을 볼 수 있다. 지금까지 발전해 온 맥주 양조의 공정을 실제 양조 장비와 함께 보여주고 있어, 맥주 생산의 역사를 이해할 수 있다. 심지어는 광고모델은 물론 광고 내용 등, 기네스 맥주를 홍보하는 방식을 보여주는 공간도 있다. 기업홍보에 관심이 있는 기업이라면 참고할 만하겠다. 곳곳에 맥주를 생산하던 공장 시설의 일부로 보이는 배관들은 일부러 남겨둔 것 같다.

가장 인상적인 장소는 7층에 있는 그라비티 바이다. 공장 건물의 위로 치솟아 있기 때문에 주변 풍경을 사방으로 돌아볼 수 있다. 가깝게는 양조장의 전체 규모, 양조와 관련된 곡물 저장소, 다양한 통 등을 볼 수 있을 뿐 아니라, 멀리는 도시의 곳곳을 볼 수 있다. 피닉스 공원, 짧은 구간의 물길만 볼 수 있는 운하, 야트막한 산 등을 볼 수 있다. 찾아보면 오전에 구경한 성 패트릭 교회, 그리고 오후로 예정된 트리니티 대학도 볼 수 있다. 그라비티 바에서는 기네스 맥주를 한 잔 마실 수 있다. 공짜처럼 느낄 수도 있지만, 사실은 입장료에 포함된 것이다. 입장료는 2018년 3월 기준으로 20유로였다.

줄을 서 기다린 끝에 유리잔에 담긴 기네스 맥주를 한 잔 받아 든다. '슬란챠(Sláinte)!'를 외치며 잔을 부딪친 다음 한 모금 맛을 보았다. '슬란챠!'는 아일랜드어로 '건배!'라는 말이다. 점심때가 가까워지면서 출출했기 때문일까? 기네스 맥주의 독특한 까만 빛깔에 어울리는 쌉쌀한 맛으로 금세 취기가 올라온다.

조석현 시인 역시 이곳에 와서 「기네스 맥주」라는 제목으로 시를 지었다. "박물관 / 7층 전망대에서 / 기네스를 마신다 // 저 멀리 펼쳐진 /

아일랜드의 황야를 보며 / 한잔 / 과거를 향한 그리움에 / 한잔 / 내일의 여행을 위하여 / 한잔 // 술이 술을 부른다 // 술이 익으려면 / 걸리는 시간은 / 까만 보리 같은 글씨로 쓴 / 계약서엔 / 9000년"

최악의 기근이 아일랜드를 덮쳤을 때 기네스 맥주가 기근을 이기는 데 도움이 되었다는 해설사의 설명은 견강부회가 아닐까, 하는 의문으로 남았다. 하지만 회사가 사원을 위해 다양한 복지정책을 펼쳤다는 것은 수긍할 만하다. 그래서 아일랜드 사람들에게 기네스는 특별한가보다. 2007년 아이리스 프로젝트 밴드 바드(BARD)의 아일랜드 공연을 기록한 음악 다큐멘터리 『두 개의 눈을 가진 아일랜드』를 감독한 임진평 감독은 이렇게 적었다. "기네스를 빼놓고 아일랜드를 얘기할 수 없을 만큼 기네스는 아일랜드에서는 맥주 이상의 그 무엇이다. '기네스는 맥주가 아니다. 그저 기네스일 뿐이다.' 이 말이 어떤 의미인지는 기네스를 먹고 그 매력에 빠져 본 사람만이 안다."

아일랜드에서는 유럽의 다른 곳보다 옛 건물이 더 많아 보였다. 특히 더블린은 제2차 세계대전 기간에 폭격받지 않아서 오래된 건물들이 그대로 보존될 수 있었기 때문이다. 하지만 근본적으로는 아일랜드 사람들의 철학에 기인한다고 봐야 한다. 아일랜드 사람들의 삶을 깊이 통찰해 온 영국 작가 패트리샤 레비는 "아일랜드 사람들에게 있어 역사란 현재와 함께 지속되는 것이며, 그들은 매우 미신적이며 순종적이어서 자신들의 방식을 쉽게 포기하지 않기 때문"이라고 설명했다. 바로 그들이 말하는 '살아있는 전통'이란 바로 이런 점이다.

이날 점심은 하프웨이 하우스라는 이름의 대중식당(Pub)에서 먹었다.

하지만 제임스 조이스의 『피네간의 경야』에 나오는 운명의 수레바퀴 주점이 아닌 탓일까? 조이스가 다음처럼 장황하게 설명하는 대중식당의 분위기는 전혀 느껴볼 수 없었다. "이 강력한 낙거인[樂巨人(HCE)]은, 전포(前泡)의 배제(配劑) 아래, 당시 그는 네크 호반으로부터 꿀꺽 신(神)의 대은총으로 우쭐 코르크 마개를 잡아 뽑았도다. 그때, 우리들의 백발 성포부왕(白髮聖泡父王)에게 압찬(壓讚) 있으라, 교부(教父)는 자기 울숙(鬱肅)의 황우(皇牛) 축복을 부여했나니 그리하여 복통(腹痛) 알피파(派)의 유제화(乳劑化) 해방운동을 건(健) 비탈의 질척한 미끄럼 아래로 편향(偏向)하여 리피강(江)-풋내기 선원들까지 썰매 흘러 내렸나니라. 아멘. 그것은 그의 궤도의 순회(巡廻) 속에 저들 두 피동행자(彼同行者)들, 음료의 수배(水盃), 바스 형제들로부터 그의 배액음기[排液飲器; 술잔]를 들어 축배했도다."

오후 일정은 킬데어 거리에 있는 국립고고학박물관에서 시작했다. 아일랜드에는 고고학, 장식예술 및 역사, 민속, 자연사 등 4개의 국립박물관이 있다. 국립고고학박물관에는 석기시대로부터 중세에 이르기까지 아일랜드에서 출토된 고고학 유물을 전시하고 있다. 늦은 빙하기로부터 켈트족의 철기문화에 이르기까지 다양한 유물을 볼 수 있다. 고고학박물관에서 주목할 만한 전시물은 늪에서 발굴된 4점의 미라다. 기원전 4세기에서 2세기에 걸쳐 생존했던 것으로 추정된다. 아일랜드의 고고학자 에이몬 켈리는 부족의 우두머리였던 자가 권력을 잃고 부족 사람들에 의해 희생된 뒤에 마을 변두리에 있는 늪지에 묻힌 것이라고 설명한다.

박물관에는 선사시대 사람들이 거주하던 장소를 재현해 놨으며 그들이 사용하던 토기와 가마솥 등을 볼 수 있다. 중앙에는 청동기 시기의 금 세공품도 전시하고 있다. 아르다 성배라고도 알려진 아르다 호드를 비롯하여, 서기 650~750년 사이에 만들어진 타라 브로치, 그리고 아일랜드어로 바칼부이(Bacall Buí)라고 하는 콩의 십자가도 있다. 12세기 초에 제작된 십자가에는 라틴어로 "Hāc cruce crux tegitur quā pas[s]us conditor orbis"라는 비문이 새겨져 있다. '이 십자가는 창조주의 고통을 나타내는 십자가를 담고 있다'라는 의미다. 또한 아일랜드어로 이 십자가를 받은 아일랜드의 왕, 테어델바흐 우아 콘토베어, 아일랜드 코나트의 대주교와 주교, 콩 사원을 지은 이들을 위해 기도하라는 내용도 새겨져 있다.

고고학박물관을 구경한 다음 트리니티 칼리지로 향했다. '새로운 대학의 어머니'라고도 불리는 엘리자베스 여왕에 의해 옥스퍼드대학과 케임브리지대학을 모델로 1592년에 설립되었다. 세 대학은 서로 학점을 인정하고, 별도 시험 없이 학위를 받을 수 있다. 트리니티 칼리지에서는 영화 『해리 포터』에서 호그와트 마법학교의 도서관 장면을 찍었다는 옛 도서관의 긴 방을 구경했다. 도서관은 널따란 중앙통로를 사이에 두고 양쪽 창문이 달린 벽을 따라 서가가 마주 보고 세워져 있고, 서가마다 옆에는 유명한 저자로 보이는 흉상을 세워뒀다. 책의 크기에 따라 서로 다른 높이의 칸이 아래층에만도 열 개 이상 이어져 어른 키의 몇 배 높이였다.

도서관 중앙에 있는 전시대에 조나단 스위프트의 『걸리버 여행기』 육필 원고와 초판본이 전시돼 있었다. 요즘에는 원고를 컴퓨터로 작성하기 때문에 육필 원고를 남기는 경우가 거의 없다. 트리니티 대학의 옛 도서관이 소장한 『켈의 서』야말로 구경거리의 백미였다. 『켈의 서』는 예수의 가르침과 생애를 라틴어로 기록한 마태, 마가, 누가, 요한 등 4종류의 신약성서로, 다양한 서문과 표가 실려 있다. 성 제롬이 4세기 말에 번역했다는 불가타 성서를 원본으로 하면서도 베투스 라티나라는 초기 성경에 나오는 몇 구절도 포함돼 있다. 아일랜드가 자랑하는 국보급 보물이다. 『켈의 서』는 당시 브리튼 섬과 아일랜드섬에서 유행하던 인슐라 아트의 기법 가운데서도 뛰어난 기독교적 삽화와 소용돌이 장식이 적용돼 있다. 사람, 동물은 물론 신화에 나오는 동물들이 켈트 매듭과 활기찬 색상으로 조화를 이루고 있다.

트리니티 대학을 떠나 더블린 시내 구경에 나섰다. 필자 부부는 아일랜드 여행 가이드 일을 준비하는 젊은이의 도움을 받기로 했다. 맨 먼저 더블린에 오는 사람들이 꼭 가본다는 시카모어 거리에 있는 템플 바로 향했다. 템플 바를 비롯해 팰리스 바, 올리버 세인트 존 고가티 식당, 올드 더블린 등이 유명하다. 올리버 세인트 존 고가티 레스토랑의 밖에는 고가티와 조이스의 청동상을 세워놓았다. 두 사람이 이곳을 자주 찾았다는 뜻이리라.

커다란 창문을 제외하고는 온통 붉은 색으로 칠한 외관이 인상적인 템플 바 내부에 들어섰더니 가게 한 편에 작은 무대가 마련되어 있고 기타, 바이올린, 아코디언을 연주하는 3인조 악단이 연주하고 있다. 가게는 이미 사람들로 가득 차 있어 엉덩이를 붙일 만한 탁자가 없어서 그냥 나올 수밖에 없었다.

템플 바를 나와서 하페니 다리를 건너 리피강 너머에 있는 오코넬 거리로 향했다. 거리 중간에는 2003년 1월 21일에 설치된 더블린 첨탑이 서 있다. 아일랜드어로는 '빛의 기념비'라는 의미의 안 투어 솔레(An Túr Solais)라고 한다. 120m에 달하는 바늘 모양의 기념비는 세계에서 가장 높은 조형물이다.

오코넬 가를 지나 식당에 거의 도착할 무렵 거리에 서있는 제임스 조이스의 동상을 만났다. 왼손을 바지 주머니에 넣고, 오른발로 중심을 잡은 채 왼발을 오른발 앞으로 꼬아 선 자세를 유지할 수 있는 것은 오른손에 쥔 지팡이가 한몫하고 있는 모양새다. 그런데 조이스가 신고 있는 신발이 좌우가 바뀌었다는데 조이스의 다리를 가리고 앉아 있는 거구의 아일랜드 남녀 때문에 확인할 수는 없었다.

조이스의 모습을 보니 그의 작품 『율리시스』가 생각난다. 우리가 이날 누볐던 길 가운데 『율리시스』에 나오는 곳이 있었을까 궁금해졌다. 『율리시스』의 주인공 레오폴드 브룸이 1904년 6월 16일 아침 8시부터 이튿날 새벽 2시까지 걸었던 29km의 길을 안내하는 '더블린의 율리시스 지도'가 있었다.

지도를 살펴보니 우리가 걸었던 오코넬 거리는 물론 데임 거리를 따라 흩어져 있는 여러 장소가 이야기 속에 나오는 모양이다. 아마도 우리는 『율리시스』의 주인공들이 걸었을 길을 따라 걷거나 가로질렀을지도 모른다. 제임스 조이스를 새삼 인식하게 된 것은 2015년 가을이던가 크로아티아의 풀라에 갔을 때, 세르기우스 개선문 옆에 있는 찻집의 노대에 앉아 있는 조이스의 좌상을 만났을 때였다. 스물두 살이 되던 해 만난 노라 바너클과 함께 사랑의 도피행에 오른 조이스가 런던, 취리히, 트리에스테를 거쳐 풀라에 정착했었다. 그리고 「더블린 사람들」이 포함된 몇 편의 단편을 썼다. 풀라에서 조이스를 만나고도 한참 지나서야 『더블린 사람들』을 읽었고, 그리고 『율리시스』를 읽게 되었다.

조이스는 트로이전쟁의 영웅 오디세우스가 고향 이타카를 향해 항해하면서 겪은 사건에 비유해 레오폴드 블룸과 스티븐 데덜러스가 하루 동안 더블린 시내를 방황하면서 겪은 상황으로 풀어냈다. 모두 18개의 장에 다양한 주제가 배치돼 있고, 상징이 되는 인물을 중심으로 무려 100명이 넘는 인물들이 등장한다. 일단은 1324쪽에 달하는 엄청난 부피와 크기에서 중압감을 받게 된다.

이 책을 번역한 김종건 교수는 『율리시스』를 '언어적 주술의 아수라장'이라고 규정하였다. 그리고는 '『율리시스』의 언어적 유희 가운데서는 소위 응축어가 태반인데, 이들은 마치 페넬로페의 베틀처럼 시공간을 초월하여 인간의 종교, 역사, 신학, 과학, 문학, 민속, 전설 등의 실올을 짜고 또 짜간다'라고 이유를 설명한다. 번역이 그만큼 어렵다는 하소연이며, 『율리시스』 읽기를 성서 읽듯 해달라는 주문을 곁들인다. 꼼꼼히 읽되 세부에 매달리지 말고 큰 틀에서 바라보라는 설명이다.

잘 알려진 것처럼 제임스 조이스의 『율리시스』는 호머의 대서사시 『오디세이아』를 토대로 구성한 것이다. 율리시스는 트로이의 전쟁영웅 오디세이아의 영어식 이름이다. 호메로스의 『오디세이아』처럼 텔레마키아, 율리우스의 방황, 그리고 귀향의 3부로 구성하였다. 모두 18장으로 구성된 이야기는 1904년 6월 16일(소위 블룸즈 데이) 오전 8시부터 17일 새벽 2시 블룸의 집에서 이야기를 마무리하기까지 만 하루도 되지 않는 시간 동안 레오폴드 블룸과 스티븐 데덜러스를 중심으로 전개되는 상황을 그려냈다.

먼저 스티븐의 이야기가 3개의 장에 걸쳐 전개되고, 이어서 블룸의 이야기가 11개의 장에 걸쳐 전개되고, 제15장에서는 두 사람이 같이 등장한다. 두 사람의 이야기는 더블린 시내의 주요 장소는 물론 거리를 따라 이동하면서 전개되기 때문에 율리우스의 방황에 해당하는 모습을 보여주고는 있지만, 정황이 정확하게 일치하는 것은 아니다. 하지만 읽는 이에 따라서는 『오디세이아』와 비교해 가면서 읽는 것도 좋겠다. 오디세우스와 그 아들 텔레마코스 그리고 아내 페넬로페 사이의 관계를 고려하였을 때 블룸과 그의 아내 몰리 사이의 복잡한 관계를 직접 비교하는 것은 적절치 못하다는 생각이다.

모두 18개의 장에는 주제가 되는 분야가 다양하게 배치되어 있을 뿐아니라 상징이 되는 등장인물이 있고, 문장의 구성도 달리하는 등 변화무쌍하므로 엄청난 부피에 비하면 빠르게 읽어나갈 수 있다. 매 쪽 붙어 있는 각주에 매달리다 보면 읽어가는 호흡이 끊어질 수도 있다. 그러므로 읽는 흐름에 따라서 조절할 필요가 있겠다. 100명이 넘는 등장인물 역시 말미에 정리되어 있지만, 주요 인물만 정리되어 있을 뿐, 의인화된 사물이나 무형의 존재들도 등장하기 때문에 그 의미를 새기는 것도 쉽지는 않은 일이다.

사실 오디세우스가 고향으로 가는 길에 겪은 고난은 포세이돈의 아들 폴리페무스의 하나뿐인 눈을 오디세우스가 망가뜨린 것에 대한 포세이돈의 복수 때문이다. 하지만 바람의 신 에올루스가 준 바람 주머니에 금은보화가 담겼을 것이라고 믿은 선원들이 열어보는 바람에 폭풍이 일어 표류하게 됐다거나, 태양의 신 헬리오스의 소를 굶주린 선원들이 잡아먹는 바람에 제우스의 번개를 맞아 배가 부서진다거나 하는 등은 인간의 욕망으로 인한 자업자득이라 할 것이니 스스로를 참는 법을 배워야 할 노릇이다. 결국 조이스가 보기에 더블린은 뭇 인간들의 욕망이 꿈틀대는 위험한 곳이라는 의미였을까?

　이틀째 한식으로 저녁을 먹었더니 외국을 여행하고 있다는 생각이 사라진다. 여행을 하면서 꼭 한식을 먹어야 한다는 강박관념 같은 것은 없는 편이다. 여행하면서 현지 사람들이 즐겨 먹는 음식을 먹어보는 것도 좋은 경험이라고 생각하기 때문이다. 새삼 생각해 보니 종일 더블린 시내를 누비고 다녔는데, 도심을 걸으면서도 공기가 탁하지 않고, 바닷가임에도 비린내가 없으니 더블린은 축복받은 도시임이 분명하다.

(2024년 8월 12일)

웨일스(영국)

켈트족과 앵글로색슨족 간의 대결의 현장, 웨일스

가즈오 이시구로 지음, 『파묻힌 거인』(시공사, 2015년)

2017년 노벨문학상은 일본계 영국 작가 가즈오 이시구로에게 돌아갔다. 스웨덴 한림원의 관계자에 따르면, "이시구로의 소설엔 강력한 정서적 힘이 있다. (…) 이시구로는 세계가 연결돼 있다는 우리의 환상 아래 심연을 발굴해 냈다."라는 선정 이유였다. 이시구로에 따르면 다양한 소재를 다루고 있다는 이야기를 듣지만, 보다 깊은 차원에서 볼 때는 기억 혹은 기억과 망각의 난국이라는 주제를 천착해 왔다고 한다. 특히 2015년에 발표된 최근작 『파묻힌 거인』에서 그는 5세기 무렵 켈트족이 지배하던 브리튼 섬으로 이주한 앵글로색슨족이 벌인 정복 전쟁의 뒷이야기를 통하여 개인의 (또한 인류의) 기억과 망각에 대해, 진정한 용서와 화해에 관해 이야기한다.

흔히 영국은 앵글로색슨족이 지배해왔다고 생각하지만, 고대로부터 근대에 이르기까지 여러 민족이 명멸했다. 빙하기가 끝나고 다양한 민족들이 브리튼 섬으로 이주해 살았는데, 그 가운데 켈트족은 기원전 6세기 무렵 등장한다. 통일된 왕조를 이루지는 못했지만, 부족장을 중심으로 한 계급사회를 이루었다. 그들은 나름대로는 상당한 수준의 기술 문화를 가지고 있었다.

브리튼 켈트족의 시련은 로마제국의 침공으로 시작된다. 율리우스 카이사르가 갈리아 정복 전쟁(기원전 58~기원전 51년)을 치를 때 브리튼 켈트족이 갈리아를 도와주었다. 이를 기화로 카이사르는 갈리아 정복이 끝난 뒤에 내처 브리튼 섬을 침공하였다. 한 세기가 지난 뒤 클라우디우스 황제가 브리튼 남부를 점령하여 속주로 삼았다. 그리고 1세기 말 도미티아누스 황제는 스코틀랜드지역으로 영역을 넓혀 410년 철수할 때까지 브리튼 섬을 지배했다. 이와 같은 과정을 통하여 기민하고 적응력이 뛰어난 브리튼 켈트족은 로마의 문화를 받아들여 발전된 로만-브리튼 문화를 만들어냈다.

훈족의 침략과 내전으로 궁지에 몰린 로마제국이 브리튼에서 철수한 뒤로 지금의 덴마크, 독일, 네덜란드 등 유럽대륙의 북부 해안 지역에 살던 앵글로색슨족이 브리튼 섬으로 이주하기 시작했다. 브리튼 섬의 지배를 둘러싼 브리튼 켈트족과 앵글로색슨족의 충돌이 불가피했다. 두 부족의 충돌은 7세기 무렵 앵글로색슨족의 승리로 끝이 났다. 아서왕의 전설은 브리튼족과 색슨족이 충돌하던 시절에 만들어진 것으로 짐작된다. 이후 브리튼족은 웨일스, 콘월 지방으로 밀려났고, 일부는 프랑스 북부로 건너가 브르타뉴 공국을 건설하였다.

2017년 여름휴가 때 다녀온 영국 여행에서 브리튼 켈트족의 흔적을 찾아볼 수 있었다. 이 여행 가운데 웨일스 지방의 콘위와 체스터를 돌아본 이야기와 함께 노벨상 수상 작가 가즈오 이시구로의 『파묻힌 거인』을 이야기해 보자.

아내와 내가 웨일스로 이동한 것은 하루 일정으로 아일랜드의 더블린 구경을 마친 여행 6일째 아침이었다. 콘위로 가는 길에 웨일스의 앵글시섬에 있는 세상에서 가장 긴 이름을 가진 마을에 잠시 들렀다. 해설사의 설명에 따르면 웨일스어로 51자나 되는 " Llanfairpwllgwyngyllogerychwyrndrobwllllantysiliogogogoch"라는 마을이다. '흘란바이르푸흘귄기흘고게러훠른드로부흘흘란더실리오고고고흐'라고 읽는다. 너무 길다 보니 흘란바이르푸흘귄기흘(Llanfairpwllgwyngyll)로 줄여 쓴다. 이름의 유래는 영국에서 가장 긴 기차역 이름을 붙이려고 마을의 재단사가 일부러 지은 것이다. '붉은 굴의 성 터실리오 교회와 물살이 빠른 소용돌이 가까이 있는 흰색 개암나무의 분지의 성 마리아 교회'라는 뜻이다.

콘위 강의 하구에 위치한 콘위는 2015년 기준으로 4,065명이 살고 있는 작은 마을이다. 마을 이름은 오래된 웨일스어로 수석을 의미하는 'cyn'과 물을 의미하는 'gwy'가 합쳐 생겼다. 이 마을이 여행자들의 주목을 받게 된 것은 유네스코가 세계문화유산으로 지정하면서부터이다. 유네스코는 콘위의 성곽과 요새가 비교적 잘 보존되어 있어 "13세기 후반과 14세기 초반의 유럽 군사 건축을 대표할 사례"라고 설명했다.

콘위성은 웨일스를 점령한 잉글랜드의 에드워드 1세의 명으로 1283년부터 6년여에 걸쳐 건설되었다. 마을을 에워싸는 성벽과 함께 콘위강 어귀를 지키는 요새가 세워졌다. 처음에는 아일랜드로 쫓겨 간 브리튼 켈트족의 침공에 대비한 것으로, 당시로는 막대한 15,000파운드가 소요되었다. 직사각형 모양의 요새는 현지와 해외에서 구한 돌로 지었다. 안마당과 바깥마당으로 나뉘어졌고, 외부를 감시하기 위한 8개의 탑과 2개의 망루를 세웠다. 강으로 연결되는 통문이 있었으며, 바다에서도 보급받을 수 있었다. 하지만 켈트족은 콘위성의 존재보다는 가까이 있는 스노도니아 산맥의 험준한 지형 때문에 웨일스에 돌아오지 못했다.

콘위성의 안마당을 지나 나선형 돌계단을 통해서 망루에 올라서면 성채 내부의 구조는 물론 성 밖의 풍경까지도 한눈에 들어온다. 성 밖 마을을 빙 둘러서 감싸고 있는 성벽은 바닷가로 연장된다. 성벽 위로는 성을 지키는 군사가 왕래했을 것으로 보이는 통로가 있다. 깊은 우물처럼 생긴 곳은 곡물을 보관하던 창고였을 것이다. 퇴색한 성벽, 모서리가 닳은 망루가 기나긴 세월의 흔적을 드러낸다.

영국의 사회사상가 존 러스킨은 『건축의 일곱 등불』에서 설파한 건축의 일곱 가지 원칙 가운데 '기억'을 최고로 꼽았다. 그 이유는 이렇다. "건물의 가장 위대한 영광은 돌이나 금과 같은 재료에 있는 것이 아니다. 그 영광은 건물이 얼마나 오래되었는지에 달려 있고 말하고자 하는 바의 울림과 엄밀한 관찰의 깊이에 달려 있으며, 또한 찬성이나 비난이 교차하더라도 인간애의 물결로 오랫동안 씻긴 그 벽을 보며 우리가 느끼는 불가사의한 공감에 달려 있다. 오랜 시간을 견뎌온 그 증인이 인간을 마주할 때, 그리고 잠시 머물다 가는 모든 사물과 조용히 대비를 이룰 때 영광이 있다. 계절이 바뀌고 시간이 지나며 왕조의 탄생과 쇠

퇴가 반복되고 지구의 표면과 해안의 경계가 바뀔지라도, 거기에 있는 돌은 그 고된 시간 동안 자기 모습을 유지하며 잊힌 시대와 다가올 시대를 서로 연결하고 공감을 끌어내는, 그래서 이미 그 민족 정체성의 절반을 구현하는 힘의 크기 안에 그 영광이 있다." 유구한 세월의 흔적으로 마모되거나, 낙엽이나 심지어는 이끼가 덮여 자연과 동화되어 가는 모습에서 건축물의 존재 의미가 빛을 발하는 것이다.

콘위성에서 한 시간 정도 달려 웨일스와 잉글랜드의 경계를 넘으면 바로 체스터이다. 기원 79년 로마제국의 베스파시아누스 황제 시절 제국의 제2군단은 고대 지도 제작자 프톨레마이오스가 켈트 코르노비라고 한 땅에 데바 빅트릭스라는 이름의 요새를 세웠던 것이 체스터의 시작이다.

지금 남아있는 체스터 성은 1070년 휴 다브란체스가 세웠다. 아마도 초기 색슨족의 요새가 있던 장소였을 수도 있다. 12세기 들어 목조탑이 돌탑으로 대체되었고, 13세기에는 외벽을 세웠다. 성곽의 복잡한 부분은 1788년과 1813년 사이에 지어졌다. 동문은 1768년 리차드 그로스베너 백작의 지원으로 우아한 모양의 홍예로 재건되었다. 붉은 사암으로 지은 동문에는 늘어난 교통량을 고려하여 중앙에 넓은 홍예 모양의 통로를 두었고, 양쪽으로는 보행자를 위한 작은 홍예 모양의 통로를 두었다. 1897년에는 빅토리아 여왕의 다이아몬드 희년을 기념하기 위한 시계탑을 동문 위에 세웠다. 4면에 각각 시계판을 붙인 시계탑은 둥근 홍예형의 철탑 위에 세웠고 그 위로는 풍향계를 올린 구리로 만든 둥근 지붕을 덮었다. 동문의 시계탑 가까운 데서 성벽 위로 올라서면 두어 사람이 편하게 왕래할 수 있을 정도로 통로가 넓다. 느낌이 꼭 두브로브니크의 성벽 위를 걷는 느낌이 든다. 성벽을 따라 한참을 걸었으면 싶었지만, 제한된 자유시간 때문에 멀리까지 갈 수는 없었다. 시계탑에서 체스터 대성당 쪽으로 방향을 잡으면 대성당의 널따란 후원이 나오는데, 보기가 참 좋다.

로마군단이 철수한 다음에 앵글로색슨족이 교회를 세웠다. 907년에는 앵글로색슨족의 공주, 워버그 성녀에게 헌정된 교회를 세우고 그녀의 유골을 모셨다. 체스터 대성당은 영국 내 다른 성당들과는 달리 현지에서 구한 붉은 사암으로 지었다. 1092년에는 체스터의 첫 번째 노먼 백작 휴 루퍼스의 발원으로 베네딕토회 수도원을 지었다. 13세기 무렵에는 여성 예배당을 지었다. 이후 16세기에 이르도록 수도원 건물들을 회랑에 따라 지었으며 부속건물들을 속속 추가하였다. 이 수도원은 1540년 헨리 8세가 수도원 해산명령을 내릴 때까지 유지되었다. 많은 부분이 손상되었으나 아직도 살아남을 수 있었다. 오랜 세월에 걸쳐 건물을 지어가다 보니 노르만양식으로부터 고딕 양식을 거쳐 현대식에 이르기까지 다양한 건축양식을 볼 수 있다. 1868~1876년에 걸쳐 대대적으로 보수하여 오늘에 이르고 있다.

체스터 대성당은 입장이 무료다. 수 세기에 걸쳐 증축한 탓에 내부가 복잡하다. 크기가 얼마나 되는지 본당에 들어서면 제단이 까마득하게 멀리 보인다. 남쪽 수랑으로 이동하면 다양한 제단을 비롯하여 장식품, 성경 내용을 묘사한 그림 등 다양한 소장품을 비롯하여 다양한 연대의 채색 유리 등을 볼 수 있다. 본당의 북쪽으로 나가면 회랑이 이어지고,

회랑에는 기묘한 조각 작품들을 전시하고 있다. 회랑으로 둘러싸인 안뜰에도 현대의 조각품을 설치한 것을 보면 대성당이 보유하고 있는 예술작품의 제작연대가 참 다양하다는 생각이 들었다.

콘위에서 체스터까지 오면서 오래된 유적들을 참 잘도 지켜왔구나 싶다. 그리고 이들 유적이 담고 있는 긴 세월의 흔적으로 어떤 것들이 있는지 궁금해졌다. 특히 웨일스 지역으로 밀려난 브리튼 켈트족과 앵글로색슨족 사이에 힘겨루기는 어떻게 진행되었는지 궁금해진다. 웨일스 지역을 가즈오 이시구로의 『파묻힌 거인』과 연결해서 생각해 보는 이유이다. 『파묻힌 거인』의 무대는 고대 잉글랜드이며 시대적 배경은 5~6세기경 브리튼족과 색슨족 사이에 벌어진 정복 전쟁이 끝난 뒤이다. 하지만 환상적 요소가 강하기 때문에 굳이 잉글랜드의 역사와 연계하여 이해하려 들 이유가 없을 것이다.

이 소설을 읽다 보면 기억과 망각의 역할에 대하여 생각하게 된다. 호르헤 루이스 보르헤스의 단편 「기억의 천재 푸네스」의 주인공은 말에서 떨어지는 사고를 당한 뒤에 보고 들은 것들을 완벽하게 기억하는 능력을 얻게 된다. 이런 초능력은 오히려 쌓여가는 기억 때문에 괴로워지는 부작용을 불러온다. 담아두면 고통스러운 기억은 지울 수만 있다면 좋겠다고 생각하게 된다. 이래서 '기억은 신의 선물이고 망각은 신의 축복'이라는 말이 생긴 모양이다.

가즈오 이시구로는 『파묻힌 거인』에서 모든 사람의 과거 기억을 한 번에 통제할 수 있는 기전으로 '망각의 안개'를 이용한다. 안개가 많은 영국의 기후적 특성에 착안한 것이리라. 하지만 사시사철 안개로 뒤덮여만 있지는 않을 것이기 때문에 안개가 없을 때는 어떻게 되는지 궁금하다. 안개가 걷히면 잊은 기억이 되살아나지 않을까? 액슬과 비어트리스가 예전에 아들이 있었다는 사실을 깨닫게 되는 것처럼 말이다. 그리고 안개에 특별한 무엇이 있다고 한다면 오랜 과거의 기억뿐 아니라 최근의 기억마저도 망각의 저편으로 보내질 수밖에 없지 않을까, 하는 의문이 든다. 모든 사람으로부터 기억 자체를 없애게 되면 사회적 관계가 성립할 수 없을 것이다. 기억을 연구하는 이반 이스쿠이에르두는『망각의 기술』에서 망각은 소거, 습관화, 변별학습 등으로 기억 과정을 억제하는 것일 뿐으로 기억의 장기적인 폐기에 불과하다고 말한다. 즉 기억을 인위적으로 없앨 수는 없다는 것이다. 그래서 저자는 '우리가 망각하기를 선택하는 것이 바로 우리 자신이다'라고 말한다.

　액슬과 비어트리스는 아들을 찾아가는 길에 색슨족 마을에 들어서게 된다. 색슨족 사람들은 토끼굴에 사는 브리튼족 사람들과는 달리 제대로 된 마을에서 살고 있다. 그리고 사람들이 과거를 잊고 살아가는 이유를 알고 있다. 케리그라는 이름의 암용이 내뿜는 입김이 안개처럼 땅을 뒤덮고 사람들의 기억을 빼앗고 있다는 것이다. 케리그라는 암용을 죽이면 사람들의 기억이 되돌아올 것인데, 산 위에 있는 수도원의 수도사들이 케리그를 보호하고 있다. 수도원에서 만난 조너스 신부는 비어트리스에게 안개의 진실을 전하면서 안개에서 벗어나는 것이 반드시 좋은 일만은 아닐 수 있다고 말한다. 안개는 좋은 기억뿐 아니라 나쁜 기억까지 모두 덮고 있기 때문이다. 그 점에 대하여 비어트리스는 나쁜 기억 때문에 눈물을 흘리거나 분노로 몸을 떨 수도 있겠지만, 삶이 어떤 것이었더라도 함께 기억할 이유가 있다고 한다. 기억은 그만큼 소중한 것이기 때문이다.

긴 여행 끝에 등장인물들은 암용이 머무는 장소에 이른다. 그리고 각자의 역할이 드러난다. 늙은 기사 가웨인 경은 아서왕의 조카로 암용을 보호하는 일을 맡아왔고, 위스턴은 암용을 죽이라는 색슨족 왕의 밀명을 받았다. 아서왕이 마법사 멀린으로 하여금 암용의 입김으로 망각의 안개를 만들어내도록 한 것은 망각의 힘을 빌려 끝없는 전쟁을 마감하고 평화를 끌어내려던 것이다. 하느님이 인간에게 기억이라는 재능을 주어 만물의 영장이 되도록 했을 뿐 아니라, 망각이라는 커다란 선물을 주어 살아남을 수 있도록 했다는 말이 있다. 인간이 보고 들은 모든 것을 기억하게 된다면 그 기억들의 충돌로 오는 정신적 긴장으로 오래 살지 못할 것이다.

색슨족 왕이 케리그를 죽이려는 목적은 다가올 정복 전쟁의 길을 닦기 위해서였다. 케리그가 죽게 되면 묻혀있던 거인이 깨어나게 된다. 아마도 원한과 증오를 담은 기억이라는 거인일 것이다. 그렇게 되면 브리튼족과 색슨족은 또다시 피비린내 나는 전쟁을 치러야 하고, 무고한 부녀자와 노약자까지도 죽음으로 몰리게 될 것이다. 위스턴은 결국 가웨인 경과의 결투에서 승리를 거두고, 노쇠하여 힘을 쓰지 못하는 케리그를 죽인다. 하지만 오랜 세월을 브리튼족과 어울려 살아왔기 때문인지 임무를 마친 것이 기쁘지만은 않았다. 그래서 브리튼족인 액슬과 비어트리스에게 멀리 떠나라고 말한다.

『파묻힌 거인』의 등장인물을 비롯하여 용에 관한 이야기를 비롯하여 망각의 기전 등을 살펴보면 브리튼과 켈트의 신화에서 주제를 가져온 것으로 보인다. 빅토리아 여왕 시절의 지식인 찰스 스콰이어는『켈트 신화와 전설』에서 용에 관한 이야기를 적었다. "5월 전날 저녁에 브리튼 섬 위에 있는 모든 가정에 찾아와서 사람들의 가슴 속을 뚫고 지나가며 너무나 놀라게 하여 사람들의 안색을 창백하게 만들고 기운을 잃게 만드는 소리를 냈다. 어찌나 지독한지 여자들은 아이들을 잃어버리고, 젊은 남자들과 처녀들은 제정신을 잃어버리고, 모든 동물과 나무와 땅과 물은 황폐해지게 하는 비명 소리였다." 그 비명 소리는 용이 내는 소리라는 설명이다. 브리튼의 붉은 용. 용이 비명 소리를 내는 것은 색슨의 흰 용으로부터 공격을 받기 때문이다. 또한 모든 사람을 잠들게 한 강력한 마술사의 존재도 이야기된다.

이야기에 등장하는 가웨인 경은 오크니의 로트 왕의 장남으로 아서왕의 큰 조카이다. 원탁의 기사 일원으로 아서왕의 후계자이다. 전설 속의 인물 아서왕이 역사 속에 실재했던 인물이라고 주장하는 학자들도 있지만 근거가 충분하지 않은 듯하다. 아서왕의 전설에 따르면 켈트족 브리튼 사람들의 군주로 5세기에서 6세기에 걸쳐 색슨족 게르만 사람들의 영국 침략을 격퇴했다고 전한다.

다시 이야기로 돌아가면『파묻힌 거인』에서 브리튼족과 색슨족 사이에 얽힌 실타래는 이렇게 풀렸지만, 액슬과 비어트리스 사이에 숨겨진 이야기는 무엇일까? 두 사람은 바다 건너 있는 특별한 섬으로 향한다. 복잡한 세상을 떠나 조용한 삶을 보내려는 사람들이 선택하는 장소이다. 그런데 섬에 들어간 사람들은 많아도 절대로 다른 영혼을 보지 못한다고 한다. 그래서 사람들은 자기만이 유일한 거주자인 것처럼 행동한다. 부부가 그 섬에 들어가 같이 살려면 사공으로부터 치러야 하는 특별한 시험을 통과해야 한다. 즉 두 사람 사이에 진정한 사랑이 확인되면 사공은 두 사람을 배에 태워 섬으로 간다고 한다. 이 대목을 읽으면 누구나 한 번쯤 아내 혹은 연인과의 관계를 깊이 생각해 보게 될 것 같다.

암용이 죽고 안개가 걷힌 다음에 사라졌던 옛 기억이 액슬과 비어트리스 두 사람에게 돌아오기 시작한다. 두 사람 사이에는 무슨 일이 있었던 것일까? 그리고 두 사람은 같이 배를 타고 섬으로 들어갈 수 있을까? 작가는 과거 두 사람 사이에 무슨 일이 있었는지는 이야기하지 않는다. 다만 액슬이 비어트리스에게 하는 당부를 통하여 두 사람 사이에 심각한 일이 있었을 수도 있음을 암시한다. "케리그가 죽고 이 안개가 사라지게 되면 말이오. 그래서 기억들이 돌아오고 내가 당신을 실망시켰던 기억들도 생각나면 말이오. 혹은 한때 내가 저질렀던 어두운 소행들이 기억나서, 당신이 날 다시 보게 되고, 지금 당신이 보고 있는 이 사람이 더 이상 진짜 내가 아니라는 것을 알게 되더라도 말이오. 이것만은 약속해 줘요. 지금, 이 순간 당신이 내게 느끼는 그 마음을 절대 잊지 않을 거라고 약속해 줘요." 비어트리스는 기억이 돌아온 다음에도 액슬을 사랑할 수 있을까? 기억과 망각의 상보적 역할에 대하여 깊이 생각해 보는 작품이다. (「건강을 가꾸는 사람들」, 2017년 11/12월호)

드레스덴(독일)

과거, 현재 그리고 미래의 시간을 관통하는 방법

커트 보니것 지음, 『제5 도살장』(아이필드, 2005년)

여행지를 고르는 특별한 기준은 없지만 독일은 젊어서부터 가보고 싶었던 나라다. 예과 시절 읽었지만 지금도 기억에 남아 있는 한스 카로사의 자전적 소설 『아름다운 유혹의 시절』의 영향일 것이다. 이 작품은 시골에서 자란 청년이 대도시 뮌헨에 있는 의과대학에 입학해 의학을 공부하는 과정, 그리고 사랑과 실연 등을 그리고 있다. 지방 소도시에서 서울로 올라와 공부하던 필자에게 많은 영향을 주었던 작품이다.

그런가 하면 "질병을 이해하기 위해서는 세포의 기능적이고 형태학적 변화를 연구해야 한다."라는 세포병리학을 주창해 현대 병리학의 토대를 세운 루돌프 루트비히 카를 비르효, 탄저균과, 결핵균 그리고 콜레라균을 발견하고 전염병의 세균감염설을 역설해 현대 세균학의 아버지로 추앙받는 로베르트 코흐, 알츠하이머병의 형태학적 변화를 처음 밝힌 알로이스 알츠하이머 등이 모두 독일 학자임을 생각하면 필자의 전공과도 깊은 연관이 있는 나라이기도 하다.

2018년 7월에 다녀온 독일 일주여행은 아내와 함께하는 열 번째 해외여행이었다. '프로이센왕국의 영광을 꿈꾸다'라는 상품을 고른 이유는 여행사에서 요약한 다음과 같은 상품의 특징 때문이었다. 1) 독일 사람들이 아버지의 강이라고 부르는 라인강 변과 독일에서 가장 인기가 많은 로맨틱 가도에 흩어져 있는 작은 도시들, 2) 루트비히 2세와 연관이 있는 노이슈반슈타인, 린더호프, 헤렌켐제 성, 3) 통일 전 동독의 자취를 볼 수 있는 드레스덴, 베를린, 포츠담 등이 포함된다는 점이다.

드레스덴은 독일 일주 여행의 5일째 되는 날 찾았다. 오전에 밤베르크를 구경하고 11시쯤 드레스덴으로 향했다. 아마도 호프를 거쳐 플라우엔, 츠비카우, 켐니츠를 거쳐서 갔을 것이다. 밤베르크를 떠나 1시간 반쯤 갔을까? 창밖으로 CFC라고 쓰인 팻말을 보았다. 지금은 사라진 서독과 동독의 경계를 나타내는 표지이다. 하지만 CFC의 의미를 아직도 확인하지 못했다. 정황을 고려하면 서독의 영역이었던 바이에른주의 트로겐과 동독의 영역이었던 작센주 부르크슈타인 사이의 어디쯤에 있던 서독과 동독의 경계였던 것 같다.

독일 내 국경은 통일 이전 독일연방공화국(서독)과 독일민주공화국(동독) 사이의 경계로 1949년 설치됐다가 1990년 폐지됐다. 발트해와 체코슬로바키아(이 나라는 1993년 체코와 슬로바키아로 분리됐다)의 국경선에 이르는 독일 내 국경은 155km 길이의 베를린 장벽을 뺀 길이가 1,393km

에 달했다.

서독이 국경선에 세운 표지판에는 "독일은 여기서 끝나지 않습니다. 국경 건너 저편 역시 조국입니다! (Hier ist Deutschland nicht zu Ende - Auch drüben ist Vaterland!)"라고 적혀있다. 그럼에도 불구하고 독일 내 국경의 배후에는 북대서양조약기구와 바르샤바조약기구 소속의 군사 수백만 명이 배치돼 있어 동서 세력이 첨예하게 맞선 장소였다. 1990년 통일이 공식화되면서 독일 내 국경은 사실상 사라졌으며, 옛 국경선을 따라 국립공원과 자연보호구역을 설치하는 등 유럽 녹색지대의 일부로 선언됐다.

제2차 세계대전 이후 분단되었던 베트남, 독일, 대한민국 등 세 나라 가운데 베트남(1975년)과 독일(1990년)이 통일되고 대한민국만 남았다. 베트남이 전쟁을 거쳐 통일된 것과는 달리 독일은 평화적으로 통일이 이루어졌다. 대한민국도 독일의 경우처럼 통일이 이루어지기를 기대해 본다.

엘베강 변에 들어선 드레스덴(Dresden)은 작센주의 수도이며, 작센주 안에서는 라이프치히에 이어 2번째로 인구가 많은 도시다. 드레스덴이라는 이름은 '강변 숲에 사는 사람들'이란 뜻을 가진 고대 소르브어 드레즈다니(Dreždany)에서 유래했다. 더구나 엘베강 변에 조성된 예로부터 내려온 독일 남부의 문화, 정치, 상공업의 중심지다. 특히 문화 수준이 높아 '독일의 피렌체'로 불리며, 엘베강 변에 있는 브륄 테라스는 '유럽의 발코니'라 불릴 만큼 뛰어난 경치를 자랑한다.

드레스덴 지역은 기원전 7500년경 신석기 시대 무렵 선형 도자기 문화를 가진 사람들이 정착한 흔적이 있다. 이 지역에 슬라브인들이 유입된 것은 6세기 초 무렵이다. 4세기에서 6세기에 이르는 동안 아시아에서 이동해 온 훈족의 압박에 밀려 서쪽으로 이동해가는 게르만족의 뒤를 따라 이동해간 것이다. 이 지역에 슬라브어의 잔재가 많이 남아있는 이유이다. 10세기 무렵에는 게르만족이 되돌아오면서 슬라브족과 대치하게 되었다. 드레스덴 역시 1200년 이전에 게르만 사람들이 들어와 성을 구축하고 1206년에는 도시의 틀을 갖췄다. 마이센 변경백 디트리히 1세도 드레스덴에 거처를 마련했다. 1697년 작센의 선제후 프리드리히 아우구스투스 1세는 폴란드왕국의 왕이 됐다.

그의 뒤를 이은 아우구스투스 2세 시절에는 드레스덴에 있는 대부분의 바로크풍 기념비적 건물들이 세워졌다. 즈빙거 왕궁, 일본 궁전, 타쉔베르크 궁전, 필니츠 성을 비롯해 독일 가톨릭 호프 교회라고 하는 드레스덴 대성당과 루터교회인 성모 교회 등 2개의 교회와 박물관 등이다.

7년 전쟁(1756~1763) 기간에 프러시아 군에 의해 점령당하고, 특히 1760년에는 프로이센 군의 포위공격으로 막대한 피해를 보았다. 1806년에서 1918년 사이에는 작센 왕국의 수도였다. 20세기에 드레스덴은 127개의 공장과 주요 산업체가 있는 통신과 제조업의 중심이었다. 도시의 이런 배경은 제2차 세계대전 기간에 연합군의 공격목표가 됐다. 1945년 2월 13일부터 15일까지 영국의 왕립공군과 미국 육군항공대 소속의 랭카스터 폭격기 773대가 드레스덴으로 출격해, 소이탄 1181.5톤과 고성능 폭탄 1477.7톤을 퍼부었다. 그 결과 드레스덴의 도심은 크게 파괴되고 수많은 사상자를 냈다.

1969년에 발표된 미국 소설가 커트 보네거트의 『제5 도살장』은 저자가 직접 경험한 드레스덴 폭격의 참상을 바탕으로 쓴 공상과학 반전 소설이다. 보네거트는 벨기에의 아르덴 숲을 중심으로 벌어진 벌지 전투에서 포로가 돼 드레스덴으로 이송됐었다. 드레스덴에 대규모 폭격이 있던 순간 보네거트와 동료 수감자는 제5 도살장의 지하실에 수용됐던 덕에 목숨을 구할 수 있었다.

독서 모임을 꼬투리 삼아 이야기를 풀어가는 『내 인생 최고의 책』이 인연이 되어 읽었다. 10명의 회원 가운데 아내를 여읜 존이 인생 최고의 책으로 『제5 도살장』을 꼽았다. 죽은 아내와의 인연을 엮어준 책이라고 했다. 무명의 공상과학 작가 커트 보네거트를 주목받는 작가로 만들어준 소설이다. 아마도 베트남전쟁 당시 미국 사회를 휩쓸고 있던 반전 분위기 덕을 보았을 수도 있다.

『제5 도살장』의 주인공 빌리 필그램은 벌지 전투에서 포로가 돼 드레스덴으로 이송됐다가 드레스덴 폭격에서 극적으로 살아남았다. 전쟁이 끝난 뒤에 전역을 했지만 외상 후 증후군을 앓았고, 1968년에는 비행기 사고로 뇌수술을 받게 된다. 이때부터 빌리는 자신이 '트랄파마도어 (Tralfamadore)' 행성으로 납치돼 그곳 동물원에 알몸으로 전시됐다고 말하기 시작한다. 작가는 드레스덴에서의 경험과 트랄파마도어 행성으로 납치됐다고 믿는 상황을 순간이동과 시간여행으로 엮어 이야기를 끌어간다.

『제5 도살장』에서 주목해야 할 장치가 바로 빌리 필그램의 '시간으로부터의 이탈'이다. 빌리가 현실에서 도피하기 위한 수단으로 만들어낸 환상의 세계가 트라팔마도어 행성이다. 지구로부터 500만km 떨어진 트라팔마도어 행성 사람들은 4차원을 초월하고 있다. 그렇기 때문에 모든 시간을 한눈에 볼 수 있다. 그들에게 모든 시간은 시간일 뿐 변하지 않는다. 즉, 과거와 현재 그리고 미래의 모든 순간이 시간 속에서 일어났거나, 또는 일어나곤 한다. 작가는 빌리가 시간과 장소를 마음대로 이동하는 것으로 그렸다. 인간이 자유의지로 움직이는 존재임을 드러낸 것이다.

『제5 도살장』에는 '아이들의 십자군 전쟁, 죽음과 추는 의무적인 춤'이라는 부제가 달려있다. 작가는 드레스덴의 충격적인 학살을 정리하기 위하여 많은 글을 쓰고 버렸다고 한다. 그런데 드레스덴에서 수용소 생활을 같이한 전우 버나드 V. 오헤어의 부인 메리가 '당신들은 그때 젖비린내 나는 애들에 불과했어요.'라고 잘라 말하는 데서 이야기의 흐름을 정하게 되었다. 철부지였을 10대에 겪은 참상을 어른의 시각에서 재구성한 것이 아니냐는 것이었다. 그래서 아이들의 시각에서 작품을 구성하겠다는 의지의 표시로 '아이들의 십자군 전쟁'이라는 제목이 정해진 것이다. 물론 제목이 되지는 못했다.

'십자군'이란 단어에 숨어 있는 의미는 그들이 단지 무지하고 미개한 사람들이었을 뿐 아니라, 그들의 동기 역시 편협하기 이를 데 없는 신앙이었으며, 그들이 지나는 길은 피와 눈물의 길이었다는 것을 암시한다. 200만 유럽인들이 수백만의 재화를 투입한 십자군 전쟁에 나서서 얻은 것이라고는 고작 팔레스타나를 100년여를 소유한 것뿐이었다.

사실 보고 들은 것을 그대로 활자로 옮기면 책을 만들 수는 있다. 하지만 그 책이 읽은 사람들에게 감동을 줄 수 있는가, 하는 것은 또 다른 문제이다. 저자 역시 이런 점을 깨달았던 것 같다. 이런 부분이다. "23년 전 제2차 세계대전이 끝나고 집에 돌아왔을 때는 드레스덴 파괴에 대해 쉽게 쓸 수 있다고 생각했다. 내가 목격했던 것을 그대로 보고하기만 하면 된다고 생각했기 때문이다. 나는 또 그것이 명작이 되거나, 그렇게까지 못 되더라도 큰 돈벌이가 될 것으로 생각했다. 주제가 워낙 거창했으니까" 그럼에도 불구하고 처음에는 그리 많은 말이 떠오르지 않았고, 취재 끝에 썼다가 버린 원고만도 엄청났던 모양이다.

드레스덴의 구시가에 도착한 것은 3시 반경이다. 드레스덴에서의 첫 일정으로 드레스덴 성 혹은 드레스덴 왕궁에 들어있는 보석박물관을 둘러보았다. 드레스덴 성은 베틴 가문의 알베르트계로 이어진 작센 선제후(1547~1806)와 작센 왕국의 왕(1806~1918)이 살던 곳이다. 제2차 세계대전 기간에 있었던 드레스덴 폭격으로 지붕이 날아가고 벽도 무너졌지만, 소장품은 전쟁 초에 쾨니히슈타인 요새에 옮겨놓았기 때문에 피해를 보지 않았다. 1960년부터 복원이 시작돼 여전히 진행되고 있다. 현재 드레스덴 성에는 역사적 녹색 금고, 새로운 녹색 금고, 동판화 별실, 주화 진열실, 그리고 병기고 등 5개의 박물관이 있다.

드레스덴성과 교통박물관을 연결하는 외양간 마당의 외벽에는 유명한 『왕자의 행렬』이 있었다. 왕자의 행렬』은 베틴 가문에 의한 작센 왕조의 800주년을 기념하기 위한 것으로 1871~1876년 사이에 빌헬름 발터가 역대 작센 지방의 제후와 왕을 그렸다. 가장 왼쪽에 12세기에 마이센 변경백을 지낸 콘라드를 선두로 하고, 오른쪽 끝의 20세기에 작센을 다스렸던 게오르그 왕까지 35명의 인물을 담았다. 제후와 왕들 이외에도 59명의 과학자, 예술가, 장인, 어린이 그리고 농부가 있다. 어린이 가운데 있는 소녀 한 명이 유일한 여성이다.

『왕자의 행렬』이 그려진 외벽에는 1589년에 그려진 프레스코화가 있었다. 빌헬름 발트의 왕자 행렬이 풍상에 퇴색하기 시작하면서 이를 보강하기 위해 1904~1907년 사이에 20.5×20.5cm 크기의 마이센 도자기로 대체됐다. 『왕자의 행렬』은 길이 101.9m, 높이 10.5m이며, 행렬 위에 18개의 창이 있기 때문에 쪽매가 차지하는 부분은 968m²로, 약 2만 3000개의 쪽매가 사용됐다.

드레스덴 성에서 나와 길을 건너면 즈빙거 궁전이다. 즈빙거라는 이름은 바깥쪽 성벽과 안쪽 성벽의 사이에 있는 '바깥마당'을 의미하는 중세 독일어에서 유래한 것이다. 작센의 선제후 프리드리히 아우구스투스 1세는 폴란드 왕에 즉위한 1697년, 루이 14세가 지은 베르사유 궁전에 버금가는 궁전을 짓기로 했다. 궁정 건축가 마토이스 다니엘 푀펠만의 설계에 따라 1710년부터 1728년까지 단계적으로 건설됐다. 푀펠만의 설계에는 현재의 궁전과 정원의 복합공간은 물론, 실내가극단건물(Semperoper)을 포함한 엘베강 아래 정원까지 포함됐지만, 1733년 왕이 죽으면서 공사가 중단되었다.

현재의 위치에 있는 실내가극단건물은 1838~1841년 사이에 건축가 고트프리드 셈퍼의 설계로 지었다. 이전에는 즈빙거에 있는 가극단건물을 이용했다. 새로 건축한 실내가극단건물은 1869년 화재로 소실됐다. 두 번째 실내가극단건물은 1876~1878년 사이에 고트프리드 셈퍼의 장남 만프레드 셈퍼가 아버지의 조언을 받아 재건한 것이다. 가극단 건물은 많은 조각작품으로 장식돼 있다. 정면의 입구 위에는 고대 그리스 신화에서 포도주와 풍요, 포도나무, 광기, 다산, 황홀경, 연극의 신이며, 죽음과 재생의 신으로 숭배하는 디오니소스와 그의 아내 아리아드네가 모는 4마리의 팬더 마차를 올려놓았다. 요하네스 실링의 작품이다.

입구의 양편으로는 후기 고전주의 조각가인 언스트 리이첼이 조각한 독일의 문호 두 사람의 석상을 세웠다. 왼쪽이 괴테이며, 오른쪽이 쉴러이다. 한편 1층과 2층의 양 끝에 있는 현관에는 언스트 율리우스 하넬의 조각작품을 각각 세웠다. 1층의 왼쪽 현관에는 셰익스피어, 오른쪽 현관에는 몰리에르, 2층의 왼쪽 현관에는 소포클레스, 그리고 오른쪽 현관에는 에우리피데스가 있다.

두 번째 실내가극단건물 역시 드레스덴 폭격으로 많이 부서졌다. 1977년 볼프강 핸쉬의 감독 아래 셈퍼의 설계에 따라 재건됐다. 다만 좌석 수는 1300석으로 줄었다. 전쟁 관련 파괴 40주년인 1985년 2월 13일, 예술 감독 맥스 게르트 쉰펠더의 지휘로 칼 마리아 폰 베버의 오페라 『마탄의 사수』가 개관 작품으로 공연됐다.

극장 광장에서 서쪽으로 즈빙거 궁전이 있다. 정문을 통해서 정원으로 들어갈 수 있다. 정사각형의 즈빙거 정원은 서로 교차하는 넓은 통로에 의해 4개 구획으로 나뉜다. 교차점 부근에 4개의 커다란 수조를 뒀고, 중앙에는 분수를 뒀다. 수조 주변은 잔디를 깔아 여느 정원과는 달리 단순한 기하학적 구조만을 나타낸다. 정원의 동쪽은 옛 주인의 미술관과 셈퍼 갤러리가 있는 3층 건물이 있다. 길이 127.35m 높이

23.77m의 이 건물은 1847~1854년 사이 고트프리드 솀퍼에 의해 이탈리아 르네상스 양식으로 지은 사암 건물이다.

외부에는 12개의 동상, 16개의 부조, 20개의 타원형 메달 장식, 72개의 박공 등, 모두 120개의 조각으로 장식했다. 제우스, 모세, 미켈란젤로, 괴테 등 각기 다른 시대를 상징하는 160명 이상의 인물을 볼 수 있다. 건물이 완공되었을 때 '우리 시대에서 가장 훌륭하고 부유하게 장식된 박물관 건물'이라는 평가를 받았다. 옛 주인의 미술관은 세계적으로도 유명한 회화수집품 가운데 하나로, 15세기부터 18세기에 만들어진 약 750점의 걸작을 소장하고 있다. 주로 17세기의 플랑드르 화가뿐만 아니라 이탈리아 르네상스 작품이다. 그중 라파엘로가 그린 『시스틴의 성모』는 중요하다.

즈빙거 궁전에서 엘베강 변으로 가다 보면 성 광장의 동쪽 끝에 가톨릭 궁전교회라고도 하는 드레스덴 대성당이 있다. 성 삼위일체에 헌정된 이 교회는 작센 선거후이자 폴란드 국왕이던 프리드리히 아우구스투스 2세의 명에 따라 이탈리아 건축가 개타노 키아베리의 설계로 1738~1751년 사이에 건설됐다. 교회의 전면과 난간에는 이탈리아 조각가 로렌조 마티엘리를 비롯해 드레스덴의 조각가 파울과 야콥 메이어가 제작한 78개의 성자 동상을 세웠다. 특히 입구의 왼쪽 벽감에는 요한과 마태, 오른쪽 벽감에는 마가와 누가 등 복음사가의 석상을 세웠다. 한편 입구 위에는 기독교의 네 가지 덕목인 믿음, 희망, 자비 그리고 정의 등으로 둘러싸인 벽감에 각각 사도 베드로와 사도 바울의 조각을 세웠다.

교회의 내부는 본당에 2개의 통로 그리고 모퉁이에 4개의 예배당을 배치했다. 발타사르 퍼모서가 새롭게 단장한 바로크 양식의 강단이 볼 만하다. 강단 옆 제단에 걸린 『요셉의 꿈』과 『기독교 종교의 승리』라는 제목의 그림은 안톤 라파엘 멩그스의 작품이다. 한편 높은 제단에 걸린 폭 4.5m 높이 10m의 제단화 『예수님의 승천』 역시 안톤 라파엘 멩그스가 1756년에 그린 것이다.

성 광장에서 가장 높은 건물은 드레스덴 성의 일부인 하우스만스트룸이다. 드레스덴 성에서 가장 오래된 건축물로 1400년경 지은 건물로부터 시작됐다. 1674~1676년 사이에 요한 게오르그 2세의 위임으로 건축가 볼프 카스파르 폰 크렌겔이 97m 높이의 탑을 바로크 양식으로 완성했다. 팔각형으로 지은 탑 위에 구리로 만든 웨일스 양식의 둥근 지붕을 올리고 개방형의 등을 설치했다. 1945년까지 도시에서 가장 높은 탑이었다. 1945년 공습으로 꼭대기 부분이 무너졌고, 1991년에 이르러서야 복원이 완성됐다.

엘베강을 굽어보는 뷜테라스 가운데 드레스덴 미술학교 근처에는 빈첸츠 바니츠커가 제작해 1988년에 설치한 『지구와 행성』이라는 제목의 행성 기념물이 있다. 돌출된 결정체를 가진 청동 공은 끊임없이 변화하는 세계를 표현하며, 청동 공 주변의 바닥에 그려진 원 위에는 지구를 제외한 행성을 나타내는 원형 부조가 늘어서 있다. 원의 중심에서 비켜 앉아 있는 청동 공으로부터의 거리는 지구에서부터 행성까지 거리에 비례하도록 조정돼 있다.

원 위에 늘어서 있는 행성에는 달을 포함해서 7개만 표시돼있다는 점이다. 1721년까지 발견된 행성과 위성을 표시한 것이다. 천왕성은 윌리엄 허셜 경이 1781년에 발견하였음을 공식적으로 발표했으며, 해왕성은 1846년에 요한 고트프리트 갈레가 처음 관측했기 때문에 여기에서는 빠져있다.

행성 기념물에서 계단을 내려가 뮌즈가세를 따라 한 구간을 가면 성모 교회를 만난다. 노이마르크트의 기념비적인 건축물인 성모 교회는 알프스 북쪽에서 가장 큰 석조 돔 교회이며, 세계에서 가장 큰 사암 교회이다. 1726~1748년 사이에 드레스덴의 건축가 게오르게 배아가 바로크 양식으로 설계해 지은 루터파 개신교 교회이다. 1945년 2월 13일과 14일에 걸친 연합군의 융단폭격으로 무너져 내렸다. 독일이 통일되기 전까지 동독 정부는 전쟁과 파괴에 대한 기념물로 삼아 파괴된 채로 보존했지만, 1994년부터 재건이 시작돼 2005년에 완료됐다.

성모 교회의 독특한 특징은 96m 높이의 석조 돔이다. 석종이라고 할 수 있는 성모 교회의 돔은 로마에 있는 성 베드로 대성당의 미켈란젤로 돔에 필적하는 공학적 기술이 적용됐다. 처음에는 나무로 구조를 만들고 구리로 덮을 계획이었지만 배아는 석조 돔을 제안했다.

작센에서 나는 사암으로 만든 1만 2000톤 무게의 석조 돔을 8개의 날씬한 지주 위에 올렸는데, 초반에는 안전성에 대해 의심받았다. 7년 전쟁 중이던 1760년 프리드리히 2세가 이끄는 프로이센군이 발사한 100개 이상의 대포알이 석조 돔을 가격했지만, 별다른 피해를 보지 않아 안전성이 입증된 셈이다.

성모 교회의 일부는 검은색 돌로 돼있지만, 대부분은 하얀색을 띠고 있어 새롭게 복원된 부분이라는 것을 알겠다. 복원이 논의되는 과정에서 반대의견도 만만치 않았던 모양이다. 폐허가 된 성모 교회를 복원한다는 것은 전쟁의 참혹함을 증언하는 기념비를 잃는 것이라는 생각을 하는 사람들이 있었던 것이다. 사라진 역사적 건축물을 재건하는 것은 처음 지을 때의 문화적배경을 되살린다는 의의가 있을 수 있다. 하지만 성모 교회처럼 전쟁의 참혹함을 기록하는 기념비로서의 의미 또한 중요하겠다는 생각이다.

교회 앞에 서 있는 건물잔해가 무엇인지 궁금했다. 잔해에 붙어 있는 명판에는 독일어로 된 설명이 붙어 있어 내용을 알 수 없었다. 같이 명판을 읽고 있던 외국 남자에게 명판의 내용을 물었더니 제2차 세계대전 당시 폭격으로 부서진 건물의 잔해라고 한다. 이런 대화가 오가는 것을 지켜보던 남자분이 우리말로 한국에서 왔냐고 묻더니 돌덩이에 얽힌 사연을 설명해 줬다.

제2차 세계대전 당시 교회에 폭탄을 투하했던 영국 조종사가 자신의 전 재산을 교회복원 비용에 보태 쓰도록 자식에게 유언을 남겼다고 한다. 그 조종사가 남긴 일기의 내용을 동판에 새겨 놓았다는 것이다. 자료를 찾아보았더니 성모 교회의 앞에 놓여있는 돌덩어리는 연합군의 폭격으로 무너져 내린 성모 교회 돔의 일부라고 한다. (2024년 8월 7일)

베를린(독일)

'망각의 늪'에 빠진 일본에 권하고 싶은 책…
잃어버린 기억의 박물관

랄프 이자우 지음, 『잃어버린 기억의 박물관』(비룡소, 2007년)

드레스덴에서 베를린으로 가는 고속도로 사정은 원활했다. 다만 엷게 깔렸던 구름이 짙어지기라도 하면 비가 쏟아질까 봐 살짝 걱정도 했지만, 그런 일은 없었다. 이날 베를린의 날씨는 해가 나오면 따갑지만, 그늘에 들어가면 서늘한 느낌까지 들어 폭염으로 끓고 있다는 서울을 떠나 피서를 제대로 한 셈이라서 행복했다. 10시 반 무렵 베를린에 도착했다.

베를린은 독일의 수도이며 1918년 기준으로 374만 8148명의 주민이 살고 있는 독일 최대 도시다. 유럽에서도 런던 다음으로 인구밀도가 높은 곳이다. 엘베강으로 유입되는 하벨강 지류인 슈프리강의 여러 갈래가 도심을 흐른다. 이런 지형적 특징이 베를린이라는 이름에 들어있다. 베를린의 중앙에 피셔인셀 즉 어부의 섬이 있다. 피셔인셀의 북쪽

지역에는 여러 개의 박물관이 들어서 있어 박물관 섬이라고도 부른다. 베를린 지역에는 게르만족에 앞서 서슬라브족이 이주해왔다. 베를린을 포함한 동부 독일 지역의 이름에 슬라브어의 흔적이 남아있는 이유이다. 베를린이라는 도시 이름은 서슬라브족이 사용하던 폴라비아어에서 습지, 혹은 늪을 의미하는 어간 베를(berl/birl)로부터 유래했다.

제2차 세계대전 기간에 베를린은 연합군의 주요 공격 목표였다. 연합군은 6만 7607톤의 폭탄을 도시에 퍼부어 6427에이커(약 26km²)를 파괴했고, 대략 12만 5000명의 민간인이 사망했다. 전후 연합군은 독일을 분할해 점령한 것처럼 베를린 역시 4개 지역으로 나눠 점령했다. 미국, 영국 및 프랑스 등 서방 연합국은 베를린의 서쪽을, 소련은 동쪽을 차지했다. 1961년, 동독은 동서 베를린의 국경에 장벽을 설치했다. 1989년 11월 9일 동서독 간에 통행의 자유가 선언될 때까지 베를린 장벽은 소련과 서방세계가 대립하던 냉전 시대의 상징이 됐다.

베를린에 도착해 처음 일정을 시작한 장소는 공포의 지지(Topographie des Terrors)라는 이름의 역사박물관이다. 1933년부터 1945년까지 나치의 제3제국 시절 니더키르히너스트라세에 밀집해 있던 친위대(SS)의 주요 보안사무소, 보안경찰, 게슈타포 등의 본부가 있던 부지에 박물관을 짓고 야외 전시장을 조성했다. 야외 전시장은 지상에 남아있는 베를린 장벽으로부터 거리를 두고 있던 건물의 지하공간을 발굴해 벽을 노출시켰고, 투명한 유리로 덮개를 씌워 보호했다. 지하 전시 공간에는 나치의 만행에 관한 사진을 비롯한 다양한 전시물이 게시돼있다. 800m² 규모의 상설전시관에는 나치의 보안 부서에서 사용하던 다양한 고문 장비를 비롯한 자료들을 전시하고 있다. 지하실에는 강의실을 비롯해 약 2만 5000권의 책을 소장한 도서관, 추모 재단 등이 있다.

역사박물관 서쪽에 있는 분홍색 외벽의 건물은 마르틴-그로피우스 건물이라는 베를린의 유명한 전시관이다. 이 건물은 1990년 독일이 통일되기 전까지 베를린 장벽에 바짝 붙어 있었다. 건물의 바로 앞을 지나는 니더키르히너스트라세에는 공포의 지지에 남아있는 베를린 장벽이 연장되고 있었음을 나타내는 '베를린 장벽(BERLINER MAUER 1961~1989)'이라 새긴 금속 띠가 도로에 새겨져 있다.

11시 반에는 다음 일정인 홀로코스트 기념비로 이동했다. 제2차 세계대전 기간에 희생된 유럽 유대인을 위한 기념관은 브란덴부르크 문에서 1구획 남쪽으로, 티어 가르텐과 코라-베르리너-스트라세 사이에 있다. 베를린은 프리드리히 빌헬름 브란덴부르크 선제후의 포츠담 칙령으로 유대인들이 모여들어 살던 곳으로 유럽에서도 유대인들이 많이 살던 곳이라서 희생자도 많았기 때문에 이곳에 기념관을 지은 것이다.

콘크리트를 부어 만든 2711개의 스텔라에를 남북으로는 54열, 동서로는 87열로 배열했다. 기념 돌기둥이라는 의미의 스텔라에(Stelae)는 라틴어에서 유래한 용어이다. 돌이나 나무로 된 슬라브 구조물로, 무덤에는 장례와 관련된 기념물로, 고대 그리스나 로마에서는 정부의 공지 표지로, 국경선 혹은 재산선을 나타내는 경계 표지로 사용됐다. 스텔라에 사이를 걷다 보니 생각이 복잡해진다. 희생자들을 애도하는 마음과 여러 곳을 여행하면서 만났던 홀로코스트 기념비에 대한 불편한 마음이 교차했기 때문이다.

가까운 브란덴부르크 문까지는 걸어서 갔다. 브란덴부르크 문은 베를린에 있는 18세기 무렵 신고전주의 양식의 기념비다. 네덜란드 공화국에서 바타비아 공화국으로 전환되던 바타비아 혁명 초기에 개입에 성공한 것을 기념하기 위해 프로이센 왕국의 프리드리히 빌헬름 2세의 명에 따라 건설된 기념비다.

브란덴부르크 문은 베를린의 상징 가운데 하나로, 브란덴부르크 변경백의 수도가 있던 브란덴부르크 안 데어 하벨이라는 마을로 가는 길이 시작되는 옛 성문이 있던 장소에 세워졌다. 설계를 맡은 카를 고트하르트 랑한스는 그리스 아테네의 아크로폴리스로 가는 관문인 프로필라에에서 영감을 얻어 12개의 도리아식 기둥을 앞뒤로 세웠다. 성문의 꼭대기에는 요한 고트프리트 쉐도우가 조각한 4두 마차를 올렸다. 마차는 그리스 신화에 등장하는 승리와 정복의 여신 니케가 몰고 있다. 브란덴부르크 문은 원래 평화의 문이라고 불렸다. 성문의 높이는 20.3m인데 4두 마차의 꼭대기까지의 높이는 약 26m이다.

브란덴부르크 문의 동쪽 광장은 1814년 나폴레옹 군이 베를린을 점령한 것을 기념하기 위해 파리광장이라고 부른다. 파리광장에서 바라보았을 때 브란덴부르크문의 왼쪽에는 로마신화에서 지혜의 여신인 미네르바의 조각을, 오른쪽에는 로마신화에서 전쟁의 신인 마르스의 조각을 세웠다. 1989년 베를린 장벽이 무너졌을 때 브란덴부르크 문은 자유와 동서독의 통일을 상징하는 국민적 욕구의 상징이 됐다. 2000년부터 광범위한 복원작업을 거친 끝에 2002년 다시 일반에 공개됐다.

브란덴부르크 문은 벌써 3번째 방문이다. 2002년에 세계보건기구의 전문가 회의에 참석한 길에, 2004년 에는 독일, 영국, 프랑스 등 3개국의 전염병 관리 부서를 방문하는 길에 잠시 짬을 내 구경한 적이 있다. 이날은 파리광장이 북적일 정도로 브란덴부르크 문을 찾은 사람이 많아 보안에 신경을 많이 써야 했다. 브란덴부르크 문 가까이는 사람들이 접근할 수 없도록 차단하고 있었는데, 그 앞에 모여 춤을 추는 젊은이들도 있었다. 많은 사람 앞에서 거리낌 없이 춤을 출 수 있는 젊음이 부럽다.

브란덴부르크 문을 구경하고는 다시 차를 타고 베를린 시내 구경에 나섰다. 하지만 곳곳에서 벌어지는 공사 때문에 이리저리 돌아서 박물관 섬의 가운데쯤에 있는 베를린 대성당에 도착했다. 베를린 교구 및 돔 교회가 공식 명칭인 베를린 대성당은 베를린-브란덴부르크-실레지안 오베르라우시츠의 복음주의 교구의 최고 교회이며 호엔촐레른 왕가의 종묘이기도 하다.

베를린 대성당은 15세기에 설립된 로마 가톨릭교회를 뿌리로 한다. 1451년 브란덴부르크 선제후 프리드리히 2세는 지금의 박물관 섬 남쪽에 도시궁전을 새로 짓고, 가톨릭 예배당을 뒀다. 이 교회는 뒷날 에라스무스에게 헌정됐다. 1465년에는 프리드리히 2세의 요청에 따라 바오로 2세 교황은 에라스무스 예배당에 성당 교회라는 이름을 내렸다. 1535년 선제후가 된 요하킴 2세는 1297년에 창설한 도미니크 수도원을 폐쇄하고 그 자리에 벽돌로 고딕양식의 교회를 짓도록 했다. 1536년 완공된 교회는 성모와 성 십자가 교회로 봉헌됐다. 1539년 요아킴 2세가 루터교로 개종하면서 베를린 대성당은 가톨릭 성당에서 개신교 성당으로 바뀌었다.

　1747년 캘빈파는 성당 교회를 철거하고 요한 보우만이 바로크 양식으로 설계한 새로운 교회를 지었다. 1817년 프로이센의 프리드리히 빌헬름 3세 왕의 주도로 프로이센의 칼뱅파와 루터파를 아우르는 프로이센 복음주의 교회 연합을 구성했다. 보불전쟁이 프로이센의 승리로 마무리되고 독일제국이 성립된 뒤에 새로운 교회의 건설이 논의됐다. 제단, 그림, 석관 등을 해체해 옮긴 다음 1893년 보우만이 설계한 성당 교회를 철거했다. 초석은 1894년에 놓았지만, 건축은 1900년에 시작해 1905년에 마무리했다.

　새로운 베를린 돔은 샤를로텐부르크 공과대학의 건축가 율리우스 라슈도르프 교수와 그의 아들 오토 라슈도르프가 맡아 화려한 신 르네상스 양식으로 설계했다. 길이 114m, 너비 73m, 높이 116m 규모의 새 교회는 이전 건물보다 훨씬 크며, 바티칸시티에 있는 성 베드로 대성당에 맞먹는 개신교 교회로의 위상을 나타내려 했다. 제2차 세계대전 기간 베를린 대성당은 큰 피해를 보았다. 전후 대성당은 임시로 복원돼 사용되다가 제대로 복원하기 위해 1971년 사용을 중지했다. 복원작업은 1975년에 완료됐다. 중앙의 둥근 지붕과 4개의 꼭대기 탑은 원래의 모습대로 복원되지 않고 크게 단순화했기 때문에 높이가 16m 정도 낮아졌다. 둥근 지붕에 있던 모든 등을 제거하고 1983년 새로운 둥근 지붕을 올렸다. 복원된 대성당은 길이 90m, 높이 98m이며 지름 33m의 둥근 지붕을 올렸다.

　베를린 대성당 앞에는 루스트가르텐이 펼쳐지고, 정원 북쪽으로는 역사박물관이 자리한다. 이 건물은 프로이센 왕가가 수집한 미술품을 보관하기 위해 지은 것으로 카를 프리드리히 쉰켈의 설계로 1823~1830년 사이에 건설됐다. 1945년까지는 왕립 박물관이라고 했다. 19세기 초반, 독일 사회는 자신감이 고조되면서 엘리트 계층은 예술에 대한 인식을 새롭게 하고, 예술이 대중에게 공개돼야 한다고 생각하게 됐다. '시민들은 포괄적인 문화 교육을 받을 수 있어야 한다'라는 훔볼트의 새로운 교육개념이 사회에 퍼졌다. 왕실에서도 수집한 예술품을 일반에 공개해 같이 즐길 수 있도록 한다는 생각을 가지게 됐고, 이에 박물관을 건립하게 된 것이다.

쉰켈은 왕세자 프리드리히 빌헬름 4세가 잡아준 초안에 따라서 아테네의 아크로폴리스에 있는 파르테논신전을 닮은 건물을 설계했다. 전면의 회랑에는 골이 파인 이오니아식 기둥 18개를 세웠다. 사암으로 조각한 18마리의 독수리가 회랑의 기둥마다 돌림띠 위에 앉아 있다. 독수리가 앉아 있는 아래 돌림띠에는 "프리드리히 3세는 다양한 고대 유물과 교양 예술을 연구하도록 이 박물관을 기부했습니다. 1828. (FRIDERICVS GVILHELMV III. STVDIO ANTIQVITATIS OMNIGENAE ET ARTIVM LIBERALIVM MVSEVM CONSTITVIT MDCCCXXVIII)"라는 내용을 로마자로 표기했다.

역사박물관 북쪽에 있는 건물이 새 박물관이다. 박물관 섬에 세워진 두 번째 박물관이다. 지금은 역사박물관인 왕립 박물관에서 수용할 수 없는 유물들을 전시하기 위한 목적으로 세웠다. 석고로 뜬 고대 유물을 비롯해 고대 이집트 유물 및 선사시대로부터 초기 역사시대의 유물을 비롯하여 민족지 수집품, 인쇄 및 그림 등을 소장하고 있다. 이와 같은 소장품들은 이집트 박물관과 파피루스 수집품, 선사시대 초기 역사박물관, 유물 수집품 등으로 나뉘어 전시된다. 소장 유물 가운데 이집트 여왕 네페르티티의 흉상이 유명하다.

카를 프리드리히 쉰켈의 제자인 프리드리히 아우구스트 스튈러의 설계로 1843~1855년 사이에 지었다. 새 박물관은 그 소장품이 가진 의미도 중요하지만, 건물 자체가 가지는 의미 역시 중요하다. 새 박물관은 당시 유행하던 신고전주의 양식으로 지었는데, 그 과정에서 새롭게 개발된 건축 기술과 새로운 건축 소재인 철 구조물을 사용해 건축 기술의 역사에서 한 획을 그은 것으로 평가된다.

개관 당시 1층에는 이집트 유물과 민족 지적 유물, 고대와 비잔틴, 로마네스크, 고딕, 르네상스 및 고전 예술 작품을 비롯해 그리스와 로마조각품의 석고 수집품 등이 전시됐다. 2층에는 식각 및 조각 모음과 미술품, 건축 모형, 가구, 점토, 도자기 및 유리 용기 및 교회 장식품 등을 전시했다. 1층 전시실에는 골동품 박물관의 꽃병 수집품과 이집트 박물관의 파피루스 수집품이 전시됐다.

역사박물관이나 새 박물관에는 직접 들어가 보지는 못했지만 걸어서 밖의 모습이라도 찬찬히 구경할 수 있었다. 하지만 새 박물관 북쪽에 있는 페르가몬 박물관은 차를 타고 지나가는 것으로 끝이었다. 사실 페르가몬 박물관은 꼭 들어가 보고 싶었다. 독일의 대표적 환상 문학 작가 랄프 이자우의 소설 『잃어버린 기억의 박물관』의 무대였기 때문이다.

성서에 기록된 전설의 도시 바빌로니아를 찾아 나선 독일의 고고학자 로베르트 콜데바이가 18년의 발굴 끝에 발견한 마루두크 신전의 기단과 이슈타르문 등이 베를린의 페르가몬 박물관에 복원돼있다고 한다. 이자우는 페르가몬 박물관이 소장하고 있는 바빌로니아의 유적을 소재로 삼아, 사람들이 그 존재의 본질을 잊어버리고 망각해 버린 것들이 미래에 무서운 결과를 가져올 수도 있음을 경고한 것이다.

이 외에도 아나톨리아에서 발굴한 유물과 요르단의 카스르 알 음샤타에서 발굴한 우마이야 왕조 여름 궁전의 전면 등도 있다. 페르가몬 박물관은 고대 수집품, 중동 박물관 및 이슬람 예술 박물관으로 세분돼 있다.

1904년 박물관 섬 북쪽 끝에 있는 카이저 프리드리히 박물관(지금은 보데 박물관으로 부른다)이 개관했을 때, 독일이 주관해 발굴한 많은 예술품과 고고학적 보물을 수용할 수 없을 것으로 예측한 박물관장 빌헬름 폰 보데는 고대 건축, 독일의 고대 유물 예술, 중동 및 이슬람 예술을 수용하기 위해 새로운 박물관을 건설할 계획을 수립한 것이 페르가몬 박물관이라는 열매를 맺은 것이다.

낚시를 좋아하시는 분들이 즐겨 쓰는 우스갯소리로 '물고기의 기억력은 3초'라는 말이 있다. 미끼를 물었다가 치도곤을 당한 물고기가 금방 돌아서서 다시 미끼를 물기 때문이다. 그런데 물고기도 종류에 따라서 기억 정도가 다를 수도 있다는 실험 결과도 있다. 아무튼 물고기의 기억력과 비교해 보면 분명 뛰어난 인간의 기억력은 신의 선물이라고 하겠다. 그런데 인간의 기억이 완벽하지 않다는 사실이 밝혀졌다. 그것은 생존을 위한 인간 진화의 결과 때문으로 설명하고 있다. 즉, 기억을 왜곡해서라도 낙관주의적으로 생각하고 기억하는 긍정적 편향을 가지도록 진화한 것이라는 것이다.

탈리 샤롯은 "낙관 편향은 미래에 틀림없이 닥쳐올 고통과 고난을 정확하게 지각하지 못하도록 우리를 보호하고, 인생의 선택권을 제한된 것으로 보지 않도록 우리를 지켜 줄 것이다. 이런 낙관 편향을 유지하기 위해 뇌는 무의식적 망각을 설계해 두었다. 그 결과, 스트레스와 불안이 줄면서 몸과 마음이 더 건강해져 행동하고 생산하려는 동기가 강해진다."라고 설명한 바 있다. 그런가 하면 과잉기억 증후군을 앓는 질 프라이스가 『모든 것을 기억하는 여자』에서 밝힌 것처럼 뇌종양으로 수술을 받은 어머니가 위기에 빠지는 과정, 당뇨를 앓던 남편이 죽음에 이르는 과정을 지켜보면서 겪은 고통을 오래도록 기억할 수밖에 없는 자신의 초능력이 오히려 저주스러웠을 것이다.

질 프라이스의 경우를 보더라도 망각은 분명 신의 축복이라고 할 만하다. 하지만 망각을 신의 축복이라고 여기는 우리는 한편으로는 꼭 기억해야 할 것들을 잊어버리는 것을 안타까워한다. 망각이라는 신의 축복을 지나치게 받아서 생긴 나라 안팎의 사건들을 보면서 독일의 동화 작가 랄프 이자우의 환상소설 『잃어버린 기억의 박물관』을 읽어보면 좋겠다는 생각을 하게 된다. '동화라는 수단을 통해 돈과 시간의 노예가 된 현대인을 비판한 철학가'로 평가받고 있는 독일의 동화 작가 미하엘 엔데가 자신의 후계자로 지목한 랄프 이자우는 『잃어버린 기억의 박물관』에서 '기억'과 '망각'을 화두로 삼았다. 그는 사람들이 그 존재의 본질을 잊어버리고 망각해 버린 것들이 미래에 무서운 결과를 가져올 수도 있음을 경고한다. 특히 제2차 세계대전 기간에 저질렀던 끔찍한 만행은 독일인이라면 결코 잊어서는 안 될 것이라는 것을 은연중에 강조하고 있다. 그뿐만 아니라 쌍둥이 주인공을 통하여 가족들과의 행복했던 기억과 사랑의 기억들 또한 우리가 살아가면서 시나브로 잊어버리는 것 중 하나라는 점을 깨닫게 한다.

876쪽에 이르는 만만치 않은 분량과 추리 문학의 특성을 고려하면 줄거리를 이야기하는 것이 조심스럽다. 하지만 출판사에서 내놓은 줄거리를 요약하는 정도라면 적절할 것 같다는 생각이다. 열일곱 살 난 쌍둥이 남매인 제시카와 올리버는 느닷없는 찾아온 경찰관들이 베를린의 페르가몬 박물관 경비원으로 일하던 아버지가 고대 유물 크세사노 상과 함께 감쪽같이 사라져 용의자로 지목되었다는 통보를 받았다. 그런데 이상하게도 쌍둥이에게는 아버지라는 존재가 기억되어 있지 않다. 다만 집안에 남겨있는 사진이나 물건들에서 아버지의 존재를 느낄 수 있을 뿐이다. 두 사람은 아버지의 일기장을 통해 아버지가 원래 저명한 고고학자였으며 세상을 지배하기 위해 부활한 고대 바빌로니아의 신 크세사노의 음모를 알고 이를 막기 위해 크세사노가 지배하고 있는 잃어버린 기억 속의 나라인 크바시나로 갔다는 사실을 알게 된다. 제시카가 현실 세계에 남아서 바빌로니아의 전설을 파헤치고 크세사노의 계략을 막기 위한 전략을 세우는 동안에, 올리버는 아버지를 찾기 위해 박물관 안의 바빌로니아 유적 '이슈타르의 문'을 통해 환상 세계 크바시나에 들어간다.

제시카가 박물관의 연구원인 미리암의 도움으로 옛 바빌로니아 지역에서 출토된 점토판 조각의 쐐기 문자를 연구하며 암호를 풀어나가는 동안 크바시나에 들어간 올리버는 여러 가지 모험을 겪으면서 크세사노가 왕으로 군림한 이후 벌인 여러 가지 악행들과 온 세상을 장악하려는 크세사노의 야망을 분쇄할 방법을 찾기 위하여 노력한다. 작가는 올리버와 제시카가 같은 목표를 찾아 애를 쓰는 과정을 엇갈려 서술한다. 결국 쌍둥이 남매는 무의식과 꿈을 통해 서로에게 중요한 정보를 주고받으면서 크세사노의 진짜 이름을 찾아내 그 이름을 세 번 부르면 그를 물리칠 수 있다는 것을 알게 된다.

『잃어버린 기억의 박물관』을 읽다 보면 우리에게는 비교적 생소한 바빌로니아 문명이 등장하고, 현실과 가상의 세계가 뒤엉켜 있어 이야기의 줄기를 가늠하기가 쉽지 않다. 그럼에도 불구하고 현실과 가상을 뒤섞어 이야기를 지은 것을 저자는 이렇게 설명한다. "난 뇌리에서 쉽게 잊히지 않는 글로 독자를 끌어들이는 것을 대단히 중요하게 생각했다. 그러나 제시카와 올리버의 이 소설은 단순히 흥미로운 책 이상이어야 했다. 이 책은 기억이 우리의 삶에 얼마나 중요한지 보여주어야 했고, 무관심과 관용의 부재를 질타하는 호소여야 했다." 그러기 위하여 저자는 '이 책에서 많은 역사적 사실을 인용하면서 또한 몇 가지는 평범하지 않거나, 전혀 새로운 관계로 설정했다.'라는 것이다. 사실들에 대한 인식을 날카롭게 하려고 상상의 인물을 등장시키고 우리에게 잘 알려진 것들을 아주 세밀하게 연결해서 분리하기 어렵게 만들었다는 것이다. 결국 무엇이 진실이고 무엇이 상상 속의 산물인지 헷갈릴 수도 있지만, 진실과 상상의 산물을 구분해 보려는 시도는 책 읽기에 더한 즐거움이 될 수 있을 것 같다. 또한 저자는 "내가 이 책으로 몇몇 독자들을 고고학의 세계로 유혹했다면 다행으로 여기고 싶다."라는 속내를 감추지 않았다.

『잃어버린 기억의 박물관』의 핵심은 성서에 나오는 반전설적인 바빌론의 존재를 증명한 로베르트 콜데바이의 고고학적 성과에 기반을 두었다. 독일의 건축가이자 고고학자인 콜데바이는 1899년 3월 26일부터 남부 이라크에 있는 바빌론의 유적지 발굴을 시작해서 18년에 걸쳐 거의 중단 없이 발굴을 이어갔다고 한다. 그 과정에서 가장 극적인 발견물은 마르두크 신전 기단(基壇)이었는데, 이것은 지구라트라 불리는 계단 모양의 유구(遺構)로서 그 위에 천문관측대가 있었을 것이라고 한다. 또한 근처에서 놀라울 정도로 잘 설계된 우물이 딸린 홍예형 구조물을 발견하였는데, 그것이 세계 7대 불가사의의 하나인 바빌론 공중정원의 유허(遺墟)라고 믿었다는 것이다. 그밖에 이 도시의 거대한 성채, 유명한 이슈타르 대문의 증거 및 마르두크의 신전에 이르는 대로를 발견했다고 한다. 이렇게 출토된 이슈타르 대문은 현재 독일 베를린의 페르가몬 박물관에 복원되었던 것이 작가의 상상력을 불러일으킨 것 같다.

사실과 작가의 상상을 구분하는 것은 독자의 몫이다. 먼저 '기억은 인간의 머릿속에 존재하는 동안만 변화한다'라는 니피(유리로 만든 벌새로 상대의 마음을 읽는 능력이 있다)의 설명은 틀림없는 사실이라고 생각한다. 올리버가 크바시나에서 활약하는 동안 도움을 주는 엘레우키데스는 자칭 소크라테스의 제자인데, 자신을 기억하는 사람이 아무도 없기 때문에 크바시나에 오게 된 것이라고 주장한다. 플라톤을 냉소적으로 비판하는 엘레우키데스 이외에 아리스티포스, 크세노폰, 안티스테네스, 알키비아데스 등 그가 소개하는 소크라테스의 제자들은 구글 검색을 통하여 확인할 수 있지만 엘레우키데스는 『잃어버린 기억의 박물관』 이외의 곳에서는 볼 수 없는 것을 보면 작가가 만들어낸 인물인 듯하다.

추리소설을 읽는 맛은 작가가 깔아놓은 장치를 놓치지 않는 데 있다. 『잃어버린 기억의 박물관』에서 중요한 장치는 비교적 초기에 볼 수 있다. 제시카와 함께 문제를 푸는 데 도움이 될 인물목록을 만들어가는 과정에서 미리암은 기원전 3세기에 수메르 왕의 호칭은 '동서남북의 왕'이란 의미를 담은 '루갈-안-업-다-림무-바'라는 것을 깨닫는다. 이를 들은 제시카는 아버지의 일기에서 읽은 글 가운데 있는 크세사노의 황금상 밑에 적혀있다는 '세상의 왕'이라는 호칭을 기억해 낸다. 이 이름은 결정적 순간에 결정적 작용을 한다.

'구원의 영웅'이라는 뜻을 가진 고엘름이 크바시나에 나타나서 크세사노의 폭압으로부터 기억을 해방시켜줄 것이라는 소문이 수천 년 전부터 있었다. 고엘름 올리버는 특별한 존재임이 틀림없다. '날아다니는 네덜란드인'이라는 배의 폰 오라니엔 선장이 생전에 저지른 행동으로 많은 사람들에게 고통을 주었다고 후회하는 모습을 보면서, 올리버는 처음에 희생자였던 선장이 나중에는 죄를 저지른 자가 되었기 때문에, 그의 죄가 면해질 수는 없겠지만 억지로 죗값을 치르는 것보다는 가슴 깊이 반성하는 것이 더욱 값지고 중요하다고 판단한다. 그래서 "크세사노의 힘을 막을 수 있게 도와주신다면 선장님이 하신 행동으로 인해 눈물을 흘린 사람보다 더 많은 사람이 다시 웃음을 찾을 수 있게 될 것"이라고 선장을 설득한다. 이처럼 상황을 제대로 이해하고 다른 사람의 마음을 움직이는 능력도 올리버가 특별한 사람이기에 가능한 것 아닐까?

올리버는 그를 도와주는 많은 기억과 함께 크세사노에게 억류되어 있을 아버지를 찾아 나선다. 그 과정에는 인간 의식의 저변에 깔린 사고와 꿈들이 살고 있다는 모르굼의 진흙 수렁도 있다. 이곳에서 그는 알렉산드리아의 현인 레벤 니아가가 해준 "기억과 망각, 너의 세계와 나의 세계 사이에는 균형이 존재한다."라는 말의 의미를 깨닫게 된다. 이 구절은 작가가 책 읽는 사람들에게 전해주고 싶은 결정적 암시가 아닐까? 또한 제시카와 미리암이 사건을 추적해 가는 과정에서 나치와 관련된 사람들의 기억을 비롯하여 세상의 모든 독재자에 관한 흔적을 지우려는 크세사노의 음모를 발견하게 된다. 크세사노는 바로 '간절히 갖고자 하는 생각들을 모두 가져가리라'라는 자신의 예언을 실행에 옮기고 있는 것이다. 그렇게 함으로써 자신이 잃어버린 기억의 세상 크바시나와 기억을 만들어내는 사람들의 세상을 모두 지배하는 자리에 오르려는 것이다. 올리버와 제시카는 크세사노의 야망을 어떻게 막아 인류를 구원하게 될까?

『잃어버린 기억의 박물관』을 통하여 우리는 신의 선물 '기억'과 신의 축복 '망각'이 제대로 균형이 잡혀 있는 삶을 살아야 한다는 교훈을 다시 새겨본다. (2024년 8월 31일)

산토리니(그리스)

자유, 내 안의 악마를 죽이는 일

니코스 카잔차키스 지음, 『그리스인 조르바』(문학동네, 2009년)

산토리니는 2018년 10월 황금연휴에 아내와 함께 가
는 열두 번째 해외여행에서 다녀왔다. 그리스 아테네에서 첫날밤을 지
내고 6시에 숙소를 나섰다. 산토리니섬으로 가는 배를 타야 했기 때문
이다. 그 시간에는 식당이 문을 열지 않기 때문에 일행은 휴게실에 모
여 도시락을 먹었다. 우리 일행 말고도 산토리니에 가는 여행객들도 적
지 않았다. 신혼부부도 있었는데, 산토리니섬으로 결혼 기념 촬영을 하
러 가는 모양이다. 숙소를 나서니 서늘하다. 이날 아침 기온이 19도. 이
날이 2018년 10월 4일이었는데 산토리니 관광도 끝물이라고 했다. 10
월 중순이면 유럽 여행객들은 보기 힘들고, 한국과 중국에서 온 사람들
밖에 없다고 한다.

캄캄한 어둠을 뚫고 우리는 피레우스 항구로 갔다. 이른 시간인데도

오가는 차가 많았다. 그리스 사람들이 이렇게 부지런했던가 싶었다. 숙소에서 피레우스 항구까지는 20여 분이 걸렸다. 어느 섬으로 가는지 모를 짐을 가득 실은 화물차가 항구로 들어온다. 항구 한편에 단층짜리 여객선 사무실이 있다. 『그리스인 조르바』가 시작되는 작은 식당과는 다른 분위기이다. 주인공이 크레타섬으로 가는 배를 타던 날은 마침 시로코 바람이 불면서 비가 내렸다. 그는 거친 바다를 내다보면서 "남의 집구석을 망치는 너 바다에 하느님의 저주가 있을지어다."라고 호통을 치는 조르바를 만난다. 다행히 우리가 산토리니로 가던 날은 바다도 잔잔하고 날씨도 나쁘지 않았다.

우리 일행이 타고 갈 배는 블루 스타 델로스였다. 길이 145.9m, 너비 23.2m에 17,750톤인 블루 스타 델로스는 최대 항속 25.5노트를 낼 수 있다. 2,400명이 탑승할 수 있고, 430대의 차량을 탑재할 수 있다. 대우조선이 2011년 건조한 이 배는 피레우스-파로스-낙소스/이오스-산토리니 항로를 운항했다. 6층부터 8층까지가 선실이고, 그 아래층에는 차량을 선적한다. 자동계단을 타고 6층에 오르면 2011년 대한민국 옥포에 있는 대우조선에서 건조된 것이라는 명판이 붙어 있다. 그래서인지 안심이 되었다.

7시 25분 출항을 앞두고 창밖이 희끄무레 밝아온다. 그리고 배는 정시에 출항했다. 처음에는 배가 출항하는 줄도 몰랐다. 미끄러지듯 부두를 물러났기 때문이다. 배가 항구를 빠져나오는데 보니 크기도 가늠되지 않을 만큼 엄청나게 큰 배들이 항구 곳곳에 정박하고 있었다. 섬나라 그리스답다. 회전날개가 만들어내는 물살이 바다 위에 그려놓은 긴 꼬리와 기관실에서 타고 남은 경유의 매연을 남기면서 배가 항구로부터 멀어져갔다. 필자와 아내는 책을 읽으면서 1시간 반 정도를 보냈다.

7시간 배를 타는 일은 지루했다. 잠이라도 쉽게 잘 수 있다면 복 받을 일이다. 주변 사람들 눈치를 보느라 아내와 대화를 나누는 것도 쉽지 않다. 책이라도 읽지 않으면 권태로울 수도 있다. 마침 읽기 시작한 조지 오웰의 『나는 왜 쓰는가』에서 권태로운 순간을 그럴듯하게 묘사하는 장면을 발견했다. "시곗바늘은 고문을 하듯 느릿느릿 기어갔다 … 시계만 쳐다보던 시선을 억지로 거두고 한평생은 지났다 싶어 다시 보면 바늘은 고작 3분을 움직였을 뿐이다. 권태로움이 우리의 영혼을 찬 양고기 비계처럼 막아버렸다. 때문에, 우리는 뼈까지 아파 왔다." 권태로운 순간의 고통을 생생하게 이야기한 셈이다.

그나마 산토리니로 가는 동안 파로스, 낙소스 그리고 이오스 섬에 기항하는 과정이 단조로운 배 타기에 숨통을 트이게 해주었다. 배나 비행기로 하는 여행은 정해진 공간에 갇혀 움직인다는 공통점이 있다. 그런데 비행기 여행은 나름대로 시간을 보내는 방식이 정형화되어 있는데, 배를 탈 기회가 그리 많지 않은 탓인지 아직도 좋은 방법을 찾지 못하고 있다.

피레우스 항구를 떠난 뒤에 무려 8시간이나 지난 3시 반에 산토리니에 도착했다. 산토리니의 공식 이름은 티라이다. 피레우스 항구에서 237km 남동쪽에 위치한다. 면적은 73km²이다. 원래는 큰 섬이었는데 기원전 1,600년 무렵의 거대한 화산 분화로 인하여 여러 개의 작은 섬으로 조각났다. 티라 주변에 있는 네아 카메니, 팔리아 카메니 등의 섬들이 티라의 행정구역에 포함되는데 합친 면적은 90.623km²이다. 미노아 문명의 전성기에 일어났기 때문에 미노아 분화라고도 하고, 섬 이름을 따서 테라 분화라고도 한다. 테라 분화는 수백 미터 깊이의 거대한 화구상요지(火口狀凹地)를 남겼다. 뒤집힌 ㄷ자 모양의 산토리니 해안은 300m 높이의 가파른 절벽을 이루고 있다. 화산폭발로 생긴 거대한 지진해일이 섬 남쪽으로 116km 떨어진 크레타를 덮쳐 번영하던 미노아 문명을 붕괴시켰을 것으로 추측한다. 그 밖에도 테라 분화가 아틀란티스 대륙의 전설이 생긴 꼬투리가 되었다는 설명도 있다.

섬이 안고 있는 듯한 직사각형에 가까운 형태의 만이 바로 테라 분화가 남긴 화구상요지이다. 화구상요지의 크기는 12x6km이며 뒤집힌 ㄷ자 모양의 산토리니 해안은 300m 높이의 가파른 절벽을 이루고 있다. 서쪽으로는 작은 섬 테라시아 혹은 티라시아가 남아있다. 2011년 기준으로 15,550명의 주민이 살고 있다. 사람들이 흔히 알고 있는 산토리니라는 이름은 제4차 십자군 전쟁으로 들어선 라틴제국 시절 얻었다. 섬 남쪽에 있는 페리사 마을에 있던 옛 성당이 헌정된 이레나 성녀의 이름에서 유래한 것이라고 전해졌다. 이레나 성녀의 라틴어 이름인 산타 이리니가 산토리니가 된 셈이다. 라틴제국 시절 이전에는 '가장 아름다운 곳'이라는 의미로 칼리스테 혹은 '동그란 곳'이라는 의미로 스트롱길리라고 불렀다. 19세기 들어 테라를 공식 명칭으로 사용하게 되었지만, 일상적으로는 산토리니라는 이름이 사용된다.

배가 섬에 도착한다는 안내방송이 나오자마자 사람들이 움직이기 시작했다. 배에 탑승할 때 이용했던 선미의 탑승교 앞으로 모여드는 것이다. 산토리니 관광이 끝물이라더니 만만치 않은 인파가 쏟아져 내린다. 중국인 관광객이 엄청 많다. 젊은이들, 특히 신혼부부가 많았다. 신혼여행으로 찾아온 산토리니에서 결혼 기념사진이라도 찍는지 성장을 하고 내린다. 화장실에서 화려한 옷으로 갈아입느라 부산떠는 모습을 보았다고 아내가 전했다. 중국에서 방영된 연속극에 산토리니에서 결혼 기념 촬영을 하는 이야기가 나오고 생긴 현상이라고 했다. 역시 연속극의 영향이 엄청난 듯하다.

배에서 내려 차를 타고 절벽을 오른다. 차 두 대가 겨우 지날 수 있는 폭의 도로가 절벽을 따라 갈지자(之) 모양으로 나 있다. 방향을 바꾸는 곳에서는 대형 버스가 돌 때는 커다랗게 원을 그려야 하므로 작은 차들도 기다려야 한다, 초심 운전자는 오금이 저릴 만큼 위태로워 보인다. 한국에서 온 젊은 연인 사이를 서먹하게 만들었다는 절벽길이다. 신혼부부로 보아 달라던 이들은 산토리니 여행이 끝난 뒤 서먹해졌다고 한다. 초보운전자였던 남자 친구가 호기롭게 차를 빌렸는데, 막상 차를 몰고 절벽 위로 올라가다가 그만 간이 콩알만 해졌는지 꼼짝을 못하더라는 것이다.

일단 절벽 위에 올라서면 도로 사정이 많이 좋다. 섬 동쪽은 지형이 완만한 경사를 이루고 있다. 경사면을 따라 섬 북쪽에 있는 이아 마을로 향한다. 완만한 경사를 따라 펼쳐진 밭에는 다복솔처럼 생긴 덤불이 있어 궁금했는데 포도나무란다. 바람이 심해서 키 작은 품종을 심을 수밖에 없단다. 뜨겁고 건조한 산토리니에서 포도를 재배하는 것은 쉬운 일이 아니었다. 주민들은 이 섬의 토착 포도 품종인 아시르티코를 중심으로에게해의 여러 섬에서 재배하는 아티리와 아이다니 품종을 들여왔다. 강한 바람으로부터 포도나무를 보호하기 위하여 나선형의 바구니 모양으로 자라도록 했고, 포도송이가 안쪽에 매달리도록 했다. 재배 환경이 열악하다 보니 생산성이 낮아서 단위 면적당 생산량은 프랑스나 미국 캘리포니아의 단위 수확량의 10~20%에 불과하다. 산토리니에서 만드는 빈산토(이탈리아어로 '신성한 포도주'라는 의미)라는 후식 포도주가 유명하다. 섬에서 나는 당도 높은 포도를 햇볕에 건조하여 담근 포도주를 통에 담아 20~25년을 숙성시킨다고 했다. 후식 포도주는 달콤하고 짙은 호박색으로 아시르티코 품종 특유의 감귤 향과 요오드염 등 광물 향을 낸다. 백포도주는 아주 담백하며 강한 감귤 향과 요오드염 등 광물 향을 낸다.

승합차는 산토리니의 북쪽 해안선을 따라 섬의 서쪽 끝에 있는 이아 마을로 향한다. 주차장은 마을 변두리에 있었다. 마을이 절벽 위를 따라 이루어졌기 때문에 동서로 길게 늘어져 있을 뿐 남북 길이는 짧다. 화구상요지의 가파른 절벽을 깎아 만든 좁은 대지에 집을 짓거나 동굴주택을 지었다. 그러다 보니 집들이 절벽을 따라 층을 이루었다. 키클라데스 제도에서 보는 일반적인 주택 양식에 따라 하얀색으로 단장한 집들 사이에 파란색을 입힌 교회의 지붕이 돋보인다. 마을이 절벽 위에 있기 때문인지 '독수리 둥지'라고도 한다.

이아 마을의 주차장에서 계단으로 된 좁은 마을 길을 따라가다 보면 그리 넓지 않은 공터가 나오고, 공터 끝에 교회가 있다. 그리스 정교의 파나기아 플라트사니 교회다. 그리스 정교의 파나기아는 기독교나 가톨릭에서의 성모와 같은 존재이다. 교회 이름이기도 한 플라트사니는 파도가 만들어내는 소리, '플랏 플랏(πλατς πλατς)'에서 유래한 것이다. 우리말로 옮기면 철썩 교회라고 하면 안성맞춤이겠다.

골목길을 따라 마을 남쪽으로 절벽에 의지하고 있는 집들을 구경하러 갔다. 집들이 층층으로 이어지는데, 마당에 수영장까지 만든 멋들어진 집도 적지 않다. 집들 사이로 난 좁은 골목길을 따라가는데 나귀를 몰고 오는 사람을 만났다. 나귀는 산토리니에서 중요한 이동 수단이다. 김형남 안내인은 일행을 마을 남쪽 절벽으로 이끌었다. 골목은 좁은데 사람들이 얼마나 많던지 발을 디딜 자리를 찾는 것도 일이었다. 사람들이 몰리는 곳에 간 이유는 산토리니의 상징이라고 할 하얀 집들 사이에 서 있는 파란 지붕의 교회를 보기 위해서다. "라라라라라라라라…"하는 배경음악이 나오던 음료 광고를 기억할 것이다. 이 장소에서 찍었다고 한다. 파란색을 칠한 둥근 지붕을 얹은 교회는 곳곳에 있었다. 하지만 '산토리니의 푸른색 둥근 지붕' 혹은 산토리니의 세 둥근 지붕'이라고 부르는 아나스타시 교회의 하얗고 파란색 둥근 지붕을 얹어놓은 모습은 깔끔하고 인상적이다. 산토리니를 대표하는 풍경으로 꼽히고 있다.

마을 구경을 마치고는 해가 질 때까지 자유시간이었다. 아내가 이야기한 아틀란티스 책방을 먼저 가보기로 했다. 노미코스 거리에 있는 아틀란티스 책방은 지하에 있었다. 계단을 내려가는데 보니 계단 손잡이에 "남자는 산을 만날 때 위대한 일을 해낼 수 있다. Great things are done when men and mountains meet)"라는 문구가 적혀있다. 영국의 화가이자 시인인 윌리엄 브레이크의 「격언 시편(Gnomic Verses)」의 첫 구절이다.

지하에 있는 서점은 비좁았다. 누군가는 "벽에는 시가 가득하고, 다양한 언어로 쓰인 소설들이 첩첩이 쌓여 천장에 닿고 있다. 여기에는 소설, 실화 작품, 철학, 역사, 문화, 동화 등 모든 분야의 책들이 망라되어 있다."라면서 '세상에서 가장 아름다운 서점 가운데 하나'로 꼽았다. 아름답다는 것은 내부 장식 등이 아름답다는 것이 아니라 책 내음으로 가득 찬 공간이 아름답게 느껴진다는 의미일 것이다. 서가에서는 신간은 물론 고서도 만날 수 있었다. 그런데 고서의 값은 장난이 아니었다. 필자가 확인한 고서들 가운데 최고가는 하퍼 리의 『앵무새 죽이기』로 17,500유로로 표시되어 있었다. 헤밍웨이의 『노인과 바다』는 3,500유로였다. 초판이거나 옛날 발간된 것으로 희귀본일 것이다.

서점을 나와 해넘이를 제대로 볼 수 있는 장소로 이동했다. 우리가 산토리니에 갔던 2018년 10월 4일 해넘이 시간은 6시 48분이었다. 좋은 장소를 차지하려고 5시 15분에 현장에 도착했는데, 사람들 생각이 비슷한 모양으로 좋은 자리는 이미 사람들이 빼곡하게 서 있다. 그나마 담벼락에 기댈 수 있고, 시야가 가려지지 않는 마지막 장소를 겨우 확보했다. 특히 해넘이를 마치고 돌아가기 쉽도록 언덕의 초입에서 멀지 않은 곳이다.

골목길 따라 있는 건물들의 노대에는 식탁을 차려놓고 우아하게 음료를 마시며 해넘이를 기다리는 사람들도 있었다. 절벽 아래 바다에도 해넘이 시각에 가까워지면서 유람선들이 모여들기 시작하더니 해가 넘어갈 무렵에는 여러 척이 모여들었다. 해넘이를 기다리면서도 수평선 위로 두껍게 깔린 구름이 께름칙하더니 해가 넘어가도록 걷히지 않았다. 결국 산토리니의 해넘이는 기대했던 것보다 못했다.

아무래도 3대에 걸쳐 쌓아야 할 덕을 필자 대에서 마무리하지 못했던 모양이다. 필자의 부덕함을 탓해야 했지만 쉬운 걸음이 아니었던 만큼 제대로 된 해넘이를 보지 못한 아쉬움이 크게 남는다. 특히 자연이 하는 일은 뜻대로 되지 않는다. 해가 수평선 너머로 가라앉자, 해넘이를 보려고 몰려들었던 배들은 미련 없이 항구로 되돌아갔다. 함께 해넘이를 지켜보던 사람들은 대부분 별로 실망한 것 같지는 않았다.

7시에 주차장으로 이동하여 승합차에 올랐다. 일찍 이아 마을에 도착해서 빠져나가기 좋은 곳에 차를 대놓았기 때문에 이내 주차장을 나서 숙소로 향했다. 숙소로 가는 길에 보니 사위는 캄캄한데, 하늘가에 불빛이 점점이 이어진다. 언덕 위에 올라앉은 피아 마을이다. 숙소는 산토리니 동쪽에 있는 산토리니 국립공항의 활주로 너머의 카마리 마을에 있었다.

저녁 식사는 카마리 해변에 늘어서 있는 식당 가운데 각자 마음에 드는 곳에서 해결하는 자유식이었다. 제철이 훌쩍 지난 탓인지 초저녁인데도 거리에는 오가는 관광객도 드물고 당연히 식당에 든 사람도 별로 없다. 물론 일행들과 어울려 다녔기 때문에 괜찮았지만, 이국땅에서 이렇게 호젓한 밤길을 걷는 것은 그리 유쾌한 일은 아니다. 우리네 포장마차처럼 간단하게 휘장을 두르고 식탁과 의자를 배치한 해변 쪽 식당에 들어갔다. 저녁이 늦어진 탓에 석쇠에 구운 문어와 그리스식 샐러드 등을 주문했다. 그리고 산토리니에서만 마실 수 있다는 당나귀 맥주를 마셨다. 저녁 9시가 넘어서야 식사를 시작했으니 조르바가 된 기분이었다. 취기도 있었지만, 다음 날 아침 해변에 나가 일출을 보려고 일찍 잠들었다. 다음날 산토리니의 일출은 7시 16분이다.

다음 날 새벽 4시에 서울에서 온 광고성 전화에 잠을 깼다. 화장실을 다녀와 전날 보고 들은 것들을 정리하고 보니 6시다. 목욕을 하고 해돋이를 보러 갔다. 동쪽 하늘이 조금씩 밝아오면서 어둠에 몸을 감추었던 풍경들이 모습을 드러냈다. 동쪽 하늘을 보니 구름이 떠 있어 해돋이도 제대로 볼 수 없겠구나 싶었다. 처음에는 잘 몰랐는데 날이 밝아오면서 해가 뜰 것으로 보이는 방향에 커다란 섬이 누워있다. 그리스 신화에 나오는 아르고 원정대와 연관이 있다는 아나피 섬이다.

이아손이 이끄는 아르고호가 항해 도중에 폭풍을 만났다. 아폴로 신은 곤경에 처한 아르고호의 영웅들을 위하여 활을 사용하여 섬에 빛을 비추었다. '아나피(Aνάφη)'라는 섬 이름은 '그가 보이도록 만들었다'라는 의미의 그리스어 아네피넨(ἀνέφηνεν, anéfinen)에서 유래한 것이라는 설명이다. 그런가 하면 섬에 뱀이 없기 때문에 '뱀이 없는'이라는 의미의 그리스어 에나 오피스(ἕνα ὄφις, éna Ophis)에서 유래했다는 설명도 있다.

해돋이는 해넘이보다 더디게 진행되는 느낌이 들었다. 수평선 아래에서 올라오는 것도 힘들 터인데, 아나피 섬 위로 더 올라와야 눈에 들어오기 때문이었나 보다. 수평선에는 해무가 끼었는지 부옇다. 수평선 위로 구름 한 점이 떠 있어 해를 조금 가렸지만, 어제의 일몰보다는 낫다. 아마도 섬 위로는 구름이 엷었던 까닭이기도 하다. 해가 둥글게 생긴 제 모습을 모두 보여줄 때까지 지켜보다가 숙소로 돌아왔다.

키클라데스 제도는 겨울에 들어서면 우기가 시작되는데, 비가 쏟아지고 바람이 불면 쓸쓸하기가 그지없다고 한다. 고독을 즐겨볼 생각이라면 겨울철에 키클라데스 제도의 섬을 찾아보는 것도 좋겠다. 키클라데스의 섬에서 겨울 보내기에 도전하실 분을 위한 읽을 만한 책을 소개한다. 철학을 전공한 미국 작가 대니얼 클라인의 『철학자처럼 느긋하게 나이 드는 법』이다. 일흔다섯이 되던 해에 펠로폰네소스 반도의 동쪽 끝에 있는 이드라 섬에 머물면서 쓴 책이다. 저자는 노년이 인생의 절정이자 최상의 단계라고 믿었던 에피쿠로스의 철학을 담아 행복하게 노년을 보내는 방법을 정리했다.

기왕에 이야기가 나온 김에 대니얼 클라인이 소개한 키클라데스 제도에서 겨울 나는 법을 소개한다. "좁은 침대에 누워서, 비 오는 날 늙은이의 우울함을 물리치기 위한 전략으로 지루함과 놀이에 관한 철학책을 뒤적거린다. 이럴 때는 생각을 가지고 노는 것만큼 좋은 카이로스는 없는 것처럼 느껴진다." 카이로스는 그리스 신화에 나오는 시간의 신이다. 그런데 그리스 신화에는 크로노스라는 또 다른 시간의 신이 있다. 크로노스가 절대적 시간, 혹은 개념으로서의 시간을 의미한다면, 카이로스는 "기회를 잡을 수 있는 순간"을 뜻한다.

정원에서 아침을 먹고, 음악 감상까지 하는 여유를 즐기다가 9시 반에 숙소를 나서서 피라 마을로 이동했다. 피라 마을은 여객선이 기항하는 항구의 절벽 위에 있다. 산토리니의 중심인 마을이다. 항구에서 피라 마을로 가는 세 가지 방법이 있다. 부두에서 갈지자 모양으로 절벽을 오르는 도로를 따라 걷거나 자동차를 타고 갈 수 있다. 부두에서 북쪽으로 조금 가면 역시 갈지자 모양으로 만든 계단을 따라 당나귀를 타거나 걸어서 올라갈 수 있다. 계단 길에서 조금 더 북쪽에 있는 삭도차를 타면 가파른 경사를 이루는 절벽을 편하게 오를 수 있다. 피라 마을에서는 산토리니의 남쪽 끝인 아크로티리 곶으로부터 북쪽 끝인 니콜라오스 성인 곶까지 한눈에 조망할 수 있다. 그리고 화구상요지 가운데 있는 섬, 네아 카메니와 그 뒤에 있는 화구상요지의 서쪽 벽에 해당하는 티라시아도 조망할 수 있다.

10시부터 2시간 동안 피라 마을을 자유롭게 구경했다. 마을 서쪽 끝에 있는 절벽 가까이 있는 길을 따라 북쪽으로 가다 보면 다양한 선물 가게들이 늘어서 있다. 피라 마을에는 이 길 말고도 남북으로 이어지는 커다란 도로가 3개쯤 있다. 박물관도 3개가 있고, 교회도 몇 개가 있는데, 절벽 위에 있는 길을 따라 북쪽으로 가다가 만난 계단이 절벽 아래로 이어질 것 같아 따라가기로 했다. 맨 위쪽 계단에 588이라는 숫자가 적혀있는 것을 보면 계단의 저 아래서 시작한 계단이 588번째라는 의미로 보였다. 바로 이 계단이 그 옛날부터 항구와 피라 마을을 오가던 사람들이 이용하던 길이다. 계단을 내려가다가 당나귀를 만났다. 항구에서 올라오는 사람들을 태운 당나귀다. 나귀들도 나름대로 계단을 오르는 방식이 있다. 우리가 비탈길을 올라갈 때 갈지자 모양으로 걸으면 힘이 덜 드는 것처럼 당나귀도 갈지자 모양으로 걷는다. 그 계단 곳곳에는 당나귀들이 쏟아낸 배설물이 흩어져 있어 걸을 때 조심해야 한다.

계단 아래에 있는 옛 항구는 여객선이 닿는 신 항구보다는 훨씬 좁다. 하지만 옛 항구에서는 5시간에 걸쳐 섬을 돌아보는 유람선을 탈 수 있다. 그 유람선을 타려는 사람들이 줄을 서고 있었다. 옛 항구에서 피라 마을로 올라갈 때는 삭도차를 탔다. 옛 항구와 피라 마을을 오가는 삭도차를 타는 요금은 편도에 6유로였다. 이곳의 삭도차는 지금까지 타본 것과는 다른 형태로 운행된다. 다른 곳에서 보는 삭도차는 커다란 객실 하나에 사람들을 태우고 운행하는데, 이곳의 삭도차는 6명이 탈 수 있는 작은 객실 6개를 동시에 운행한다. 몸집이 가벼운 탓인지 아주 빠르게 움직였다. 하지만 『그리스인 조르바』에서 조르바가 크레타섬에 철탑을 세우고 걸었던 철삭에 매단 통나무처럼 벼락같이 내달리지는 않았다.

크레타섬에서 벌인 조르바의 야심 찬 계획은 산에서 벌목한 나무를 실어 내리는 사업이었다. 성처녀의 축복을 받아 시운전에 들어가고, 철삭에 매달린 첫 번째 통나무를 내려보내는 순간은 이랬다. "파국은 벼락처럼 우리를 덮쳤다. 우리에겐 도망칠 틈도 없었다. 구조물 전체가 휘청거렸다. 인부들이 케이블에다 매단 통나무엔 흡사 악령 같은 가속도가 붙었다. 불꽃과 나뭇조각이 공중으로 날렸다. 몇 초 후 그 나무가 바닥에 이르렀을 때는 나무가 아니라 아예 통 숯이었다."

조르바 이야기가 나왔으니 니코스 카잔차키스의 『그리스인 조르바』 이야기를 해야겠다. 필자가 조르바를 처음 만난 것은 대학 신입생 시절이다. 음악다방이 유행하던 시절이라서 학교 근처의 음악다방에서는 듣고 싶은 노래나 연주곡 이름을 쪽지에 적어 음악실에 넣으면 틀어주곤 했다. 우연히 영화 『희랍인 조르바』의 배경음악으로 쓰인 『조르바의 춤』을 듣고는 자주 신청해 듣곤 했다. 부즈키라고 하는 그리스의 전통 악기가 이끌어가는 선율은 처음에는 느리게 시작해서 점점 빨라지면서 절정을 향해 치닫다가 제풀에 지쳐 풀썩 쓰러지는 듯하다. 그리스 작곡가 미키스 데오도라키스가 작곡한 음악으로 그가 작곡한 또 다른 음악으로 멜리나 메르쿠리가 주연한 영화『죽어도 좋아』의 배경음악과 함께 필자의 학창 시절을 같이했던 음악이다.

조르바의 모습을 본 것은 TV 명화극장에서 만난『희랍인 조르바』였다. 미할리스 카코지아니스 감독의 1964년 작품으로 이제는 고인이 된 배우 앤소니 퀸이 조르바 역을 맡고 앨런 베이츠가 버질 역을, 이렌느 파파스가 미망인 역을, 그리고 릴라 케드로바가 마담 오스탕스 역을 맡았다. 오래전에 본 영화라서 기억에 남은 장면은 별로 없지만, 조르바가 춤을 추는 장면만큼은 또렷하다. 물론 음악은 여전히 기억한다. 그리고 보면 청각 기억이 시각기억보다 훨씬 더 오래 가는 모양이다.

음악으로 조르바를 만나고서 무려 40년 만에 니코스 카잔차키스의 소설『그리스인 조르바』를 읽었다. 학창 시절 읽으려다가 결국은 끝내지 못한 것이 아쉽다는 아내의 부탁이 한몫했다.『그리스인 조르바』를 이해하려면 그리스의 근대역사를 이해해야 한다. 1453년부터 오스만 제국의 지배를 받기 시작한 그리스는 무려 400년에 가까운 세월을 제국의 탄압에 시달렸다. 18세기 후반 프랑스 혁명 이후 유럽에 몰아친 민족주의의 영향으로 독립항쟁이 시작되었고, 영국, 프랑스, 러시아의 지원을 받아 드디어 1830년 3월 독립왕국을 수립하였다. 하지만 독립 이후에도 이들 국가의 내정간섭이 심했고, 심지어 1878년에는 오토만 제국의 지배로 남아있던 사이프러스가 영국에 넘어가기도 했다. 이러한 역사적 배경이 소설 곳곳에 녹아들어 있다.

원작 소설은 영화와 다소 차이가 있었다. 영화에서는 버질이 선친으로부터 물려받은 갈탄 광산을 운영하기 위하여 크레타섬으로 가던 중에 조르바를 만나게 되고 그의 도움을 받아 채광과 벌목 사업을 벌인다. 하지만 소설에서는 책을 읽고 글을 쓰는 일상적인 삶에 지친 나는 카프카스에서 탄압받고 있는 동포를 구하기 위해서 떠나는 친구의 동행요구를 거절한 것이 계기가 된다. 결국은 "책벌레 족속들과는 거리가 먼 노동자, 농부 같은 단순한 사람들과 새 생활을 해보기로 마음먹었다." 라는 결심을 실행에 옮겨 작가의 고향이기도 한 크레타 해안에 폐광이 된 갈탄광의 운영권을 빌리게 된다.

이런 생각을 하는 화자가 크레타로 떠나는 배를 기다리다가 조르바를 만나게 된 것은 필연이었던 것 같다. 조르바는 배를 기다리는 화자에게 "여행하시오? 어디로? 하느님의 섭리만 믿고 가시오?"라고 물었다. 그리고는 "날 데려가시겠소?"라고 물었다. 별생각이 없었던 듯 화자는 "왜요?"라고 답하는데, 조르바는 "왜요! 왜요! … 〈왜요〉가 없으면 아무 짓도 못 하는 건가요? 가령, 하고 싶어서 한다면 안됩니까? 자 날 데려가쇼. …"라고 윽박지르듯 말한다. 화자는 그런 조르바가 마음에 들어 동행하게 된다. 크레타섬에서는 탄광의 현장관리에서부터 인허가와 관련된 것, 자재구매 등등 모든 일을 조르바에 의지하게 되는 것을 보면 두 사람의 만남은 필연이라는 설명 이외에 이해가 불가능했다.

하지만 작가는 "조르바는 내가 오랫동안 찾아다녔으나 만날 수 없었던 바로 그 사람이었다. 그는 살아있는 가슴과 커다랗고 푸짐한 언어를 쏟아내는 입과 위대한 야성의 영혼을 가진 사나이. 아직 모태(母胎)인 대지에서 탯줄이 떨어지지 않은 사나이였다."라고 적었다. 그리고 조르바는 내게 "당신은 내가 인간이라는 것, (…) 즉 자유라는 것을 인정해야 한다."라고 주장한다.

『그리스인 조르바』에서 일제 강점기에 겪어야 했던 우리 사회의 단면을 읽었다. 만주로 독립운동을 떠나는 행동파와 이도 저도 못하고 눌러앉아 현실에 안주하는 나약한 지식인. 떠나지도 못하면서 자유로운 삶을 무한 동경하는 한량, 그리고 압제에 눌려 살다 보니 일상이 뒤틀리는 기층민들이 있었다. 그곳에는 정신이 타락하고 폭력성이 슬며시 자리 잡게 되었던 것이다. 조르바는 그것을 내 안에 들어있는 또 다른 나, 악마라고 불렀다. 그 악마를 죽이는 일, 그것이 바로 자유로운 삶을 얻는 길이라고. 화자는 붓다의 가르침에서 그것을 찾으려 했다. 하지만 붓다의 철학으로 살아가는 공동사회를 꿈꾸는 화자는 목표가 뚜렷하지 않은 이상주의자인 것 같다. 그런 화자가 거침없이 살아온 조르바식 자유에 매료되는 것이 당연할지 모른다.

작가가 풀어놓은 크레타섬의 풍광과 그곳에 사는 사람들의 삶은 저를 매료시키기에 충분했다. "언덕 위로 올라 사위를 내려다보았다. 화강암과 단단한 석회암의 풍경이 펼쳐졌다. 짙은 콩나무, 올리브나무, 무화과와 포도 넝쿨도 시야에 들어왔다. 어두운 계곡으로는 오렌지 나무 숲, 레몬 나무와 모과나무가 보였으며, 해변 가까이로는 채소밭도 보였다. 바다가 펼쳐지는 남쪽으로는 아프리카에서 달려온 듯한 파도가 크레타섬의 해안을 물어뜯고 있었다. 가까이 있는 모래섬들은 막 솟아오르는 아침 햇살에 장밋빛으로 반짝거렸다." 그렇게 꿈꾸었던 그리스 여행이었지만 카잔차키스의 섬 크레타에는 가보지 못했다. 그리스를 다시 찾아갈 이유가 충분하다. (2024년 8월 18일)

지베르니(프랑스)

모네의 정원에서 일어난 살인 사건

미셸 뷔시 지음, 『검은 수련』(달콤한책, 2015년)

아내와 함께 가는 12번째 해외여행은 2019년 5월에 다녀온 프랑스 일주였다. "예술가들의 발자취를 따라서 프랑스 일주 11 일"이라는 상품명처럼 근대 서양 미술사에서 큰 획을 그은 인상파 미술에 초점을 맞춘 여행이었다. 파리의 오를리 미술관에서 인상파 화가 작품들을 감상하고, 모네가 작품활동을 한 지베르니, 고흐가 작품활동을 한 아를, 그리고 세잔이 작품활동을 한 엑상프로방스 등이 포함되는 일정을 포함한 상품이다.

프랑스 여행 두 번째 날은 파리를 떠나 모네의 정원이 있는 지베르니와, 코끼리 바위로 유명한 에트르타를 거쳐 센강 어귀에 있는 르아브르까지 가는 일정이다. 이날 파리의 아침 날씨는 화창하지만 2℃, 낮 최고기온이 13℃에 불과했다. 한여름 같았던 서울의 날씨와 비교해 보면 초

겨울 날씨 같았다고 하면 너무 할까? 그래도 하루 종일 두꺼운 구름이 덮인 파리를 오락가락하는 빗속에 돌아다닌 전날과는 너무 다른 날씨다. 프랑스 여행을 안내한 최낙현 해설사는 참 별나다. 해외여행에 나서는 한국 사람들이 등산복을 입는 경우가 많다고들 한다. 하지만 최낙현 해설사는 일행들에게 그날의 여행지에 걸맞은 색깔의 옷을 주문했다. 이날은 지베르니에서 흔히 볼 수 있는 개양귀비의 붉은 색을 추천했고, 내일은 르아브르, 옹플뢰르를 거쳐 몽생미셸 등 바닷가를 구경하게 될 터이니 바다와 관련된 복장을 권했다. 옷가지는 출발 전에 미리 준비해야 하기 때문에 미리 이야기했더라면 좋았겠다. 또한 굳이 일행들이 모두 같은 색으로 통일해서 단체관광 티까지 낼 것은 없지 않을까도 싶었다.

파리에서 지베르니까지는 센강을 따라가는 고속도로를 타고 간다. 창밖으로 펼쳐지는 들판이 온통 노란색이다. 한창 꽃이 피는 유채 밭이다. 지베르니에 도착할 무렵 차가 고속도로에서 내려와 시골길에 들어선다. 창밖에 시골스러운 모습을 한 집들이 이어진다. 엡트강이 합류되는 센강 우안에 자리한 지베르니는 노르망디의 오레 주에 속하는 시정촌이다. 파리에서 북서쪽으로 80km 떨어진 곳이다. 로마제국의 통치를 받던 시기에는 와르나쿰이라고 알려졌다. 1025년경의 자료에는 라틴어에서 온 지베르니아쿰이라고 언급되었다. 가브리니우스라는 라틴어에서 유래한 이름이다. 가브리니우스는 노루를 의미하는 라틴어 '가브로스(gabros)'나 염소를 의미하는 '가브라(gabra)'와 연관이 있다.

지베르니는 2017년 기준 인구 494명인 작은 시골 마을이다. 1893년 모네가 이 마을을 처음 발견하고 정착하기로 했을 때는 주민이 314명이었다. 주민 숫자로만 보아서는 마을에 큰 변화가 없어 보이지만 2012년 노르망디 지베르니 관광센터를 개설한 것은 모네의 정원 때문이라고 한다. 관광센터의 발표에 따르면 연간 627,000명이 모네의 정원을 찾아, 몽생미셸 수도원에 이어 관광객이 많은 명소로 꼽힌다.

우디 앨런 감독의 영화 『미드나잇 인 파리(2011)』에서 모네의 '물의 정원'이 등장하면서 지베르니를 찾는 사람들이 늘었다고 한다. 소설가 길(오언 윌슨 扮)은 약혼녀 이네즈(레이첼 매캐덤스 扮)와 파리를 찾는다. 파리에 온 두 연인은 각자 원하는 바가 달랐다. 길은 파리의 낭만을 만끽하고 싶었고, 이네즈는 파리의 화려함을 즐기고 싶어 했다. 어느 날 밤, 길은 홀로 파리의 밤거리를 산책에 나섰다가 열두 시 종이 울리는 순간 클래식 푸조를 만난다. 차에 탄 사람들이 끌어들이는 바람에 푸조에 올라탄 길이 도착한 곳은 1920년대의 파리였다. 일종의 시간여행인 셈이다. 길은 그곳에서 스캇 피츠제럴드, 장 콕토, 어니스트 헤밍웨이, T.S. 엘리엇, 주나 반스 등 작가들과 앙리 마티스, 앙리 드 툴루즈 로트렉, 에드가 드가, 조르주 브라크, 아메데오 모딜리아니, 파블로 피카소 등 미술가들, 그리고 투우사 후안 벨몬테, 춤꾼 조세핀 베이커, 음악가 콜 포터, 사진작가 만 레이, 의상 설계사 가브리엘 샤넬 등 다양한 예술가들을 만난다.

당시 길이 동경하던 1920년대의 예술가들과 당시 피카소의 연인으로 등장하는 허구의 인물 아드리아나가 동경하는 벨 에포크(Belle Époque, '아름다운 시절'이라는 프랑스어) 시기의 예술가들이다. 길은 아드리아나에게 빠져들게 되지만, 자신은 물론 아드리아나가 동경하는 황금시대는 현재에 대한 거부에서 나온 것임을 깨닫게 된다는 이야기다.

1881년 무렵 '그림이 될 만한 풍경이 있고, 좋은 학교가 있는 마을을 찾던 모네가 파리에서 30km 떨어진 센강 변의 푸아시에 정착했다. 이 듬해 모네와 재혼하게 된 알리스가 여섯 자녀와 함께 이사하여 공동생 활을 하면서 여러 가지 이유로 정신적 압박을 받게 되었다. 이 시절 모 네는 고향 노르망디의 해변을 찾아 그림그리기에 몰두하곤 했다. 노르 망디 해변으로 갈 때 기차를 이용하던 모네는 차창 밖으로 흘러가는 지 베르니의 풍경이 눈에 들어왔던 모양이다.

1883년 지베르니를 찾은 모네는 선술집에서 루이 생 지오라는 노인 이 1헥타르의 토지가 달린 농가를 임대로 쓸 수 있도록 내놓았다는 말 을 듣고는 바로 계약을 체결하였다. 그리고 1890년에 집주인이 팔겠다 고 나섰을 때는 바로 사들였다. 정원을 조성하고 가꾸는 데 관심이 많 았던 모네는 지베르니에 정착한 뒤에 앱트강 우안에 꽃의 정원을 조성 하였다. 1893년에는 앱트강 건너편에 있는 토지도 사들여 물의 정원을 꾸미기로 했다. 하지만 물의 정원을 조성하는 일은 쉽게 진행되지 않았 다. 마을 사람들의 반대가 심했던 것이다. 모네는 '단지 조경을 위해 만 드는 것만은 아닙니다. 그림의 소재로 삼을 생각입니다.'라는 내용을 담 은 편지를 우르 현의 지사에게 보내고 나서야 6개월간에 걸친 연못 조 성 허가 절차를 마무리할 수 있었다.

르카드르 숙모의 저택에 있는 정원을 보면서 자란 모네는 조경에도 관심이 컸다. 그의 정원 꾸미기는 그림그리기와 같은 감각을 바탕으로 한 것이었다. 그는 여러 명의 정원사를 고용하여 꽃이 피는 시기는 물론 색의 배합 등까지 꼼꼼하게 연구하여 드넓은 정원에 다양한 꽃을 심었다. 그림을 그려 벌어들인 돈을 모조리 정원 꾸미기에 투입했을 정도였다. 모네의 이런 조경작업의 결과는 당대의 예술가들에게 큰 반응을 얻었는데, 모네의 정원을 보고 싶다고 열망한 프루스트는 '꽃을 선택한 이유는 꽃들만이 파란색이나 분홍색 등 서로 잘 어울리는 색채를 무한하게 펼치면서 조화롭게 피어나기 때문이다.'라고 했다.

지베르니에 정착한 모네는 1883년부터 죽음을 맞는 1926년까지 자신이 조성한 '꽃의 정원'과 '물의 정원' 은 물론 지베르니의 자연풍경을 화폭에 담았다. '꽃의 정원이 주는 생기가 방문객을 즐겁게 했다면, 물의 정원은 신비로운 분위기로 사람들을 매혹시켰다.'라고 데브라 맨코프는 설명했다. 지금은 오랑주리 미술관이 소장하고 있는 8점의 수련 연작들(『아침』, 『해 질 녘』, 『아침의 버드나무들』, 『초록 그림자』, 『구름』, 『나무 그림자』, 『버드나무 두 그루』, 『버드나무가 드리워진 맑은 아침』)은 그의 대표작이라 할 수 있다. 『잃어버린 시간을 찾아서』를 쓴 마르셀 프루스트는 모네의 정원을 방문한 적이 없지만, "스케치가 살아있다. 색상이 조화롭게 구성된 팔레트를 이 작품을 위해 미리 치밀하게 준비해 놓은 듯하다."라고 말했다.

한편 프랑스에서 시작한 인상주의 화풍은 대서양을 건너 미국까지도 확산하였는데, 윌라드 멧칼프, 루이 리트먼, 테오도르 웬델, 존 레슬리 브렉 같은 미국의 인상파 화가들은 지베르니에 머물면서 작품활동을 했다. 시어도어 얼 버틀러는 모네의 양녀이자 모델이었던 수잔 호쉬디와 결혼했다. 1887년부터 약 30년 동안 100여 명의 미국 인상주의 화가들이 지베르니에서 작품활동을 했다. 모네의 집 부근에 있는 '지베르니 인상파 미술관'은 이들의 작품을 중심으로 '아메리칸 미술관'으로 개관했다가 세계 각국의 인상파 화가들의 작품을 소장하면서 2009년에는 현재의 이름으로 바꾸었다.

모네의 정원에 딸린 주차장에 도착한 것은 2시 무렵. 주차장은 모네의 집에서 앱트강 변으로 펼쳐지는 초지가 시작되는 경계에 있다. 초지에는 말들이 한가롭게 풀을 뜯고 있고, 풀밭 끝에 유채밭이 있는 듯 노란 띠가 건너편 야산과 초지를 가르고 있다. 먼저 물의 정원(Jardin d'eau)으로 향했다. 모네는 앱트 강에서 갈라지는 뤼라는 작은 시내를 수원으로 하는 연못을 만들었다. 처음에는 마을 사람들의 반대를 고려해서 작은 연못을 만들었다가 훗날 지금의 규모로 확대했다. 앱트 강에서 물이 들어오는 쪽에 작은 무지개다리를 놓았고, 그 반대편에는 등나무로 덮인 일본식 무지개다리를 놓았다.

연못 주변에는 수양버들, 대나무, 은행나무, 단풍나무 등 수목을 비롯하여 일본 모란, 흰 백합 등 다양한 꽃을 심었고, 연못에는 수련을 심었다. 모네가 "나는 물을 좋아하지만, 꽃도 좋아합니다. 그렇기 때문에 물이 가득한 연못을 꽃으로 장식하기로 한 것입니다. 꽃 목록을 보고 무작위로 선택했습니다."라고 했다지만 분명 나름의 구상이 있었을 것이다. 모네는 빛의 변화에 민감했을 뿐 아니라 물 위에 구름이 비친 모습에도 관심을 기울였다. 연못을 둘러싼 공간은 울타리로 둘러싸 외부와 경계를 분명히 하였다. 연못 밖에 있는 식생이 침범하는 것을 막기 위한 조치였을 것이다.

입구에서 지하보도를 통하여 물의 정원으로 향했다. 작은 대나무 숲에서 졸졸 흐르는 개울을 따라서 오른쪽으로 난 길을 따라가다가 연못으로 들어섰다. 아! 연못을 에워싸고 뒤섞여 있는 초록, 빨강, 노랑, 하양 색깔들을 구분하는 것도 힘들었다. 오는 동안 비를 쏟아내던 구름이 지베르니에는 아직 도착하지 않은 듯해서 다행이었다. 하지만 구름이 두꺼운 탓에 연못에 간간이 구름이 떠 있는 모습은 볼 수 없어 아쉬웠다. 연못 둘레로 난 산책길은 구경하는 사람들로 넘치고 있었다. 걷다 말고 사진을 찍는 사람들 때문에 발길을 멈추어야 했다. 연못에 가지를 드리우는 수양버드나무를 비롯해서 연못 건너편에 있는 등나무 다리 등의 풍경이 익숙하다는 느낌이 드는 것은 모네의 그림을 통해서 익숙해졌기 때문일 것이다.

연못 주변의 풍경을 물에 비친 그림자와 함께 거울 이미지로 찍어보았다. 연못 위에 떠 있는 수련을 바라보면서 지리학자인 미셸 뷔시의 추리소설 『검은 수련』을 떠올린다. 지베르니와 모네의 물의 정원을 둘러싸고 벌어지는 살인 사건을 다루었다. 검은 수련은 '애도의 꽃. 절대 완성되지 말았어야 할 슬픈 애도의 꽃'이라고 하는데, 모네가 『검은 수련』이라는 그림을 직접 그렸는지 의문이다.

물의 정원을 한 바퀴 돌고서 다시 지하보도를 통하여 입구 쪽으로 돌아가 이번에는 꽃의 정원으로 들어갔다. 모네가 이사해 왔을 때, 분홍색 회반죽을 바른 집 앞으로 사과나무 과수원이 펼쳐져 있었다. 대문에서 현관에 이르는 중앙통로가 과수원을 나누고 있었는데, 사이프러스와 가문비나무가 서 있었다. 집 앞 화단에는 잘 손질된 회양목이 심겨 있었다. 모네는 회양목을 뽑아내고, 중앙통로의 가로수도 잘라내고 대신 금속 홍예를 세웠다. 중앙통로에는 지금처럼 한련과 덩굴장미를 올렸다. 사과나무 역시 체리와 일본 살구나무로 교체하였다. 모네는 정원을 규격화하지 않고 꽃의 색깔과 크기, 키 높이, 꽃이 피는 계절 등에 따라 한 종류의 꽃이 차지하는 면적과 위치 등을 철저하게 고려하여 배치하였다. 물의 정원에 있는 꽃들은 여러 가지를 섞어 심어 서로 어울리도록 했는데 꽃의 정원에서는 같은 종류끼리 심었다. 수선화, 튤립, 라일락, 모란, 아이리스, 원추리, 다알리아, 양귀비, 아네모네, 샐비어, 히스꽃 등이 계절이 바뀌어도 서로 조화를 이루면서 꽃을 피웠다.

정원의 북쪽 끝에 있는 2층 집은 침실, 아틀리에 등으로 사용되었다. 모네의 집에 들어가서 먼저 왼편에 있는 화실을 구경했다. 화실을 빙 둘러 가며 걸려 있는 익숙한 작품들은 모작들이다. 그림에 문외한인 필자가 보기에도 서툴러 보인다. 2층에 올라가면 침실이 둘인데, 먼저 들어간 침실에서는 꽃의 정원을 내려다볼 수 있다. 창문 밖 풍경은 어느 방향을 보더라도 바로 모네의 그림 한 폭을 감상하는 느낌이 든다. 다음 방으로 건너가면 내려가는 계단참에 또 다른 침실이 있다. 이 방은 문 앞에 금줄을 쳐놓아서 안으로 들어갈 수 없었다. 1층으로 내려오면 오른쪽에 있는 주방과 식당을 볼 수 있다. 당시 사용하던 주방기기와 식기 등이 전시되어 있다.

모네의 집에서 나와 오른쪽으로 돌아가면 기념품을 파는 장소가 있다. 한 바퀴를 휘익 돌아보았는데, 일행들이 모이기로 한 2시 20분이 되려면 18분 정도 여유가 있었다. 최낙현 해설사에게 모네의 묘소가 있는 지베르니 상트 라드곤드 교회까지 다녀올 수 있는지 물었다. 400m 정도 떨어진 곳이니 뛰어갔다 오면 되겠다고 했다. 교회까지 뛰어갔는데 1km는 넘었던 것 같다. 게다가 모네의 묘소가 교회의 입구에서 오른편에 있는 것을 놓치는 바람에 교회 뒤에 있는 공동묘지까지 올라서 한참을 헤매야 했다. 마침 그곳을 찾아온 사람에게 물어서 다시 교회 입구 쪽으로 내려가 모네 가족의 묘지를 확인할 수 있었다.

모네 가족 묘지에는 윗단 중앙에 모네의 묘비가 놓여있고, 그의 두 아들 장과 미셸 부부, 두 번째 아내 앨리스, 앨리스의 첫 남편 어니스트 호쉬디, 앨리스가 어니스트 사이에서 낳은 딸 수잔 호쉬디의 묘비도 있다. 모네 가족의 묘를 확인할 무렵 집합 시간이 다 되었다. 열심히 뛰어서 모네의 집까지 돌아왔지만, 약속 시간에서 10분 정도 늦었다. 최낙현 해설사는 자신이 거리 계산을 잘못한 것 같다고 일행들에게 양해를 구했다. 다시 생각해 보면 1.5km나 된다고 하면 필자와 아내가 포기할 것 같았던 모양이다. 가보고 싶은 곳이 있으면 가봐야 한다는 배려로 이해되었다. 약속 시간에 늦어 미안하고 일행을 대표해서 아내와 둘이 다녀온 셈이니 사진을 공유하기로 했다.

잠시 머물렀던 지베르니 마을은 예스러움을 간직하고 있지만, 모네의 정원을 찾아온 관광객들을 제외하고는 오가는 사람들을 별로 볼 수 없었다. 모네가 물의 정원을 만들 때 반대했던 지베르니 사람들이었지만 모네의 명성이 오르면서 그를 흠모한 미국의 화가들이 몰려와 북적였던 것을 반겼을지, 아니면 불편해했을지 궁금하다. 세월이 흐른 지금도 곳곳에서 사람들이 몰려오고 있으니, 모네의 덕을 보고 있다고 생각할 것인지 불편하다고 생각할 것인지도 궁금하다.

　필자와 아내가 늦는 바람에 예정된 시간보다 조금 늦은 3시 40분 다음 일정인 에트르타로 떠났다. 왕복 2차선인 도로 양편으로 펼쳐지는 유채밭은 노랑이 강렬해서 지금도 기억에 남아있다. 도롯가에 우거진 덤불에 가려졌다가 홀연 등장하기를 반복하듯 노란 유채밭이 징검다리처럼 이어진다. 이따금 갈아엎었는지 검은 흙을 골라 이랑을 돋워 놓은 밭도 있고 풀밭도 있다. 한가로운 풍경이 프랑스에 오는 비행기에서 본 영화 『파리, 사랑이 머무는 곳』에 나오는 시골길 풍경 그대로다. 프랑스는 참 신의 선택을 받은 나라라는 생각이 든다.

　물의 정원을 설명하면서 소개했던 소설 『검은 수련』은 프랑스 여행을 정리하면서 지베르니에서 벌어진 사건을 다룬다고 해서 관심이 생겨 읽게 되었다. 이야기의 배경이 되는 장소를 안다는 것은 이야기를 이해하는 데 많은 도움이 된다. 『검은 수련』은 루앙대학교 지리학과의 미셸 뷔시 교수가 쓴 소설이다. 옮긴이에 따르면 작가는 이야기에 등장하는 장소는 물론, 모네의 삶과 유족, 작품에 관한 내용이 사실에 바탕을 두고 있다고 밝혔다고. 모네가 물의 정원을 만든 뤼라는 이름의 개울은 중세 수도사들이 방앗간에 물을 대려고 판 수로였다는 것도 새로 알게 되었다. 그런데 노벨 평화상 수상자 아리스티드 브리앙이 지베르니 상트 라드공드 교회의 묘지에 묻혔다는 주장이 사실이 아닌 것 같아 이야기 전체에 대한 신뢰가 다소 떨어졌다. 낭트에서 태어나 파리에서 사망한 그의 묘소는 울벡 코슈렐에 있는 노트르담 코슈렐 교회에 있다.

　『검은 수련』은 '한 마을에 세 명의 여자가 살고 있다. 첫 번째 심술쟁이, 두 번째 거짓말쟁이, 세 번째는 이기주의자(13쪽)'라고 시작한다. 이들은 여든이 넘은 미망인, 서른여섯의 교사, 열한 살 여학생이다. 이들의 공통점은 지베르니를 떠나고 싶다는 소망을 남몰래 품고 있다는 것이다. 이야기는 2010년 5월 13일 파리에서 잘나가는 안과의사 제롬 모르발이 개울가에 머리를 처박고 죽은 채 발견되는 것으로 시작하여 13일간 모네의 정원을 중심으로 지베르니에서 일어난 일들을 다룬다. 그 사이에 두 건의 살인 사건이 일어나고 한 사람이 늙어 죽었다. 4건의 죽음 가운데 세 건이 살인 사건이지만, 범인이 누군지는 마지막에 가서야 밝혀진다.

세 명의 여자 가운데 화가의 재능을 가진 열한 살 여자아이의 이름은 파네트 모렐, 두 번째 미모의 여교사는 스테파니 뒤팽, 그리고 가장 나이가 많으면서 네 건의 죽음과 연관이 있는 나이 많은 여성은 나, 즉 화자이다. 이야기를 읽어가다 보면 13일간 벌어지는 사건에는 세 명의 여성이 각각 등장하면서 서로 연관이 있는 듯하지만, 결코 연결되지 않는다. 그 이유는 결말 부분에서 밝혀지는데, 시간여행의 기법을 적용하여 세 명의 주인공을 13일의 시간 안에 가두었기 때문이다. 독특한 시간여행에 관한 이야기이다.

그런데 세 건의 살인 사건 가운데 적어도 두 건은 경찰의 수사선상에 올랐음에도 불구하고 해결되지 않았다. 그뿐만 아니라 한 건의 살인 사건은 완전범죄가 되고 말았다는 점에서는 프랑스 경찰의 체면을 많이 구기는 일인 듯하다. 그것도 유전자 검사 등 첨단 수사기법을 사용할 수 있었던 2010년에 말이다. 또 한 가지는 작가가 프랑스 시인이자 작가인 루이 아라공의 시를 사건 해결의 단초로 삼았는데, 경찰은 물론 필자 역시 그 의미를 파악하지 못했다. '우리는 꿈이라는 죄 만들었지'라는 구절은 루이 아라공의 『텍스트 속의 프랑스어』에 나오는 「님프의 동굴」이라는 시의 첫 행이라고 했다. 그리고 지베르니가 등장한다는 루이 아라공의 소설 『오렐리엥』도 언급되지만, 두 작품 모두 우리나라에는 아직 소개되지 않았다.

화자가 언급하는 지베르니에 관한 이야기 두 대목은 곱씹어볼 만했다. "지베르니에서도 마찬가지다. 빛과 색이 만발한 마을이라 더욱 그렇다. 노인들은 어두운 밤의 그늘에 머물러야 한다. 쓸모없고 눈에 띄지 않는 이들. 그들이 지나가면 사람들은 그저 잊을 뿐이다." "지난 세기 미국 화가들은 조용하게 집중할 수 있는 장소를 찾아 코딱지만 한 이 노르망디 마을까지 찾아왔다. 하지만 지금의 지베르니는 전혀 그렇지 않고 난 변해버린 마을을 도무지 이해할 수 없다." (2024년 8월 15일)

루아르(프랑스)

이런 사랑은 어떤 사랑일까요?

오노레 드 발자크 지음, 『골짜기의 백합』(을유문화사, 2008년)

2019년의 프랑스 일주 여행에서 루아르계곡에 흩어져 있는 고성들을 둘러본 것은 여행 4일째다. 프랑스에서 제일 긴 루아르강 중류의 루아르계곡에 있는 앙부아즈성과 쉬농소성을 구경했다. 루아르강은 론강, 센강과 함께 프랑스의 3대 강으로 꼽힌다. 프랑스에서 가장 긴 루아르강은 길이 1,012km로, 남프랑스의 고지대인 마시프 센트랄에 있는 몽 제르비에 드 종에서 발원하여 프랑스 평원을 동서로 가로질러 대서양 쪽에 있는 비스케이 만으로 흘러간다. 루아르계곡에는 앙부아즈, 앙쥐, 블루아, 시농, 몽소로 오를레앙, 소뮈르, 투르 등 역사적인 도시들이 흩어져 있다. 이 지역에는 300개가 넘는 성들이 건설되었다. 10세기에 짓기 시작하여 요새화한 성들은 15세기 이후에는 장려함을 자랑하게 되었다.

오노레 드 발자크의 소설 『골짜기의 백합』은 바로 루아르계곡을 배경으로 한 이야기다. 투르에 살고 있던 남자 주인공, 펠릭스가 몽바종과 아제르리도의 사이의 앵드르 강변에 있는 프라펠이라는 성을 찾아가면서 이야기가 풀려나간다. 펠릭스는 아르탄이라는 작은 마을에 이르러 바라본 루아르계곡의 풍경을 이렇게 묘사한다. "그곳에서는 몽바종에서 루아르강까지 가는 골짜기가 한눈에 들어오는데, 그것은 양 언덕 위에 서 있는 성들 밑으로 뛰어내리는 듯하다. 그 화려한 에메랄드 잔의 밑바닥에 앵드르가 똬리 트는 뱀처럼 곡선을 그린다. (…) 태양 아래 초록색 강변 사이로 줄줄 흐르는 긴 물줄기와, 사랑스러운 골짜기를 출렁거리는 레이스로 장식하는 포플러의 행렬, 강물에 의해 다양한 모양으로 깎인 작은 언덕 위의 포도밭, 그 사이로 나오는 떡갈나무 숲, 그리고 서로 반대 방향으로 달아나는 희미한 지평선, 이 모든 것이 오직 그 대상에만 집중된 무한한 사랑을 노래했다."

투르에서 열린 앙굴렘 공작 환영 행사에 참석한 펠릭스는 처음 본 여성에게 마음을 빼앗기는데, 그의 마음을 빼앗은 모르소프 백작 부인 앙리에트가 이곳에 살고 있었다. 펠릭스는 아름다운 루아르계곡에 살고 있는 앙리에트를 이렇게 표현했다. "그녀는 이 골짜기의 백합이었다. 그녀는 하늘의 은총을 받고 피어나고 있었으며, 그 고결한 향기는 골짜기를 채웠다."

앙부아즈는 옛날부터 골 족들이 모여 살던 지역으로 전략적 가치가 높은 요충지로 간주되었다. 9세기 말 잉겔거 또는 잉겔가리우스라고도 하는 프랑크왕국의 귀족이 샤를 2세로부터 앙쥐 백작으로 봉해져 이 지역을 다스리면서 앙부아즈성을 지었다. 1434년 프랑스 왕 샤를 7세는 루이 담부아즈 자작이 루이 11세의 반역 사건에 연루되어 유죄판결을 받자, 앙부아즈성을 압수하여 왕실의 소유로 하였다. 앙부아즈성은 루이 11세에서부터 프랑수아 1세에 이르기까지 프랑스 왕들이 가장 좋아한 성이었다. 특히 샤를 8세는 1492년에 프랑스의 후기 고딕양식에 해당한 프람보용 양식으로 성을 광범위하게 재건하였다.

특히 앙부아즈에서 성장한 프랑수아 1세가 재위에 있던 시절 앙부아즈성은 절정의 시기였다. 레오나르도 다빈치는 프랑수아 1세의 초청으로 이곳에 와서 앙부아즈 성 근처에 있는 클로 루시성에 살면서 일했다. 프랑수아 1세가 레오나르도 다빈치를 얼마나 아꼈는가 하는 점은 앙부아즈성과 클로 루시성을 연결하는 지하통로를 만들어 쉽게 왕래할 수 있게 했다고 전한다. 하지만 이는 전설일 뿐 고고학 조사를 통하여 이런 지하통로는 존재하지 않았다는 것이 확인되었다. 1519년 5월 2일 레오나르도 다빈치가 사망했을 때 앙부아즈성의 마당 끝에 있는 생 플로렌틴 대학 교회에 묘를 마련했다. 앙부아즈성 밖에 있는 생 플로렌틴 성당과 헷갈릴 수도 있겠지만, 이 교회는 1807년 파괴되어 지금은 없다. 레오나르도 다빈치의 유골은 1874년 지금의 생 후베르 예배당에서 발견되었다.

차가 루아르강 변에 있는 주차장에 서고 일행은 마을로 걸어갔다. 성은 앙부아즈의 동쪽 끝에 있는 언덕 위에 있다. 높지는 않지만, 바윗돌을 쌓아 만든 축대 위에 성을 쌓았다. 성으로 들어가는 비탈길을 따라 올라가니 언덕 위로 널따란 마당이 펼쳐진다. 깔끔하게 조성된 정원이 얼마나 넓은지 3층짜리 저택이 성냥갑만 하게 보인다. 저택에 들어가기 전에 성안에 조성된 정원을 둘러보았다. 성의 북쪽으로 흐르는 루아르 강의 정경을 볼 수 있다. 가히 천혜의 요새라 할 만하다. 성벽 아래의 마을을 굽어보면 하나같이 검은색 지붕이다. 유럽에 가면 붉은 색 지붕으로 되어있다는 생각도 편견인 모양이다.

정원 끝에 있는 작은 예배당을 먼저 보았다. 레오나르도 다빈치가 잠들어 있다는 생 후베르 예배당이다. 후베르 예배당에서 앙부아즈 궁전 뒤쪽에 조성된 정원을 돌아보고 나오는데 보니 어떤 나무인지는 모르겠지만 활모양으로 다듬어놓은 안에 하얀 대리석으로 만든 레오나르도 다빈치의 흉상을 세워놓았다. 이 장소가 레오나르도 다빈치가 죽었을 때 묻은 가묘라고 설명하지만, 다빈치의 유해를 처음 모셨던 생 플로렌틴 대학 교회가 있던 자리였던 모양이다.

앙부아즈 궁전은 샤를 8세의 날개와 루이 13세의 날개 등, 두 개의 날개로 구성되었다. 루아르강을 내다볼 수 있는 방향으로 앉은 샤를 8세의 날개는 화려한 고딕양식으로 지어졌는데 왕과 왕비의 거처가 들어있다. 저택의 북쪽과 서쪽 정면에 있는 미님 탑과 호르토 탑은 르네상스 양식으로 지었는데, 경사로를 따라 노대에 올라갈 수 있다. 루이 13세의 날개는 샤를 8세의 날개에 직각으로 지었다. 역시 화려한 고딕양식으로 내부를 장식했다. 앙리 2세의 침실에는 2.18 x 1.82m의 화려한 침대가 있고, 음악실에는 리오의 자단으로 만든 19세기의 그랜드 피아노와 하프가 놓여있고, 루이 필립 1세 왕과 마리 아멜리에 왕비의 초상이 걸려 있다. 앙부아즈 궁전에 있는 몇 곳의 방에서는 다빈치가 죽음을 맞는 순간을 그린 그림들이 걸려 있다. 그에 대한 프랑수아 1세의 깊은 애정을 알 수 있겠다.

앙부아즈성에서 나와 멀지 않은 곳에 있는 다빈치의 저택이던 클로 루시성으로 향했다. 앙부아즈성에서 클로 루시성으로 가는 길은 빅토르 위고 거리다. 프랑스 곳곳에서 빅토르 위고의 이름을 딴 거리를 볼 수 있는데, 프랑스 사람들이 그를 얼마나 존경하는지 알 수 있는 대목이다. 클로 루시성은 앙부아즈성에서 500m 정도 떨어져 있다. 클루의 작은 성이라고도 부르는 이 저택은 14세기 무렵 앙부아즈성의 일부가 되었다.

1516년 레오나르도 다빈치는 프랑수아 1세의 초청으로 앙부아즈로 왔다. 왕은 다빈치에게 700에퀴의 금화를 연봉으로 주었다. 비슷한 시기인 루이 12세 시절의 1에퀴의 금화에 들어가는 금의 무게는 3.496그램이었다. 희귀한 옛 금화의 가치는 별도로 하고 금화에 들어간 순금의 양을 현재의 금 시세로 따져보면 3억 원이 넘는 연봉이었다.

다빈치가 앙부아즈로 올 때 스케치북과 함께 『모나리자』, 『성모자와 앤 성녀』, 『세례 요한』 등, 그가 그린 가장 유명한 그림 3점을 챙겨왔다. 현재 이 그림들은 루브르 박물관에 걸려 있다. 1519년 5월 2일 다빈치는 클로 루시성에서 뇌졸중으로 죽음을 맞았다. 그는 애제자 프란체스코 멜지에게 그의 책, 그림, 스케치 및 원고를 남겼다. 클로 루시성의 지하실에는 다빈치의 스케치 도면을 바탕으로 제작한 40여 개의 모형이 전시되어 있다. 다빈치의 설계에 따른 모형을 제작함에 있어 현대적 기술도 적용되어 있다. 전시 내용 가운데 정교하게 만든 간섭 도형은 다빈치가 누군가와 대담을 나누는 장면을 재현하고 있었다. 정원의 야외 박물관에는 전차, 다발총, 헬리콥터 그리고 회전 다리 등 다빈치가 발명한 것들의 실물 크기 모형을 전시하고 있다.

점심은 앙부아즈의 남쪽 루아르강 변에 있는 절벽 아래 있는 식당에서 먹었다. 특별할 것도 없어 보이는 절벽 아래 출입문이 있었다. 푸에의 동굴(La Cave aux Fouées)이라는 간판이 달려있었다. 푸에는 루아르계곡 지역의 전통 빵이다. 밀가루에 효모를 넣어 납작하게 구워낸 지중해 연안 지역의 전통 빵, 피타와는 달리 공기가 들어가 통통하게 부푼 모습이다. 중국식 호떡 공갈빵과 비슷하다. 돼지고기로 만든 릴렛, 짭짤한 버터, 흰 콩 등을 곁들인다.

최낙현 해설사가 '열려라 참깨!' 하고 주문이라도 외친 듯 열린 출입문을 들어서자, 암벽 아래로 널찍한 공간이 펼쳐진다. 「알리바바와 40인의 도둑」에 나오는 보물창고가 이랬을까 싶다. 그 공간이 얼마나 넓은지 가늠조차 어려웠다. 몇 개씩 붙여놓은 식탁이 여러 줄로 배열되어 있고, 계산대도 번듯하며, 음식을 조리하는 공간도 널찍하다. 곳곳에는 오래전에 이 지역에서 사용하던 농기구를 비롯한 생활 도구들을 걸어 놓아 민속박물관 같은 분위기가 난다. 식당이 얼마나 넓은지 토요일 밤에는 80년대 음악에 맞추어 춤을 추는 시간도 있다고 한다.

간판에 레스토랑 트로글로디트(Restaurant Troglodyte)라고 적혀있는 것을 보면, 건축용 돌을 캐내고 생긴 석굴에 포도주를 저장하던 장소가 아니었을까 싶다. 이런 석굴에 사는 사람을 트로글로디테라고 불렀다. 그리스어로 '쥐구멍'을 의미하는 'trōglē'과 '들어가다'라는 뜻을 가진

'dytes'의 합성어이다. 우리말로는 동굴생활자 혹은 은자라고 옮길 수 있겠다.

독특한 장소에서 식사를 마치고 1시에는 오후 일정인 쉬농소를 향해 출발했다. 투르에서 동쪽으로 26km 떨어져 있고, 앙부아즈에서는 동남 쪽으로 10km 정도 떨어진 곳에 있는 쉬농소는 루아르강의 지류인 쉐 르강을 끼고 있다. 2017년 기준 인구는 351명에 불과하지만, 여름철에 는 많은 관광객들이 찾는 곳이다. 쉐르강 변에 서 있는 쉬농소성을 찾 는 사람들이다. 강 속에 세운 기둥을 토대로 세운 5개의 아치 위에 세운 3층 규모의 쉬농소성은 프랑스에서 가장 아름다운 성으로 꼽힌다.

프랑스 대혁명 당시 마담 뒤팽이 쉬농소성의 여주인이었다. 용모는 물론 지적 아름다움을 겸비한 그녀가 주관한 문학 살롱은 1733년부터 1782년 사이까지 파리에서도 유명했다. 계몽시대의 유명한 철학자들 이 모이는 장소였다. 볼테르는 그녀를 '미와 음악의 여신'이라고 불렀 다. 그녀의 살롱에는 다양한 사람들이 초대되었다. 작가 볼테르, 작가 샤를 이레네 카스텔, 작가 베르나르 르 보비에 드 퐁트넬, 소설가 겸 극 작가 피에르 드 마리보, 정치사상가 몽테스키외 남작, 수학자 콩테 드 뷔퐁, 철학자 장 자크 루소 등이었고, 포르칼르퀴 백작 부인 로한 공주, 레비스 밀레포아 공작부인, 에르베 남작 부인, 모나코 공주 등 당대의 프랑스 귀족들도 주요 참석자였다.

마담 뒤팽은 청년 장 자크 루소를 아들의 비서 겸 가정교사로 채용했 고, 루소는 1746년부터 1749년까지 쉬농소에 머물렀다. 이 무렵 루소 는 운문시 「실비의 오솔길(l'Allee de Sylvie)」과 3막짜리 희곡 『무모한 약속(L'Engagement téméraire)』을 썼다. 뒤팽 가족을 즐겁게 하기 위해 썼다는 『무모한 약속』은 그의 생전에 출판되거나 공연된 바 없었다. 「실비의 오솔길」의 첫 연은 다음과 같다. "내가 작은 숲속을 거닐 때, / 내 심장은 지극한 즐거움을 느꼈네! / 녹음 아래에서 나는 얼마나 행복했던지! / 은빛 흐름을 나는 얼마나 사랑했던지! / 달콤하고 황홀한 몽상, / 소중하고 사랑스러운 고독, / 언제나 당신은 나의 즐거움!"

쉬농소성이 있는 자리에 처음 저택이 지어진 것은 8세기 무렵이다. 1230년 마르케스 가문이 쉬농소를 봉토로 받았다. 마르케스 가문은 쉐르강을 오가는 배들을 관리하기 위한 전략적 목적으로 이 지역을 요새화할 필요가 있었다. 쉐르강을 통하여 목재를 비롯한 건축자재, 소금, 와인 그리고 사료 등이 운송되었다.

쉬농소는 백년전쟁 중에 큰 피해를 보았고, 1412년 성주 장 마르케스가 소요를 주동했다는 이유로 성을 불태웠다. 1430년대에 장 마르케스 2세는 샤를 7세의 승인을 받아 성을 재건하였다. 강물을 끌어들여 50 x 50m의 공간을 에두르는 해자를 만들었다. 성의 네 귀퉁이에는 둥근 탑을 세웠는데, 오늘날에는 마르케스 탑으로 알려진 남서쪽 탑만 남았다. 쉐르강 제방에는 방앗간도 지었다.

빚에 몰린 마르케스 가문의 후계자 피에르는 1513년 샤를 8세의 재무장관 토마스 보히에에게 성을 매각했다. 보히에는 아내 캐트린 브리소네를 위하여 성을 다시 짓기로 했다. 브리소네는 보히에가 이탈리아 원정에 나간 1513/1521년 사이에 성을 완공하였다. 쉬농소성에는 그가 남겼다는 "때가 되면 나를 기억할 것이다."라는 구절이 새겨져 있다.

사람들은 "내가 쉬농소성을 건축하게 되면 내가 기억될 것이다"라는 의미로 해석한다.

쉬농소성은 우여곡절 끝에 프랑스 왕 앙리 2세의 소유가 되었고 왕은 정부 다이앤 드 푸아티에에게 선물로 주었다. 앙리 2세가 죽은 뒤에는 트린느 드 메디씨 왕비에게 넘어갔다. 앙리 2세의 정부와 왕비는 쉬농소성에 정원을 각각 만들었다. 규모 면에서는 다이앤 드 푸아티에의 정원보다 왕비의 정원이 훨씬 작다. 그럼에도 불구하고 카트린느 드 메디씨 왕비 시절이 쉬농소성은 전성기였다. 1560년 왕비의 아들 프랑수아 2세의 대관 축하 행사가 쉬농소성에서 열렸는데, 프랑스 최초의 불꽃놀이가 펼쳐졌다. 1577년에는 쉐르강을 가로지르는 다리의 회랑 전체를 아우르는 미술관을 조성하였다. 동쪽에 있는 예배당과 도서실 사이에 방을 추가하였고, 서쪽에 별관을 더하였다. 실현되지 않은 왕비의 계획대로 이루어졌다면 현재 남아있는 쉬농소성은 거대한 저택의 일부에 지나지 않았을 것이다.

1시 반경에 쉬농소성에 입장했다. 쉬농소성을 크게 에워싼 해자 앞에 있는 소박한 철문을 지나면 플라타너스 나무가 열병하듯 1km나 늘어선 긴 산책로가 우리를 성으로 이끌었다. 길 오른쪽으로는 정원이, 왼쪽에는 미로 정원이 있다. 미로 정원은 카트리나 데 메디치가 1헥타르가 넘는 면적에 조성한 정원으로 미로를 통하여 중앙에 도달하면 등나무를 올린 정자가 서 있고, 미로의 반대편에는 4명의 신을 새긴 기둥이 서 있다. 예전에는 성의 정면에 서 있던 것인데, 아폴론, 아테나, 헤라클레스, 그리고 키벨레이다.

쉬농소성의 경내를 나타내는 경계의 양쪽에는 스핑크스상이 서있다. 경내에 들어서면 오른쪽으로 길게 늘어서 있는 건물은 지금은 식당으로 사용되고, 그 뒤로 온실이 있다. 왼쪽에는 다이앤 드 푸아티에 정원이 펼쳐지고, 성의 입구 쪽에 관리사무소가 있다.

정원 사이를 걸어 들어가면 정면에 쉬농소성이다. 길 양쪽으로 깊은 해자가 있고, 마지막 해자를 건너면 왼쪽으로 둥근 탑이 있다. 15세기 초에 성주 장 마르케스가 지었다는 네 개의 탑 가운데 유일하게 남은 마르케스 탑이다. 마르케스 탑 앞에는 마르케스 가문의 상징인 독수리와 전설적인 괴물로 장식한 우물이 남아있다. 탑을 지나면 쉬농소성이다. 성에 들어가면 먼저 만나는 공간이 제1차 세계대전 기간에 병실로 사용했다는 돔 미술관이다.

22x23m 규모의 르네상스 양식으로 지은 쉬농소성의 본관 건물은 지하실과 2층 건물로 구성되었다. 뒤쪽으로는 쉐르강에 걸린 5개의 아치 위에 세운 다락방을 얹은 2층 건물이 이어진다. 이 건물은 1560년에 필리베르 드 로르메가 설계한 것이다. 1층의 안으로 들어서면 양쪽으로 4개의 방이 있다. 왼쪽에는 예배당이 있고, 다이앤 드 푸아티에의 방, 카트린 드 메디씨 작업실 등이 있다. 고전적인 양식으로 지어진 2층 건물과 다락방이 5층의 다리에 놓여있다. 현관의 끝은 미술관으로 이어진다. 2층에는 카트린 왕비가 죽은 뒤에 성을 물려받은 앙리 3세의 아내 루이스 드 로렌이 사용한 방이 있다. 그녀는 앙리 3세가 암살되자 우울증에 빠져 1601년 사망할 때까지 검은 상복을 입고 두개골이 그려진 검은색 걸개그림이 걸린 복도를 방황했다고 한다.

성 내부를 구경하고 밖으로 나와서 성 밖에 조성된 커다란 정원을 구경했다. 성을 중심으로 강 위쪽으로 2헥타르 넓이의 다이앤 드 푸아티에 정원이 있고, 강 아래쪽에는 작은 규모의 카트린느 드 메디씨 정원이 있다. 다이앤 드 푸아티에 정원은 앙리 2세가 애인인 다이앤 드 푸아티에를 위해 조성한 것이라서 넓고, 카트린느 드 메디씨 정원은 앙리 2세 사후에 본인이 자금을 대서 조성한 것이라서 규모가 작은 것 아닐까 싶다. 고즈넉한 숲속에 아름다운 성을 짓고 유유자적했다는 왕이 부럽다. 이렇듯 쉬농소성은 여성들의 생각이 많이 반영된 탓에 '여성의 성'이라는 별명이 있다.

3시 15분 아름다운 쉬농소성을 뒤로 하고 숙소가 있는 리모주로 출발했다. 루아르계곡에 있는 몇 개의 고성을 소개하면서 해설사는 오노레 드 발자크의『골짜기의 백합』을 읽어보기를 권했다. 이 책의 무대가 바로 루아르강 유역이라는 것이었다.

발자크가 묘사한 루아르강 변의 풍경은 이렇다. "태양 아래 초록색 강변 사이로 줄줄 흐르는 긴 물줄기와, 사랑스러운 골짜기를 출렁거리는 레이스로 장식하는 포플러의 행렬, 강물에 의해 다양한 모양으로 깎인 작은 언덕 위의 포도밭, 그 사이로 나오는 떡갈나무 숲, 그리고 서로 반대 방향으로 달아나는 희미한 지평선, 이 모든 것이 오직 그 대상에만 집중된 무한한 사랑을 노래했다." 바로 이런 곳에 살고 있는 그녀가 이 '골짜기의 백합'이었다는 것이다. 흔히 백합의 꽃말은 순결이라고 알고 있지만, 그 밖에도 순수한 사랑, 깨끗한 사랑, 변함없는 사랑 등이 있는데, 꽃 색깔에 따라 꽃말이 다르다.

이 책을 연상의 유부녀와 연하의 총각 사이의 연애소설이라고도 하는 모양이다. 하지만 내 생각에는 성장소설이라고 해야 하지 않을까 싶다. 냉정한 부모 밑에서 제대로 재능을 드러내지 못하던 펠릭스는 학업을 이어가기 위하여 이리저리 방랑하다가 결국 투르로 옮기게 된다. 투르에서 열린 행사에서 어깨가 아름다운 여인을 만나 그녀의 어깨에 키스하는 무례를 범한다. 운명의 실타래가 얽혀드는 순간이다.

펠릭스는 결국 모르소프 백작 부인을 만나게 되고, 두 사람 사이에 정신적인 사랑이 싹튼다. 부인은 펠릭스를 왕정복고에 성공한 루이 18세의 측근으로 발탁되도록 손을 쓴다. 펠릭스는 백작 부인에게 정절을 지키겠다고 약속한다. 하지만 파리의 호사가들 입방아가 영국에서 온 더들리 후작 부인의 호승심을 자극하여 결국은 펠릭스를 굴복시키고야 말았다. 이십 대 젊은이의 들끓는 혈기를 억누르기가 그리 쉽지만은 않았을 것이다. 펠릭스의 변절을 전해 들은 백작 부인은 크게 상심하지만, 막상 더들리 후작 부인을 만나고서는 어쩔 수 없음을 깨닫게 된다.

모르소프 백작 부인은 누이처럼, 어머니처럼, 펠릭스의 삶을 안내하는 역할을 하는 한편, 정신적으로는 사랑하는 관계를 열었다. 그러면서도 나이 차이가 꽤 나는 딸 마들렌을 펠릭스와 짝을 지을 생각을 했다. 기대를 걸었던 펠릭스의 변심은 결국 남편의 폭력과 병약한 자녀들 사이에서 흔들리던 백작 부인의 건강을 크게 해치는 결과를 가져와 결국 숨지고 말았다. 곡기를 거부한 결과 스스로 죽음을 맞은 셈이니 펠릭스의 책임이 크다고 할 수도 있겠다. 결국 어머니의 죽음이 펠릭스와 연관이 있다는 사실을 알게 된 마들렌의 거부로 두 사람의 관계는 더 이상 진전되지 않았다.

　이토록 등장인물 사이의 관계를 복잡하게 얽어놓은 발자크 방식의 생각이 당시의 프랑스 사회에서 통용되던 것인지는 잘 모르겠다. 이야기의 시대적 배경은 나폴레옹의 몰락으로 왕정복고가 이루어졌다가 나폴레옹의 재집권과 몰락이 이어지면서 어수선하던 시절이다. 하지만 이야기의 전개는 격변기의 사회상을 반영하기보다는 순수해야 할 사랑이 끝까지 지켜지지 못했다는 비극적 결말로 맺어지는 안타까움을 느끼게 한다. 요즘에는 보기 힘든 연애담이라서 얼마나 널리 읽히는지는 모르지만, 루아르강 변의 아름다운 풍경과 소박한 민심 그리고 당시 프랑스 귀족사회의 모습 등을 엿볼 수 있는 책 읽기였다. (2024년 7월 21일)

프로방스(프랑스)

세상을 사로잡은 향수의 비밀

파트리크 쥐스킨트 지음, 『향수』(열린책들, 2009년)

2019년 아내와 함께 가는 열두 번째 해외여행으로 다녀온 프랑스 일주 여행의 후반에는 프로방스 지방을 돌았다. 프로방스는 서쪽으로는 론강으로부터 동쪽으로는 이탈리아 국경에 이른다. 레지옹 수드라고도 알려진 프로방스 알프스 코트 다 쥐르 행정구역이다. 프랑스 여행 6일째 아침에는 툴루즈를 출발하여 아를, 퐁 뒤 가르, 아비뇽까지 갔다. 아를은 툴루즈에서 동쪽에서 325km 떨어져 있어 차로 3시간 반 정도 걸린다. 아를은 프로방스 지방에 들어서는 길목에 있다. 최낙현 해설사는 프로방스가 '모든 사람이 편하게 쉴 수 있는 장소'라는 뜻이라고 했다. 그리고 라벤다의 보랏빛으로 대표되는 프로방스는 한 달 살기에 좋은 동네라고 덧붙였다.

『프로방스에서, 느릿느릿』을 쓴 장다혜 씨는 배낭 하나만 메고 1년이 넘는 기간에 걸쳐 아프리카와 중동 그리고 유럽 20여 개 국가를 여행했다. 여행 끝에 프로방스에 도착하는 순간, 그녀는 드디어 살아볼 만한 곳에 이르렀구나 싶은 생각이 들었다고 했다. 이집트의 알렉산드리아, 이스라엘의 에릴라트, 그리고 스페인과 이탈리아에서도 보았던 지중해가 프로방스에서는 유난히 찬란해 보이더라는 것, 그리고 4분의 3박자의 왈츠 리듬을 타는 듯한 파도가 유혹하는 것 같더라고도 했다.

프로방스는 과거 로마제국의 속주 갈리아 나르보넨시스에 기원을 둔 프랑스 남부와 이탈리아 북서부 일부를 가리킨다. 유사 이전부터 사람이 거주했으며, 기원전 600년 무렵에는 그리스 사람과 페니키아 사람들이 정착했다. 당시 마실리아(지금의 마르세유)가 가장 큰 도시였다. 기원전 2세기경에 로마 사람들이 진출하였고, 기원전 121년에 갈리아 트란살피나라는 로마제국의 속주를 세웠다. 이 무렵 이 지역을 흔히 '프로빈키아 노스트라(Provincia nostra, 우리 속주)' 혹은 그저 '프로빈키아(Provincia, 속주)'라고 불렀는데, 지금의 프로방스라는 지명은 여기에서 유래했다. 훗날 갈리아 나르보넨시스로 재편되었다.

1032년부터 1246년까지 신성 로마 제국에 속하다가 1246년 프랑스 내의 영주 국가가 되었다. 1481년 루이 11세에게 양도된 프로방스 지방은 1486년 프랑스 왕국의 영토로 흡수되었다. 다만 오랑주 공국은 1672년 이후에, 교황령에 속하던 아비뇽의 콩타 브내생은 1791년 이후에, 니스와 망통은 1860년 이후에 프랑스에 귀속되었다.

8시 반에 숙소를 떠난 차는 2시간쯤 지나 휴게소에 들어간다. 유럽 국가들의 장거리 버스 운행 규정(LDS) 때문이다. 일행들은 대개 이때 화장실을 다녀온다. 프랑스에서는 화장실 인심이 후한 편이었다. 독일이나 이탈리아에서는 화장실을 이용할 때 별도로 요금을 내야 하는데, 프랑스에서는 휴게소에서 운영하는 매점이나 카페에서 필요한 것을 사거나, 혹은 그냥 이용할 수 있었다. 보통은 휴게소의 카페에서 커피를 마시는 경우가 많았는데, 프랑스 여행에서는 기사 비토리오가 내려주는 에스프레소를 주로 마셨다. 1유로를 내면 차에 비치된 기계에 원두 가루를 담은 작은 곽을 넣어 커피를 내려주었다. 커피를 만드는 동안 차 안에 퍼지는 향긋한 커피향 때문에도 마시지 않을 수 없었다. 지금까지 마셔본 에스프레소 가운데 가장 맛있었다. 비토리오의 에스프레소를 마시려면 일행들보다 일찍 버스로 돌아와야 한다. 커피를 내리는 데 시간이 필요하기 때문이다.

버스가 다시 출발하자, 최낙현 해설사는 『러브 인 프로방스』라는 영화를 보여주었다. 이날부터 돌아볼 프로방스를 이해하는 데 도움이 될 것이라고 했다. 그리고 보면 프랑스를 여행하는 데 참고할 만한 것들이 참 많다. 프랑스의 언론인 출신 감독 로즈 보쉬가 2014년 발표한 이 영화는 딸이 직장을 구한다면서 세 아이를 프로방스에 사는 부모에게 보내면서 일어나는 일들을 담았다. 피는 물보다 진하다고 했던가? 짧게 요약하면 고집불통 할아버지와 여름방학을 보내게 된 아이들이 좌충우돌하는 가운데 할아버지를 이해하게 되고, 할아버지도 알고 보니 괜찮은 구석이 있더라는 뻔한 내용일 수도 있겠다. 그래도 영화를 본 사람들 가운데 프로방스의 풍경과 사람들 사는 모습을 볼 수 있어서 좋았다는 평도 있는 것을 보면 최낙현 해설사가 이 영화를 소개한 이유를 알

것 같다.

그런데 이 영화의 정체가 모호하다. 우선 『러브 인 프로방스』라는 정체 모를 우리말 제목은 '프로방스의 사랑'이라는 의미 같은데, 조손(祖孫)간의 사랑을 의미하는 건지, 손자 손녀들이 프로방스에서 빠진 사랑을 말하는 건지 분명치 않다. 영어 제목은 『My summer in Provence』인데, '프로방스에서 보낸 나의 여름' 정도라서 아이들 시각에서 보면 무난하다. 그런데 프랑스 제목은 『Avis de Mistral』이다. 직역을 하면 '미스트랄의 통보'인데, 영화의 내용을 보면 '날벼락' 정도로 하면 될까?

미스트랄은 프랑스 남부 산악지방에서 리옹 만 쪽으로 부는 북서풍을 말한다. 미스트랄은 오크어의 랑그독 방언(스페인의 카탈루냐 지방 사람들이 쓰는 오크어(Occitan)를 프랑스의 랑그독 지방 사람들도 사용한다.) 가운데 '주인'을 의미하는 단어에서 유래한 것이다. 겨울과 봄에 흔하지만, 다른 계절에도 볼 수 있다. 특히 겨울에서 봄으로 넘어가는 시기에 강하게 분다.

프랑스 북서쪽에 있는 대서양의 비스케이 만에 고기압이, 그리고 남쪽 지중해의 제노바 만에 저기압이 배치되었을 때 차갑고 건조한 바람이 론강 계곡을 따라 흐르면서 가속되는데 시속 66km인 경우도 드물지 않고, 심지어는 시속 185km를 기록한 적도 있다. 바람이 론강이 흐르는 좁은 계곡으로 흘러들면서 벤투리 효과에 따라 가속되기 때문이다. 건조한 미스트랄은 물을 정제시키고 토지를 건조시키는 효과가 있으며, 탁한 공기를 밀어내기 때문에 특히 대기를 맑게 하기 때문에 건강에 유익하다.

기욤 뮈소는 미스트랄의 효과를 이렇게 묘사했다. "미스트랄이 밤하늘 가득 별들을 흩뿌려놓은 탓에 길은 그다지 어둡지 않았다" 맑은 공기는 사물의 색깔을 선명하게 보여주기 때문에 프랑스의 인상파와 후기인상파 화가들이 프로방스를 찾았다. 특히 고흐의 그림 『별이 빛나는 밤에(La Nuit étoilée)』에서는 미스트랄이 부는 겨울밤 하늘에서 별들이 떨고 있는 것을 느낄 수 있다. 영어로는 『Starry night』인데 학생 때 즐겨 듣던 돈 맥클린의 노래 『빈센트』의 도입부, '별이 총총 빛나는 밤(Starry, starry night)'은 바로 이 그림을 나타낸다. 미국의 가수 겸 작곡가 돈 맥클린은 고흐의 동생 테오가 쓴 고흐의 일대기를 읽고 영감을 받아 이 곡을 쓰게 되었다고 전한다. 흔히 고흐가 정신병으로 고통을 받았다고 알고 있지만, 돈 맥클린은 그가 미치지 않았다고 주장하는 노래를 써야겠다는 생각을 하게 되었다고 한다.

다시 미스트랄로 돌아가서, 옛날 프랑스 사람들은 미스트랄의 피해를 줄이기 위하여 사이프러스 나무를 심어 방풍림을 만들었다. 삐죽하니 하늘을 향해 자라는 사이프러스 나무는 틈새가 없을 정도로 빼곡하니 가지를 내기 때문에 바람조차 비집고 들어갈 틈이 없다. 키가 25m에 이르는 늘씬한 모습의 사이프러스 나무는 일부 문화권에서는 죽음과 불멸의 상징이다. 그리스, 로마, 베네치아 시대에는 무덤가에 조경수로 심었다는 나무다. 이란의 야즈드 지방에 있는 사르브 아바카우라는 이름의 사이프러스 나무는 수령이 4,000년에 이르는 가장 오래된 것으로 알려졌다. 그리스 신화에 따르면 아폴로가 가장 좋아하는 미소년 키파리수스가 우연히 사랑하는 사슴을 죽이게 되었다. 슬픔과 후회에 빠진 그는 영원히 울 수 있도록 해달라고 빌었던 그가 사이프러스 나무로 변했다는 것이다. 나무의 수액은 그의 눈물이다.

고흐 이전에는 사이프러스 나무를 그린 화가는 많지 않았던 것 같다. 찾아보니 레오나르도 다 빈치의 『수태고지』, 아르놀트 뵈클린의 『죽은 자들의 섬』 정도가 있다. 그런데 고흐는 사이프러스 나무를 즐겨 그렸다. 1889년 테오에게 보낸 편지를 보면, "사이프러스 나무들은 항상 내 마음을 사로잡는다. 사이프러스 나무를 바라보다 보면 이제껏 그것을 다룬 그림이 없다는 사실이 놀라울 정도다. 사이프러스 나무는 이집트의 오벨리스크처럼 아름다운 선과 균형을 가졌다. 그리고 그 푸름에는 그 무엇도 따를 수 없는 깊이가 있다."라고 적어 그가 사이프러스 나무에 빠진 이유를 알 듯하다.

아를에 가까워지면서 차창 밖으로 익숙한 풍경이 펼쳐진다. 네모반듯하게 나뉜 땅에 물이 흥건하게 고여 있다. 전라도 지방으로 여행할 때 흔히 보는 논이다. 아를 지방은 프랑스에서 유일하게 논농사를 짓는다고 했다. 론강이 지중해로 흘러들면서 만드는 삼각주를 포함하는 930km² 규모의 카마르그 습지의 대부분이 아를 코뮌에 포함되기 때문이다. 이 지역에서 나는 쌀은 태국이나 일본산 쌀보다 가격도 비싸다.

아를 하면 조르주 비제의 모음곡 『아를의 여인』이 떠오른다. 비제는 1872년 알퐁스 도데의 희극 『아를의 여인』에서 사용할 27곡의 극음악을 작곡했는데, 연극이 주목받지 못하면서 비제의 음악 또한 묻혔다. 훗날 소규모 극장의 교향악단용으로 작곡된 27곡 가운데 4곡을 뽑아 대규모 관현악곡으로 고쳐 쓴 것이 호평을 받았다.

도데의 희곡『아를의 여인』은 이루지 못한 사랑에 힘들어하던 청년이 다른 여성과의 결혼식 날 죽음을 선택한다는 줄거리이다. 아를 남쪽 카마그르에 사는 청년 프레데리는 아를의 투우장에서 만난 여인에게 홀딱 빠진다. 하지만 그녀의 방탕한 행동이 알려지면서 마음을 접어야 했다. 결국 어린 시절 친구 비베트와 성혼이 되지만, 결혼식 전날 밤 열린 축하연에 온 그녀가 춤추는 것을 보고는 목숨을 끊고 만다는 비극이다. 도데의 단편「아를의 여인」이나「두 여인숙」을 보면 아를의 여인들은 아름답고 활달한 것으로 그려진다. 마을마다 나름의 특색이 있었던 모양이다.

12시 반 무렵, 아를에 도착했다. 도심에 있는 관광안내소 부근에서 버스를 내려 리스 대로를 따라 서쪽으로 조금 가다 프레지동 윌슨 거리를 왼쪽으로 돌아가면 금세 펠릭스 레이 광장을 만난다. 광장 서쪽에 반 고흐 공간이 있다. 지금은 시민문화회관으로 운영하고 있지만, 고흐가 아를에 머물던 시기에는 오텔 드 상트 에스피릿이라고 하는 아를의 옛 병원이었다.

1888년 폴 고갱이 떠난 뒤에 고흐는 자신의 왼쪽 귀를 잘라냈고, 이 병원에 입원하여 치료를 받았다. '일반화된 섬망이 있는 급성 조증'으로 진단되었는데, 두 차례로 나뉘어 몇 달 동안 입원하여 치료를 받았다. 젊은 의사 펠릭스 레이 박사는 간질일 수도 있다고 기록했다. 입원해 있는 동안 고흐는 정원에서 그림을 그렸다. 그리고 1889년 1월에는 주치의 펠릭스 박사의 초상을 그렸다. 레이 박사의 어머니는 이 초상화를 닭장의 구멍을 막는 용도로 사용했다고 한다. 반 고흐의 공간에는 당시의 정원이 복원되어 있으며, 중정에는 고흐가 그린 작품을 세워놓았다.

고흐가 아를에 처음 도착했을 때는 카렐 식당의 숙박시설에 머물다가 10월에 폴 고갱이 합류했을 때는 론강 변 버스 주차장 아래 있는 라마르틴 광장 부근의 노란 집에 머물렀다. 고흐는 1888년에 『거리』라고도 하는 『노란 집』을 그렸다. 본래의 건물은 1944년 6월 25일 연합군의 폭격으로 피해를 보았다가 나중에 철거되었다. 노란 집 오른쪽으로는 두 개의 철로 아래로 지나는 스탈린 거리가 있다. 왼쪽으로 나가면 트랑커타일 다리가 바라보이는 론강 가에 이른다. 고흐가 그린 『별이 빛나는 밤』의 풍경을 볼 수 있다.

빨레 거리를 지나 뽀럼 광장에 이르렀다. 벽을 노란색으로 칠한 식당 건물이 광장 한 귀퉁이를 차지하고 있다. 반 고흐 카페다. 고흐가 1888년에 『밤의 카페테라스』를 그린 장소다. 벽만 노랗게 칠한 것이 아니라 노란 차양을 드리웠고, 식탁에는 노란 해바라기꽃을 올려놓았다. 처음에는 식당 벽에 해바라기꽃을 그려놓은 것으로 착각했다. 실내도 노랑 일색이다. 벽을 노랗게 칠했을뿐더러 식탁도 노랑이 섞인 밤색으로 보였다. 물론 벽에는 고흐의 화풍에 따라 그린 해바라기 그림들이 걸려 있었다. 이 그림들은 고흐에게 헌정된 것들이라고 한다. 반 고흐 카페에서 커피를 마시면서 고흐와 함께하는 듯한 분위기를 즐겼다.

고흐는 『밤의 카페테라스』를 그린 뒤 누이에게 보낸 편지에서 그림에 대하여 다음과 같이 설명했다. "커다란 노랑 등이 노대(露臺), 전면, 포장도로를 비추고, 거리의 조약돌에 부딪혀 보라색과 분홍색 색조를 띤다. 별이 박힌 푸른 하늘 아래로 이어지는 집들의 박공은 진한 파란색 또는 보라색이며 녹색 나무가 있다. 이제 밤을 그리면서 검은색을 쓰지 않는다. 대신 아름다운 푸른색, 보라색, 초록색을 쓰고, 주변의 밝은 광장은 옅은 노랑 혹은 레몬의 녹색으로 표현한다." 이 그림을 처음 전시회에 내놓았을 때는 『카페, 저녁』이라는 제목을 붙였는데, 고흐가 별이 빛나는 밤하늘을 처음 그린 그림이었다.

이 그림 이외에도 라마르틴 광장에 있는 카페를 밤에 그린 『밤의 카페』가 있다. 고흐가 카페를 화폭에 옮긴 이유를 동생 테오에게 보낸 편지에 이렇게 적었다. "카페는 사람들이 자신을 파괴할 수도 있고, 미칠 수도 있으며, 범죄를 저지를 수도 있는 공간이라고 생각한다. 『밤의 카페』를 통하여 그런 느낌을 표현하고 싶었다. 부드러운 분홍색을 핏빛 혹은 와인 빛 도는 붉은색과 대비해서, 또 부드러운 녹색과 베로네즈 녹색을 노란빛 도는 녹색과 거친 청록색과 대비해서, 평범한 선술집이 갖는 창백한 유황빛의 음울한 힘과 용광로 지옥 같은 분위기를 부각하려 했다."

반 고흐 카페를 떠나 빨레 거리를 되짚어 남쪽으로 내려오면서 옛 교도소, 아를시청, 로마 시대의 유적인 원형극장과 원형경기장, 아를의 동문이던 '기병대 탑'을 지나 론강의 제방으로 올라갔다. 고흐가 『별이 빛나는 밤』에 담은 멀리 보이는 트랑커타일 다리 등의 풍경을 볼 수 있었다.

2시 40분에 아를을 떠나 북쪽에 있는 퐁 뒤 가르에 가서 로마제국 시절 건설한 수도교를 구경했다. 아를의 북서쪽에 있는 님에 물을 공급하기 위하여 서기 40년에서 60년 무렵 건설한 것이다. 알렉상드르 뒤마의 소설 『몬테크리스토 백작』에도 이곳이 등장한다. 바로 퐁뒤가르의 주막인데, 주인공 에드몽 당테스의 이웃에 살던 양복장이 가스파르 카드루스가 주인이다. 그는 당테스가 잘나가는 것을 시기한 나머지 위증을 하고는 훗날 퐁뒤가르에 주막을 열고 아내인 마들렌과 숨어 산다는 설정이다. 벨가르드보다는 보케르에 가까운 장소라고 했는데, 벨가르드는 가르 수도교에서 멀지 않은데 보케르는 어디쯤인지 모르겠다.

5시에 가르 수도교를 떠나 아비뇽으로 가서 숙소에 들었다. 프랑스 여행 7일째인 다음 날 아침에는 레보 드 프로방스, 고르드를 거쳐 엑상프로방스까지 갔다. 8시 반에 아비뇽의 숙소를 출발하여 레보 드 프로방스로 가는 동안 최낙현 해설사로부터 남성 복장에 대한 설명을 들었다. 그리고 보니 목수건과 모자까지 최낙현 해설사의 옷차림이 자연스럽게 어울린다. 향수가 빠질 수 없다. 프로방스 지방을 대표하는 상품이 바로 향수다. 사람들의 마음을 흔드는 마법의 향수를 만들기 위하여 스물다섯 명의 꽃다운 처녀를 살해하는 끔찍한 짓을 마다하지 않는 그루누이의 악마 같은 삶을 그린 파트리크 쥐스킨트의 소설 『향수』를 자연스럽게 인용하는 것을 들으면서 최낙현 해설사의 앎이 얼마나 넓은지 놀랐다.

레보 드 프로방스로 가는 길에는 살구, 복숭아, 체리 등을 생산하는 과수원들이 지나고, 과수원 사이로 펼쳐지는 벌판에는 개양귀비가 가득 피어있다. 가는 길에 생 레미 드 프로방스를 지난 모양이다. 16세기 초에 활동한 프랑스의 천문학자이자 의사이며 예언가인 노스트라다무스가 태어난 마을이다. 라틴어 이름인 노스트라다무스는 '성모(聖母)'의 대변자'라는 뜻이다. 그가 남긴 쿼티렌이라고 하는 4행시 942편은 미래에 일어날 사건을 예언한 것이라고 한다. 그런데 정확한 날짜나 사건을 언급한 것은 아닌 데다가 내용조차 난해하여 다양한 해석이 가능하다. 그래서 프랑스 혁명, 나폴레옹의 출현과 집권, 아돌프 히틀러의 등장과 제2차 세계대전, 달 착륙, 그리고 9.11 사건까지 예언된 것이라고 주장한다. 1522년 몽펠리에 의과대학을 졸업한 그는 예언서를 쓰기 전까지 흑사병을 치료하는 의사로서 명망을 얻었다.

레보 드 프로방스에서는 마을 아래에 있는 빛의 채석장과 10세기 무렵 건설된 보 성을 구경했다. 그리고 10시 반에 고르드를 향하여 출발했다. 고르드까지는 차로 1시간 정도 걸린다. 고르드로 이동하는 중간에 노스트라다무스가 태어났다는 생 레미 드 프로방스를 다시 지나게 되었다. 최낙현 가이드는 이곳에 고흐가 입원하여 요양했다는 생 폴 드 무솔 수도원이 있다면서 원하는 사람이 있으면 잠시 들러보겠다고 안내했다. 잠시 기다렸지만, 손을 드는 사람이 없었다. 필자가 바로 손을 들었어야 한다는 생각을 지금도 하고 있다.

생 폴 드 무솔 수도원은 11세기에 지었는데, 1605년 프란체스코 수도회가 정신병원을 설립했다. 1888년 12월 23일 고흐가 자신의 왼쪽 귀를 스스로 자르는 발작이 일어나 아를의 병원에서 치료받은 뒤 1889년 5월 8일에는 생 폴 드 무솔 정신병원에 자발적으로 입원하였다. 2층에 있는 병실에 입원하였을 뿐 아니라 1층에 있는 방을 화실로 사용할 수 있었다. 그는 병원에서 입원해 있는 동안 정원 풍경, 정물, 그리고 입원하고 있는 환자들을 화폭에 담았다.

그는 병원의 정원 모퉁이를 담은『1889년 10월 생폴 병원의 정원』, 『1889년 생폴 병원의 구석과 지나치게 전지한 나무들이 서있는 정원』 등 두 개의 작품을 그렸다. 에밀 버나드에게 보낸 편지에서 그림에 관한 이야기를 다음과 같이 전했다. "붉은 황토색과 회색을 섞어 어둡게 한 녹색으로 칠하고 검은색으로 윤곽선을 분명하게 했다는 것을 알 수 있을 것입니다. 이것은 불행한 나의 환자 친구들이 종종 겪는 불안감을 나타내려고 했습니다. 그들은 이런 상태를 '붉은색을 본다'라고 말하곤 합니다. 이런 느낌은 낙뢰에 맞은 커다란 나무와 가을 막바지에 있는 꽃의 미소를 창백한 분홍과 녹색으로 표현한 것이 주제를 분명하게 한 것입니다." 지금은 고흐가 사용했던 병실과 화실 등을 빈센트 반 고흐 박물관으로 운용하고 있다.

생 레미 드 프로방스를 지나고, 꺄바이옹과 고르드의 중간쯤 되는 모벡이라는 마을에 있는 식당 라 베르쥐리(La Bergerie, '양들'이라는 의미)에서 점심을 먹었다. 12시가 조금 지나 식당을 출발해서 쿠스텔레에 있는 라벤더 박물관으로 갔다. 일정에 없었지만, 일행 중 누군가 요청이 있었다고 했다. 고흐가 입원했었다는 생 폴 드 무솔 병원에 있는 고흐 박물관보다 볼거리나 배울 거리가 있다는 생각은 들지 않았다. 라벤더 박물관에는 라벤더로부터 유효성분을 추출하는 기술이 발전해 온 과정과 라벤더를 향기 치료제로 사용하게 된 배경 설명과 제품홍보에 무게를 두고 있었다. 라벤더 향수의 제조역사에 관한 것들은 에즈 마을의 성 아래에 있는 갈리마르 향수 제조소에서 많이 배울 수 있었다. 특히 그라스 지역을 중심으로 발전해 온 프랑스 향수 제조의 역사가 잘 정리되어 있었다. 필요한 만큼의 향수도 이곳에서 구입했다.

　라벤더에 대하여 알아보자. 라벤더(lavender)라는 이름은 옛 프랑스어 라반드르(lavandre)에서 유래한 것으로 짐작되며, 이는 씻다는 의미의 라틴어 동사 라바레(lavare)에서 온 것이다. 그런가 하면 '푸르스름한'을 뜻하는 라틴어 리베레(livere)에서 왔을 수도 있다. 로마 사람들은 목욕물에 타거나 의복에 향기를 입히기 위하여 라벤더를 사용했다. 하지만 그리스 의사 페다니우스 디오스코리데스가 라벤더를 귀한 식물이라고 했던 점을 고려한다면 그리스 시대에도 라벤더를 약용으로 사용했을 수도 있다. 라벤더는 꿀풀과에 속하는 47종의 개화 식물이다. 정원과 조경을 위하여 관상용으로 쓰인다. 라벤더에서 추출한 정유는 오랫동안 향수 혹은 의약품으로 사용되었지만, 라벤더가 질병을 치료하거나 건강을 개선한다는 증거는 없다. 약용으로 사용하는 라벤둘라 베라가 좋은 라벤더라고 한다. 덤불을 이루면서 자라는데, 추위에 강하며 해발 800~1,400m의 고지대에서 주로 자란다. 라벤둘라 라티폴리아는 잎이 크고 매끄러우며 키가 큰 편으로 해발 600m 아래의 석회석 토양에서 잘 자란다. 남성 라벤더 혹은 큰 라벤더라고 한다.

　프로방스 지방에는 라벤더의 유래에 관한 전설이 전해온다. 금발과 파란 눈을 가진 사랑스러운 요정 라벤둘라가 시스트롱 인근에 있는 류르 산에서 태어났다. 그녀는 경관을 담은 그림책을 펼쳐 살 곳을 찾다가 프로방스 지방에서 멈췄다. 너무 황량해서 아무것도 경작할 수 없는 땅을 보고 울음이 북받쳤다. 그녀의 눈에서 라벤더 색깔의 눈물이 흘러내리면서 책에 떨어졌다. 황급히 눈을 닦았지만, 책에 떨어진 눈물은 이미 책에 펼쳐진 프로방스의 경관을 물들이고 말았다. 자신의 실수로 생긴 점들을 없애기 위하여 푸른 하늘에 커다란 보자기를 씌웠지만, 그날부터 이 지역에서는 연보라색 라벤더가 자라기 시작했다. 그리고 이곳에 사는 금발 머리를 한 소녀들의 파란 눈에는 라벤더의 연보라색이 반짝이기 시작했다. 늦은 여름 오후에 라벤더꽃이 피는 들판 위에 드리운 하늘을 바라볼 때 더욱 그러하다.

기왕 라벤더 이야기가 나왔으니 앞서 이야기한 파트리크 쥐스킨트의 소설 『향수』에 대하여 조금 더 이야기하자. 이야기의 주인공 그르누이는 냄새에 관하여 천재적인 감각을 가졌지만 정작 자신은 아무런 체취도 없다는 사실을 알고 좌절에 빠진다. 그는 1738년의 한여름에 파리의 어느 시장의 생선 좌판대 밑에서 매독에 걸린 여인의 사생아로 태어난다. 산모는 갓 태어난 아기를 생선 내장을 담은 쓰레기 더미에 버린다. 무슨 운명을 타고 났는지 아기는 살아남았고, 더한 냄새를 참아야 하는 무두장이의 도제로 들어간다.

그르누이는 자신은 체취가 없으면서도 냄새를 맡아 사물을 구별하는 천재성을 가지고 있었다. 성장하면서 세상의 모든 냄새를 맡아 기억하고 그 냄새들을 조합하는 일까지 생각만으로도 가능하였다. 그리말의 도제 시절 이미 뛰어난 체취를 풍기는 여자아이를 살해하고 그 향을 기억하는 짓도 벌인다. 훗날 그라스에서 벌이는 대담한 살인극의 서막을 연 셈이다. 그리고 운명적으로 파리의 유명한 향수 제조자 발디니로부터 조향사 수업을 받게 된다. 그루누이는 "존재하는 것의 영혼은 향이다"라고 말하는 발디니에게 '세상의 모든 것의 향을 잡는 법'을 가르쳐

달라고 한다.

끊임없이 매혹적인 향수를 새로 만들어 고객들을 끌어모아 발디니의 금고를 채워주던 그르누이는 하는 일이 그저 한심하다는 생각에 빠져 세상으로 나간다. 궁극적으로는 사람들의 사랑을 불러일으켜 그들을 지배할 수 있는 그런 향기를 만들어내려 한 것이다. 비법은 자신의 천재성을 발휘하여 매혹적인 향기를 가진 처녀들을 죽여 향기를 얻는 데 있었다. 사실 이 부분을 이해하는 것이 쉽지 않다. 하지만 그가 만들어 낸 마법의 향수 효능은 무서울 정도였다. 살인자로 체포되어 유죄판결을 받은 그르누이였지만, 그가 만든 마법의 향수 냄새를 맡은 사람마다 그가 무죄라고 믿게 된 것이다.

그르누이의 최후는 한 마디로 기괴하다. 납골당에 모여 사는 부랑아들 틈에 끼어든 그가 마법의 향수를 몸에 뿌린 것이다. 부랑아들은 순식간에 그에게 달려들어 그의 몸뚱이를 뜯어낸 뒤에 먹어 치운 것이다. 그리고는 '마음이 날아갈 듯이 가벼워졌고, 자신들의 음울했던 영혼이 갑자기 환하게 밝아졌다. 그들의 얼굴에 수줍은 아가씨 같은 달콤한 행복의 빛이 떠올랐다.'

그루누이가 자신의 최후를 스스로 선택한 것인데 왜 그랬을까 의문이었다. 향수로 세상을 마비시킬 수도 있었고, 왕이 그의 발에 키스하게 만들 수도 있었고, 자기가 메시아라고 교황에게 알릴 수도 있었으며, 맘만 먹으면 더한 것도 할 수 있었던 그루누이였다. 화자는 '그러나 향수의 힘이 아무리 막강해도 할 수 없는 게 있었으니, 자신은 사랑할 수도, 사랑받을 수도 없었다.'라고 했다. 그루누이에게 세상은 덧없고 향수는 부질없고 자신은 초라했다는 생각이 들었던 것일까? 쥐스킨트의 『향수』는 소설로도 성공하였을 뿐 아니라, 2007년에 미국의 톰 튀크베어 감독이 영화로 옮겼다.

사실 필자 개인적으로는 향수라고 해야 매릴린 먼로가 애용했다는 샤넬 No.5 정도밖에 알지 못한다. 사실은 향수를 챙겨 입는(?) 일이 번거롭다고 생각하는 편이다. 그래서인지 프랑스 여행에서 적지 않은 돈을 주고 사 온 향수도 어쩌다 한 번씩 사용하곤 한다. 그래도 프로방스 여행은 향수에 대한 이해를 조금 넓히는 기회였다. (2024년 8월 18일)

빌뉴스(리투아니아)

환상과 현실이 뒤섞인 뫼비우스의 공간

하일지 지음, 『우주피스공화국』(민음사, 2009년)

2019년 8월 17일 인천을 출발하여 폴란드의 바르샤바, 러시아의 월경지 칼리닌그라드를 거쳐 리투아니아, 라트비아, 에스토니아 등 발트연안국을 돌아본 끝에 다시 바르샤바를 경유하여 인천으로 돌아오는 9일짜리 휴가 여행을 다녀왔다. 여행상품의 이름은 '발트해의 석양을 바라보면'이었지만 발트해 연안에 있는 떠오르는 3나라와 2016년의 동유럽 여행에서 빠트린 폴란드의 바르샤바를 돌아보는 여행이었다.

여기에서 이야기하게 될 리투아니아는 발트해 연안에 있는 작은 나라이지만 한 때는 유럽에서 가장 넓은 땅을 지배한 적도 있다. 유럽연합의 지리적 중심을 계산하는 업무를 맡고 있는 프랑스 국립지리원은 1989년 리투아니아의 수도 빌뉴스 북쪽 26km 떨어진 푸르누시케이의 기리자 마을이 유럽대륙의 중심이라고 발표했다.

영어로 리투아니아(Lithuania)라고 부르지만, 리투아니아어로는 리에 투바(Lietuva)인 이 나라의 공식 명칭은 리에투보스 레스푸블리카(Lietuvos Respublika)다. '리에투바'라는 나라 이름이 어디서 유래했는지는 잘 알려지지 않았다. 리투아니아 사람들은 '비'를 의미하는 리투아니아어 'lyti'와 'lietus'에서 유래됐다고 생각한다. 그런가 하면 역사가 아르투라스 두보니스는 리투아니아 대공국 초기의 사회 집단이었던 레이치아이(leičiai)에서 리에투바가 왔을 것이라고 설명한다.

리투아니아 지역은 10세기 이전까지 튀르크 계열의 아바르 카간국과 하자르 카간국의 지배를 받았다. 1253년 7월 6일 빌뉴스를 중심으로 한 발트 부족의 민다우가스가 기독교를 받아들이고 처음으로 통일 국가를 수립하였다. 1386년에는 리투아니아 왕국의 요가일라가 폴란드의 여왕 야드비가와 결혼함에 따라 리투아니아와 폴란드는 동군연합(同君聯合)을 이루었다.

리투아니아-폴란드 연합군은 1410년 타넨베르크 전투에서 튜턴 기사단을 무찌름으로써 독일의 동방 팽창을 저지했다. 리투아니아는 이 시기에 전성기를 맞이했다. 전성기의 리투아니아-폴란드 연합은 발트 해에서 흑해에 이르는 방대한 영역을 지배했다. 당시 유럽에서 가장 넓은 지역을 지배하는 나라였다. 18세기 말에는 연방이 취약해지면서 프로이센 왕국, 러시아 제국, 오스트리아(합스부르크 군주국)의 세 주변국들이 폴란드-리투아니아 연방의 영토를 3차례에 걸쳐 분할해 자국의 영토로 편입시켰다. 리투아니아는 1795년에 러시아 제국에 편입됐다. 리투아니아 사람들은 1795년, 1830년, 1863년 등 3차례에 걸쳐 대대적인 봉기를 일으켰으나 실패하고 말았다.

제1차 세계대전이 일어난 1918년 2월 리투아니아는 독립을 선언하고, 공화국으로 출발했다. 하지만 제2차 세계대전이 발발하면서 소련이 리투아니아를 침공해 점령했다. 리투아니아는 1990년 3월 소련연방 국가 가운데 최초로 독립을 선언했다. 이에 대해 소련은 경제 제재를 가하는 등 압박하다가 1991년 1월에는 군대를 투입했다. 끈질긴 투쟁 끝에 리투아니아는 1991년 9월에 독립을 이뤄냈고, 9월 17일에는 라트비아, 에스토니아와 함께 유엔에 가입했다.

리투아니아 여행은 러시아의 월경지 칼리닌그라드에서 리투아니아의 키바르타이로 입국하면서 시작했다. 빌뉴스로 가는 길에 트라카이에 있는 갈브 호수에서 배를 탔다. 리투아니아에 살고 있는 최대석 씨가 우연히 열기구를 탔다가 발견했다는 한반도의 모습을 닮은 루카 호수, 또는 버나딘 호수와 연결되는 호수이다.

리투아니아의 수도 빌뉴스에서는 빌뉴스 성 스타니슬라오 및 성 라디슬라오 대성당이라는 긴 공식 명칭을 가진 빌뉴스 대성당에서 차를 내려 구경했다. 스타니슬라오 성인과 라디슬라오 성인에게 헌정된 로마 가톨릭 대성당으로 리투아니아 가톨릭의 영적 중심이다.

빌뉴스 대성당 왼쪽으로 돌아가면 리투아니아 국립박물관이 있다. 국립박물관으로 사용되고 있는 건물들과 옛 무기고 뒤편 게디미나스 언덕 위에 있는 윗성 그리고 언덕 아래에 있는 대공 궁전과 리투아니아 대성당을 말하는 아랫성 등을 묶어서 빌뉴스 성 단지라고 한다.

빌뉴스에는 성 단지의 윗성, 아랫성 그리고 네리스강 건너편에 있는 구부러진 성 등 3개의 성이 있었는데, 구부러진 성은 1390년 튜턴 기사단의 침공으로 불탄 뒤로 재건되지 않았다. 빌니아강이 네리스강에 합류하는 지점에 있는 높이 40m 길이 160m의 게디미나스 언덕은 빌니아강의 지류가 감싸는 천혜의 지형으로 1365년부터 시작된 게르만족 튜턴 기사단의 8번에 걸친 공략에도 함락되지 않았다.

게디미나스 언덕에서 내려와 빌뉴스 대성당에서 멀지 않은 성 앤 교회까지는 걸어갔다. 성 앤 교회에서 차를 타고 구시가로 가다 보면 왼쪽으로 작은 개울 건너에 우주피스공화국이 있다. 우주피스공화국은 리투아니아 구시가의 언덕 아래를 흐르는 빌니아강 건너편에 있는 구역이다. 리투아니아어로 우주피스(Užupis)는 '강 너머' 혹은 '강 반대편'을 의미한다. 이승의 번뇌를 해탈하여 열반의 세계에 도달하는 경지를 의미하는 피안(彼岸)이라는 우리말과 상통하는 느낌이 든다. 여기서 강은 빌니아강을 의미하며, 빌뉴스라는 도시 이름도 빌니아강에서 유래한 것이다. 우주피스는 면적이 60헥타르에 불과한 작은 구역이다. 주민은 약 7000명인데 이 가운데 약 1000명이 예술가다. 마을 분위기는 파리의 몽마르트르나 코펜하겐의 프리타운 크리스티아니아와 비교된다.

1998년 4월 1일 이 지역의 주민들은 우주피스공화국을 선포하고, 대통령과 내각의 장관을 정했다. 시인이자 음악가이며 영화감독인 로마스 릴리이키스와 토마스 체페티스가 기초한 헌법, 국기와 국가, 비공식 통화 및 11명의 군인으로 구성된 군대까지 갖췄다. 로마스 릴리이키스가 우주피스공화국의 대통령이다. 우주피스공화국은 매년 만우절인 4

월 1일 하루 24시간만 존재하는 미소 국가(micronation)이다. 미소 국가는 '독립 국가라고 주장하지만, 국제기구는 물론 다른 나라에서도 인정받지 못하는 집단'을 말한다.

우주피스공화국이 낯설지 않은 것은 하일지 작가가 2009년에 발표한 소설『우주피스공화국』덕분이다. 40대의 동양인 남자 '할'이 어느 추운 겨울 리투아니아에 입국해 우주피스공화국으로 가는 길을 찾아 헤매는 과정을 그리고 있다.

할은 아버지의 유골을 묻기 위해 고국 우주피스공화국으로 가는 길이다. 한(Han)이라는 동방 국가에 주재하던 우주피스공화국 대사였던 할의 아버지는 우주피스공화국이 주변 국가에 점령되자 한으로 망명했다. 죽기에 즈음해 우주피스공화국이 독립되면 고국에 묻어달라는 유언을 남겼다.

최근에 고국이 독립했다는 소식을 듣고 우주피스공화국에 가기 위해 빌뉴스에 도착한 할에게 이상한 일들이 꼬리를 물고 일어난다. 택시 운전사는 우주피스공화국으로 가자는 할을 우주피스라는 이름의 호텔에 데려다주는가 하면, 블라디미르라는 사람은 우주피스공화국은 가난한 예술가들이 농담으로 만든 나라라며 놀리기도 한다.

하지만 그런 사람들 틈에서 우주피스 말을 하는 사람을 만나고, 곳곳에서 우주피스공화국의 흔적과 마주친다. 할은 눈길을 뚫고 우주피스공화국으로 향한다. 할이 우주피스공화국을 찾아가는 과정에서 만나는 요르기타라는 이름의 미망인, 눈 덮인 촌락에서 만난 요르기타라는 노파는 같은 사람이고, 그녀들의 남편이 할 자신이라는 의문이 꼬리를 물고 이어진다. 하지만 작가는 끝까지 같은 사람이라고 말하지 않는다.

의문이 풀리지 않은 이유는 할이나 요르기타 모두 서로를 알아보지 못할 뿐 아니라 등장인물 주변의 사물이 익숙하다는 느낌마저도 분명치 않아서다. 할과 요르기타는 서로 왜곡된 시간 사이를 여행하고 있는 것인지도 모르겠다. 빌뉴스의 우주피스 지역이 과거 유대인들이 모여 살던 장소라는 점을 생각해 보면 할이 찾아가는 우주피스공화국은 허공 속으로 산산이 부서져 버린 유대인들의 나라는 아니었을까?

빌뉴스의 공항에서 스쳐 간 요르기타라는 여성은 자기 남편이 우주피스공화국을 찾다가 자살했다는 이야기를 들려주면서 할과 인연을 맺기도 한다. 할은 우연히 길거리에서 만난 꽃 파는 소녀 마리아의 할머니 요르기타가 우주피스공화국의 국민이라고 해서 그녀를 찾아 나선다. 온통 눈으로 덮인 망망한 들판 속에 숨어 있는 아듀티스키스라는 마을에서 만난 요르기타 노파는 자기 남편 역시 우주피스공화국을 찾다가 자살했다는 이야기를 들려준다. 우주피스공화국을 찾아다니다 지친 할은 결국 머리에 권총을 겨누기에 이른다. 이 대목에서 할이 시간을 오가면서 주변 인물들과의 관계를 엮어가는 과정을 뒤쫓고 있다는 생각이 든다. 등장인물은 그렇다고 하더라도 주인공마저도 이런 정황을 전혀 인식하지 못한다는 점이 쉽게 이해되지 않는 부분이었다. 결국 우주피스는 시간 속에 존재하는 공간이라는 생각을 하게 된다.

'할'이 죽은 후 젊은 요르기타는 그의 유품을 정리하면서 요람 속의 아이에게 젖을 물리는데, 그 아이의 이름은 '게르디 할'이다. '할'은 요르기타의 자식이자, 남편이자, 아버지이자, 동시에 사촌오빠이기도 한 것이다. 대체 둘은 무슨 관계인가. 둘의 관계는 우주피스의 존재만큼이나 비현실적이다.

우주피스는 그 자체로 이상향인 동시에, 미궁이라는 뜻을 내포한다. 소설 속에서 엇갈리는 서사와 비합리적이고 몽환적인 분위기는 미궁이라는 의미를 증폭시킨다. 절망적인 언어 단절은 바벨탑의 풍경을 연상시킨다. 비현실적인 지명과 사람들은 '할'이 찾고자 하는 우주피스의 존재를 긍정하는 동시에 부정한다. 기시감을 떨칠 수 없다. 크레타의 미노스 왕이 아테네 최고의 건축가 다이달로스에게 의뢰하여 지은 크노소스 궁은 3차원의 미로였다. 그렇기 때문에 미로 속에 숨어 있는 괴물 미노타우로스를 처치하기 위하여 찾아온 테세우스는 미노스 왕의 큰딸 아리아드네의 도움을 받아 입구에 실을 묶어두고 미궁에 들어가서 미노타우로스를 처치하고 무사히 빠져나올 수 있었다.

하지만 우주피스는 공간에 시간을 더한 4차원의 미로였다. 그리하여 할은 공간을 뒤쫓아 실의 한끝을 쥐고 있는 자신을 만나지만 시간의 왜곡을 뛰어넘을 수가 없었다. 이처럼 소설 속에서 우주피스의 존재는 장소의 개념이 아니라 기억(시간)으로서의 의미를 지닌다. 기억으로서의 의미란 무엇인가. 유년의 기억, 종교, 근원적인 그리움, 사랑, 절망, 언어, 그리고 그것들을 표현한 예술 등에서 우주피스의 존재는 드러나지만, 공간으로서는 부재한다.

우리는 시간과 공간이 동시에 작동하는 현실에 익숙하다. 모든 것을 물질적으로 파악하고 있으며 물리적인 양으로서 가치가 매겨지는 잔혹한 시공간에서 반복적인 삶을 영위한다. 이러한 세계에서 서사란 한 방

양기화의 Book 소리 - 유럽 여행

향을 지니고 그것은 폭력적이며 허무한 귀결을 낳지 않는가. 현실에서 벌어지는 물리적인 사건은 소설 속의 사건을 앞지르고 있으며 새로운 이야기들의 '새로움'은 곧 권태로움으로 귀결된다. 이런 세계에서 재미 있는 이야기들이란 얼마나 허무한 것인가. 하일지는 바로 이 지점을 응 시하는 것이 아닐까? 『경마장 가는 길』에서 마치 녹음한 테이프를 반복 하듯이 집요하게 이어지는 두 남녀의 대화는, 허구로 포장하지 않은 일 상을 그대로 노출한 것처럼.

우주피스공화국을 지나 구시가로 들어선 차는 '새벽의 문' 부근에서 섰다. 고딕양식으로 된 새벽의 문은 타타르의 침공을 방어하기 위하여 1503~1522년 사이에 건설한 빌뉴스의 성벽에 낸 5개의 성문 가운데 하나다. 새벽의 문을 경계로 밖의 거리풍경과 안의 거리풍경은 사뭇 달 랐다. 바깥쪽에 있는 건물은 쇠락해 가는 느낌이었는데, 새벽의 문 안쪽 풍경은 말끔하고 활기가 넘치는 분위기였다. 특히 우리네 모시 직물을 닮은 아마직물(linen)을 파는 가게가 많았다.

새벽의 문에서 좁은 골목길을 따라 내려가다 보면 왼쪽으로 교회가 나온다. 1618년에 지어진 빌뉴스에서 최초이자 가장 오래된 바로크 양 식의 성 카시미르 교회다. 지붕에 올린 왕관이 달린 계단식 반구상 등 화실이 독특하다. 1795년 리투아니아가 러시아의 지배를 받게 되면서 러시아 정교회로 바뀌었다가, 1915년 독일이 점령했을 때는 복음주의 루터교의 기도실로 사용됐다. 1919년 리투아니아의 독립에 따라 잠시 가톨릭교회로 돌아왔지만, 제2차 세계대전 기간에 파괴됐고, 1991년 리투아니아의 독립에 따라 다시 가톨릭교회로 제자리를 찾았다.

성 카시미르 교회의 건너편에 있는 건물은 빌뉴스 시청이다. 빌뉴스 시청은 리투아니아에 있는 3개의 역사적 시청 가운데 하나이다. 빌뉴스는 1387년 리투아니아 대공 요가일라에 의하여 마그데부르크 법에 따른 자치권을 인정받았다. 마그데부르크 법은 신성 로마제국의 오토 1세 황제가 제정한 도시법이다.

시청 광장은 빌뉴스 시의 전통적 행사의 중심이다. 15세기 초반까지 광장에는 소금, 철, 육류를 취급하는 작은 규모의 상점들이 있었다. 모든 상점은 엄격하게 규제받고 있어 자유롭게 상점을 팔거나 양도할 수 없었다. 매년 3월 4일 열리는 카지코 머그레는 17세기 초까지 거슬러 올라가는 빌뉴스의 대규모 민속 예술 및 공예 박람회다.

시청 광장의 분수대에서 가까운 골목으로 접어들었다. 제2차 세계대전 중에 나치 친위대가 운영한 게토 지역이다. 홀로코스트 이전의 빌뉴스에는 최소 6만에서 최대 8만 명의 유대인이 살았다. 1941년 6월 26일 빌뉴스에 입성한 독일군은 9월 6일 이전에 2만 1,000명의 유대인들을 처형했다. 그리고 4만여 명을 빌뉴스의 게토에 수용했다. 게토에 수용된 유대인들도 2년 동안 굶주림, 질병, 학대, 거리 처형 등에 희생되거나 강제수용소로 이송되는 등 살아남은 사람이 없었다. 그럼에도 불구하고 빌뉴스의 게토에 거주한 사람들의 지적이고 문화적 삶을 유지하여 게토의 예루살라임이라고 했다. 전쟁 전에 빌뉴스는 리투아니아의 예루살렘으로 알려졌다.

게토 골목에는 아마직물이나 호박을 파는 가게들과 식당들이 이어져 있었다. 골목 위에는 열기구를 걸어 이채로웠는데, 어쩌면 축제 기간이었는지도 모르겠다. 골목의 끝에는 빌뉴스 게토 기념물이 있다. 건물의 담장에 희생자의 사진을 걸어두거나, 게토에 살던 사람들의 모습을 그려놓았다.

골목을 빠져나가면 빌뉴스 대학이다. 도서관 그리고 철학과 건물이 이어진다. 그 맞은편으로는 리투아니아 대통령궁이다. 아치형의 출입문에는 철창으로 된 문을 달았는데, 문 사이로 보이는 정원에는 2018년 리투아니아 독립 100주년을 맞아 설치해 둔 장식을 볼 수 있었다.

대통령궁을 끝으로 빌뉴스 구시가지의 구경을 마쳤다. 도로에 나와 보니 바로 빌뉴스 대성당 앞이다. 그리고 보니 종탑이 대성당과 떨어져 있는 모습이 생소하다. 종탑 가까이 대성당 광장에는 가지런하게 새겨진 발자국과 함께 '기적'을 의미하는 리투아니아어 '스테북클라스(Stebuklas)'라는 단어를 새겨놓은 쪽매가 있다. 단어의 앞뒤에 있는 'S'는 하나로 겹쳐 썼다. 이 타일에는 발꿈치를 대고 시계방향으로 3바퀴를 돈 후, 한번 뛰고 박수를 치면 소원이 이뤄진다는 지역 미신과 발트 연안국가 사람들이 이뤄낸 역사적 기적이 함께하고 있다.

1989년 베를린 장벽이 무너지면서 소련 사회가 변화의 조짐을 보이고 있던 8월 23일, 200만 명에 이르는 발트해 연안국가 국민들이 손을 맞잡고 나섰다. 에스토니아의 탈린에서 시작해 라트비아의 리가를 거쳐 이곳 리투아니아의 빌뉴스에 이르는 675.5km의 거리를 서로 손을 잡아 이었다. 바로 발트의 길을 완성한 것이다. 발트의 길은 이곳 빌뉴스의 스테북클라스에서 끝났다. 발트 연안국가 사람들의 평화적 시위가 결실을 거둬 7개월 뒤에는 리투아니아가 소련의 공화국 가운데 처음으로 독립을 선언할 수 있었다. 스테북클라스가 기적을 일궈낸 셈이다.

빌뉴스 대성당을 오른쪽으로 돌아가면, 뒤에 있는 하얀 건물은 리투아니아 대공 궁전이다. 성당과 대공 궁전은 앞서 이야기했던 빌뉴스 성단지의 아래 성이다. 리투아니아의 황금기를 연 지기만타스 1세 세나시스와 그의 아들 지기만타스 3세 아우구스타스(Žygimantas III Ausgutas)의 치세에 궁정의 정원과 건물을 확장했다. 당시 유럽에서 가장 많은 책과 걸개그림(tapestry)을 사들였을 뿐 아니라, 바티칸보다 많은 보물을 소장하고 있었다고 한다.

대공 궁전의 앞에 있는 동상은 리투아니아 대공국을 창설한 게디미나스인데, 빌뉴스의 건설과도 연관이 있다. 전설에 따르면 게디미나스가 빌니아강이 네리스강과 합류하는 스벤타라기스 계곡의 신성한 숲으로 사냥을 나갔다. 어느 날 사냥을 마치고 잠을 자는 동안 꿈을 꿨는데, 언덕 위에 서있는 거대한 철늑대가 마치 수백 마리의 늑대가 울부짖는 것처럼 큰소리로 울부짖는 꿈이었다.

잠에서 깬 왕은 제사장 리즈데이카에게 꿈을 해석해달라고 요청했고, 제사장은 다음과 같이 말했다. "이는 왕과 리투아니아의 운명에 관한 것입니다. 철늑대는 당신이 이곳에 세울 도시와 성을 나타냅니다. 이 도시는 리투아니아의 왕이 살며 나라를 다스리는 곳이 될 것입니다. 왕이 이룬 영광이 세상에 울려 퍼질 것입니다."

쉽게 말해서 철늑대가 올라앉아 울고 있던 언덕에 왕의 기운이 서려있으므로 성을 짓고 살면 왕국이 번영할 것이라고 예언한 셈이다. 이에 왕은 제사장의 말에 따라 철늑대가 서있던 언덕에 도시를 건설하고 근처를 흐르는 빌니아강의 이름을 따서 빌뉴스라고 했다. (2024년 7월 17일)

사라예보(보스니아 헤르체고비나)

1992년, 총알이 빗발치는 사라예보 거리에서 연주하는 첼로 연주가

스티븐 갤러웨이 지음, 『사라예보의 첼리스트』(문학동네, 2008년)

2024년 5월에 떠난 발칸반도 9개국을 연결하는 여행은 아내와 함께한 스무 번째 해외여행이었다. '가보지 못한 낯선 유혹'이란 주제로 슬로베니아, 크로아티아, 보스니아 헤르체고비나, 몬테네그로, 알바니아, 북마케도니아, 불가리아, 루마니아, 세르비아 등 9개 나라의 20곳을 14일에 걸쳐 돌아보는 빠듯한 일정이다. 사라예보는 이 여행을 떠나게 한 중요한 이유였다. 카르스트 헨이 쓴 『책 산책가』에는 읽은 책 속의 모든 장소를 여행하는 책방주인의 이야기가 나온다. 『양기화의 BOOK소리-유럽여행』에서 다룬 26편의 책들은 대부분 여행을 다녀와서 읽었지만, 여기 소개하는 『사라예보의 첼리스트』는 책을 읽고서 여행지를 고른 유일한 책이다.

사라예보는 보스니아 헤르체고비나의 수도이다. 보스니아인(인구의

48%), 세르비아인(37%), 크로아티아인(14%) 등 3대 민족 집단으로 구성된 보스니아 헤르체고비나는 민족보다는 지명을 지칭하는 말로 쓰인다. 이 나라는 정치적으로 보스니아인과 크로아티아인 중심의 보스니아 헤르체고비나 연방(국토의 51%)과 세르비아인 중심의 스릅스카 공화국(48.5%)으로 사실상 갈라져 있다. 다만, 브르치코 행정구는 양측 모두에 속한다.

보스니아 헤르체고비나는 제2차 세계대전이 막바지에 이르렀을 때 요시프 브로즈 티토의 주도로 성립한 유고슬라비아 사회주의 연방 공화국을 구성하는 여섯 개의 공화국 가운데 하나였다. 1980년 유고 연방을 이끌던 티토가 1980년 사망한 뒤 경제가 붕괴하면서 위기에 빠지자 1990년대 초반부터 민족주의가 대두되기 시작했다. 1991년 슬로베니아와 크로아티아가 분리 독립하면서 보스니아 헤르체고비나 역시 1992년 4월 5일 독립을 선언했다. 슬로베니아와 크로아티아의 독립선언은 세르비아와 크로아티아의 민족주의 대결 양상을 촉발시켰다. 결국 이슬람국가인 보스니아의 독립선언으로 민족 청소라는 신조어까지 만들어내며 유고슬라비아 전쟁은 참혹한 상황으로 빠져들었다. 세르비아에서 비교적 먼 슬로베니아와 크로아티아는 금세 독립을 쟁취했다. 반면 보스니아의 경우는 세르비아에서 가까운 데다가 주민 가운데 세르비아계의 비중이 커서 두 세력 간의 전투가 오래 이어졌다.

2015년에 슬로베니아, 크로아티아 그리고 보스니아 헤르체고비나를 여행할 때는 사라예보가 일정에 빠져있어 아쉬움이 컸다. 사라예보는 제1차 세계대전이 발발하는 빌미가 됐던 사건의 현장이다. 1914년 6월

28일 청년 보스니아라는 민족주의 조직에 속한 18세의 청년이자 대학생이었던 가브릴로 프린치프가 사라예보를 순방 중이던 오스트리아-헝가리 제국의 황위 계승자인 프란츠 페르디난트 폰 외스터라이히에스테 대공과 조피 초테크 폰 호엔베르크 대공비 부부에게 총격을 가해 살해한 사건 말이다.

그즈음 러시아의 지원을 받으며 남슬라브를 결집시키던 세르비아왕국의 움직임에 민감하던 오스트리아-헝가리 제국은 독일제국의 빌헬름 2세의 지원 약속에 힘을 얻어 7월 28일, 세르비아에 전쟁을 선포했다. 러시아 역시 7월 29일 총동원령을 내렸다. 전쟁은 오스트리아-헝가리 제국이 시작했지만 이내 독일제국이 주도하여 오스만제국과 불가리아 왕국을 끌어들여 동맹국을 구성하였다. 이에 대항하는 연합국으로는 독일이 선전포고한 러시아와 프랑스를 비롯하여 영국을 주축으로 미주대륙과 아시아의 여러 국가가 포함되어 세계대전의 양상을 띠게 되었다. 전투는 1918년 11월 11일 독일이 항복할 때까지 주로 유럽을 중심으로 벌어졌다. 전쟁은 연합국의 승리로 끝났고, 그 결과 독일제국, 오스만제국, 러시아 제국, 오스트리아-헝가리 제국이 해체되었다. 유럽 및 중동에서 여러 나라들이 독립하였으며, 독일과 오스만제국의 식민지는 영국이나 프랑스 등이 나누어 가졌다.

사라예보는 보스니아전쟁 기간 중인 1992년 4월 5일부터 1996년 2월 29일까지 무려 1,425일 동안 세르비아계인 유고슬라비아 인민군과 스릅스카 공화국군에 의하여 포위되었다. 사라예보 포위전은 현대전쟁 사상 가장 긴 포위 기간이다. 사라예보를 포위한 세르비아계 병력은

13,000명에 불과했고, 포위된 사라예보에 주둔한 보스니아군은 70,000명이었지만, 무장에서 차이가 있었고, 지형적으로도 불리했기 때문에 보스니아군은 수비에 급급할 수밖에 없었다.

사라예보는 산으로 둘러싸여 있고 서쪽으로만 열린 분지에 위치한다. 사라예보 주변의 고지를 선점한 세르비아 민병대는 대포, 박격포, 전차, 대공포, 중기관총, 로켓 발사기, 지대공미사일 등 중무기로 포격하였을 뿐 아니라 시내의 전략적 요충지를 점령하고 저격수를 동원하여 시민들의 통행을 위협하기까지 했다.

병력의 열세로 단숨에 사라예보를 점령할 수 없었던 세르비아계는 사라예보를 봉쇄하고 식량과 의약품의 보급은 물론 전기, 물, 난방 등 일상생활에 필요한 것들 모두 차단했다. 그럼에도 불구하고 사라예보 시민들은 투항하지 않았다. 3개월이 지난 뒤 사라예보공항이 안전지역으로 편입되면서 유엔이 지원하는 보급품으로 연명할 수 있었기 때문이다. 이듬해 중반에는 굴길까지 완성되어 사라예보를 세르비아계의 포위망을 뚫고 외부 세계로 연결시킬 수 있었다. 굴길을 통하여 도시를 지키는 데 필요한 무기와 생활용품을 들여올 수 있었던 것도 큰 힘이 되었다. 일부 시민들은 굴길을 통하여 사라예보를 탈출하기도 했다.

자원해 나선 사라예보 시민들은 1993년 4월부터 3개월간에 걸쳐 사라예보 국제공항이 있는 부트미르에서 공항 활주로 밑을 통과해 보스니아 헤르체고비나 연방과 스릅스카 공화국의 경계 지역인 도브리냐를 잇는 굴길 'Objekt D-B'을 건설했다. 이 굴길은 이제 '사라예보 굴길' 혹은 일명 '희망의 굴길'이라는 이름으로 관광명소가 됐다.

『사라예보의 첼리스트』는 사라예보 포위 당시에 있었던 일들을 재구성한 소설이다. 이 작품에 등장하는 주요 인물은 사라예보 교향악단의 첼로연주자, 대학 사격선수단 소속의 애로, 회계사 보조로 일하는 케난, 은퇴를 앞둔 제빵사 드라간 등이다. 작가는 네 사람의 등장인물을 통하여 세르비아계에 포위된 보스니아 사람들의 절박한 삶을 생생하게 전한다. 1992년 5월 27일, 하루를 연명할 빵을 사기 위하여 빵 가게에 길게 줄을 섰던 사람들을 향해 날아온 포탄은 22명의 무고한 생명을 앗아가고 100명에게 부상을 입혔다. 그다음 날부터 사건 현장에 나타난 첼로 연주자는 알비노니의 「아다지오 G단조」를 연주하기 시작했다. 희생된 한 사람 한 사람에게 헌정되는 연주는 22일 동안 이어졌다. 그리고 세르비아계의 공격에 맞서 저격수로 변신한 애로는 세르비아계 저격수로부터 첼로 연주자를 보호하는 임무를 맡게 된다.

세르비아계 저격수의 위협은 드라간의 외출에서 생생하게 그려진다. 저격수들에게 노출되지 않도록 건물의 그늘을 따라 걸으면 그나마 안전하지만, 도로를 건너야 하는 교차로에 이르게 되면 사람들은 망설일 수밖에 없었다. 교차로를 안전하게 건너기 위하여 사람들은 갈지자(之)로 달리거나 100m 경주를 하듯 빠르게 달려야 했다. 누군가가 먼저 나서서 안전하다는 것을 알기까지 기다리는 사람도 있고, 사정이 있거나 성미가 급한 사람이 선뜻 나서기도 했다. 작가는 드라간을 통하여 그 순간 사람들이 느끼는 심리적 고통을 그려냈다.

드라간은 전쟁이 시작되기 전에 아내와 열여덟 살 된 아들을 이탈리아로 탈출시키고는 여동생과 함께 살고 있다. 저자는 드라간을 통해 한 도시의 소멸 과정을 나타내기도 한다. "처음 전쟁이 시작되었을 때, 그는 기억 속의 도시를 잃어버리지 않기 위해, 가능한 한 원래 모습 그대로 마음에 간직하기 위해 노력했다. (…) 하지만 시간이 흐르면서 사물을 있는 그대로 보기 시작했고, 그러던 어느 날 자신이 심지어 마음속에서도, 더 이상 도시의 소멸에 저항하고 있지 않음을 깨달았다. 주위에 보이는 것만이 단 하나의 현실이었다." 그럼에도 불구하고 드라간은 자신이 살고 있는 세상에 머물고 싶다는 사실을 깨닫는다. 죽음을 두려워하면서도 '그렇게 두려워할 만큼 자기 삶이 가치가 있는가?'라는 의문을 가진다. 한편으로는 곧 죽을 수도 있다고 인식하면서도 '찾아올 공포에 맞설 수 있을까?' 하는 질문에 대하여 '그렇다'라고 생각하는 자신에게 놀라기도 한다.

케난은 정기적으로 도심에서 떨어진 언덕에 있는 양조장으로 물을 뜨러 간다. 같은 아파트 아래층에 살고 있는 리스톱스키 부인의 몫까지 여러 개의 물통을 챙겨 들고, 거리를 지나고 다리를 건너가야 하는 먼 길이다. 이러한 케난의 모습을 통하여 당시 사라예보 시민들의 힘든 일상을 엿볼 수 있다. 그러던 어느날 케난이 양조장에 물을 뜨러 갔을 때, 포탄이 떨어져 여러 사람이 죽고 다친다. 포탄이 떨어진 현장에서 케난은 세 가지 유형의 사람들을 발견한다. 먼저 포탄이 떨어지자마자 도망친 사람들, 즉 이타심이나 시민의식보다는 자기보호본능이 강한 사람이 있고, 도망치지 않은 사람들 가운데는 살 가망이 있는 사람들을 돕는 시민의식이 투철한 사람 그리고 멍하니 서서 다른 사람들이 도망치거나 구조하는 모습을 지켜보는 사람 등이다. 케난은 마지막 유형이다. 한순

양기화의 Book 소리 - 유럽 여행

간 몸의 균형을 잃고 쓰러지면서 그는 자신이 지쳤다고 생각한다. '원한 적도 없고 창조하는 데 가담한 적도 없으며 차라리 없었으면 좋을 이 세상에서 살아가느라 지쳤던 것'이다.

작가는 네 사람의 등장인물 모두에게 중요한 의미를 부여하지만, 첼로 연주자의 경우는 특별하다. 첼로 연주자가 사고 현장에서 연주할 곡목으로 알비노니의 「아다지오 G단조」를 고른 이유는 이렇다. "폐허가 된 도시 풍경에서 거의 지워졌던 무언가가, 다시 해롭고 가치 있는 것으로 재건될 수 있다는 사실에 그는 희망을 품는다. 이제 희망은 포위당한 사라예보 사람들에게 남아있는 정말 몇 안 되는 것 중 하나이며, 그 마저도 대두분의 사람들에겐 하루하루 줄어들고 있다." 첼로연주자 스스로도 스물두 번의 연주를 마칠 수 있을지 확신할 수 없었지만, 사라예보 시민들이 희망의 끈을 이어갈 수 있도록 북돋워 주기 위하여 위험을 무릅썼다. 이런 사정을 알게 된 세르비아계는 첼로 연주자를 저격해야만 했고, 보스니아 군에서는 그를 보호해야 했다.

알비노니(1671년~1751년)의 「아다지오 G단조」에는 특별한 사연이 있다. 이 곡은 제2차 세계대전이 끝난 1945년에 세상에 알려졌다. 비발디와 함께 18세기 바로크 시대의 베네치아악파를 대표하는 알비노니의 전기를 준비하던 밀라노의 음악학자 레모 지아조토는 전쟁으로 폐허가 된 독일 드레스덴의 국립 도서관에서 필사본 악보 조각을 발견했다. 몇 마디의 선율과 베이스가 적힌 악보 조각을 본 지아조토는 알비노니가 1708년경 작곡한 「교회소나타 작품 4」의 일부분일 거로 생각하였다. 그리하여 악보를 바탕으로 현재의 「알비노니의 아다지오」가 된 「오르간이 딸린 현악 합주를 위한 아다지오 G단조」를 완성한 것이다.

파이프오르간의 웅장한 선율에 화답하는 첼로의 애처로운 선율은 듣는 사람의 가슴을 저리도록 만든다. 첼로로 연주하는 「알비노니의 아다지오」의 묵직한 선율은 듣는 사람들의 마음에 강한 울림을 주었을 것이다. 심지어는 세르비아계가 보낸 저격수도 첼로 연주자의 연주에 마음을 빼앗기고 있었다. "저격수가 조준기로 첼로 연주자를 겨눈다. 애로는 총을 쏘려다 멈춘다. 저격수의 손가락이 방아쇠 위에 올려있지 않다. (…) 음악은 거의 끝나 가는데, 그는 1밀리미터도 움직이지 않는다. (…) 그의 고개가 뒤로 약간 젖혀진다. 그의 감긴 눈을 본 그녀는 그가 더 이상 조준기를 보고 있지 않다는 사실을 안다. 그가 뭘 하고 있는지 알겠다. 너무도 명백한, 틀릴 여지도 없는 사실이다. 그는 음악을 듣고 있다." 같이 듣고 있는 그녀까지도 슬프게 만드는 음악이다. 무겁고 느린 슬픔, 눈물을 자아내지는 않지만 울고 싶게 만드는 그런 종류의 슬픔 말이다.

첼로 연주자를 보호하라는 임무를 맡게 된 애로는 세르비아계 저격수를 유인하기 위한 덫을 놓는데, 상대편 저격수 역시 자신을 목표로 덫을 놓았다는 사실을 뒤늦게 깨닫게 된다. 다행히 상대방이 쏘기 직전에 발견할 수 있어 죽음을 면하고, 거꾸로 마음을 놓은 상대방을 저격하는 데 성공한다. 그녀는 방아쇠를 당기기 전에 이 남자를 죽이고 싶지 않다는 생각과 이 남자를 죽여야 한다는 생각이 교차하면서 많은 갈등을 느낀다.

케난은 물을 뜨기 위하여 양조장에 갔다가 포격을 당한 이후로 매일 첼로연주를 들으러 간다. 매일 오후 네 시, 그 거리에 도착한 케난은 벽에 등을 기대고 서서 도시가 다시 살아나고 주민들이 겨울잠에서 깨어나는 모습을 지켜본다. 첼로 연주자가 약속한 스물두 번째 연주가 있던 날, 근처에 몸을 숨긴 애로는 느린 현의 진동을 받아들이면서 가슴이 먹먹해지고 눈물이 흘러내리는 것을 막을 수 없었다. 연주를 끝낸 첼로연주자 역시 오랫동안 일어나지 않고 울었다. 이윽고 자리에서 일어난 첼로 연주자는 박격포탄이 떨어진 웅덩이를 채우고 있는 꽃 더미로 다가가 그곳에 첼로 활을 떨어뜨린다. 첼로 연주자가 사라진 뒤, 애로도 거리로 내려가 첼로 연주자가 떨어트린 활 옆에 자신의 소총을 내려놓는다. 그녀의 이름은 알리사였다.

이야기에 등장하는 드라간은 세 사람과 동선이 겹치지는 않는다. 작가가 드라간을 통하여 이야기하고 싶었던 것은 사라예보를 지켜보는 국외자의 시선이 아니었나 싶다. 세르비아계 저격수들이 좋아하는 건널목에 사진기를 세우고 저격의 순간을 포착하려는 사진사도 등장한다. 저격의 위험을 인식한 듯 사진사는 방탄복으로 자신을 보호하고 결정적 순간을 포착하기 위하여 주변을 살핀다. 길을 건너려다가 사진사를 본 한 남자는 길을 건너기에 앞서 옷매무새를 단장한다. 그 순간을 작가는 이렇게 묘사했다.

"저격수는 나름의 이유가 있는지 총을 쏘지 않는다. 남자가 맞은편에 도착하자, 사진사가 실망한 눈치다. 남자가 뛰는 모습을 사진에 담지 못했기 때문이다. 그의 실망에 드라간은 화가 나고, 마치 동물원의 짐승이 된 듯한 기분이 든다." 사라예보의 비극적 상황이 외부 세계의 저녁 뉴스를 타게 되면 사람들은 끔찍한 참상에 대하여 한마디씩 거들 수는 있 겠지만 별다른 생각은 하지 않았을 것이다. 그리하여 드라간은 자신이 무엇을 해야 하는지를 깨닫는다. 지금까지와는 달리 건널목에 총을 맞 고 숨겨있는 남자를 끌어내기 시작한 것이다. 저격수의 표적이 될 수도 있음에 용기를 낸 것이다. 현실을 인식하고 적극적으로 개입하게 된다.

2024년 두 번째 발칸 여행의 4일 차에 사라예보를 찾았다. 전날 크로 아티아의 스플리트를 구경하고 남쪽으로 내려와 보스니아의 네움에 있 는 숙소에서 쉬었다. 8시에 숙소를 나서 사라예보에 도착한 것은 12시. 서쪽에서 사라예보에 접근한 차는 동서로 이어지는 대로를 따라 도시 를 가로질렀다. 널따란 대로를 따라 그리 멀지 않은 거리를 유지하면서 야트막한 언덕들이 이어진다. 큰 산맥에서 흘러내리는 능선 사이의 계 곡을 따라 도시가 발달한 것이다. 길가에 고층 건물이 듬성듬성 서 있 다. 총알 자국이 여전히 남아있는 낡은 건물은 내전 당시에 있던 건물 일 것이고 현대식으로 개성을 뽐내는 건물은 최근에 지은 것이리라.

금강산도 식후경. 차에서 내려 식당으로 갔다. 주식은 양고기를 다져 소시지처럼 만든 체밥치치에 터키식 빵과 감자튀김을 곁들였다. 후식 은 터키식 홍차까지 나온 것을 보면 이곳에 오스만제국의 영향이 진하 게 남은 것을 알겠다.

1시에 식당을 나와 라틴 다리로 갔다. 사라예보의 중심을 흐르는 밀 랴츠카강은 폭이 넓지 않아 개울 정도로 그 위에 놓인 라틴 다리도 뭔 가 있어 보이는 이름과는 달리 여느 동네에서도 볼 수수한 다리였다. 황태자 부부는 라틴 다리 부근을 지나다 총격을 받은 것이라서 라틴 다리 자체에 역사적 의미를 부여하기가 어렵겠다. 두 사람은 사라예보에서 열리는 군사훈련을 참관하기 위해 이곳을 방문했다. 비밀단체 청년 보스니아는 이 기회에 황태자를 암살하기 위한 계획을 수립했다. 9시 20분 사라예보역에 도착하여 이동 중인 황태자 부부를 아펠강 둑에서 저격하려는 첫 번째 시도가 실패했다. 이어서 10시 10분에는 수류탄을 던졌지만, 차에 맞고 튕기는 바람에 역시 실패했다.

암살 기도가 있었음에도 황태자 부부는 외부 활동을 자제하지 않고 2차 암살 기도 때 부상을 입은 수행원의 병문안을 고집했다. 그런데 황태자의 동선에 착오가 생겼고 라틴 다리 부근에서 이를 바로 잡느라 서행하게 됐다. 암살계획이 실패했다고 생각했던 프린치프는 평소 잘 다니던 찻집 모리츠 실러 주변을 서성이고 있었다. 우연치 않게 황태자 부부가 탄 차가 갑자기 나타나자 바로 총을 빼 들어 쏜 것이 명중하면서 황태자 부부는 현장에서 절명하고 말았다.

라틴 다리를 떠나 무역상들의 숙소 터가 남아있는 타슬리한을 지나 세르비아 정교회 회당으로 갔다. 이 교회는 테오토코스의 탄생을 기념하기 위하여 사라예보 정교회 본당의 요청으로 1863년에서 1868년 사이에 건립되었다. 교회 앞 공원에는 여러 기념물이 있는데 다음에 소개하는 『드리나강의 다리』를 쓴 이보 안드리치의 흉상도 있다.

공원에서 나가면 사라예보 기독교의 상징인 성심 대성당이 있다. 성심 대성당은 비엔나의 바론 카를 슈발츠가 예수 성심을 기리기 위하여 지었다. 건축가 요십 방카스는 프랑스 디종에 있는 노트르담 성당에서 영감을 얻어 로마네스크양식의 부흥 요소가 가미된 신고딕 양식으로 설계했으며, 1884년 8월 25일에 건설이 시작되어 1887년 11월 9일에 완공되었다. 사라예보 공성전 중에 손상을 입었지만, 이후 손상이 복구되었다. 성심 대성당은 도시의 상징으로 간주된다. 대성당 문 위의 장식은 사라예보 주의 깃발과 문장에 인용되었으며 로마네스크양식의 탑은 사라예보시의 깃발과 문장에 들어있다.

대성당 앞의 길에는 점점이 박혀있는 붉은 무늬를 보았다. 보스니아 전쟁 때 보스니아군이 쏜 포탄이 떨어진 곳을 메우고 붉은색을 칠해놓은 것으로 '사라예보의 붉은 장미'라고 부른다. 포탄이 떨어진 곳 모두에 붉은색을 칠한 것이 아니라 적어도 3명 이상이 희생된 장소라고 하는데 사라예보의 거리에는 200개가 넘는 붉은 장미가 그려져 있다고 한다.

성심 대성당 앞에 있는 좁은 길을 따라 동쪽으로 조금 가면 첫 번째 오른편 골목길 모퉁이에는 인류애에 반하는 범죄와 인종청소 박물관이 있다. 그리고 조금 더 가면 가즈 하스레브베이 회교 사원이 있다. 1530년에 당시 보스니아의 오스만 총독이 지은 이 사원은 보스니아 헤르체고비나에서 가장 큰 역사적 회교 사원이자 발칸 반도에서 가장 대표적인 오스만 건축물 중 하나이다. 건축 당시부터 사라예보의 중앙 회교 사원이었으며 오늘날 보스니아 헤르체고비나 무슬림의 주요 회중 사원으로 사용된다. 막탑과 마드라사 (이슬람 초등 및 중등학교), 베지스탄(보관형 시장), 함맘(공중 목욕탕)이 포함된다. 이 모스크는 오스트리아-헝가리 제국 시대인 1898년에 전기와 전기 조명을 받은 세계 최초의 회교 사원이었다.

이 지역에는 가톨릭 성당, 이슬람 모스크 그리고 정교 교회당이 모여 있는데, 라틴 다리 아래쪽에 유대교 회당이 있어 4대 종교의 예배당이 모여 있는 셈이다. 이처럼 인류 4대 종교의 예배당이 활동하는 장소로는 예루살렘과 사라예보 두 곳뿐이다. 그런 이유로 사라예보를 유럽의 예루살렘이라 부른다.

4대 종교의 예배당 내부에는 들어가 보지는 못했고 전통시장으로 이동하여 구경했다. 청동을 다루는 장인의 솜씨를 지켜보았다. 전통시장을 둘러보는 사이에 빗낱이 듣는다, 예보로는 10%의 확률이라 했는데도 비가 내리는구나 싶었다.

자유시간에 밀랴츠카강 변으로 나가 『사라예보의 첼리스트』에 나오는 저격이 가능한지 살펴보았다. 사라예보는 분지를 동서로 흐르는 밀랴츠카강의 남쪽과 북쪽 강변을 따라 시가지가 형성되었다. 특히 동남쪽은 산간에 가까워 세르비아 민병대가 장악하여 요새를 건설하고 강의 남쪽 시가까지 점령하였다. 이들은 점령지역의 무슬림들을 약탈하고 살해하거나 추방하였다. 사라예보 주민들을 굴복시키기 위하여 산악 요새와 강남의 고층 건물들을 거점으로 삼아 사라예보 강북의 중심가를 통행하는 민간인을 저격하였다.

강남의 고층 건물에서 강북을 내려다볼 수 있던 세르비아 민병대는 낮에 무차별 저격으로 밤에 도시를 포격하는 방식으로 사라예보를 고사시켜 나갔다. 특히 저격수가 이 포위전의 가장 큰 비극으로 여겨지곤 하는데, 이는 순전히 민간인을 향한 무차별 테러였기 때문이다. 강북의 시가지 전역이 저격수들의 가시권에 있었고, 시민들은 저격수의 재장전

타이밍을 노려 달리거나 극소수 무장한 시민들의 반격을 틈타 이동하거나, 또는 후일 투입된 유엔 평화유지군 장갑차의 엄호를 받으며 도시를 왕래할 수밖에 없었다.

3년간의 무차별 저격과 포격으로 생명을 잃은 사람은 11,541명에 달했는데, 이들 중에는 1,600명에 달하는 어린이가 포함되었다. 그뿐만 아니라 유엔 평화유지군도 저격 대상에 포함되었다. 오늘날 홀리데이 호텔 인근의 강변도로와 시가지에는 '저격수 거리'라는 표지판을 달아 당시의 끔찍한 상황을 기억하고자 한다.

짧은 방문이었지만 아직도 남아있는 끔찍한 인종청소의 범죄 현장을 마음에 새긴다. 2시 반에 일정을 마치고 모스타르로 향한다. 이곳 역시 평화롭게 살아온 주민들을 갈등 속으로 몰아넣어 서로 총부리를 겨누게 만든 비극의 현장이다.

지금까지는 먼 남의 나라 이야기라고 생각했지만, 현장에 남아있는 끔찍했을 것 같은 당시의 흔적들을 직접 확인하면서 떨리는 마음을 겨우 진정시킬 수 있었다. 겪어보지는 못했지만, 우리 역시 그들과 별로 다를 것 없는 역사가 있는 만큼, 그런 참상이 다시 일어나지 않도록 경계할 필요가 있겠다. (2024년 8월 15일)

티라나(알바니아)

후계자의 죽음을 둘러싼 인물들의 공포반응

이스마일 카다레 지음, 『누가 후계자를 죽였는가』(문학동네, 2008년)

알바니아는 2024년 5월에 떠난 발칸반도 9개국을 연결하는 여행길에 포함되었다. 아내와 함께 스무 번째 해외여행이었다. '가보지 못한 낯선 유혹'이란 주제에 잘 어울리는 나라였다. 여행 6일째 되는 날 아침에 몬테네그로의 헤르체그노비에 있는 숙소를 출발하여 모래시계처럼 생긴 코토르만을 빙 돌아 페라스트 해안에 도착했다. 해안에서 빤히 보이는 조지 성인 섬과 바위 위의 성모 섬을 구경했다. 이어서 발칸의 베네치아라고 하는 코토르를 구경하고는 오후에는 알바니아의 티라나로 향했다.

크로아티아의 스플리트에서 두브로브니크를 거쳐 몬테네그로를 구경하고 알바니아의 티라나에 이르기까지 오른쪽으로는 파란 아드리아해가 펼쳐지고 왼쪽으로는 디나르 알프스 산맥이 이어지는 풍경이 비숫비슷하다. 디나르 알프스는 아드리아해 연안의 북서쪽에서 율리안 알프스 산맥에서 분지해 나와 슬로베니아, 크로아티아, 보스니아 헤르체고비나, 세르비아, 몬테네그로, 코소보, 알바니아에 이르는 발칸반도의 뼈대를 이루는 연장 645km의 산맥이다.

아드리아해안을 따라 차를 타고 가다 보면 급하게 바다로 굴러떨어지는 모양새의 디나르 알프스가 아드리아해에 바짝 다가서고 있어 공간이 별로 없는 곳이 있는가 하면 때로는 완만하게 흘러내리면서 산과 바다 사이에 널찍한 공간이 펼쳐지는 곳도 있다. 이런 공간에는 사람들이 모여들어 농사를 짓고 마을을 이루게 되었다. 이런 곳에서는 해안에서 멀지 않은 곳에 여러 개의 섬이 모여 있기도 하다.

발칸반도의 남쪽에 위치한 알바니아는 지도에서 얼핏 보면 땅콩을 닮았다. 북서로는 몬테네그로, 북동으로는 코소보, 동으로는 마케도니아 공화국 그리고 남쪽으로는 그리스와 국경을 맞대고 있다. 서쪽에는 아드리아해와 이오니아해가 있다. 하지만 디나르 알프스가 알바니아에 이르러 알바니아 알프스로 이어지면서 동쪽으로는 코랍 산맥, 남동쪽으로는 핀두스 산맥, 남서쪽으로는 케라우니아 산맥, 그리고 중앙에는 스칸데르베그 산맥 등으로 확산하고 있어 전 국토의 70%는 산악지대이다. 해안지역은 지중해성 기후를 보이나 내륙, 특히 해발 1,500m 이상 되는 고지대는 매우 춥고 겨울에는 눈이 자주 내린다.

비잔티움 제국의 역사가 미하일 아탈리아티스가 1080년에 완성한 책 『역사』에서 1079년 디라키움 공작이 다스리는 아르바니타이(Arbanitai) 사람들이 콘스탄티노폴리스에 대항하였다고 기술한 것이 알바니아(Albania)라는 이름과 관련된 첫 번째 기록이다. 중세의 알바니아 인들은 자신의 나라를 '아르버리(Arbëri)' 또는 '아르버니(Arbëni)'라고 불렀으며 자신들을 '아르베레쉐(Arbëreshë)' 혹은 '아르베네쉐(Arbëneshë)' 사람들이라 지칭하였다. 오늘날 알바니아인들은 자신의 나라를 알바니아어로 '슈치퍼리(Shqipëri)' 혹은 '슈치퍼리아(Shqipëria)'라고 부른다. '독수리들의 땅' 혹은 '독수리들의 아이들'이라는 의미이다.

알바니아의 인구는 2023년 기준으로 240만 명을 조금 넘는다. 인구의 53.4%가 도시에 살고 있다. 고지대에서는 작은 규모의 촌락이 흩어져 있어 전통적인 삶이 유지되고 있는 모양이다. 알바니아의 역사와 사회정세를 담은 소설을 발표해 온 이스마일 카다레의 작품 가운데 알바니아의 고지대에 전해오는 전통을 주제로 한 작품들이 주목받았다. 최근에 읽은 『부서진 사월』에서는 알바니아 북부 고원지대에 내려오는 카눈이라는 관습법에 따라 이루어지는 피의 복수를 다루었다.

발칸반도의 산악지역에서 벌어지는 피의 복수에 관한 이야기는 영국 여행작가 패트릭 리 퍼머가 쓴 『그리스의 끝, 마니』에서도 읽을 수 있었다. 펠로폰네소스 반도의 남쪽에서는 험준한 타이게토스 산맥과 황량한 해안 환경이 사람들의 관심을 끌지 못한 까닭에 변란을 피해 숨어든 사람들이 산속에 흩어져 고립된 생활을 해왔다고 한다. 그들은 씨족의 명예를 중시하며 살아왔기 때문에 같은 씨족인 사람을 살해한 자에게 피의 복수를 하게 되었다는 것이다.

선사시대에는 고대 그리스어를 사용하는 인도유럽어족이 알바니아에 정착했다가 남하하여 미케네 문명을 일구었다고 알려졌으며, 일리리아인들이 몬테네그로와 알바니아의 경계 지역에 들어와 이들과 이웃하게 되었다고 한다. 그런 영향 때문인지 카눈에 규정된 피의 복수를 아가멤논의 핏값을 회수한 오레스테스의 행동과 연관을 짓기도 한다. 씨족 간 혹은 가문 사이에 벌어지는 피의 복수는 가문의 폐족으로 귀결될 수도 있다. 그럼에도 불구하고 피의 복수를 이어가는 것은 오랜 세월에 걸쳐 굳어진 가문의 명예를 지켜야 한다는 강박관념이 낳은 불행한 일이 아닐까?

이스마일 카다레가 『부서진 사월』에서 묘사한 알바니아 북부의 산악지대 풍경이 눈길을 끌었다. "광야 저편으로 안개에 싸인 산맥이 아스라이 보였다. 장막처럼 드리워진 안개 너머 산맥은 들쭉날쭉 산들이 연달아 늘어서 있다기보다는 하나의 거대한 산과 같은 모습이었으며, 신기루처럼 어딘지 모르게 더딘, 창백한 그림자같이 보였다." 알바니아를 여행하면서 만나는 산맥의 모습을 제대로 묘사했다는 느낌이다.

4시 무렵 E851 고속도로를 따라 몬테네그로의 수코빈을 지나 알바니아와의 국경을 넘었다. 알바니아의 수도 티라나까지는 100km 정도의 거리인데 3시간이나 걸렸다. 중간에 휴게소에서 30분 정도 쉬었다고 해도 시간이 오래 걸린 셈이다. 그렇다고 통행 차량이 많아서 정체가 있었던 것도 아니다. 문성진 인솔자의 말로는 몇 년 전만 해도 티라나로 가는 도로가 포장되어 있지 않아 힘들었지만, 지금은 포장이 되어 있어 그나마 다행이라고 했다.

고대에는 지금의 알바니아 지역에 일리리아 사람들이 주로 살고 있었다. 기원전 229년 로마는 일리리아 사람들이 로마의 선박을 약탈한다는 이유로 전쟁을 선포하여 세 차례의 전쟁이 벌어졌다. 결국 기원전 167년에 로마는 일리리아를 점령하여 속주로 삼았다. 이후 알바니아는 로마제국과 비잔틴제국으로 이어지면서 지배를 받았다. 9세기에 불가리아 제1제국의 침략을 받기도 했으나 1190년 알바니아의 크루여 지방을 다스리던 프로곤이 세운 아르바논 공국이 중세 무렵 성립한 최초의 알바니아 독립 국가였다. 아르바논 공국은 1255년 해체되었다. 1271년에는 카를로 1세가 이피로스 전제공국을 점령하여 이듬해 알바니아 왕국을 열었다. 이피로스 전제공국은 1204년 제4차 십자군 전쟁으로 비잔틴제국이 무너지고 들어선 라틴제국에 반발하여 두카스 가문의 나라였다.

알바니아 왕국은 사촌 옐레나 안주이스카가 다스리던 세르비아제국의 지지를 받았지만, 세르비아제국이 분열되면서 여러 개의 공국으로 분열되었다가 1431년에는 오스만제국에 점령되었다. 1444년 알바니아의 국민 영웅 스칸데르베그가 등장하여 알바니아 공국들을 규합하여 1479년까지 오스만제국에 대항하였지만 결국은 오스만제국의 지배 아래 놓이게 되었다.

1870년대에 시작한 알바니아 민족 부흥의 움직임은 1878년 프리즈렌 동맹이 성립하면서 탄력을 받아 1912년 알바니아의 독립 선포로 이어졌다. 이들은 알바니아 지역의 자치와 코소보, 스쿠타리, 마나스티르 그리고 야니아 등 네 곳의 주를 알바니아에 통합해달라고 오스만제국에 요구했다. 결국 오스만제국이 발칸전쟁에서 패배한 뒤에 이스마일 체말리가 알바니아의 독립을 선포하였다.

이렇게 성립한 알바니아 공국은 1925년 알바니아 공화국으로 대체되었다가 1928년 다시 군주제로 바뀌었다. 알바니아 왕국은 파시스트 이탈리아의 지지를 받았지만 1939년 침공해 온 이탈리아에 점령되었고, 제2차 세계대전 때는 나치 독일에 점령되었다.

나치 독일이 알바니아를 점령하던 시기에 알바니아의 공산주의자들과 민족주의자들은 서로 갈등을 빚어 내전 상태에 빠졌다. 하지만 1944년 여름 무렵 공산주의자들이 우세를 점하여 11월 말에는 독일군을 알바니아에서 몰아내는 데 성공했다. 이들은 10월에 베라트에서 임시정부를 구성하고 엔베르 호자를 총리로 세워 알바니아를 통치하기 시작했다. 알바니아 공산당은 이듬해 1월 북부 산악지역에 웅거하여 저항하던 민족주의자 세력을 와해시켰다. 이 과정은 엔베르 호자의 독재 정권이 벌인 문제들의 시작이었다.

엔베르 호자의 독재 정권 당시 알바니아의 사회적 분위기를 이스마일 카다레의 소설 『누가 후계자를 죽였는가』에서 읽을 수 있다. 알바니아를 대표하는 작가 이스마일 카다레는 1936년 알바니아 남부 쥐로카스트라에서 태어나 티라나 대학교에서 언어학과 문학을 공부했다. 고등학교에 다니던 1953년에 『서정시』라는 시집을 출간하였고, 1963년에는 첫 소설 『죽은 군대의 장군』으로 세계적 명성을 얻었다. 매년 노벨문학상의 후보에 오르던 그는 36편의 소설, 수필집, 시집 등을 세상에 내놓았고 우리나라에도 14종의 소설이 소개되었는데, 2024년 7월 1일, 88세를 일기로 소천하였다.

이스마일 카다레는 2천 년간의 외세 지배와 혹독한 스탈린식 공산독재를 겪으며 유럽에서조차 잊힌 나라 알바니아를 역사의 망각에서 끌어낸 '문학 대사'로 평가받았다. 또한 공산 독재정권하의 조국 알바니아의 혼과 집단기억을, 문학을 통해 생생하게 되살려낸 그의 작품세계는 마르케스와 비유되며, 전제주의와 유토피아의 위험을 고발하는 헉슬리와 오웰의 뒤를 잇는 반(反)유토피아 작가군의 후예로 꼽히기도 한다.

『누가 후계자를 죽였는가』는 1980년대의 알바니아 수도 티라나를 무대로 한다. 엔베르 호자가 알바니아의 공산정권을 이끌던 시절 그의 총애를 받던 후계자 메메트 셰후가 자살한 사건에서 영감을 얻었다고 한다. 공식적으로는 자살이라고 발표가 되었지만 그의 죽음에 관한 의문은 알바니아 사람들은 물론 관련 국가들의 관심사였던 모양이다.

이스마일 카다레는 1981년 12월 14일 밤에 일어난 후계자의 죽음에 관한 수수께끼를 풀어가는 형식으로 이야기를 꾸몄다. 일반적인 추리소설이 죽음의 원인을 추적하는 방식을 취하지만, 카다레는 사건이 일어난 과정보다 후계자의 죽음에 관련된 사람들이 사건을 전후하여 어떤 역할을 하고, 어떤 심리상태였는지에 초점을 맞추었다. 진짜 범인이 누구인지 알려지지 않았을뿐더러 사건에 관한 세부 사항들이 비밀에 부쳐졌기 때문일 것이다.

모든 상황의 배경에는 지도자 동지가 있다. 화자 역시 상황에 따라 다양하게 바뀌어 간다. 서두에는 사건의 진행 상황을 작가가 소개하지만, 사건이 후계자의 딸 수잔나의 약혼과 관련이 있는 만큼 초반에는 수잔나가 화자가 된다. 이어서 타살을 의심하게 만드는 후계자의 집을 설계한 건축가와 사건 당일 후계자의 집을 방문한 내무장관이 등장하여 자신들의 역할에 대하여 진술한다. 이들은 사건과 관련하여 자신을 옥죄어 오는 공포에 떠는 모습을 보이는데, 이는 당시의 알바니아를 통치하던 지도자 동지의 성향에서 기인하는 것으로 보인다.

알바니아의 공포정치 단면을 보여주는 대목은 후계자의 부검이 결정되었을 때 부검의의 심리를 묘사한 대목이다. "이런 종류의 부검이라면 부검을 한 장본인도 그 후로 계속 목숨을 부지하리라고 장담할 수 없었다. 달의 표면에서 생명의 흔적을 찾는 것만큼이나 가능성이 희박한 일이었다." 그러니까 당시 알바니아에서는 한 치 앞의 미래도 예측이 불가능했다는 것이다. 더하여 아들이 아버지를 팔고 아버지가 아들을, 아내가 남편을 팔아넘기도록 부추기는 새로운 유전학적 현상이 만연해 있었다고도 한다.

이 사건의 진실은 이야기가 끝날 때까지도 밝혀지지 않는다. 일반적인 추리소설의 구조와 다른 점이다. 작가는 후계자의 죽음과 관련된 여러 개의 가정을 차례로 제시하며, 관련 인물의 심리묘사에 집중한다. 단순히 사건의 본질을 캐는 데 집중하지 않고 알바니아에 내려오는 격언과 민담, 전설들을 인용하여 후계자의 죽음이 단순하지 않다는 것을 암시한다. 처음에는 후계자는 혁명의 순교자로 암살당한 것이라고 했다가 뒤에는 지도자 동지를 타도하기 위하여 군사 반란을 일으키려 했다고 발표된다.

지도자 동지의 오락가락하는 생각에 따라 상황이 바뀌는 듯하다. 그런 지도자는 시력을 상실한 것으로 나온다. "주변 사람들의 비밀을 샅샅이 안다는 것은 분명히 축복이겠지만 차라리 모르는 편이 지고의 경

지 아닐까. 그는 최근에야 이 사실을 깨닫고서 오랜만에 참 평화를 맛
보게 되었다. 이처럼 평온한 상태에 이르는 데 시력 상실이 한몫한 것
은 사실이다."라는 설명이 암시하는 바는 무엇이겠는가?

이스마일 카다레의 소설 『떠나지 못하는 여자』에서는 당시 알바니아
사회가 빈틈 없이 감시받는 체제였지만 그 와중에서도 이런저런 사랑
이 이루어지고 사람들 간에 관계도 이루어졌다는 것을 알 수 있다. 문
제는 감시자가 누구인지는 관계자만이 알고 있으나, 그 관계자마저 누
군가의 감시를 받는다는 것이었다.

『H파일』에서도 공산당 정권의 알바니아 사회 분위기를 엿볼 수 있
다. 『H 파일』은 뉴욕에 거주하는 아일랜드 출신의 민속연구가 두 사람
이 알바니아의 N시를 방문하면서 벌어지는 기상천외한 일들을 다룬
다. 두 사람이 알바니아 당국에 입국사증의 발급을 요청하였을 때, 알바
니아 당국은 두 사람이 모종의 사명을 띤 첩자로 오인하였다. 당국에서
는 N시의 시장에게 두 사람의 동정을 감시하도록 지시를 내려보낸다.

두 사람의 정체가 미심쩍었던 N시장이었지만, 두 사람이 N시에서도
멀리 떨어진 마을에 있는 물소뼈 여인숙에서 지낼 예정이라 해서 놀란
다. 시장은 N시에 도착한 두 사람의 짐을 조사하지만 특별하게 이상한
점은 발견하지 못한다. 그럼에도 불구하고 엿듣기의 달인이자 빼어난
글재주의 소유자인 스파이 둘 바자야로 하여금 두 사람을 감시하도록
한다. 시장이 둘의 '유려하고 시시콜콜한' 보고서에 빠져들고 있을 때
시장의 아내 데이지는 이방인에 대한 백일몽을 품는다.

발칸반도, 정확하게 말하면 알바니아 북부 지역을 포함해서 몬테네

그로의 일부 그리고 보스니아의 몇몇 고장을 아우르는 지역에서 호메로스가 남긴 서사시와 유사한 시가 전해온다고 했다. 윌리 노튼과 맥스 로스는 알바니아 북부의 음유시인들이 전하는 무훈시들이 생성되는 기전을 밝히려고 이곳을 찾아왔던 것이다. 특히 한 음유시인이 시차를 두고 같은 노래를 부르도록 하여 차이를 비교해 보려고 했다.

두 사람이 고원으로 가는 길목에 있는 물소뼈 여인숙에서 만난 한 음유시인은 시차를 두고 노래한 천여 행의 가사 가운데 두 행만이 빠져있었고, 한 행의 일부에 변화가 있었다. 과연 음유시인은 수천 행에 달하는 노래의 가사를 깡그리 외워서 노래하는 것일까? 두 사람은 알바니아에 전해오는 무이의 서사시가 호메로스의 일리아스와 닮은 점이 있다는 사실을 발견한다.

해방 이후 알바니아 사회주의 인민공화국이 세워졌고, 엔베르 호자와 알바니아 노동당이 국가를 이끌었다. 알바니아의 사회주의 건설이 곧바로 실행에 옮겨졌다. 1947년, 새로운 토지 개혁법이 제정되어 토지의 소유권을 실제 땅을 경작했던 농민들과 노동자에게 분배하였다. 농업은 노동자 협동조합의 형태로 운영되었고, 농업 생산량도 상당히 증가하여, 당시 알바니아는 농업적으로 자급자족할 수 있는 상태가 되었다. 알바니아는 산업화의 과정을 거치면서 급격한 경제성장을 보였다. 그리고 전례 없는 교육과 의료 분야에서 진전을 보였다. 그럼에도 불구하고 알바니아는 대규모의 부채를 지고 있었는데, 1948년에 유고슬라비아와, 1961년까지 소련과, 그리고 1950년대 중반부터 중화인민공화국와 채무 관계를 맺고 있었다.

공산주의 정권 시기 동안 종교의 자유는 엄격히 축소되었고, 모든 형태의 숭배는 불법으로 규정되었다. 종교단체 소유의 토지를 비롯한 모든 재산을 국가가 몰수하였다. 수백 개의 회교 사원과 문서고가 파괴되면서 소장하고 있던 귀중한 문서들이 소각되었다. 1967년 엔베르 호자는 알바니아를 '세계 최초 무신론 국가'라 선포하였다.

1989년부터 공산정권을 반대하는 시위가 일어나면서 1990년 공산정권이 자체적으로 개혁을 도입하였지만 1992년에는 알바니아 사회주의 인민공화국이 해체되고 지금의 알바니아 공화국이 성립되었다. 1985년 미하일 고르바초프 소련 공산당 서기장이 추진한 소련의 개혁(페레스트로이카)과 개방(글라스노스트) 정책의 후폭풍으로 시작된 동구권 사회주의 정권의 몰락이 알바니아에서도 일어난 것이다. 고르바초프는 당시 소련이 안고 있는 문제를 해결하기 위한 고육지책으로 정치적으로는 민주화를 허용하고 경제의 효율성을 높이려 했지만 1989년 동독의 붕괴를 시작으로 동구 사회주의 정권이 무너지고 1991년에는 소련마저 해체되는 결과를 초래했다.

알바니아 공화국이 성립된 다음 정권을 잡은 알바니아 민주당은 공산당 정권이 남긴 차입금을 해결하고 경제를 활성화하기 위하여 알바니아의 내부 자본을 동원하여 투자에 나섰다. 하지만 정부가 지지하던 투자자는 피라미드 형태의 폰지 사기였다. 결국 3년 만에 폰지 사기단의 정체가 드러나면서 은행이 파산하기 시작했고 투자한 국민들은 투자금 회수를 요구하며 평화적인 시위를 전개했다. 이듬해 정부군이 시위대에 발포하면서 시위가 폭력 사태로 변질하면서 알바니아 사회당에 정권이 무너졌다.

오후 7시에 티라나의 테레사 수녀 광장에 도착했다. 이 광장은 1939
년부터 1941년까지 이탈리아의 알바니아 점령 기간에 건설되었다. 처
음에는 이탈리아의 비토리오 에마누엘레 3세를 기리기 위해 빅토르 에
마누엘레 3세 광장이라고 명명했다. 광장을 둘러싸고, 티라나 대학교,
폴리테크닉 대학교, 예술대학교, 고고학박물관 등이 있다. 1980년에 광
장 중앙에 분수대가 만들어졌다. 알바니아 공산정권이 무너진 뒤에는
인도에서 활동한 알바니아 태생의 로마 가톨릭 수녀이자 선교사이자
노벨 평화상 수상자인 테레사 수녀의 이름을 따서 테레사 수녀 광장으
로 이름을 바꾸었다.

우리가 도착했을 때는 광장에서 열리는 공연을 준비하느라 부산하
고 사람들이 모여들고 있었다. 잠시 뒤에 북쪽에 있는 스칸데르베그 광
장으로 이동했다. 테레사 수녀 광장에서 스칸데르베그 광장을 잇는 도
로의 왼쪽을 따라가다 보면 왼쪽에 대통령궁이 있고, 사거리를 건너가
면 알바니아 공국의 초대 총리를 지낸 이스마일 케말리의 동상이 있다.
그 옆에는 알바니아 작가 파토스 루본야와 예술가 아르디안 이스피가
2013년에 설치한 『포스트블록 기념관』이다. 이 설치미술작품은 알바니
아인민사회주의공화국의 잔학한 행위를 고발하는 기념비다. 기념관은
세 부분으로 구성되어 있다. 하나는 루본야가 수감 되었던 스파치 교도
소에서 가져온 콘크리트 대들보를 일렬로 늘어놓았고, 두 번째는 독재
정권의 주요 상징 가운데 하나인 벙커 부분이다. 세 번째 요소는 알바
니아의 고립을 상징하는 베를린 장벽의 일부로 베를린 주 정부가 티라

나 시에 선물한 것이다.

다음 사거리가 있는 라나강 변에는 티라나의 피라미드가 있다. 1988년에 완공된 이 건물은 1985년에 사망한 알바니아 공산정권의 지도자 엔베르 호샤의 유물을 전시하는 박물관이었다. 건축가인 호샤의 딸이 설계했다. 1991년 공산정권이 붕괴한 다음 박물관은 폐쇄되고 회의장과 전시관으로 사용되었으며 이름도 바뀌었다.

피라미드가 있는 사거리를 지나면 곧 스칸데르베그 광장이다. 1917년 오스트리아 사람들이 현재의 위치에 공공광장을 건설하였다. 4만m²에 이르는 광장은 티라나의 중심이다. 광장의 남쪽 귀퉁이에는 스칸데르베그라고 알려진 알바니아의 국민 영웅 제즈 카스트리오트의 기마상이 서 있다. 그는 오스만제국의 전성기에 알바니아 공국들의 힘을 모아 끈질기게 저항하여 알바니아인들의 민족적 자긍의 중심이 되었다. 광장 남쪽에는 알바니아 정교회의 부활 대성당이 있다. 발칸반도에서 가장 큰 동방정교회의 하나인 이 교회는 2012년 알바니아 정교회의 부흥 20주년을 기념하기 위하여 지은 것이다.

광장 남동쪽에는 티라나 시청이 있고, 그 옆에는 에트헴 베이 회교 사원이 있다. 오스만제국이 지배하던 1791년에 착공하여 1821년에 완공되었다. 알바니아 사회주의 인민공화국의 전체주의 기간에 폐쇄되었다. 1991년 1월 18일 공산주의 당국의 허가 없이 만 명의 회교 신자들이 깃발을 들고 사원에 들어가는 사건이 있었다. 알바니아에서 종교의 자유가 다시 탄생하는 이정표가 되었다. 사원 옆에 있는 이슬람 양식의 시계탑은 1822년에 완공되어 사원과 조화를 이루고 있다. 사원은 사각형의 건물에 둥근 지붕을 앉혔다. 내부에는 나무, 폭포, 다리 등이 묘사된 프레스코 벽화가 있다. 벽화에 묘사된 대부분의 장면은 사실화가 아니라 상상 속의 장면이다. 사원 안에 있는 연대 표시명에는 "아야 소피아가 이스탄불에 준 것처럼 모스크는 도시에 영원한 아름다움을 주었다"라고 쓰여 있다.

　광장의 동쪽에는 오페라 극장과 문화궁전이 있고 북쪽에는 국립 역사박물관이 있다. 광장 서쪽에서는 마침 음식 축제가 열리고 있었다. 어둠이 내리는 광장을 뒤로 하고 숙소로 이동하였다. (2024년 8월 25일)

티미쇼아라 (루마니아)

그래도 희망을 버릴 수는 없다

헤르타 뮈러 지음, 『그때 이미 여우는 사냥꾼이었다』(문학동네, 2010년)

      2024년에 다녀온 발칸반도 9개국 여행은 몬테네그로와 알바니아를 하루에 구경하는 일정도 있었지만, 루마니아의 경우는 3박4일의 긴 여정이었다. 수도 부쿠레슈티, 드라큘라의 무대가 된 마을 브란, 옛 트란실바니아의 수도였던 시비우, 그리고 작은 비엔나라는 별명이 있는 티미쇼아라까지 돌아보았다.

  사실 루마니아 하면, 전설적인 체조 요정 나디아 코마네치와 동유럽 최악의 독재정치를 한 니콜라에 차우셰스쿠가 떠오른다. 나디아 코마네치는 1976년 몬트리올 올림픽의 여자 체조경기의 이단평행봉과 평균대에서 10점 만점을 받아 사람들을 충격에 빠트렸다. 코마네치와 차우셰스쿠에 드라큘라 백작이 살았다는 브란성을 더할 수도 있겠다.

  여행과 책을 묶어 이야기하는 이 책의 마지막 이야기에 이르렀다. 제

2차 세계대전 이후 들어선 루마니아 인민공화국에서 1965년 공산당 제1 서기장으로 취임하여 1989년 실각할 때까지 독재 권력을 휘두른 차우셰스쿠 정권 아래에서 신음한 루마니아 국민들의 삶을 조망하기로 한다. 루마니아 여행과 책에 관한 이야기에서는 차우셰스쿠 정권의 흔적이 많이 남아있는 수도 부쿠레슈티와 티미쇼아라가 중심이 될 것이다. 부쿠레슈티에서는 독재자 차우셰스쿠가 만들어낸 괴물 같은 인민궁전을 보았고, 독재 정권을 무너뜨린 혁명이 일어난 장소와 희생자들을 기리는 기념비도 보았다. 차우셰스쿠 독재를 무너뜨리는 움직임이 시작했다는 티미쇼아라에서는 승리광장, 자유광장, 그리고 통일광장 등도 둘러보았다.

루마니아의 역사는 지정학적 위치 때문에 정리하기가 쉽지 않다. 2002년 루마니아의 페슈테라 쿠 오아세(뼈가 있는 동굴)에서 발견된 34,950년 전 현생인류의 유골은 유럽에서 가장 오래된 현생인류의 화석 가운데 하나이다. 이 지역이 현생인류의 오래된 거주지역이라는 이야기이다. 오늘날의 몰도바, 루마니아 동부와 북동부, 우크라이나 서부, 중부, 남부에 이르는 지역에는 기원전 5500년에서 기원전 2750년에 이르는 신석기 시대에 쿠쿠테니-트리필리아 문화가 번성했다.

이 지역에 처음 왕국을 건설한 사람들은 트라키아인의 일족인 다키아족이다. 그리스 역사가 헤로도토스는 기원전 440년에 쓴 『역사 IV권』에서 페르시아의 다리우스 대왕이 이 지역에 원정을 나섰지만, 다키아 부족연합에 패배했다고 썼다. 다키아 왕국은 기원전 5세기 무렵 성립한 것으로 보이나 서기 106년 로마제국의 트라야누스 황제가 정복하여 속주가 될 때까지 여러 부족의 왕조가 명멸했다. 기원전 82년에서 기원전 44년에 다키아족을 이끌었던 부레비스타 왕의 치세에 다키아는 다뉴브강 중부에서 흑해 연안까지 그리고 슬로바키아 산맥에서 발칸산맥에 이르는 영토를 차지했다.

다키아족은 다뉴브강을 건너 로마제국의 모에시아 속주를 침략하곤 했다. 로마제국에서는 다키아에 금전을 제공하는 등의 회유책을 써야 했다. 결국 서기 105년 다키아가 로마 수비대를 공격한 것을 계기로 트라야누스 황제가 다키아를 정벌하여 속주로 삼고 3개의 로마군단을 주둔시켰다. 그럼에도 불구하고 다키아는 게르만족과 켈트족 등과 연합하여 로마에 대항하였다. 328년 콘스탄티누스 대제는 다키아 재정벌에 나서 334년 다키아족에 대한 전쟁을 승리로 마무리하였다.

376년에는 훈족이 이 지역을 정복하여 453년 아틸라가 죽을 때까지 지배했고, 이후에는 아르다릭이 이끄는 게피드 부족이 566년 롬바르드족에 의해 밀려날 때까지 이 지역을 차지했다. 아바르족이 뒤를 이었고 791년 샤를마뉴대제에 의해 왕국이 멸망할 때까지 지배했다.

그 무렵 이 지역은 632년 중앙아시아에서 기원한 불가르족이 이동하여 들어왔고, 681년 비잔틴제국과 평화조약을 체결하면서 제1 불가리아 제국이 시작하였다. 불가리아 제국은 804년부터 806년 사이에 아바르족을 전멸시키고 다뉴브강 중류에서 지금의 부다페스트 북쪽까지 차지했다. 제1 불가리아 제국은 11세기에 비잔틴제국의 침략으로 붕괴되어 비잔틴제국에 속하게 되었다. 대대적인 대항 끝에 1185년 독립을 이루어 제2 불가리아 제국이 성립하였고, 1371년 내분이 일어나 3개의 국가로 분열하였고 1396년 오스만제국에 점령되었다.

한편 895년 헝가리 분지에 정착한 마자르족은 세력을 키워가다가 1000년에 이슈트반 1세가 헝가리왕국을 건국하였다. 13세기 중반 몽골제국의 침입으로 국토가 황폐해지고 왕가의 내분으로 갈등을 빚다가 마차시 1세의 등장으로 황금시대를 맞게 되었다. 하지만 오스만제국의 압박이 심해지면서 합스부르크, 오스만 그리고 트란실바니아 공국으로 3분할이 되었다.

불가리아와 헝가리의 역사가 뒤섞이게 되는 것은 이들 나라가 루마니아의 영역을 교대로 지배하는 바람에 루마니아의 정체가 분명하게 드러나지 못했기 때문이다. 1861년 오스만이 지배하고 있던 왈라키아 공국과 몰다비아 공국을 합병하여 루마니아 공국이 출범하였다. 1877년 오스만제국으로부터 완전히 독립하면서 루마니아 왕국은 이듬해 승인을 받았다.

제1차 세계대전 중에는 연합국에 가담하였다. 한때는 전 국토가 동맹국에 유린되었지만, 연합국의 승리로 트란실바니아, 베사라비아 및 부코비나 지방을 얻어 영토를 크게 확장하였다. 제2차 세계대전에서는 리벤트로프-몰로토프 밀약을 통하여 중앙유럽을 독일과 분할하기로 한 소련이 베사라비아와 부코비나에 진주하자 이를 내주어야 했지만, 주축국에 가담하여 이 지역을 되찾았을 수 있었다. 종전 직전에 루마니아는 연합국에 가담하여 독일에 선전포고하고 소련군과 함께 독일군에 맞서 싸우면서 종전을 맞았다. 하지만 전후 처리에 관한 1947년의 파리 협약에서는 루마니아를 공동교전국으로 인정하지 않고 히틀러 독일의 동맹국으로 규정하였다. 그럼에도 불구하고 연합군의 이익을 위해 행동했다는 사실을 인정하여 북부 트란실바니아를 루마니아에 돌려주고, 나머지 지역은 소련과 불가리아에 넘겨주고 말았다.

전후 루마니아에서는 1945년 3월 공산주의자들이 주도하는 내각이 조직되었다. 그리고 1946년 11월의 총선거에서는 공산당, 사회 민주당, 자유당 분파, 농민 전선, 민족 인민당(애국자 동맹)은 통일 블록을 조직하여 선거에 나선 결과 유효 투표의 71.8%, 총 의석 414석 가운데 347석을 획득했다. 경찰 권력을 장악한 공산당은 1947년 7월 정적들을 제거하고 정부의 요직을 모두 장악했다. 1947년 12월 30일 소련과 공산당 정부의 압박을 받은 국왕 미하이 1세가 퇴위한 후에 망명했고, 같은 날 루마니아 인민공화국이 성립되었다.

이후 공산당 내부에서 권력 싸움이 벌어졌고, 1952년 대숙청이 벌어졌다. 그리고 게오르게 게오르기우데지 당 서기장의 당내에서의 지위는 확고해지면서 총리를 겸임하게 되었다. 1948년 루마니아는 다른 동유럽 국가들처럼 스탈린주의에 입각하여 대규모 국유화를 통한 급속도의 공업화 정책을 추진하고, 1951년부터 제1차 5개년 계획을 시작하였다. 하지만 매년 실적은 계획에서 밑돌았다. 기술 수준이 낮은 농업국에서 실현이 불가능한 계획을 세웠던 것이다.

게오르기우데지는 1961년에 '부농 공격'이라는 명목으로 스탈린식의 부농 일소와 농업 집단화 정책을 강행하였지만, 농민들의 강력한 저항으로 실패하였다. 이에 게오르기우데지에 대한 비판이 일었으나 헝가리 봉기 이후 동유럽 국가들이 강한 유대를 맺고 사회적 동요를 막아내는 분위기가 조성되면서 무사히 넘어갔다. 1958년 5월에는 소련군이 루마니아에서 철수한다고 발표되었다. 이후 루마니아는 유고슬라비아에 이어 소련에서 벗어난 독자적 외교, 경제적 노선을 걷기 시작하였다.

1965년 3월에 게오르기우데지가 죽자 니콜라에 차우셰스쿠가 당 제1서기에, 키부 스토이카가 국가 평의회 의장에 각각 취임했다. 차우셰스쿠는 독자적 경제 건설, 민족주의적 입장, 신중한 민주화라는 '게오르기우데지 노선'을 계승하는 한편, 이를 더욱 발전시킨 차우셰스쿠 노선을 확립했다. 니콜라에 차우셰스쿠는 1965년 집권하여 1989년까지 독재정치를 실시하였다. 차우셰스쿠는 소련의 위성국가이기를 거부한다는 자주노선을 내세워 상당한 외교적 성과를 거두었다. 하지만 국내적으로는 독재와 탄압으로 일관하였다. 친위대를 동원하여 인민을 감시하고 억압하는 철권독재를 펼쳤다. 경제 부문에서는 농업국인 루마니아를 무리하게 공업 국가로 바꾸는 정책을 시행하는 바람에 외채가 110억 달러에 육박하게 되었다. 결국 수입을 중단하는 극단적 무역정책을 취했고 루마니아 경제는 극심한 침체에 빠졌다.

1989년 12월 17일 티미쇼아라에서는 비밀경찰이 민주화를 지도하던 개신교의 퇴케시 라슬로 목사를 체포하려는 시도를 막기 위해 시민들이 그의 집 앞에 모여들었다. 이 과정에서 경찰에 대치하던 시민 2천여 명이 죽거나 다쳤다. 이를 계기로 시위는 트란실바니아 전역으로 확산하면서 민주화 운동이 전국적으로 확산하였다. 12월 21일에는 부쿠레슈티 시민들도 민주화 운동에 나섰다. 정부는 무차별적인 사격으로 시위대의 해산을 유도했다. 경제 원조를 청하러 이란을 방문 중이던 차우셰스쿠가 급거 귀국하였다. 그리고 12월 21일 수도 부쿠레슈티의 혁명 광장에서 대중을 회유하고 반사회주의적인 반란자를 탄핵하기 위한 집회를 소집하였다. 차우셰스쿠가 연설을 시작하자 누군가 '차우셰스쿠 물러나라!'라고 소리쳤고 군중이 이에 호응하는 상황이 벌어졌다. 놀란 차우셰스쿠가 인민당사의 노대에서 도망을 치고 보안경찰은 탱크와 진압가스로 시위대를 유혈 진압하였다. 하지만 시위대는 물러나지 않았다.

7만 5천 명의 친위대가 무장한 민병대와 충돌하게 되었는데, 시위 진압을 위해 나온 정규군이 오히려 혁명 군중에 합류하였다. 루마니아 공산당 당사, 왕궁, 국방부 건물과 텔레비전 방송국 등은 친위대와 혁명군의 격전지였다. 결과적으로 수천 명이 희생되었지만, 오랫동안 탄압을 일삼던 독재 정권이 무너졌다. 한편 군중이 자신의 퇴진을 요구하는 데 놀란 차우셰스쿠가 헬리콥터를 타고 북한으로 탈출을 시도하자, 조종사는 고공 사격을 받는다며 헬리콥터를 착륙시켰다. 차우셰스쿠는 차량으로 바꾸어 타고 탈출을 시도했다. 하지만 첫 번째 차의 운전수는 엔진이 타버렸다고 거짓말을 하였고, 두 번째 차의 운전수는 한술 더 떠서 차우셰스쿠 부부를 농업박물관에 데려다 놓고 경찰에게 밀고하였다. 차우셰스쿠는 4일 동안 구금된 끝에 인근 초등학교에서 급히 열린 군사재판에서 사형을 언도 받고 1989년 12월 25일 오후 5시 30분에 초등학교 벽에 선 채 서서 150여 발의 총탄을 맞고 죽음을 맞았다.

차우셰스쿠 정권 말기의 사회적 분위기를 잘 담은 작품으로는 루마니아 출신 독일 작가 헤르타 뮐러가 쓴 『그때 이미 여우는 사냥꾼이었다.』가 있다. 작가는 티미쇼아라에서 남동쪽으로 36km 떨어진 니츠치도르푸에서 독일계 소수민족인 부모로부터 태어났다. 주로 차우셰스쿠 정권 시기의 루마니아 사회주의 공화국을 배경으로 한 작품들을 썼다. 주로 루마니아의 독일 소수민족의 관점에서 이야기되며, 바나트와 트란실바니아의 독일인 현대사를 다루었다.

『그때 이미 여우는 사냥꾼이었다.』에는 많은 사람이 등장한다. 그들은 황폐하고 쇠락한 도시의 변두리에 살면서 희망이라고는 한 줌도 없이 하루하루를 살고 있다. 그러다가 사고를 당하거나 스스로 목숨을 끊는 사람도 있다. 특히 루마니아에 사는 독일계 소수민족들은 서구 세계로 이주하는 염원을 품고 있지만 여권을 발급받는 것은 결코 쉬운 일이 아니었다. 여권 발급과 연관 있는 사람들 모두 조그만 권력을 휘둘러 여권을 발급받으려는 사람들을 착취하는 구조가 자리 잡고 있었기 때문이다. 헤르타 뮐러는 여권을 발급받으려는 사람들이 무슨 짓을 당했는지를 『인간은 이 세상의 거대한 꿩이다』에서 고발한다. 루마니아에서는 날개가 퇴화한 꿩은 적이 나타났을 때 날아가지 못하기 때문에 쉽게 포식자의 먹이로 전락한다고 인식한다고 했다.

『그때 이미 여우는 사냥꾼이었다.』에서 중심이 되는 이야기는 여교사 아디나와 어렸을 적부터 그녀의 절친 클라라를 중심으로 이어진다. 아디나는 학생을 토마토 수확 작업에 동원하는 것은 미성년자 노동 착취라고 말했다는 혐의로 교장에게 불려 가 성추행을 당하고 비밀경찰에게도 요주의 인물로 찍힌다. 흔히 누군가를 감시할 때는 감시자가 있다는 사실을 들키지 않도록 조심하는 것이 보통이다. 그런데 루마니아의 비밀경찰은 그녀의 집에 깔린 여우 모피에서 꼬리와 다리를 차례로 잘

라내는 방식으로 자신들의 존재를 알린다. 언제라도 그녀의 사생활에 침입할 수 있음을 암시함으로써 공포에 빠트리는 것이다.

클라라의 애인이 비밀경찰의 간부 파벨이라는 사실을 아디나가 알게 되면서 두 사람은 서먹해진다. 하지만 클라라는 아디나가 위험하다는 사실을 알게 되자 쪽지에 적어 알려준다. "사람들이 체포될 거야. 리스트가 있어. 넌 숨어야만 해. 우리 집에서는 아무도 널 찾지 못할 거야" 차우셰스쿠 정권이 권력을 지키기 위한 마지막 시도로 집단 체포를 계획하고 있다는 것이다. 비밀경찰에 발각이 되면 자신도 위험해질 터이지만 친구의 위험을 그냥 둘 수 없었던 클라라의 진정한 우정이 느껴진다.

클라라의 통지를 받은 아디나는 남자 친구 파울과 함께 국경 마을에 사는 친구 리비우의 집으로 서둘러 피신했다. 하지만 리비우의 집에서 지내는 것도 불안한 나날의 연속이었다. 도나우강을 건너 다른 나라로 도망을 쳐야 할까, 생각하는 사이에 차우셰스쿠가 실각하는 장면을 TV에서 보게 된다. 그 장면을 본 리비우는 화면에 입맞춤을 하면서 '널 먹어버리겠어'라고 말한다. 차우셰스쿠 정권에 대한 루마니아 국민의 혐오가 극에 달했음을 보여준다. 이어서 이들이 금지된 노래 「깨어나라 루마니아여, 네 영원한 잠에서」를 부르는 것은 희망을 노래하는 것으로 이해된다.

『그때 이미 여우는 사냥꾼이었다.』라는 제목은 '희생자와 가해자를 구분할 수 없다'라는 뜻을 담은 루마니아의 속담에서 가져온 것이다. 차우셰스쿠 정권이 붕괴되었더라도 독재자의 추종 세력과 그 체제에 익숙해진 탓에 정치나 사회적 분위기가 근본적으로 변화할 것이라고 기대하기 어렵다는 점을 암시한다.

등장인물들을 둘러싸고 있는 상황을 아주 세밀하게 묘사하다 보니 이야기의 중심이 어떻게 흘러가는지 가늠하는 것이 쉽지 않다. 작가가 이런 방식으로 이야기를 끌어간 것은 독재 정권의 감시와 통제를 비껴가기 위한 방식일 것으로 추측해 본다. 우리 역시 제3공화국 시절 신문 기사의 행간을 읽던 경험이 있지 않은가.

루마니아의 수도 부쿠레슈티에는 5월 14일 저녁에 도착했다. 부쿠레슈티(București)는 '기쁨이 넘치는 곳'이라는 뜻을 담고 있다. 요새 도시로 출발한 부쿠레슈티는 1659년 왈라키아 공국의 수도가 되었고 1861년 출범한 루마니아 공국에서도 수도가 되었다. 1877년 루마니아 왕국이 성립되면서 부쿠레슈티는 빠르게 성장하면서 '발칸의 파리'라는 별명을 얻게 되었다. 실제로 1920년 무렵의 사진을 보면 프랑스에서 봄직한 고풍스러운 건물들이 많았다. 하지만 전쟁과 지진, 결정적으로는 차우셰스쿠 정권이 지진 피해를 복구하는 과정에서 구시가의 아름다운 건물들은 대부분 심각하게 훼손되었다.

루마니아 공산당이 부쿠레슈티에서 추진한 건축사업의 경향은 크게 3단계로 구분한다. 공산주의 초기인 1940년대에서 50년대에는 소련의 스탈린주의 경향을 따랐다. 도시주의와 관료적인 시각에서 획일적인 건물들이 지어졌다. 이어서 1960년대에 70년대 초에는 집단 주거 건물들을 비어있는 공간에 짓기 시작했다. 70년대 말에는 차우셰스쿠가 북한을 방문하고서 주체사상에 감명받아 역사적 건물들을 대량으로 철거한 뒤에 인민궁전과 같은 대형 건물을 짓기 시작했다.

다음 날 아침 일정이 많아 8시에 숙소를 나섰다. 이날 부쿠레슈티의 아침 기온은 12~13℃로 쌀쌀했다. 혁명 광장에서 일정을 시작했다. 이전에는 궁전 광장이라고 부르던 것을 1989년 12월 루마니아 혁명 이후 혁명 광장으로 바뀌었다. 광장 서쪽에는 지금은 루마니아 국립미술관이 된 루마니아 왕국의 궁전이 있고, 부쿠레슈티 대학교 도서관 및 중생기념관이 있다. 광장 중앙에는 루마니아 왕 카롤 1세의 기마상이 서 있다. 1930년에 크로아티아 조각가 이반 메스트로비치가 제작한 기마상이 서 있었는데 1948년 공산주의자들이 파괴했다. 메스트로비치의 가족이 소장하고 있던 모형을 바탕으로 재현하여 2010년 공개되었다.

광장의 동쪽에는 루마니아 공산당의 전 중앙위원회 건물이 있다. 1989년 12월 22일 차우셰스쿠가 아내와 함께 헬리콥터를 타고 도망친 장소이다. 이 건물은 1990년에 상원이 사용하다가 2006년부터 내무 및 행정 개혁부가 들어있다. 혁명 광장은 차우셰스쿠 정권의 정점과 몰락을 대표하는 두 번의 대중 집회가 열린 장소이다. 1968년 8월 21일 차우셰스쿠는 소련의 체코슬로바키아 침공을 공개적으로 비난하고 크렘린으로부터의 독립 정책을 추진하겠다고 해서 대중의 인기몰이에 성공했다. 티미쇼아라에서 시작한 민중봉기의 열기를 잠재우기 위하여 외유 중에 급거 귀국한 차우셰스쿠는 1989년 12월 21일 '차우셰스쿠에 대한 자발적인 지지 운동'을 내세워 대중 집회를 열었지만, 참석자들이 시위대로 돌변하는 바람에 공산정권이 몰락하게 되었다.

혁명 광장 한편에서 현지 해설사의 설명을 듣는 것으로 일정을 마치고 차우셰스쿠 광장으로 이동했다. 지금은 국회의사당으로 사용되고 있는 공화국의 집, 일반적으로는 인민궁전으로 알려진 건물이 있는 장소이다. 국회의사당은 부쿠레슈티 제5지구 유니온 거리의 서쪽 끝에 있는 스피리 언덕 위에 있다. 차우셰스쿠가 평양을 방문했을 때 김일성의 사저인 금수산 궁전을 보고 감명을 받아 지었다고 한다. 건물의 높이는 84m에 이르고 바닥면적은 36만 5천km²이며, 무게는 약 4,098,500톤에 달하여 워싱턴에 있는 미국 국방성 건물 그리고 태국의 사파야-사파사탄에 이어 세계에서 세 번째로 큰 행정건물이다.

28세의 젊은 건축가 앙카 페트레스쿠가 공모에 당선되어 설계를 맡았다. 이 건물과 유니온 거리를 조성하기 위하여 구시가지 7km² 구역을 철거하였다. 1984년에 착공된 건물은 2년 후에 완공될 예정이었지만, 공사가 미루어지면서 오늘날까지도 완공되지 않은 상태이다. 1994년 이래로 루마니아 하원이 사용하고 있다.

차우셰스쿠 광장에서 멀리 언덕 위에 있는 국회의사당 건물을 일별하고 기념사진을 찍는 것을 끝으로 부쿠레슈티와 작별했다. 이어서 부쿠레슈티에서 북쪽으로 140여km 떨어진 시나이아로 가서 펠레슈 성과 시나이아 수도원을 구경했다. 부체기 산맥에 있는 시나이아는 해발 760~860m의 산악지역이다. 루마니아 왕국의 카롤 1세가 이곳에 왔다가 웅장한 경관에 이끌려 여름 휴양지로 사용할 궁전을 짓고 사냥터를 만들었다. 오스트리아-헝가리 제국의 황제 프란츠 요제프 1세는 1896년 이곳을 방문하고는 "빽빽한 숲의 가장자리에 자리 잡은 왕궁은 매우 아름다운 풍경으로 둘러싸여 있습니다. 근현대의 미술품, 오래된 가구와 무기 등, 성을 가득 채운 귀중한 물건들이 인상적입니다."라고 했다.

펠레슈 성은 2천여 점의 회화작품을 비롯하여 14세기에서 19세기 사이에 유럽에서 사냥과 전쟁에 사용되던 장비 4천여 점을 소장하고 있다.

펠레슈 성 근처에는 1695년에 설립된 성 카나리나 수도원이 있다. 궁전과 수도원을 구경하고는 프레데알에 있는 숙소에서 묵었다. 다음 날 아침에는 브램 스토커의 소설 『드라큘라』가 시작하는 장면에 등장하는 브란성을 구경했다. 소설에서는 드라큘라 백작이 살고 있던 성으로 나오지만, 드라큘라로 알려진 블라드 3세가 이곳을 방문했다는 기록은 없다고 한다. 드라큘라의 전설이 브란성과 연관이 있다는 사실은 오로지 관광업 분야에서 나온 것이라고 한다.

브란성에서는 사진을 찍다가 일행을 놓치고 길을 잃는 바람에 구경도 제대로 못 하고 일찍 나와야 했다. 구경도 못 하고 브란을 떠나 서쪽에 있는 시비우로 향했다. '눈이 있는 마을'이라는 별명을 가진 시비우는 요새화된 중세도시이다. 2007년 유럽 문화 수도로 지정되었고, 2008년에는 포브스가 선정한 유럽에서 '8번째로 살기 좋은 목가적인 곳'으로 선정되었다. 도시 남쪽에 있는 덤브라바 숲에 있는 다양한 박물관과 도심에 있는 마레 광장을 중심으로 한 시비우 복음주의 대성당 등이 볼 만했다. 시비우 구경을 마치고는 서쪽에 있는 티미쇼아라로 이동하여 숙소에 들어 쉬었다.

티미쇼아라는 바나트의 티미슈 주의 주도이며 루마니아 서부의 경제, 사회 및 문화의 중심지이다. 바나트는 남쪽으로는 다뉴브강, 서쪽으로는 티사강, 북쪽으로는 무레슈강, 동쪽으로는 카르파티아산맥으로 경계가 지어지는 판노니아 분지를 이르는 역사적 지역이다. 중부 유럽과 동부 유럽에 걸쳐 있는 만큼 불가리아 제국, 오스만제국, 오스트리아 제국 등 역사적 강대국들이 차례로 차지한 바 있었다. 제2차 세계대전 이후에도 루마니아인, 세르비아인, 그리고 헝가리인들이 거주하고 있는 까닭에 세 나라가 분할하고 있다. 루마니아가 동쪽의 3분의 2를, 세르비아가 서쪽의 3분의 1일, 그리고 헝가리는 북쪽의 일부 지역을 차지했다.

오스트리아-헝가리 제국이 지배할 당시 제국에서 처음으로 가로등이 설치되었고(1760년), 1884년에는 전기 가로등이 불을 밝힌 최초의 유럽 도시였다. 최초의 공공 대출 도서관이 문을 열었고, 비엔나보다도 24년 앞서 시립병원을 세웠다. '작은 비엔나' 혹은 '장미의 도시'라는 별명을 가진 티미쇼아라에는 수많은 역사적 기념물과 36개의 공원이 있다.

티미쇼아라의 정치, 행정 및 문화의 중심지인 세타테 지역은 두 개의 구역으로 나뉜다. 하나는 18세기와 19세기에 도심을 이루던 지역으로 도시에서 가장 오래된 건물들이 있다. 다른 하나는 1892년 프란츠 오제프 1세가 티미쇼아라의 요새 기능을 폐지하기로 하면서 요새를 철거하고 조성한 공간이다. 아르누보 양식이나 비엔나건축과 유사한 기하학적으로 더 단순하고 큰 건물들이 들어섰다.

티미쇼아라의 역사적 중심에는 연합광장, 승리광장, 자유 광장 등 세 개의 광장이 있다. 이들은 크기는 물로 건축양식도 각기 다르다. 바로크 양식으로 된 연합광장은 티미쇼아라에서 가장 오래된 광장이다. 돔 광장이라고도 하는데 1774년에 지은 로마 가톨릭의 성 조지 대성당이 있기 때문이다. 광장 중앙에는 흑사병이 종식된 것을 기념하는 성삼위일체상이 있다. 광장의 남쪽에는 비엔나의 킨스키 궁전을 본뜬 바로크 양식의 궁전이 있는데, 지금은 미술관으로 사용하고 있다. 서쪽에는 세르비아 정교회 대성당과 주교 궁전이 있다.

연합광장의 남서쪽에는 자유 광장이 있다. 자유 광장은 연합광장과 승리광장을 연결하는 보행자 통로 역할을 한다. 군사 기능을 가진 여러 건물이 자유 광장을 둘러싸고 있다. 로코코양식의 영향을 받은 바로크 양식으로 지어졌다. 광장 가운데에는 용과 싸우는 조지 성인의 기마상이 있다. 루마니아 혁명 당시 희생된 시민들을 추모하기 위하여 세워진 것이다.

자유 광장의 남서쪽에 승리광장이 있다. 광장 북쪽에는 국립 오페라 극장으로 사용하고 있는 문화궁전이 있고, 남쪽에는 메트로폴리탄 대성당이 있다. 두 건물을 비슷한 시기에 지었지만, 건축양식은 전혀 다르다. 문화궁전은 르네상스 양식으로 지었고 화재 이후에는 측면 이외의 부분은 신비잔틴 양식으로 재건되었다. 메트로폴리탄 대성당은 티미쇼아라에서 가장 큰 종교건물이며, 루마니아에서는 부쿠레슈티의 인민 구원 대성당 다음으로 높은 교회이다. 광장의 가운데에는 물고기가 물을 뿜어 올리는 분수대가 있고 그 남쪽 정원에는 로마 건국을 상징하는 로물루스와 레무스에게 젖을 먹이는 암늑대의 동상이 있다. 1926년 로마 시가 루마니아와 이탈리아 국민을 연결하는 라틴의 상징으로 기증한 것이다.

5월 17일 루마니아에서의 마지막 날 아침에 숙소를 나서서 메트로폴리탄 정교회 성당이 있는 승리광장에서부터 자유 광장을 거쳐 연합광장까지 티미쇼아라의 중심 지역을 구경했다. 연합광장에서는 조지 성인 대성당을 구경했다. 성당으로 들어가는데 사진 촬영을 자제해달라고 부탁하는 사람이 있었다. 알고 보니 성당의 오르간 연주자였다. 성당 안에서 다시 만났는데 오르간 자랑을 하더니 한 곡을 연주해 주어 감상했다. 오르간도 좋았고 연주도 좋았다. 교회에서 오르간 연주를 들어본 것도 2002년 베를린에서 열린 세계보건기구 소속 위원회의 회의에 참석했을 때 일본에서 온 참석자와 함께 교회에서 열린 오르간 연주회에 참석한 뒤로는 처음이다.

11시에 티미쇼아라를 구경하는 일정을 마치고 세르비아의 베오그라드로 출발했다. 루마니아 여행을 정리해 보면 루마니아 공산정권의 폭압적인 정치와 루마니아 혁명의 흔적을 직접 볼 수는 없었다. 루마니아 혁명의 꼬투리가 된 장소에서 당시 상황에 대한 단편적인 설명만 들었을 뿐이다. 당시의 루마니아 사람들이 겪었던 지난한 삶은 역시 헤르타 뮐러의 여러 작품에서 읽을 수 있다. (2024년 8월 31일)

양기화의 Book 소리
-유럽 여행

초판인쇄 2024년 12월 20일
초판발행 2024년 12월 20일

지은이 양기화
펴낸이 채종준
펴낸곳 한국학술정보(주)
주 소 경기도 파주시 회동길 230(문발동)
전 화 031-908-3181(대표)
팩 스 031-908-3189
홈페이지 http://ebook.kstudy.com
E-mail 출판사업부 publish@kstudy.com
등 록 제일산-115호(2000. 6. 19)

ISBN 979-11-7318-131-3 03800

이담북스는 한국학술정보(주)의 학술/학습도서 출판 브랜드입니다.
이 시대 꼭 필요한 것만 담아 독자와 함께 공유한다는 의미를 나타냈습니다.
다양한 분야 전문가의 지식과 경험을 고스란히 전해 배움의 즐거움을 선물하는 책을 만들고자 합니다.